James Patterson
Sonne, Mord und Sterne

James Patterson

erreicht mit seinen Thrillern regelmäßig die Spitzenplätze der amerikanischen und englischen Bestsellerlisten. Weltweit wurden bereits fas 30 Millionen Exemplare seiner Bücher in über 30 Sprachen verkauft. Sein Roman »...denn zum Küssen sind sie da« wurde 1997 mit Morgan Freeman in der Rolle des Alex Cross verfilmt.

James
Patterson

Sonne, Mord und Sterne

Thriller

Aus dem Amerikanischen
von Edda Petri

Weltbild

Die Originalausgabe erschien 1996 unter dem Titel
Jack & Jill
bei Little, Brown and Company, New York.

Genehmigte Lizenzausgabe
für Verlagsgruppe Weltbild GmbH, Augsburg

Umschlagkonzept: Patricia Büdinger, Augsburg
Umschlaggestaltung: Elisabeth Walter, Augsburg
Umschlagfoto: zefa visual media gmbh, Düsseldorf
Autorenfoto: René Durand
Gesamtherstellung: Freiburger Graphische Betriebe

Gedruckt auf chlor- und säurefreiem Papier

Printed in Germany

ISBN 3-8289-0608-7

2004 2003 2002

Die letzte Jahreszahl gibt die
aktuelle Lizenzausgabe an.

Prolog

Die Spiele beginnen

I

Sam Harrison schwang seinen gelenkigen Körper aus dem silberblauen Ford Aerostar, den er auf der Q Street im Washingtoner Stadtteil Georgetown geparkt hatte. *Horrorgeschichten und -spiele sind nicht umsonst so beliebt,* überlegte er, als er den Wagen abschloß und die Alarmanlage aktivierte. *Nicht die harmlosen Spielchen und die schaurig-schönen Gruselgeschichten, die wir als Kinder abends am Lagerfeuer genossen haben. Nein, die Horrorgeschichten im wirklichen Leben, die uns heutzutage auf Schritt und Tritt begegnen. Jetzt erlebe ich selbst eine. Ich werde an dem Grauen teilhaben. Wie einfach es doch ist. Wie schrecklich, wie erschreckend leicht tritt man über die Schwelle hinein in die Finsternis.*

Seit zwei Wochen hatte er Daniel Fitzpatrick beschattet. Der Job hatte ihn nach New York City geführt, nach London, nach Boston und nun hierher nach Washington, D.C. Heute abend würde er diesen Senator der Vereinigten Staaten töten. Kaltblütig, wie bei einer Exekution. Niemand würde herausfinden können, weshalb der Mord verübt worden war. Niemand würde auch nur einen bedeutenden Hinweis finden.

Das war die erste und wichtigste Regel des Spiels. Des Spiels der Spiele.

Jack und Jill.

Was Fitzpatrick betraf, war die Observierung in vielerlei Hinsicht die Bilderbuchbeschattung eines Promis. Als Harrison gegenüber von Haus Nummer 211, Q Street seinen Beobachtungsposten bezog, sah er wieder einmal den Beweis dafür.

Doch bei genauerer Betrachtung gab es Unterschiede zu früheren Beschattungen. Denn diesmal würde Harrison sehr viel mehr tun, sehr viel Schlimmeres, als Fitzpatrick bloß unbemerkt zu observieren, wenn der Senator im *Monocle,* seiner Lieblingsbar in Washington, eine widerwärtige Menge Glenlivet-Cocktails in sich hineinschüttete. Nein, diesmal war es Wahnsinn; das wußte Sam Harrison. Der *helle* Wahnsinn. Nicht daß er sich selbst für verrückt hielt. Er glaubte bloß an die Gesetze des Glücksspiels.

Und da – keine zehn Meter entfernt auf der glänzend nassen Straße – war Daniel Fitzpatrick. Pünktlich wie die Maurer. Jedenfalls pünktlich genug.
Sam Harrison beobachtete, wie der Senator steif aus dem glänzenden marineblauen 96er Jaguar-Coupé stieg. Er trug ein graues Jackett und ein seidenes Halstuch mit türkischem Muster. Eine schlanke Frau in schwarzem Kleid war bei ihm. Sie lachte über irgendeine Bemerkung Fitzpatricks, wobei sie den Kopf wie eine wunderschöne rassige Stute in den Nacken warf. Ihr warmer Atem kondensierte in der kalten Abendluft.
Sam Harrison konzentrierte sich. *Du mußt immer zweimal Maß nehmen. Oder fünfmal, falls nötig.* Ein letztes Mal prägte er sich sämtliche Details ein. Um Vietel nach elf war Harrison in Georgetown eingetroffen. Er sah aus, als *gehöre* er in diese elegante, mondäne Gegend um die Q Street. Für die Rolle, die er spielen würde, besaß er genau das richtige Aussehen.
Es war eine sehr bedeutende Rolle in einem sehr bedeutenden Stück, einem der bedeutendsten in der Geschichte Amerikas oder – wie manche sagen würden – im Theater Amerikas.
Auf alle Fälle eine Hauptrolle.
Für diese Rolle trug er eine Hornbrille. *Sonst trug er nie eine Brille. Er brauchte keine.*
Sein Haar war hellblond. *Es war nicht von Natur aus blond.*
Er nannte sich Sam Harrison. *Er hieß nicht Sam und auch nicht Harrison.*
Anläßlich dieses besonderen Abends hatte er einen weichen schwarzen Rollkragenpullover aus Kaschmir gewählt, dazu eine anthrazitfarbene Hose mit makellosen Bügelfalten und Aufschlägen sowie hellbraune Halbschuhe. *Dabei legte er gar keinen Wert auf schicke Sachen.* Sein dichtes Haar war kurz geschnitten, ähnlich wie der Schauspieler Kevin Costner es in dem Film *Bodyguard* getragen hatte – einer der Filme, die Harrison am wenigsten mochte. Er hatte einen kleinen schwarzen Matchbeutel dabei, den er wie einen Kommandostab schwang, als er schnell und entschlossen auf Haus Nummer 211 zuschritt. Im Beutel befand sich ein Camcorder.
Eine Viertelstunde vor Mitternacht betrat er das Haus Num-

mer 211 durch einen dunklen Lieferanteneingang, in dem es durchdringend nach Ammoniak, Staub und Verfall roch. Er stieg in den dritten Stock hinauf, wo der Senator seine Wohnung, sein Arbeitszimmer und sein Liebesnest in der Hauptstadt hatte.

Zehn Minuten vor Mitternacht stand Harrison vor der Tür zu Daniel Fitzpatricks Apartment, Nummer 4 J. Er war ziemlich pünktlich. So weit, so gut. Alles lief genau nach Plan.

Die auf Hochglanz polierte Tür aus Mahagoni öffnete sich direkt vor seiner Nase.

Er blickte die aschblonde Frau an. Sie war schlank, sehnig und elegant. Eigentlich wirkte sie von nahem unscheinbarer als aus der Entfernung. Es war dieselbe Frau, die mit Fitzpatrick aus dem blauen Jaguar gestiegen war. Die Frau, die hinkte.

Von einer goldenen Haarspange, *eine Löwin von einem Besuch im Museum of Modern Art in New York*, und einer goldenen Halskette abgesehen, war sie phantastisch nackt.

»Jack«, flüsterte sie.

»Jill«, sagte er und lächelte.

II

In einem anderen Stadtteil Washingtons, in einer anderen Welt, spielte ein anderer Mörder, ein Amateur, ein ebenso schreckliches Spiel wie Jack und Jill. Zwischen den dicht stehenden Fichten und den hohen alten Eichen inmitten des Garfield Park hatte er ein phantastisches Versteck gefunden. *Ideal.* In einer Art Zelt aus überhängenden Ästen und dichtem Gebüsch richtete er sich häuslich ein.

»Dann mal ran an die Arbeit«, flüsterte er, obwohl er allein im Versteck war. Das wird ein supergeiles Abenteuer, sagte er sich. Eine Galavorstellung der Phantasie. Er glaubte mit ganzem Herzen daran, aus tiefster Seele – oder was davon übrig war.

Er hockte sich im Schneidersitz ins Gras und machte sich daran, sein Gesicht und sein Haar zu behandeln. Aus den Lautsprechern im Innern seines Kopfes dröhnte in voller Lautstärke ein Song der Rockband *Hole.* Cool. Affenstark. Er fuhr voll darauf ab. Sich zu schminken, zu verkleiden, zu kostümieren verschaffte ihm die Gelegenheit, aus der wirklichen Welt auszubrechen. In die Rolle eines anderen zu schlüpfen war für ihn so ziemlich die einzige Möglichkeit, tatsächlich der Welt zu entfliehen – und, verdammt, *wenn einer fliehen mußte, dann er. Und zwar jetzt.*

Als er mit der Verkleidung fertig war, tauchte er aus den Schatten der Bäume auf. Er mußte lachen. Heute hätte er sich totlachen können. Das war eine irre Nummer. Er war so häßlich, daß er schon wieder schön war. Ihm ging ein Spruch durch den Kopf: *Rosen sind rot, Veilchen sind blau, Blumen sind schön, und ich seh' aus wie 'ne Sau.*

Ha-ha-ha.

Er sah jetzt tatsächlich wie ein alter, obdachloser Scheißpenner aus. Jawohl. Genau wie eines von diesen hoffnungslosen alten Arschlöchern. Wie der verkommene Typ in dem Rocksong »Aqualung«. Er trug eine gräßliche weiße Perücke und einen graumelierten Bart aus dem Fundus eines Schauspielers. Jeder Fehler, den er bei der Verwirklichung seiner künstlerischen Phantasie oder beim Make-up begangen hatte, wurde durch die weite Kapuze des Sweatshirts verdeckt.

Das Sweatshirt besaß einen Aufdruck: *Happy, happy, joy, joy.*

Das wird ein obergeiles, total abgefahrenes Abenteuer, dachte er immer wieder. *Happy, happy, joy, joy.* Das war das Motto. Damit war alles gesagt. *Cool.* Die Ironie war nicht zu überbieten.

Der Mann, der bald zum Mörder wurde, durchquerte den Park. Jetzt ging er sehr schnell, rannte beinahe in Richtung des Anacostia River.

Er sah Leute. Spaziergänger, Schmalspurganoven, Liebespaare und was zum Teufel sich sonst noch hier rumtrieb. Die meisten waren Schwarze, aber das war in Ordnung. Eigentlich kam es ihm sogar sehr gelegen. In der Hauptstadt kümmerte man sich einen Dreck um Schwarze. So war es nun mal.

»Aqualung, oh-oh-oh, Aqualung«, sang er die alte Rock-n'-

Roll-Melodie, während er ausschritt. Der Song stammte von einer guten alten Band aus der guten alten Zeit: *Jethro Tull.* Er hörte pausenlos Rockmusik, sogar im Schlaf. *Ständig den Kopfhörer auf.* Er kannte beinahe die gesamte Geschichte des Rock n' Roll auswendig. Wenn er sich überwinden könnte, sich auch noch *Hootie and the Blowfish* reinzuziehen, wäre er so was wie ein Professor des Rock.

Ha-ha-ha, lachte er über seinen Hootie-Witz. Heute war er wirklich verdammt gut drauf. Ein abgefahrener, echt ätzender Trip in der Birne. Es war die beste Zeit, es war die schlimmste Zeit. Beste und schlimmste, schlimmste und beste, schlimmste und schlimmste?

Die Stelle für den Mord hatte er bereits ausgewählt: das Dikkicht aus Fichten und immergrünen Büschen, ganz in der Nähe der Südost-Schnellstraße. Hier war alles verwildert, nahezu perfekt für sein Vorhaben.

Der Ort lag in einem Neunziggradwinkel zu der Gruppe von *Delapo,* einer Reihe gelber Klinkerhäuser und einer beliebten Kneipe an der Sechsten Straße im Südosten. Dort hatte er bereits alles ausgespäht und sich in diese Stelle verliebt. Er konnte schon die Kinder sehen, die von der Sojourner Truth School an der Ecke in den Süßigkeitenladen hinein- und wieder hinausströmten. In dem Alter waren die kleinen Stinker so niedlich.

Mann, du kannst dir nicht vorstellen, wie sehr ich »niedlich« hasse!

In Wirklichkeit waren das kleine Scheißroboter. Bösartige kleine Parasiten. *Kids!* Alles an ihnen war so beschissen *niedlich!*

Er bückte sich und kroch ins dichte, kratzige Gebüsch. Dann machte er sich ernsthaft an die Arbeit. Er blies Gummiballons auf – rote, orangefarbene, blaue und gelbe.

Es waren große, knallbunte Superdinger, denen kein Kind widerstehen konnte, das seine fünf Sinne beieinanderhatte. Er selbst hatte Ballons immer abgrundtief gehaßt, die gezwungene, falsche Fröhlichkeit, die diese Scheißdinger symbolisierten. Aber die meisten Kinder flippten aus, wenn sie einen Ballon sahen. Stimmte doch, oder?

An einen der Ballons knotete er eine drei Meter lange Schnur, die er an einem dicken Ast festband.

Der Ballon schwebte träge über dem alten Baum. Er sah wie ein hübscher abgeschlagener Kopf aus.
Er wartete in seiner Baumhütte. *Er vertrieb sich die Zeit mit sich selbst.* Das tat er sowieso gern.
»Heut muß ich einen kil-len.« Er summte dieses Nicht-Lied zu einer Nicht-Melodie vor sich hin. »Muß ich, muß ich, mussichmussich muß ich«, sang er. Ihm gefiel der Klang.
Dann hörte er irgend etwas in der Nähe des Verstecks. Etwas *knackte.* Ein Ast? Kam da jemand zu Besuch?
Er lauschte angestrengt. Ja, unüberhörbar trat jemand auf Zweige und zerbrach sie. Alles klang verstärkt – *Knack!*
Er war in Gedanken versunken gewesen; deshalb fuhr ihm bei dem Geräusch der Schreck durch alle Glieder. Sein Adrenalin brodelte wie verrückt in den Adern. Beinahe hätte er seinen Adamsapfel verschluckt.
Plötzlich erschien die obere Hälfte eines Gesichts vor ihm. Nur die Stirn und das Weiß in den Augen.
Das Weiß in ihren Augen!
Es lugte durch die Zweige.
Er sah das Gesicht eines kleinen schwarzen Mädchens. Fünf oder sechs Jahre alt, wirklich niedlich. Es sah ihn auch. *In voller Lebensgröße.*
Ich sehe dich, Süße. Ja, ich sehe dich! Ich sehe dich!
»Hallo«, sagte er sehr freundlich und zutraulich. Wenn er wollte, konnte er so sein. Er lächelte, und die Kleine lächelte *beinahe* zurück.
»Möchtest du 'nen großen Luftballon?« fragte er leise. »Ich hab' jede Menge davon. Unmengen von Ballons. Hier ist ein kirschroter mit deinem Namen drauf.«
Das kleine Mädchen starrte ihn nur an. Es sagte keine Silbe, rührte sich auch nicht. Die Kleine hatte Angst vor ihm – man stelle sich das vor! Wahrscheinlich war sie obendrein verwirrt, weil er gesagt hatte, ihr Name sei auf einem Ballon.
»Okay, dann kein Ballon. Alles klar. Vergiß den Ballon, den ich dir schenken wollte. Kein Ballon für dich, kleines Mädchen! Soll mir recht sein. Heute kein Ballon umsonst! Dann nicht!«

»Doch, bitte!« sagte die Kleine plötzlich. Ihre braunen Augen weiteten sich wie aufblühende Blumen. Ein wunderschönes kleines Mädchen, nicht wahr? Wunderschöne kastanienbraune Augen.

»Sei doch nicht so schüchtern, Kleine. Komm her. Ich schenk' dir einen schönen großen Ballon. Mal sehen. Ich hab' welche, die sind so rot wie ein Stoppschild, und himmelblaue, und ein paar sind orange wie ein Lutscher. Und dottergelbe hab' ich auch. Sämtliche Farben des Regenbogens und noch ein paar dazu.«

Er ahmte jemanden nach – vielleicht diesen verrückten Kevin Bacon in *The River Wild.* Dieses Video hatte er sich vor ungefähr einer Woche geliehen. Vor zwei Wochen? Egal. Während er sprach, packte er den Mini-Baseballschläger fester, der mit Isolierband verstärkt und gut vierzig Zentimeter lang war. Mit diesen Dingern sorgten die Schläger der hiesigen Gangs für Gesetz und Ordnung in der Gegend.

Er sprach weiter in dem fröhlichen Singsang zu dem kleinen Mädchen – ein Tonfall, der in Wahrheit ironisch und sarkastisch war. *Teuflisch.*

»Einen roten«, piepste die Kleine. Natürlich. Sie hatte ja auch eine rote Haarschleife. Rot ist die Farbe der Liebe, meiner wahren Liebe.

Vorsichtig, zaghaft trat die Kleine auf die Lichtung. Ihm fiel auf, wie winzig ihre Füße waren. Wie Größe *minus* drei. Sie griff nach den bunten Ballons, deren Schnüre er in der ausgestreckten Hand hielt. Sie schien nicht zu bemerken, daß seine Hand heftig zitterte.

Hinter dem Rücken packte er den kurzen, schweren Schläger, holte aus und schlug zu – mit voller Wucht.

Happy, happy. Joy, joy.

III

Konnten sie tatsächlich ungestraft einen Mord begehen – vor allem einen so provokativen Mord auf höchster Ebene? Jack war zuversichtlich. Es war einfacher, als man glaubte, einen Menschen – oder auch mehrere – zu töten und nicht erwischt zu werden, ja nicht einmal in Verdacht zu geraten. So was kam ständig vor.

Aber Jill hatte Angst, war sichtlich angespannt. Er konnte es ihr nicht verübeln. Im »echten« Leben war sie eine Washingtoner Karrierefrau, aus gutem Hause, intelligent, gebildet. Keinesfalls die typische psychopathische Mörderin, von denen man so oft liest. Bestimmt nicht die Frau, die man auf Anhieb für eine *Jill* halten würde. Und gerade deshalb ideal für ihre Rolle im Spiel der Spiele. Beinahe so ideal wie er für die seine.

»Er ist betrunken, total weg vom Fenster«, flüsterte sie, während sie beide im dunklen Eingangsflur der Wohnung standen. »Gut, daß er ein so widerlicher Schweinehund ist. Das macht es leichter.«

»Weißt du, was sie über unseren Dannyboy sagen? Ein jämmerlicher Politiker, aber als Liebhaber noch jämmerlicher. Nichts in der Birne und noch weniger im Schwanz.«

Der Hauch eines Lächelns – ein nervöses Lächeln – legte sich auf ihr Gesicht. »Kein guter Witz, aber ich kann es bestätigen. Los, *Jack.*«

Jill machte auf den nackten Absätzen kehrt. Er folgte ihr und sah ihr leichtes Hinken. Es war irgendwie bezaubernd. Er betrachtete ihre schlanke Figur, als sie in einen kleinen Wohnraum trat, der vom Licht auf dem Flur nur spärlich erhellt wurde. Es war der Weg ins Schlafzimmer, wie er wußte.

Stumm gingen sie durch das kleine Wohnzimmer. Neben dem gemauerten Kamin stand stolz die amerikanische Flagge. Bei ihrem Anblick drehte sich Jack der Magen um. An der Wand hingen Farbfotos von einer Segelregatta, wahrscheinlich in Cape Cod.

»Bisssu das, Süße?« ertönte eine rauhe, whiskeygetränkte Stimme durch die Wohnzimmerwand.
»Wer sollte es sonst sein?« antwortete Jill.
Jack und Jill betraten gemeinsam das Schlafzimmer. »Überraschung!« sagte Jack. Er hielt eine halbautomatische Beretta in der Hand und zielte auf den Kopf des Senators.
Seine Hand mit der Waffe war ruhig, sein Verstand klar und nüchtern. *Jetzt wird Geschichte gemacht. Jetzt gibt es kein Zurück mehr.*
Daniel Fitzpatrick schoß verblüfft im Bett hoch. Sein Gesicht verzerrte sich vor Wut. »Was zum Teufel ...? Was ... wer sind Sie, verdammt noch mal? Wie sind Sie Arsch hier reingekommen?« Er sprach undeutlich. Gesicht und Hals waren tief rot.
Jack konnte nicht anders – er lächelte trotz allem. In dem Luxusbett sah der Senator wie ein gestrandeter Wal aus – oder wie ein alter See-Elefant.
»Ich würde sagen, Ihre verachtenswerte Vergangenheit hat Sie endlich eingeholt, um es einmal so zu formulieren«, antwortete Jack. »Und jetzt halten Sie bitte den Mund. Lassen Sie uns das so kurz und schmerzlos wie möglich erledigen.«
Er starrte auf Daniel Fitzpatrick und erinnerte sich an etwas, was er vor kurzem irgendwo gelesen hatte. Bei einer Rede des Senators hatte ein Zuhörer bemerkt: *»Mein Gott, der ist ja ein alter Mann geworden.«* Das stimmte. Fitzpatrick war ein weißhaariger, fetter, schwabbeliger alter Sack mit Hängebacken. Häßlich.
Außerdem war er der Feind.
Jack öffnete den schwarzen Beutel und reichte Jill die Handschellen. »Eine Hand an jeden Bettpfosten. Bitte – danke.«
»Ist mir ein Vergnügen«, sagte Jill. Schlichte Eleganz lag in der Art, wie sie sprach, wie sie sich benahm, ja sogar, wie sie sich bewegte.
»Hast du irgend etwas ... mit der Sache hier ... zu tun?« Fitzpatrick stieß scharf den Atem aus, als er die Blondine, die er in einer Bar in La Colline aufgerissen hatte, fassungslos anstarrte, als würde er sie zum erstenmal sehen.

Jill lächelte. »Nein, nein. Dein aufgeblähter Schmerbauch und deine Schnapsfahne haben mich unwiderstehlich angezogen.«
Jack holte den Camcorder hervor und reichte ihn Jill. Sofort richtete sie ihn auf Senator Fitzpatrick, stellte die Schärfe ein und ließ das Gerät anlaufen. Sie konnte sehr gut mit der Kamera umgehen.
»Was habt ihr vor, in Gottes Namen?« fragte Fitzpatrick. Seine verwaschenen blauen Augen waren vor Fassungslosigkeit geweitet, dann vor Angst. »Was wollt ihr? Was ist hier eigentlich los? Verdammt! Verdammt! Ich bin Senator der Vereinigten Staaten von Amerika.«
Jill filmte, begann mit dem geschockten, dann verblüfften und *verletzten* Ausdruck auf dem Gesicht des Senators. Dann wählte sie einen größeren Ausschnitt. *Hoppla, ein bißchen zu groß.* Wieder scharf stellen.
Jack lächelte über diesen unangebrachten Ausbruch von Tapferkeit. Typisch Fitzpatrick.
Dann – *voilà!* Es war, als hätten sich die Whiskeynebel in Daniel Fitzpatricks Kopf plötzlich verzogen. Jetzt hatte er endlich kapiert. »Ich will nicht sterben«, flüsterte er.
Unerwartet liefen ihm Tränen über die Wangen, was eine eigenartige Wirkung hatte. »Bitte, tun Sie das nicht. Sie brauchen ... dürfen ... mir nichts tun«, sagte er. »Das muß doch ... nicht sein. Bitte, ich flehe Sie an. Hören Sie mir zu. Hören Sie sich doch an, was ich zu sagen habe!«
Es waren unglaublich wichtige Filmmeter, wie Jill wußte. Oscar-Material. Vielleicht *der* Dokumentarfilm des Jahrhunderts. Sie brauchten ihn für das Spiel der Spiele, für eine der Überraschungen, die später kamen.
Jack ging entschlossen durchs Schlafzimmer. Er hielt die Beretta dicht vor die Stirn des Senators.
Sehr schön. Jetzt fing das wundervolle Spiel erst richtig an. Regel Zwei: *Was du tust, ist wichtig. Du schreibst Geschichte. Vergiß das keinen Augenblick.*
»Ich werde Sie töten, Senator Fitzpatrick. Es gibt nichts zu besprechen. Es gibt keinen Ausweg. Sie sind Katholik. Falls Sie an

Gott glauben, sprechen Sie jetzt ein Gebet. Für mich auch eins, bitte. Sprechen Sie ein Gebet für Jack und Jill.«

Jetzt ging es ums Ganze. Jack bemerkte, daß seine Hand leicht zitterte. Auch Jill sah es.

Das ist eine Hinrichtung, sagte er sich. *Eine vollkommen gerechtfertigte Exekution. Eine verdammte Horrorgeschichte, und ich stecke mittendrin.*

Aus einer Entfernung von höchstens einer Handbreite feuerte Jack. Daniel Fitzpatricks Kopf explodierte. Jack schoß noch einmal. *Doppelt genäht hält besser.*

Geschichte war geschrieben.

Das Spiel der Spiele hatte begonnen.

Jack und Jill.

Erster Teil

Wieder so ein Morgen

1.

O NEIN. Wieder so ein Morgen.

Ich hatte das Gefühl, gerade erst eingeschlafen zu sein, als ich das Hämmern im Haus hörte. Es war laut und so störend wie die Alarmanlage eines Autos. Beharrlich. Gab es igendwelchen Ärger ganz in meiner Nähe?

»Scheiße. Verdammt«, flüsterte ich in die weichen, tiefen Falten meines Kissens. »Laßt mich in Ruhe. Laßt mich die Nacht durchschlafen wie jeder normale Mensch. Verpißt euch!«

Ich griff nach der Lampe und stieß dabei mehrere Bücher vom Nachttisch. *Die Tochter des Generals, Mein amerikanisches Tagebuch* und *Schnee, der auf Zedern fällt.* Das Poltern der Bücher machte mich vollends wach.

Ich schnappte mir meine Dienstwaffe aus der Schublade und lief an den Kinderzimmern vorbei ins Erdgeschoß. Ich hörte ihr leises Atmen – oder glaubte es zu hören. Gestern abend hatte ich den Kindern Beatrix Potters *Geschichte von Peter dem Hasen* vorgelesen. *Geh nicht in Mr. McGregors Garten. Dein Vater hatte dort einen Unfall, und Mrs. McGregor hat Pastete aus ihm gemacht.*

Ich nahm die Waffe, eine Glock, noch fester in die Rechte. Das Hämmern verstummte. Dann fing es wieder an. *Unten.*

Ich warf einen Blick auf die Armbanduhr. Es war *halb vier* morgens. Gnade, Gott! Wieder die Hexenstunde. Die Stunde, in der ich sehr oft aufwachte, auch ohne Hilfe von außen, auch ohne *Bumm, Bumm, Bumm* mitten in der Nacht.

Ich stieg weiter die steile, heimtückische Treppe hinunter. *Vorsichtig, mißtrauisch.* Urplötzlich war es still um mich.

Auch ich machte kein Geräusch. In der Dunkelheit war meine Haut wie elektrisiert. Keine empfehlenswerte Methode, einen Tag zu beginnen – nicht einmal die Mitternacht. *Geh nicht in Mr. McGregors Garten. Dein Vater hatte einen Unfall ...*

Ich ging weiter, kam in die Küche – mit gezückter Waffe. Dort sah ich die Quelle des Geräusches. Das erste Geheimnis des Tages war gelüftet.

Mein Freund und Partner stand an der Hintertür. Er sah aus

wie die überdimensionale Version eines Totschlägers aus unserer Gegend.

John Sampson war der Hämmerer. Er war das Ärgernis meines Lebens. Auf jeden Fall die erste Störung dieses Tages. Eine sehr große Störung mit seinen gut zwei Metern Körperlänge und hundertzehn Kilo Lebendgewicht. John hoch zwei, wie er manchmal genannt wurde. Mount John.

»Es hat 'nen Mord gegeben«, sagte er, als ich aufschloß, die Kette löste und ihm die Tür öffnete. »Ein verdammtes Scheißspiel, Alex.«

2.

»Mann Gottes, John. Weißt du, wieviel Uhr es ist? Hast du eine Spur von Zeitgefühl? Bitte, schwirr ab. Geh nach Hause. Schlag gegen deine eigene Tür. Es ist mitten in der Nacht!«

Ich stöhnte und bewegte den Kopf hin und her, um die scheußlichen Muskelverspannungen an Hals und Schultern loszuwerden. Ich hatte wohl falsch gelegen. Und ich war noch nicht ganz wach. Und vielleicht war das alles nur ein schlechter Traum. *Vielleicht stand Sampson gar nicht auf der hinteren Veranda. Vielleicht lag ich immer noch mit meiner Traumfrau im Bett – vielleicht aber auch nicht.*

»Es kann warten«, sagte ich. »Was es auch ist.«

»Nein, kann es nicht«, widersprach Sampson und schüttelte den Kopf. »Glaub mir, Kleiner, kann es nicht.«

Hinter mir im Haus hörte ich ein Knarren. Ich wirbelte herum. Ich war immer noch sehr nervös.

Meine kleine Tochter stand in der Küche. Jannie trug ihren metallicblauen Schmetterlingsschlafanzug. Sie war barfuß und machte ein verängstigtes Gesicht. Unser jüngstes Familienmitglied, eine wunderschöne abessinische Katze namens Rosie, hielt sich dicht hinter Jannie. Auch Rosie hatte den Lärm unten gehört.

»Was ist los?« fragte Jannie mit leiser, verschlafener Stimme und rieb sich die Augen. »Warum bist du so früh auf? Es ist was Schlimmes passiert, nicht wahr, Daddy?«

»Geh wieder schlafen, Schätzchen«, sagte ich mit der weichsten Stimme, zu der ich fähig war. »Es ist nichts passiert.« Ich mußte meine Kleine anlügen. Wieder war mir meine Arbeit ins traute Heim gefolgt. »Wir gehen jetzt nach oben, damit du deinen Schönheitsschlaf bekommst.«

Ich trug sie hinauf. Dabei küßte ich sie auf die Wange und flüsterte ihr Koseworte ins Ohr. Dann deckte ich sie zu und sah auch nach meinem Sohn Damon. Bald schon würden die beiden sich auf den Weg zur Schule machen. Ständig lief mir Rosie zwischen den Beinen herum, während ich meinen Vaterpflichten nachkam.

Dann zog ich mich an und fuhr mit Sampson in dessen Wagen zum Tatort des frühmorgendlichen Verbrechens. Weit mußten wir nicht fahren.

Ein verdammtes Scheißspiel, Alex.

Nur vier Querstraßen von unserem Haus an der Fünften Straße.

»Jetzt bin ich wach, ob ich will oder nicht. Und ich will *nicht.* Also, erzähl mir mehr darüber«, sagte ich zu Sampson. Vor uns erschienen die flirrenden blauen und roten Lichter der Streifenwagen und Notarztfahrzeuge.

Vier Querstraßen von unserem Haus.

Ein kleiner Fuhrpark von Streifenwagen war am Ende eines Tunnels aus kahlen Eichen und roten Backsteingebäuden aufgefahren. Die Störung schien sich in der Truth School ereignet zu haben, die auch mein Sohn Damon besuchte. (Jannies Schule befand sich ein Dutzend Querstraßen weiter in der anderen Richtung.) Mein ganzer Körper verkrampfte sich. In meinem Kopf tobte ein brüllender eisiger Scheißsturm.

»Es ist ein kleines Mädchen, Alex«, sagte Sampson mit für ihn ungewöhnlich weicher Stimme. »Sechs Jahre alt. Zuletzt wurde sie heute nachmittag in der Sojourner Truth gesehen.«

Es *war* Damons Schule. Wir seufzten beide. Sampson steht Damon und Jannie beinahe so nahe wie ich. Und die Kinder haben ihn ebenfalls ins Herz geschlossen.

Vor dem zwei Stockwerke hohen typischen Regierungsbau der Sojourner Truth School hatten sich bereits viele Menschen versammelt. Die halbe Gegend schien um vier Uhr morgens auf den Beinen zu sein. Überall in der Menge sah ich aufgebrachte und geschockte Gesichter. Einige Leute trugen nur Bademäntel, andere hatten sich in Decken gewickelt. In der Kälte strömten ihre Atemwolken wie Auspuffdämpfe über den gesamten Schulhof. Die *Washington Post* hatte berichtet, daß in Washington allein im letzten Jahr mehr als fünfhundert Kinder unter vierzehn Jahren gestorben waren. Aber das wußten die Menschen hier. Sie brauchten es nicht in der Zeitung zu lesen.

Ein kleines sechsjähriges Mädchen. In der Nähe der Truth School ermordet. Damons Schule. Ich konnte mir nicht vorstellen, in einem schrecklicheren Alptraum aufzuwachen.

»Tut mir leid, Kleiner«, sagte Sampson, als wir aus seinem Wagen stiegen. »Aber ich war der Meinung, du müßtest das mit eigenen Augen sehen.«

3.

Mein Herz hämmerte. Ich hatte das Gefühl, als wäre es plötzlich zu groß für meine Brust. Nicht weit von hier war meine Frau Maria erschossen worden. Erinnerungen an diese Gegend, Erinnerungen an ein ganzes Leben. *Ich habe dich immer geliebt, Maria.*

Ich sah einen verbeulten rostigen Kleinbus der Gerichtsmedizin auf dem Schulhof stehen. Für mich und für alle anderen war es ein unglaublich beunruhigender Anblick. Irgendwo am Rand des Lichtkreises, den die grellen Polizeischeinwerfer erzeugten, dröhnte Rapmusik mit dumpfen Bässen.

Sampson und ich bahnten uns einen Weg durch die verängstigte, beunruhigte Menge. Irgendein Superschlauer murmelte: »Alles paletti, Chief?« und riskierte, die passende Antwort

von mir zu bekommen. Die Schule war rundum mit gelben Klebebändern abgesperrt.
Mit einssiebenundachtzig bin ich nicht so groß wie Mount John, aber auch ein Hüne. Wenn wir an einem Tatort erscheinen, sind wir ein beachtliches Paar: Sampson mit dem großen, kahlgeschorenen Schädel und im schwarzen Ledermantel. Ich für gewöhnlich in einer grauen Trainingsjacke aus Georgetown. Schulterholster unter der Jacke. Passend gekleidet für das Spiel, das ich spiele. Es heißt *Kurzer Prozeß.*
»Dr. Cross ist gekommen«, hörte ich einige Zuschauer in der Menge leise murmeln. Mein Name wurde genannt, aber ich hörte gar nicht hin. Ich versuchte die Stimmen zu ignorieren, so gut ich konnte. Sie aus meinem Bewußtsein zu verdrängen. Offiziell war ich stellvertretender Chief of Detectives, aber in letzter Zeit arbeitete ich meist auf den Straßen. Ich wollte es so. Es mußte sein. Und es war eine *interessante* Zeit für mich. Ich hatte so viele Morde, so viel Gewalt gesehen, daß es für ein ganzes Leben reichte. Ich dachte ernsthaft darüber nach, wieder eine Privatpraxis als Seelenklempner zu eröffnen. Ich dachte über vieles nach.
Sampson tippte mir leicht auf die Schulter. Er spürte, daß es mir verdammt zu schaffen machte. Er sah, daß es mir vielleicht *zu sehr* an die Nieren ging. »Alles okay, Alex?«
»Alles bestens«, log ich zum zweitenmal an diesem Morgen.
»Ja, sicher, Kleiner. Dir geht's immer bestens, auch wenn du dich beschissen fühlst. Du bist der Drachentöter, stimmt's?« sagte Sampson kopfschüttelnd.
Aus dem Augenwinkel sah ich eine junge Frau mit einem schwarzen Sweatshirt, auf dem mit weißen Lettern stand: *Ich werde dich immer lieben, Tysheika.* Manchmal trugen Leute aus der Gegend diese dunklen Hemden zu den Beerdigungen ermordeter Kinder. Meine Großmutter, Nana Mama, hatte eine ansehnliche Sammlung von den Dingern.
Dann fiel mir etwas anderes ins Auge. Eine Frau stand ein Stück abseits von der Menge unter den geisterhaften Ästen einer winterkahlen Ulme. Die Frau paßte irgendwie nicht zu den Leuten aus dieser Gegend. Sie war groß und sah sehr gut

aus. Sie trug einen Regenmantel mit Gürtel über einer Jeans und flache Schuhe. Hinter ihr sah ich einen blauen Wagen. Einen Mercedes.

Das ist sie. Das ist die richtige Frau für dich. Der verrückte Gedanke kam aus dem Nichts und erfüllte mein Hirn mit plötzlicher, höchst unangebrachter Freude.

Ich nahm mir vor, herauszufinden, wer die Frau war.

Aber erst einmal wurde es Zeit, daß ich die Sache *hier* in die Hand nahm. Ich blieb stehen, um mit einem eifrigen jungen Beamten von der Mordkommission zu reden. Er trug einen roten Kangol-Hut zu einem braunen Sportjackett und einer braunen Strickkrawatte.

»Man kann einen Tag wirklich schöner beginnen, nicht wahr, Alex?« sagte Rakeem Powell, als ich zu ihm trat. »Oder ihn beenden – wie in meinem Fall.«

Ich nickte. »Ja, was Schlimmeres kann ich mir auch nicht vorstellen.« Mir war übel. »Was wissen Sie bis jetzt, Rakeem? Irgendwas Handfestes, an das wir uns halten können? Ich muß alles wissen.«

Der Detective warf einen Blick auf seinen kleinen schwarzen Notizblock. Er blätterte darin. »Das kleine Mädchen heißt Shanelle Green. Sehr beliebt. Ein süßes Ding, soviel ich bisher gehört habe. Sie ging hier in der Truth in die erste Klasse. Wohnte zwei Querstraßen von der Schule entfernt in Northfield Village. Beide Eltern sind berufstätig. Sie ließen das Mädchen immer allein nach Hause gehen. Nicht besonders klug, aber was soll man machen? Sie kamen heute nach Hause, aber Shanelle war nicht da. Gegen zwanzig Uhr haben sie das Mädchen als vermißt gemeldet. Da drüben sind die Eltern.«

Ich schaute hinüber. Die zwei waren selbst noch halbe Kinder. Sie sahen völlig gebrochen aus, am Boden zerstört. Ich wußte, sie würden nach dieser grauenvollen Nacht nie wieder dieselben sein. Das konnte niemand.

»Einer der beiden verdächtig?« mußte ich fragen.

Rakeem schüttelte den Kopf. »Ich glaube nicht, Alex. Shanelle war ihr Leben.«

»Überprüfen Sie bitte die Eltern, Rakeem. Beide. Wie ist das Mädchen hier auf den Schulhof gekommen?«
Powell seufzte. »Das ist die *erste* Frage, die wir nicht beantworten können. *Wo* sie ermordet wurde, ist Frage Nummer zwei. *Wer* es getan hat, ist Frage drei – für die Mordkommission.«
Es war offensichtlich, daß man Shanelle hier abgeladen, aber woanders umgebracht hatte. Wir standen ganz am Anfang dieses schrecklichen Falles. Vor uns lag jede Menge Arbeit. Und jetzt war es mein Fall.
»Wissen Sie, wie die Kleine ermordet wurde?« fragte ich Rakeem.
Der Detective verzog das Gesicht. »Sehen Sie selbst, und sagen Sie mir dann, was Sie denken.«
Ich wollte nicht hinschauen, aber ich mußte. Ich beugte mich tief über Shanelle. Ich konnte das Blut des kleinen Mädchens riechen: *Kupfer, als hätte man einen Haufen Münzen auf den Boden geworfen.* Unwillkürlich mußte ich an Damon und Jannie denken, meine eigenen Kinder. Ich konnte die überwältigende Traurigkeit, die ich empfand, nicht zurückdrängen. Sie fraß an mir, als würde man Säure über meinen Körper sprühen.
Ich kniete mich auf den rissigen Betonboden, um die Leiche eines sechsjährigen Mädchens zu untersuchen. Shanelle lag wie ein Fötus da. Sie trug nur Höschen mit rosa und blauen Blümchen. Eine rote Schleife hatte sich in den Zöpfen verheddert. Und sie trug kleine goldene Ohrringe.
Der Rest ihrer Kleidung fehlte. Der Mörder hatte offenbar die Schuluniform des Mädchens mitgehen lassen.
Sie war eine kleine Schönheit. So süß. Selbst jetzt noch konnte ich es erkennen, nachdem irgendein Schweinehund ihr *das* angetan hatte. Ich suchte nach dem Wie, nach der Methode. Wie hatte der Mörder dieses sechsjährige Mädchen getötet und ihr Leben, das gerade erst begonnen hatte, in einer Sekunde des Irrsinns und Grauens ausgelöscht?
Behutsam drehte ich die Kinderleiche um. Der Kopf fiel haltlos auf die Seite. Wahrscheinlich Genickbruch. Sie wog praktisch nichts. Nur ein Baby. Teile der rechten Gesichtshälfte waren nicht mehr da. *Wegradiert* war eine bessere Beschreibung.

Der Mörder hatte so oft auf Shanelle eingeschlagen – und mit solcher Wucht –, daß von der rechten Seite des Kopfes nicht mehr viel zu erkennen war.

»Wie konntest du einem so wunderschönen kleinen Mädchen so etwas antun?« murmelte ich vor mich hin. »Arme Shanelle, armes Baby«, flüsterte ich zu mir selbst. Eine Träne bildete sich in meinem Auge. Ich blinzelte sie weg. Hier war nicht der Ort für so etwas.

In Washington lief wieder eine Bestie frei herum.

Diesmal ein Kindermörder.

4.

Ein großer dünner Mann in schwarzem Regenmantel und mit einem schwarzen weichen Regenhut näherte sich langsam und vorsichtig Senator Fitzpatricks Wohnungstür. Es war Dienstag, kurz vor sechs Uhr morgens. Der Mann untersuchte die Tür auf Spuren eines Einbruchs oder eines Kampfes, fand jedoch keine. Ich will nicht vor dieser Wohnung stehen, dachte er, nicht mal in der Nähe sein. Er wußte nicht genau, was er drinnen zu finden erwartete, hatte aber das Gefühl, es würde etwas Schlimmes sein. Etwas sehr Schlimmes. Überwältigend schlimm. *Das alles war so unwirklich.*

Es war eigenartig, daß er hier war. Ein Geheimnis in einem Geheimnis. Aber er war *hier.*

Der Mann sah jede Einzelheit auf dem Korridor. Splitter vom Verputz auf dem Teppich. Acht weitere Türen. Früher war er mal ziemlich gut in diesem Job gewesen. Kriminalbeamter zu sein ist wie Fahrrad fahren, stimmt's? Natürlich stimmt es.

Er knackte die Tür von Apartment 4 J mit einem kleinen, viereckigen Stück Plastik, ähnlich wie eine Kreditkarte, nur dünner und gleitfähiger. Auch das Eindringen in fremde Wohnungen war wie Fahrrad fahren. Wenn man es einmal konnte, vergaß man nie, wie es gemacht wurde.

»Ich bin jetzt in 4 J«, sagte er leise in ein kleines Mikrofon. Auf seinem ganzen Körper hatte sich ein Schweißfilm gebildet. Seine Beine zitterten leicht. Er war angeekelt und hatte das sichere Gefühl, an einem Ort zu sein, an dem er eindeutig nicht sein sollte. *Unwirklichstadt* schoß ihm durch den Kopf. Rasch ging er durch den kleinen Eingangsbereich ins Wohnzimmer, wo an jeder Wand Fotos von Senator Fitzpatrick hingen. Immer noch kein Zeichen eines Einbruchs oder Kampfes.
»Könnte ein schlechter Scherz sein«, sagte der Mann ins Mikro. »Ich hoffe, es ist so.« Er machte eine Pause. »Oh, oh, wir haben ein Problem.«
Alles hatte sich im Schlafzimmer abgespielt. Und wer immer *alles* getan hatte, hatte eine Riesenschweinerei hinterlassen. Es war schlimmer als seine schlimmsten Befürchtungen.
»Das ist wirklich ... übel. Senator Fitzpatrick ist tot. Daniel Fitzpatrick wurde *ermordet*. Es war doch kein schlechter Scherz. Die Leichenstarre scheint bereits eingetreten zu sein. Die Haut sieht wächsern aus. 'ne Menge Blut. Mein Gott, 'ne *Riesenmenge* Blut.«
Er beugte sich über die Leiche des Senators. Er roch Kordit, konnte es beinahe schmecken. Wahrscheinlich von der Waffe, mit der Fitzpatrick erschossen wurde. Unglücklicherweise gab es noch viel mehr am Tatort dieses brutalen Mordes. Zu viel. Das konnte er nicht allein schaffen. Er kämpfte darum, nicht die Nerven zu verlieren. *Wie Fahrrad fahren, stimmt's?*
»Zwei Schüsse in den Kopf. Aus nächster Nähe. Eine regelrechte Hinrichtung«, sagte er ins Mikro. »Abstand zwischen den beiden Eintrittswunden ungefähr zweieinhalb Zentimeter.«
Er seufzte tief, wartete einen Augenblick. Dann machte er weiter. Sie brauchten nicht alles zu wissen, was er in diesem Moment sah und fühlte.
»Der Senator ist mit Handschellen an die Bettpfosten gefesselt. Sehen wie Polizeihandschellen aus. Die Leiche ist nackt ... kein schöner Anblick. Penis und Scrotum scheinen abgeschnitten zu sein. Es ist *sehr viel Blut* auf dem Bett ... eine große Pfütze. Noch feucht. Auf dem Teppich ist auch ein großer Fleck, wo das Blut durchgesickert ist.«

Er zwang sich, den Kopf noch näher an die Silberhaare auf der Brust des Senators hinunterzubeugen. Er war nicht gern so nahe bei einem Toten – oder irgendeinem Mann. Fitzpatrick trug eine Art Medaillon mit religiösem Motiv um den Hals. Wahrscheinlich echt Silber. Er roch nach dem Parfüm einer Frau. Der große Mann, der *Untersuchungsbeamte*, war sich fast sicher. »Die örtliche Polizei dürfte auf den Mord eines eifersüchtigen Liebhabers schließen. Ein Verbrechen aus Leidenschaft«, sagte er. »Moment – da ist noch etwas. Okay. Bleibt dran. Das muß ich überprüfen.«
Wie hatte er das zuvor übersehen können? Doch jetzt sah er die Notiz überdeutlich. Sie lag neben dem schnurlosen Telefon auf dem Nachttisch. Unmöglich zu übersehen. Aber er *hatte* sie übersehen. Mit der behandschuhten Hand nahm er das Blatt.
Die Nachricht war mit Schreibmaschine auf dickes Büttenpapier getippt. Er las sie rasch. Dann las er sie noch einmal, nur um sicher zu sein … daß die Nachricht *tatsächlich* existierte.

O Dannyboy, wir kennen Dich nur zu gut
Ein nutzloser, diebischer, reicher Scheißkerl weniger
Noch viele stehen auf der Liste
Jack und Jill kamen zum Capitol Hill
Um den ganzen Auswurf zu beseitigen
In größter Gefahr
Der arme Fitzpatrick
Der richtige Hurensohn
Am falschen Ort zur falschen Zeit
Ehrlich,
Jack und Jill

Er gab die Nachricht über das Mikro weiter. Dann warf er noch einmal einen Blick in die Runde und verließ die Wohnung des Senators so, wie er sie vorgefunden hatte: *wie ein Schlachthaus, voller Blut und Tod und Schrecken.* Als er wieder draußen auf der Q Street war, verständigte er per Telefon die Mordkommission der Washingtoner Polizei.

Er rief anonym an. Niemand sollte wissen, daß er in der Wohnung des Senators gewesen war – und erst recht nicht, *wie es dazu gekommen war und wer er war.* Sollte jemand das herausfinden, brach die Hölle los – falls sie nicht schon losgebrochen war.
Alles war unwirklich, gespenstisch – und es sah ganz danach aus, als würde es noch viel schlimmer kommen.
Jack und Jill hatten es versprochen.

Ein nutzloser, diebischer, reicher Scheißkerl weniger.
Noch viele stehen auf der Liste.

5.

Bei jeder menschlichen Tragödie gibt es immer jemand, der mit dem Finger zeigt. So auch hier. Ein Mann stand vor dem Absperrungsband und deutete auf das ermordete Kind und auf mich. Ich erinnerte mich an Jannies prophetische Worte: *Es ist was Schlimmes passiert, nicht wahr, Daddy?*
Ja, allerdings. Das Schlimmste vom Schlimmen. Das Bild am Tatort unweit der Sojourner Truth School brach mir das Herz und – da war ich sicher – auch allen anderen. Der Schulhof war der traurigste, trostloseste Ort auf der Welt.
Der Lärm tragbarer Radios ließ die Luft vibrieren und machte das Atmen schwer. Immer noch roch ich das Blut des kleinen Mädchens. Der Geruch hatte sich in meiner Nase und meiner Kehle festgesetzt. Vor allem in meinem Kopf.
Shanelle Greens Eltern standen weinend in der Nähe, wie auch viele andere Menschen aus der Nachbarschaft, selbst Fremde, die das kleine Mädchen gar nicht gekannt hatten. In den meisten Städten in den meisten zivilisierten Ländern hätte ein solcher Mord an einem Kind eine Lawine ausgelöst – nicht aber in Washington, wo jedes Jahr Hunderte von Kindern gewaltsam ums Leben kommen.

»Ich möchte die größtmögliche Fahndung, die wir machen können«, sagte ich zu Rakeem Powell. »Sampson und ich werden dabeisein.«
»Verstanden. Wir holen alle aus den Betten. Die Notwendigkeit des Schlafs wird ohnehin maßlos überschätzt.«
»Los, John. Machen wir uns an die Arbeit«, sagte ich schließlich zu Sampson.
Er hatte keine Einwände. Normalerweise wird ein Mord wie dieser binnen vierundzwanzig Stunden geklärt – oder gar nicht. Das wußten wir beide.
Ab sechs Uhr patrouillierten Sampson und ich, gemeinsam mit anderen Beamten, an diesem kalten, scheußlichen Morgen durch das Viertel. Wir mußten nach unserer Methode vorgehen: Haus für Haus, Straße für Straße, meist zu Fuß. Wir *mußten* an diesem Fall mitarbeiten, mußten irgend etwas tun, um diesen abscheulichen Mord so schnell wie möglich aufzuklären.
Gegen zehn Uhr hörten wir von einem anderen schockierenden Mordfall. In der vergangenen Nacht war Senator Daniel Fitzpatrick getötet worden. Es war wirklich eine schlimme Nacht gewesen, nicht wahr?
»Nicht unser Job«, erklärte Sampson, und seine Augen blickten kalt und ausdruckslos. »Nicht unser Problem. Soll sich jemand anders damit rumschlagen.«
Ich widersprach ihm nicht.
Keiner, mit dem Sampson und ich an diesem Vormittag sprachen, hatte in der Umgebung der Sojourner Truth School etwas Ungewöhnliches gesehen. Wir hörten die üblichen Klagen über die Drogendealer, die Fixer, die wie Zombies durch die Gegend schlurften, die Nutten, die an der Achten Straße ihre Freier aufrissen, und die wachsende Zahl von Straßenräubern.
Aber nichts Ungewöhnliches.
»Die Leute haben die süße kleine Shanelle geliebt«, beteuerte eine alterslose Dame spanischer Abstammung, die das Lebensmittelgeschäft an der Ecke unweit der Schule führte. »Sie hat immer Gummibärchen gekauft. Die Kleine hatte ein so nettes Lächeln, wissen Sie?«
Nein, wußte ich nicht. Ich hatte Shanelle Green nie lächeln

sehen, konnte mir ihr Lächeln aber vorstellen. Doch in meinem Kopf hatte sich das Bild der zerschmetterten rechten Gesichtshälfte des kleinen Mädchens festgesetzt. Ich trug es mit mir wie ein gräßliches Foto in der Brieftasche.
Onkel Jimmie Kee, ein erfolgreicher Amerikaner koreanischer Abstammung mit großem Einfluß, besaß mehrere Geschäfte in der Nähe. Er unterhielt sich gern mit uns. Jimmie ist ein guter Freund von mir und meinen Kollegen. Ab und zu geht er mit uns ins Stadion, wenn die Redskins oder die Bullets spielen. Er nannte uns einen Namen, den wir bereits auf der kurzen Liste Verdächtiger hatten.
»Was ist mit diesem miesen Schauspieler? Mit Schneid-ihn-ab-Chucky?« fragte Onkel Jimmie, als wir uns hinter dem Ho-Woo-Jung unterhielten, einem beliebten Restaurant an der Achten Straße. Ich las das Schild hinter Jimmie: *Einwanderung ist die aufrichtigste Art der Schmeichelei.*
»Bis jetzt hat niemand diesen Wichser erwischt. Er hat schon mehrere Kinder ermordet. Er ist der schlimmste Hurensohn in Washington – vom Präsidenten abgesehen«, sagte Jimmie und kicherte boshaft.
»Aber keine Leichen, Jimmie. Keine Beweise«, erklärte Sampson. »Wir wissen nicht einmal, ob es überhaupt einen Chucky gibt.«
Da hatte er allerdings recht. Jahrelang kursierten Gerüchte über einen schrecklichen Kinderschänder, der in der Gegend von Northfield Village sein Unwesen trieb, aber es hatte nie etwas Konkretes gegeben. Nichts war je bewiesen worden.
»Chucky gibt's wirklich«, versicherte Onkel Jimmie. Seine dunklen Augen verengten sich zu noch schmaleren Schlitzen. »Chucky gibt's ebenso wie den Teufel. Manchmal sehe ich Schneid-ihn-ab-Chucky im Traum, Alex. Und auch die Kinder, die hier wohnen.«
»Haben Sie etwas Näheres über Chucky gehört? Wo wurde er gesehen? *Wer* hat ihn gesehen?« fragte ich. »Helfen Sie uns, wenn Sie können, Jimmie.«
»Oh, mit Vergnügen.« Er schürzte die dicken braunen Lippen und nickte, daß sich sein Dreifachkinn und der fette Hals in

Falten legten. Jimmie trug gewohnheitsmäßig einen schokoladebraunen Anzug und einen weichen hellbraunen Filzhut, der ständig nickte, wenn er sprach. »Meditieren Sie schon, Alex, und haben Sie Verbindung mit der Kraft des *Chi*?«

»Ich denke darüber nach. Jawohl, Jimmie, ich denke über mein Chi nach. Aber ich glaube, mein Chi ist zur Zeit ein bißchen schwach. Erzählen Sie uns mehr über Chucky.«

»Ich kenne viele üble Geschichten über Chucky. Ein gutes Mittel, den Kindern Angst einzujagen. Sogar die Typen von den Straßengangs haben Schiß vor Chucky. Junge Mütter und Großmütter haben auf den Spielplätzen Handzettel verteilt. In meinen Geschäften auch. Hab' nichts dagegen. Traurige Geschichten über vermißte Kinder. Verbrecher, die Kindern etwas antun, sind die schlimmsten. Finden Sie nicht auch, Alex? Oder sehen Sie das anders?«

»Nein, ich bin ganz Ihrer Meinung. Deshalb sind Sampson und ich heute hier.«

Ich wußte schon eine Menge über den Kinderschänder mit dem Spitznamen Schneid-ihn-ab-Chucky. Unbestätigten Gerüchten zufolge schnitt er Kindern, die in den hiesigen Wohnvierteln lebten, die Genitalien ab. Kleinen Jungs und Mädchen. Chucky bevorzugte kein bestimmtes Geschlecht. Hauptsache, es waren Kinder. Vielleicht stimmte das alles, vielleicht auch nicht. Doch eins stand fest: daß jemand mehrere Kinder aus den Siedlungen Northfield und Southview Terrace, hier in der Nähe, belästigt hatte. Andere Kinder waren spurlos verschwunden.

Die örtliche Polizei verfügte nicht über die Möglichkeiten, einen schlagkräftigen Krisenstab zu bilden, um nach Chucky zu fahnden – *falls Chucky existierte.* Ich war beim Chief of Detectives mehrmals an die Decke gegangen, aber nichts war geschehen. In Southeast schienen niemals zusätzliche Beamte zur Verfügung zu stehen. Es war so beschissen ungerecht, daß ich vor Wut beinahe den Verstand verlor.

»Hört sich an wie 'ne neue ›Mission Impossible‹«, sagte Sampson, als wir die G Street hinuntergingen, in Richtung Kaserne der Marineinfanterie. »Wir sind auf uns allein gestellt. Wir sollen eine Chimäre fangen.«

»Netter Vergleich«, meinte ich und mußte lächeln über Mount John, seine wilden Phantasien und seinen *Verstand*.
»Hab' mir schon gedacht, daß es dir gefällt, weil du ein Mann mit Bildung und Kultur bist.«
Wir tranken dampfenden Kräutertee aus Jimmies Restaurant. Streife gehen. Mit unseren hochgeschlagenen Kragen sahen wir tatsächlich wie knüppelharte Cops aus. Große böse Bullen. Ich wollte, daß die Menschen sahen, daß wir in der Gegend unterwegs waren.
»Keine richtigen Spuren, keine Anhaltspunkte, keine Unterstützung«, sagte ich und pflichtete Sampsons Einschätzung der gegenwärtigen Situation voll und ganz bei. »Nehmen wir den Auftrag trotzdem an?«
»Machen wir doch immer«, sagte er. Seine Augen waren plötzlich hart und stumpf, daß ich es beinahe mit der Angst bekam. »Sei vorsichtig, Chucky. Paß verdammt gut auf. Jetzt sind *wir* hinter deinem armseligen berühmten Arsch her.«
»Deinem Chimärenarsch.«
»Genau, Kleiner. Genau.«

6.

Es war wirklich schön, wieder mit Sampson auf den Straßen in Southeast zu arbeiten. Es war immer schön, selbst bei einem Horror-Show-Mordfall, bei dem mein Blut beinahe übergekocht wäre. Unser letzter großer Fall hatte sich in North Carolina und Kalifornien abgespielt, aber Sampson war nur zu Beginn und zum Schluß dabeigewesen. Wir sind dicke Freunde, schon seit wir neun oder zehn Jahre alt waren. Wir sind in derselben Gegend aufgewachsen. Ich habe manchmal das Gefühl, als kämen wir uns mit jedem Jahr näher. Nein, wir *kommen* uns näher.
»Was ist unser Hauptziel hier, Kleiner?« fragte Sampson, als wir weiter über die G Street gingen. Sampson trug den schwarzen Ledermantel, eine coole Wayfarer-Sonnenbrille und eine glän-

zende schwarze Bandanna. Er konnte es sich leisten, so herumzulaufen, ohne lächerlich auszusehen. »Woher wissen wir, ob wir heute gute Arbeit geleistet haben?«

»Wir geben bekannt, daß wir persönlich den Truth-School-Killer suchen«, sagte ich. »Wir zeigen hier überall unsere hübschen Gesichter und geben den Familien ein Gefühl der Sicherheit, so gut wir können.«

»Genau. Und dann schnappen wir uns Schneid-ihn-ab-Chucky und schneiden *ihm* den Pimmel ab«, meinte Sampson und grinste wie der große böse Wolf, der er durchaus sein kann. »Das war kein Scherz.«

Ich bezweifelte es keine Sekunde lang.

Als ich am Abend endlich nach Hause kam, war zehn Uhr vorbei. Nana Mama wartete auf mich. Sie hatte Damon und Jannie schon ins Bett gebracht. Ihre besorgte Miene verriet mir, daß sie nicht schlafen konnte – was bei ihr ungewöhnlich ist. Nana konnte im Auge eines Hurrikans schlafen. Manchmal *ist* sie das Auge eines Hurrikans.

»Hallo, mein Lieber«, sagte sie. »Schlimmer Tag für dich? Ja, ich seh's schon.« Manchmal kann sie unglaublich mitfühlend sein, freundlich und lieb. Es gefällt mir, daß sie auch genau andersherum sein kann. Ich kann nie voraussagen, wie sie reagiert.

Wir setzten uns auf das Sofa im Wohnzimmer. Meine einundachtzigjährige Großmutter nahm meine Hand. Ich erzählte ihr, was ich bis jetzt wußte. Sie zitterte leicht, was sie sonst nie tat. Sie ist kein schwacher Mensch, in keiner Hinsicht. Selten zeigt sie jemandem ihre Angst – nicht einmal mir. Nana Mama scheint mit zunehmendem Alter nichts von ihrer inneren Kraft zu verlieren; statt dessen wird diese Kraft immer strahlender, konzentrierter.

»Dieser Mord an der Sojourner Truth School hat mich sehr getroffen«, sagte Nana und senkte den Kopf.

»Ich weiß. Ich konnte den ganzen Tag an nichts anderes denken. Ich ermittle in jeder möglichen Richtung.«

»Weißt du viel über Sojourner Truth, Alex?«

»Ich weiß, daß sie eine einflußreiche Abolitionistin war, eine Exsklavin.«

»Man sollte Sojourner Truth in einem Atemzug mit Susan B. Anthony und Elizabeth Cady Stanton nennen, Alex. Sie konnte nicht lesen, deshalb hat sie für den Unterricht die Bibel auswendig gelernt. Sie hat viel dazu beigetragen, daß hier in Washington die Rassentrennung in den öffentlichen Verkehrsmitteln aufhörte. Und jetzt dieses scheußliche Verbrechen an der Schule, die ihr zu Ehren benannt ist.

Schnapp ihn dir, Alex!« stieß Nana plötzlich mit leiser, beinahe verzweifelter Stimme hervor. »Bitte, schnapp dir diesen gräßlichen Kerl. Ich kann kaum seinen Namen aussprechen: *Chucky.* Es gibt ihn tatsächlich, Alex. Er ist kein Kinderschreck, den irgend jemand erfunden hat.«

Ich würde mein Bestes geben. Ganz bestimmt. Es war *mein* Mordfall. Ich wollte die Chimäre jagen, so gut ich konnte.

Mein Verstand machte bereits Überstunden. *Ein Kinderschänder? Jungs und Mädchen. Jetzt ein Kindermörder? Schneid-ihn-ab-Chucky? Gab es ihn tatsächlich, oder hatten verängstigte Kinder ihn sich nur ausgedacht? War er eine Chimäre? Hatte er Shanelle Green ermordet?*

Nachdem Nana ins Bett gegangen war, hatte ich das Bedürfnis, eine Zeitlang das Klavier auf unserer Veranda zu bearbeiten. Ich spielte »Jazz Baby« und »The Man I Love«, aber das Klavier half mir an diesem Abend auch nicht.

Kurz bevor ich einschlief, erinnerte ich mich an den zweiten Mord. Senator Daniel Fitzpatrick war in Georgetown getötet worden. Was für ein Tag. Was für ein Alptraum.

Zwei Morde.

7.

Jack und Jill.

Sam und Sara.

Wer immer sie tatsächlich waren, die beiden lagen bäuchlings auf einem geschmackvollen Orientläufer in dem kleinen Wohnzimmer von Saras Apartment in Washington. Es war eine sichere Zuflucht für beide. Ein Feuer prasselte und knisterte. Duftende Apfelbaumscheite brannten. Sam und Sara spielten auf dem Teppich ein Brettspiel. Es war in jeder Hinsicht einzigartig. *Das Spiel von Leben und Tod,* nannten sie es.

»Ich komme mir vor wie ein verdammter liberaler weißer Yuppie in Washington, der an der Georgetown University studiert hat«, sagte Sam Harrison und lächelte über das unwahrscheinliche Bild, das er von sich entworfen hatte.

»He, diese Beschreibung trifft auch auf mich zu«, erklärte Sara und zog einen Schmollmund. Sie scherzte. Sie und Sam waren keine Yuppies. Sam auf gar keinen Fall.

Was aber nichts daran änderte, daß sie sich beide wie Yuppies verhielten. In der Küche brutzelte ein Perlhuhn. Der Duft zog verführerisch durch die Wohnung, während sie gemütlich auf dem Wohnzimmerteppich lagen und ein Gesellschaftsspiel spielten.

Aber es war nicht Monopoly oder Risk.

Sie spielten darum, wer ihr nächstes Mordopfer sein sollte. Ohne Hast ließen sie die Würfel rollen und rückten den Spielstein auf dem Rechteck aus Fotos vor. Sämtliche Fotos zeigten sehr berühmte Leute.

Das Spiel war wichtig für Jack und Jill, denn es war ein Glücksspiel mit Zufallstreffern, was es der Polizei oder dem FBI unmöglich machte, ihre nächsten Schritte vorauszusehen oder ihr Motiv zu ergründen, falls es eins gab.

Selbstverständlich gab es eins.

Sam würfelte und rückte den Stein vor. Sara betrachtete Sam im warmen, flackernden Feuerschein. Ihre Augen waren leicht verschleiert. Sie dachte an ihre erste Begegnung zurück, an den ersten Kontakt. Es war der Anfang ihrer Bekanntschaft gewesen, mit dem alles begonnen hatte, was jetzt geschah.

Ja, so hatte das komplizierte, schöne, sehr mysteriöse Spiel seinen Anfang genommen. Sie hatten sich im Café einer Buchhandlung in der Washingtoner Innenstadt verabredet. Sara war als erste gekommen, mit wild klopfendem Herzen, einen Kloß im Hals. Diese Verabredung war verrückt gewesen, *alles* daran war total verrückt, vielleicht gefährlich verrückt. Auf alle Fälle *unwider-*

stehlich verrückt für Sara. Diese Chance, diese Gelegenheit konnte sie sich unmöglich entgehen lassen. Vor allem nicht die *Sache.* Die Sache, die ihr alles bedeutete.

Bei der ersten Verabredung hatte Sara keine Ahnung gehabt, wie Sam Harrison aussah. Als er an ihrem Tisch Platz nahm, war sie erstaunt und entzückt zugleich. Sie fand ihn wahnsinnig aufregend.

Sie hatte ihn schon gesehen, als er das Café betrat, und beobachtet, wie er einen Espresso und Gebäck bestellte. Sie hatte nicht glauben können, daß dieser Traummann Sam Harrison war.

Das also war der *Soldat.* Das war ihr potentieller Partner. Irgendwie paßte er in diese Buchhandlung. Er würde überallhin passen. Er sah nicht wie ein Mörder aus – aber sie auch nicht. *Er sieht eher wie ein Pilot aus,* dachte Sara, während sie ihn musterte. *Oder wie ein erfolgreicher Washingtoner Anwalt?* Er war knapp über einsachtzig, schlank und sportlich, mit markantem, dennoch weichem Gesicht und strahlenden, klaren blauen Augen. Alles in allem wirkte er sensibel und zartfühlend – gar nicht so, wie Sara erwartet hatte. Sie mochte ihn auf Anhieb. Sie spürte sofort, daß sie beide über die wichtigen Dinge im Leben einer Meinung waren. Daß sie eine Vision teilten.

»Sie schauen mich an, als hätten Sie einen Schurken erwartet, und jetzt sind Sie erstaunt, daß ich keiner bin«, sagte Sam, als er Sara gegenüber Platz nahm. »Ich bin kein Bösewicht, Sara. Übrigens können Sie Sam zu mir sagen. Eigentlich bin ich ein ziemlich netter Bursche, ehrlich.«

Nein, Sam war viel mehr als bloß ein netter Bursche. Er war *erstaunlich:* hochintelligent, stark, selbstbewußt und trotzdem stets um ihre Gefühle besorgt. Und ihrer Sache blind ergeben.

Nach der ersten Begegnung hatte Sara sich binnen einer Woche in Sam verliebt. Sie wußte, daß es nicht gut war, aber es war nun mal geschehen. Und jetzt waren sie hier und führten ihr geheimes Leben.

Und spielten das Spiel über Leben und Tod, während ein Perlhuhn sich langsam am Spieß drehte. Sie lagen vor einem gemütlichen Kaminfeuer und dachten darüber nach, ob sie miteinander schlafen sollten – Sara jedenfalls. Sie fragte sich, ob sie immer mit Sam, *mit Jack*, zusammensein wollte. Sie liebte es, wenn er in ihr war.

»Der nächste Wurf soll entscheiden«, sagte Sam und reichte Sara die Würfel. »Du bist dran. Jeder hatte jetzt sechs Würfe. Die Ehre gehört dir allein, Sara.«

»Auf ein neues, hm?«

»Ja, auf ein neues.«

Sara klopfte das Herz bis zum Hals. Sie fühlte das *Bumm, Bumm, bumm* in der Brust und hatte den lähmenden Gedanken, daß dieser Wurf praktisch einem Mord gleichkam. Es war, als würde sie in diesem Augenblick den Abzug betätigen.

Wer würde als nächster sterben? Alles lag jetzt in ihrer Hand. Wer würde es sein?

Sie preßte die drei Würfel so fest in die Faust, wie sie konnte, schüttelte sie und warf. Sie beobachtete, wie die Würfel kullerten und abrupt liegenblieben, als hätte jemand an unsichtbaren Fäden gezogen. Rasch zählte sie die Augen: *Neun.*

Sam nahm den Spielstein und rückte ihn neun Felder vor, neun Fotos.

Sara starrte auf das Gesicht des nächsten Opfers, der nächsten Berühmtheit, die sterben sollte. Es war eine Frau.

Es ist für die Sache, sagte sich Sara Rosen, aber das Herz schlug immer noch heftig in ihrer Brust.

Das nächste Opfer war eine berühmte Frau.

Washington – die ganze Welt – würde zum zweitenmal schokkiert und empört sein.

8.

Sampson und ich gingen ins nebelverhangene Herz des Garfield Park, der an den Anaconda River und den Eisenhower Freeway grenzt und nicht weit von der Sojourner Truth School entfernt ist. *Grau ist die Farbe der Wahrheit*, dachte ich, als wir in den Bodennebel eintauchten. Immer ist es Grau. Wir machten keinen morgendlichen Waldlauf, sondern gingen zu dem Ort, an dem Shanelle Green ermordet worden war, wo irgendeine Bestie ihr den Schädel eingeschlagen hatte.

Mehrere Beamte in Uniform, ein Captain und ein weiterer Detective waren am Tatort. Auch etwa ein Dutzend Gaffer waren erschienen. Spürhunde, die man aus Georgia hergebracht hatte, hatten die Suchmannschaft zum Ort des Verbrechens geführt. Von dem grünen Dickicht aus, in dem der Mörder das kleine Mädchen brutal getötet hatte, sah ich die Sechste Straße. Und beinahe auch die Sojourner Truth School.

»Meinst du, er hat die Leiche von hier bis auf den Schulhof geschleppt?« fragte Sampson. Seine Stimme verriet, daß er nicht daran glaubte. Ich auch nicht. Aber wie war die Leiche des kleinen Mädchens auf den Schulhof gekommen?

Ein leuchtendroter Luftballon schwebte einen Meter über dem Gebüsch, in dem der Mord verübt worden war.

»Markiert das Ding die Stelle?« fragte Sampson. »Ist der Ballon die Markierung?«

»Weiß nicht ... ich frage mich ...«, murmelte ich und schob die Zweige beiseite, um mir den Weg ins Versteck zu bahnen. Trotz der Kälte roch es stark nach Fichte, was mich daran erinnerte, daß es bis Weihnachten nicht mehr lange dauerte.

Ich spürte die Anwesenheit des Mörders unter den Zweigen wie eine Herausforderung. Ich spürte auch Shanelles Anwesenheit, als wollte sie mir etwas sagen. Ich hatte den Wunsch, einen Augenblick allein hierzusein.

Der Mord war auf einer kleinen Lichtung verübt worden. Auf dem Boden war getrocknetes Blut. Einiges war sogar bis an die Äste gespritzt. *Er hat sie hierhergelockt. Wie hat er das angestellt? Das Mädchen müßte doch Angst gehabt haben oder mißtrauisch gewesen sein. Es sei denn, sie kannte ihn, weil er in der Gegend wohnte, in der auch Shanelle zu Hause gewesen ...* Dann traf mich die Erkenntnis wie ein Schlag ins Gesicht. *Der Ballon.* Es war bloß eine Vermutung, aber ich hatte die dumpfe Ahnung, daß ich damit richtig lag. *Der rote Ballon konnte der Köder des Killers gewesen sein, mit dem er das kleine Mädchen angelockt hatte.*

Ich ging in die Hocke, verharrte regungslos in diesem Zelt aus Bäumen und Sträuchern.
Dem Mörder hat es hier gefallen, als er sich in der Dunkelheit versteckte. Er mag sein Aussehen nicht. Deshalb liebt er die Dunkelheit. Er mag seinen Verstand, seine Gedanken, nicht aber sein Äußeres. Wahrscheinlich hat er ein auffälliges körperliches Merkmal.
Ich war mir natürlich nicht sicher, ob das alles zutraf, aber es kam mir schlüssig vor, als ich nun am Schauplatz des Mordes hockte.
Hier hat er sich versteckt. Wahrscheinlich, weil er etwas an sich hat, woran sich die Leute erinnern würden. Wenn das zutraf, war es ein wertvoller Hinweis.
Wieder sah ich Shanelle Greens zerfleischtes kleines Gesicht vor mir. Dann meine verstorbene Frau Maria. Ich spürte, wie die Wut mir vom Bauch bis in die Kehle stieg. In meinem Inneren brodelte es. Ich dachte an Jannie und Damon.
Dann kam mir noch ein Gedanke über den Kindermörder: Wut und Haß schließen für gewöhnlich ein Bewußtsein des Selbstwerts ein. Seltsam, aber wahr. Der Mörder haßte, weil er viel mehr an sich selbst glaubte als der Rest der Welt.
Schließlich stand ich auf und verließ das Versteck im Gebüsch. Ich hatte genug.
»Holt den Ballon runter!« rief ich einem Polizisten zu. »Holt den verdammten Ballon vom Baum! Sofort! Er ist ein Beweisstück.«

9.

Er hatte ein hervorstechendes körperliches Merkmal. Ich war fast sicher. Das war schon mal ein Ausgangspunkt.
Am Nachmittag waren Sampson und ich wieder auf der Straße. Wir arbeiteten in der Nähe der Northfield-Village-Siedlungen. Die Zeitungen und das Fernsehen in Washington hatten dem Mord an einem kleinen Mädchen im Southeast keine große

Aufmerksamkeit geschenkt, sondern brachten fast nur Stories über den Mord an Senator Daniel Fitzpatrick, begangen von Tätern – Menschenjägern –, die sich Jack und Jill nannten. Shanelle Green schien nicht wichtig zu sein.

Für Sampson und mich aber war die Kleine wichtig. Wir hatten ihren mißhandelten Körper gesehen und mit ihren gebrochenen Eltern gesprochen. Jetzt zapften wir unsere Informationsquellen auf den Straßen an, sprachen auch mit unseren Nachbarn. Die Leute sollten wissen, daß wir weiter an diesem Fall arbeiteten und die Gegend durchkämmten und überwachten.

»Also, ich steh' auf 'nen guten Mord und tu' nichts lieber, als an 'nem arschkalten Wintertag durch diese beschissenen Straßen zu latschen«, bemerkte Sampson, als wir am Wagen eines Dealers vorübergingen, ein schwarzer Jeep mit schwarz getönten Scheiben. Rapmusik dröhnte aus dem Innern des Autos, vor allem die dumpfen Bässe. »Ich liebe das Leid, den Gestank, den widerlichen Krach.« Sampsons Gesicht war ausdruckslos. Jenseits der Wut. Philosophisch abgeklärt.

Unter dem offenen Wintermantel trug er ein Sweatshirt, auf dem die Tagesparole stand:

Mir ist alles scheißegal
aber macht mir keinen Scheiß
sonst werde ich scheißwütend

Genau. Ganz genau. Ganz John Sampson.

Während der letzten Stunde hatte keiner von uns Lust gehabt, viel zu reden. Es lief nicht besonders gut. Aber es war unser Job. Und der lief meist nicht gut.

Mount John und ich trafen gegen vier Uhr nachmittags auf dem Capitol City Market ein. Dieser Schnäppchenladen an der Achten Straße ist ein beliebter Treffpunkt und so ungefähr der dreckigste und bedrückendste Laden in ganz Washington, D.C. – und das will etwas heißen.

Die Sonderangebote sind für gewöhnlich mit roter Kreide auf die graublauen Schlackensteine der Fassade geschrieben. Heute waren es kaltes Bier, Limonade, Bananen, Schweinekru-

ste, Tampax und Lotto – ein wirklich ausgewogenes Frühstück aus Grundnahrungsmitteln.
Ein junger Schwarzer mit Wayfarer-Sonnenbrille, kahlgeschorenem Schädel und einem kleinen Spitzbart stand vor dem Minimarkt und erweckte auf Anhieb unsere Aufmerksamkeit. Er stand neben einem anderen Mann, dem ein Schokoriegel wie eine Zigarre zwischen den Lippen hing. Der Kahlkopf gab mir ein Zeichen, daß er mit uns reden wollte, aber nicht hier.
»Traust du diesem Schlägerarsch?« fragte Sampson, als wir dem Mann in sicherer Entfernung folgten. »Das ist Alvin Jackson.«
»Ich traue jedem.« Ich zwinkerte Mount John zu. Doch er zwinkerte nicht zurück.
»Du bist ganz schön fertig, Kleiner«, sagte er. Seine Augen waren immer noch verschleiert.
»Ich versuche nur, das Richtige zu tun.«
»Ach ja? Dann strengst du dich zu sehr dabei an.«
»Magst du mich deshalb so?«
»Ja, genau«, sagte Sampson und grinste endlich. »Wenn es ein Fehler ist, dich zu mögen, dann möchte ich ihn nicht missen.«
Wir trafen Alvin »den schnellen« Jackson an einer Straßenekke. Sampson und ich hatten Alvin gelegentlich als Spitzel eingesetzt. Im Grunde war er kein übler Bursche, aber er führte ein gefährliches Leben, das sich plötzlich sehr, sehr für ihn verschlechtern konnte. An der High School war er ein hervorragender Sprinter gewesen und hatte auf den Straßen trainiert. Jetzt leitete er ein kleines Trainingscamp und verkaufte nebenbei Marihuana. In vielerlei Hinsicht war Alvin immer noch ein halbes Kind. Das war wichtig, um diese Halbwüchsigen zu verstehen, auch diejenigen, die am gefährlichsten und kräftigsten aussahen.
»JadiekleineShanelle«, sagte Alvin, als wären die vier Worte eins. »Sucht ihr immer noch Tips, wer sie allegemacht hat?«
Alvins Jacke war nicht zugeknöpft – die derzeitige Mode, die sich an der Knastkleidung orientierte. Über dem Hosenbund sah man Alvins rot und weiß gestreifte Unterwäsche. Gefängnisinsassen nahm man stets den Gürtel weg, damit sie sich nicht aufknüpfen konnten, was zur Folge hatte, daß die

Hose rutschte und die Unterhose zum Vorschein kam – so war dieser neue *Look* entstanden. Eine passende Mode für unsere Gegend.

»Ja. Was hast du über das Mädchen gehört, Alvin? Aber erzähl uns keinen Scheiß.«

»He, Mann, ich liefere nur erstklassige Ware«, protestierte Alvin in meine Richtung. Sein geschorener Kopf nickte ständig. Der große Kreolenohrring klirrte. Seine langen, kräftigen Arme zuckten. Ständig hob er die Füße in den Nike-Schuhen, trat von einem Bein aufs andere.

»Das wissen wir zu schätzen«, versicherte ich ihm. »'ne Kippe?« Ich bot Alvin eine Camel an. Echt cool, stimmt's?

Er nahm die Zigarette. Ich rauche nicht, habe aber immer eine Schachtel dabei. Alvin hatte wie ein Schlot geraucht, als er Leichtathlet an der High School gewesen war. Das war mir damals aufgefallen.

»Die kleine Shanelle hat im selben Haus wie meine Tante gewohnt. Drüben in Northfield. Ich hab' da so 'n Schimmer, wer in Frage kommt. Könnt ihr mir folgen?«

»Bis jetzt geht's gerade noch.« Sampson nickte. Er gab sich Mühe, nett zu sein. Selbst ein Salatkopf hätte Alvin verstanden.

»Willst du uns zeigen, was du hast?« fragte ich. »Hilfst du uns?«

»Ich zeig' euch eigenhändig *Chucky*. Geil, wa?« Er lächelte und nickte mir zu. »Aber bloß, weil ihr's seid. Schon vor *Monaten* hab' ich versucht, den anderen Bullen was zu stecken. Aber die hatten keinen Bock. Mann, die wollten so 'nem Arsch wie mir gar nicht erst zuhören. *Null* Zeit für mich.«

Ich kam mir wie sein Vater oder Onkel oder älterer Bruder vor. Ich fühlte mich verantwortlich – und das gefiel mir ganz und gar nicht.

»*Wir* hören dir zu«, erklärte ich. »Wir haben Zeit für dich.«

Sampson und ich gingen mit Alvin in die Northfield-Village-Siedlung. Northfield ist eine der gefährlichsten Gegenden Washingtons. Dort wimmelt es von schweren Jungs. Aber das scheint niemanden zu kümmern. Die Polizei des Ersten Distrikts hat aufgegeben. Wer einmal in Northfield gewesen ist, wird es ihr nicht verübeln.

Ich hielt den Tip für wenig aussichtsreich, aber Alvin Jackson war ein Mann auf einer Mission. Ich fragte mich, warum. Was entging mir hier?

Alvin zeigte mit dem langen Finger anklagend auf eines der gelben Backsteingebäude. Es war in ebenso schäbigem, baufälligem Zustand wie die meisten anderen. Über der doppelten Eingangstür hing ein glänzendblaues Metallschild: Gebäude 3. Die Vordertreppe war von Rissen durchzogen und sah aus, als hätte der Blitz sie getroffen oder als hätte jemand mit einem Vorschlaghammer darauf geschlagen.

»Da drin wohnt er. Jedenfalls hat er da gewohnt. Heißt Emmanuel Perez. Manchmal arbeitet er als Ausfahrer im *Famous.* Ihr wißt schon, *Famous Pizza.* Der Typ ist hinter kleinen Kindern her, Mann. Echt schizo. Ein Scheißwichser. Aber ein Wichser, vor dem man Schiß haben muß. Er kann's nicht ausstehen, wenn man ihn Manny nennt. Er heiß *E-mma-nu-el!* Er besteht drauf.«

»Woher kennst du Emmanuel?« fragte Sampson.

Plötzlich legte sich ein Schleier über Alvins Augen. Sie wurden hart wie Steine. Er ließ sich ein paar Sekunden Zeit, ehe er antwortete. »Ich hab' ihn schon immer gekannt. Er war schon hier, da war ich noch 'n kleiner Bengel. Schon damals war er ein Schwein. Emmanuel war immer da, versteht ihr?«

Ja, ich verstand. Jetzt verstand ich. Schneid-ihn-ab-Chucky war keine Chimäre mehr.

Auf dem asphaltierten Hof befand sich ein Spielplatz. Kinder drehten Reifen, aber nicht sehr gut. Am Basketballkorb war kein Netz, und der Rand war verbeult. Wer auch nur halbwegs gut Basketball spielte, trieb sich nicht auf diesen Höfen herum.

Plötzlich fiel Alvin etwas ins Auge.

»Da drüben, das isser«, sagte er mit hoher, weinerlicher, verängstigter Stimme. »Das isser, Mann. Das ist Emmanuel Perez, der hinter den Kindern her ist.«

Kaum hatte er ausgesprochen, als Perez uns entdeckte. Es war wie ein böser Traum. Ich sah den roten Bart, der steif vom Kinn abstand. *Er hatte ein auffälliges körperliches Merkmal, an das die Leute sich erinnern würden, wenn sie ihn im Garfield Park sahen.* Er musterte Alvin Jackson mit finsterem, angsteinflößendem

Blick. Dann rannte er los wie ein geölter Blitz. Emmanuel Perez konnte verdammt schnell laufen. Aber das konnten wir auch. Jedenfalls hatten wir es noch beim letztenmal gekonnt, als wir jemand hinterhergejagt waren.

10.

Sampson und ich kamen Perez ein bißchen näher. Wir stürmten durch eine gewundene, mit Unrat übersäte Gasse zwischen den hohen, tristen Gebäuden. Wir waren immer noch ziemlich flott.

»Halt! Stehenbleiben! Polizei!« rief ich der armseligen Figur zu, die vor uns her flitzte. Schwarzer Mann? Chimäre? Unschuldiger Ausfahrer einer Pizzabäckerei?

Perez, der mutmaßliche Kindermörder und Kinderschänder, versuchte abzuhauen. Wir wußten nicht mit letzter Gewißheit, ob der Kerl Schneid-ihn-ab-Chucky war, aber er hatte offensichtlich einen Grund, vor Sampson und mir zu fliehen. Vor der Polizei.

Hatten wir einen Durchbruch in diesem Fall geschafft? Immerhin, es tat sich endlich etwas.

Ein schlimmer Gedanke hatte sich in meinem Hirn eingenistet: *Warum hat man Perez nicht längst schon erwischt, wenn Sampson und ich den Kerl nach nur zwei Tagen Streife beinahe schon geschnappt haben?*

Ich glaubte, die Antwort zu kennen. Sie gefiel mir nicht besonders: *Weil sich niemand darum kümmert, was in dieser jämmerlichen Gegend in den Siedlungen passiert. Hier interessiert sich kein Aas für irgendwas.*

»Wir fallen zurück!« rief Sampson, als wir zwischen den riesigen Gebäuden dahinstürmten, Abfall umherwirbelten und Tauben aufscheuchten.

»Das wollen wir doch mal sehen!« rief ich zurück.

Kein Aas interessiert sich für irgendwas.

»Wir sind schneller, stärker und zäher, als Manny in seinen kühnsten Träumen je gewesen ist.«

»Und besser als Dampfplauderer«, stieß ich keuchend hervor. Nur einmal Keuchen, aber trotzdem Keuchen.

»Das auch, Kleiner. Das brauchst du nicht extra zu sagen.«

Wir folgten Perez auf die Siebte Straße, die von vier- und fünfstöckigen Häuserreihen mit etlichen Geschäften und ein paar Bars gesäumt wird, die wie ausgebombt aussehen.

Plötzlich bog Perez mitten im Häuserblock in einen ziemlich heruntergekommenen Bau ab, der wie eine verfallene Mietskaserne aussah. Die Fenster waren mit Blechplatten verschalt, die wie Silberzähne in einem verfaulten Gebiß aussahen.

»Verdammt, der Kerl weiß offenbar genau, was er tut!« rief Sampson. »Er weiß, wohin er rennt.«

»Dann ist er der einzige von uns dreien.«

Sampson und ich stürmten dicht hinter Perez in das heruntergekommene Gebäude. Der durchdringende Gestank nach Urin und Verfall war allgegenwärtig. Als wir die steilen Betontreppen hinaufrannten, spürte ich, wie sich in meiner Brust Feuer ausbreitete.

»Der hatte seinen Fluchtweg genau geplant!« keuchte ich. »Bescheuert ist er nicht.«

»Er will vor *uns* fliehen. Das Typ ist nicht besonders helle. Hat noch nie geklappt ... *Wir haben dich, Manny!*« brüllte Sampson die Treppe hinauf. Seine Stimme hallte wie Donner in dem engen Treppenhaus. *»He, Manny! Manny, Manny, Manny!«*

»Halt! Polizei! *Manny* Perez, bleiben Sie stehen!« rief Sampson dem Flüchtigen hinterher. Er hatte seine Dienstwaffe gezogen, eine häßliche 9mm Glock.

Wir hörten Perez über uns rennen, seine Sohlen klatschten auf den Stufen. Er rief nicht zurück. Niemand war auf der Treppe oder auf einem der Absätze. Niemand kümmerte sich darum, daß die Polizei jemanden durchs Gebäude verfolgte.

»Glaubst du, Perez ist wirklich der Täter?« rief ich Sampson zu.

»*Irgendwas* hat er jedenfalls ausgefressen. Er rennt, als hätte er Feuer im Arsch und die Flammen würden seine Wirbelsäule raufkriechen.«

»Ja, und wir haben die Lunte angezündet.«
Durch eine graue Metalltür stürmten wir auf ein breites, gewelltes Teerdach. Der Himmel über uns war kalt und blau. Rundum waren glänzende, blendende Oberflächen. *Über uns war nur der strahlend blaue Himmel. Ich spürte das Verlangen abzuhauen – von alldem hier wegzufliegen. Das Verlangen war da, aber nicht die Möglichkeit.*
Wohin zum Teufel war Perez gelaufen? Er war nirgends zu sehen. Wo steckte der Hurensohn? Wo war der Killer von der Sojourner Truth?
Die *Chimäre.*

11.

»Leckt mich, Scheißbullen!« brüllte Perez plötzlich. »Hört ihr mich, Scheißbullen?«
»Scheißbullen?« Sampson schaute mich an und verzog das Gesicht zu einer Grimasse.
Ich erhaschte einen kurzen Blick auf Schneid-ihn-ab-Chucky. Er war rechts von uns, rannte über das Dach des Nebenhauses. Er war schon knapp dreißig Meter von uns entfernt. Ich sah, wie er einen raschen, gehetzten Blick über die Schulter warf.
Seine kleinen Augen waren harte schwarze Perlen und blickten so böse, wie Augen nur blicken können. Und dann noch dieser eigenartige rote Bart. Vielleicht war der Typ wirklich ein Psychopath. Aber vielleicht war er auch nur Ausfahrer beim Pizzabäcker. *Vergiß es,* sagte ich mir.
Fünf Teenager, vier Jungen und ein Mädchen, waren auf dem Dach und mit irgendwelchen krummen Sachen beschäftigt. Wahrscheinlich Crack. Ich hoffte, sie würden kein Heroin schnupfen. Gelangweilt beobachteten sie, wie die wüste, wilde Welt vorübersauste. *Das wahre Leben der Stadt spielte sich hier oben ab.* Räuber und Gendarm. Kinderschänder und Kindermörder. Diesen Jugendlichen war das scheißegal.

Mit mächtigen Sätzen überwanden Sampson und ich drei weitere schmale Dächer. Wir holten ein bißchen auf, aber höchstens ein, zwei Schritte. Schweiß strömte über meine Stirn und die Wangen und brannte in den Augen.

»*Halt! Wir schießen!*« rief ich. »*Bleib stehen, Perez!*«

Wieder schaute Perez sich um. Diesmal sah er mir geradewegs ins Gesicht und grinste. *Dann schien er am anderen Ende des Klinkergebäudes zu verschwinden.*

»Die Feuerleiter!« brüllte Sampson.

Sekunden später flitzten wir die dünne, gewundene, verrostete Metalleiter hinunter. Perez flog vor uns die Feuerleiter hinab. Er war verdammt schnell. Hier besaß er eindeutig den Heimvorteil; er kannte sich aus.

Sampson und ich waren beide zu groß für diese Manöver auf den engen Stufen. Perez vergrößerte den Vorsprung um eine, dann anderthalb Treppen.

Chucky hat seinen Fluchtweg geplant, schoß es mir durch den Kopf. *Er hat ihn geübt. Das steht fest.* Ich war fast sicher. *Er ist ein cleverer Bursche. Er ist schuldig. Diese bösartigen Augen. Wie die eines tollwütigen Hundes. Was hatte Alvin Jackson gesagt? Daß Emmanuel Perez schon immer in der Nähe gewesen war.*

Wir sahen ihn unten auf der E Street. Der rote Bart ragte hervor, als wäre er aus versteinertem Holz. Jetzt war er schon einen ganzen Block vor uns. Überall Stoßverkehr. Perez stieg in ein Taxi, eine schmutzige orangerote Kiste, auf der stand: *Cappy's – wir fahren überallhin.*

»Halt, du verdammtes Eichhörnchen!« brüllte Sampson, so laut er konnte. »He, verdammt, Manny!«

Hinter dem schmutzstarrenden Rückfenster des Taxis zeigte Perez uns den Stinkefinger.

Dann lehnte er sich aus dem Fenster und brüllte: »Scheißbullen!«

12.

Sampson und ich rannten auf die E Street hinaus. Immer noch strömte mir der Schweiß über Stirn und Wangen, über den Hals und den Rücken und die Beine. Sampson lief vor einem Taxi auf die Straße. Der Fahrer bremste mit kreischenden Reifen. Klug von dem Mann, Mount John auszuweichen und damit einen Totalschaden zu vermeiden.

»Metro Police! Detective Alex Cross!« erscholl meine Stimme, als wir beide gleichzeitig die hinteren Türen des Wagens aufrissen. »Folgen Sie dem Taxi! Los! Verdammt!«

»Verlieren Sie ihn ja nicht!« drohte Sampson dem Fahrer. »Denken Sie nicht mal daran!« Der arme Kerl hatte Todesangst. Er blickte kein einziges Mal zu uns nach hinten, sagte kein Wort. Aber er verlor nicht den Sichtkontakt mit *Cappy's – wir fahren überallhin.*

Auf der Neunten Straße gerieten wir in einen langen Stau. Es sah aus wie auf der Pennsylvania Avenue. Autos und Lastwagen stauten sich mindestens drei Querstraßen weit. Überall erklang wütendes Hupen. Die Hupe eines Sattelschleppers hörte sich wie das Nebelhorn eines Ozeandampfers an.

»Vielleicht sollten wir aussteigen und die weitere Verfolgung zu Fuß aufnehmen«, sagte ich zu Sampson.

»Das habe ich auch gerade gedacht. Los, versuchen wir's!«

Die Chancen standen fünfzig zu fünfzig. Wenn wir Pech hatten, würden wir Chucky gleich hier verlieren. Das Herz hämmerte in meiner Brust. Ich sah den eingeschlagenen Schädel der kleinen Shanelle Green vor dem inneren Auge. *Emmanuel war stets in der Nähe. Diese Augen eines tollwütigen Köters!* Ich wollte Schneid-ihn-ab-Chucky unbedingt fassen, mit jeder Faser meines Seins.

Sampson hatte bereits die quietschende Tür auf seiner Seite des Taxis aufgestoßen. Ich war einen halben Schritt hinter ihm. Vielleicht weniger.

Chucky mußte unseren heißen Atem im Nacken spüren. Er sprang aus dem Taxi und rannte zu Fuß weiter.

Wir folgten ihm auf den schmalen Bahnen zwischen den Autos, die quälend langsam vorwärts krochen. Grelles Hupen sorgte für die chaotische Begleitmusik bei unserer Verfolgung zu Fuß auf der Neunten Straße.
Chucky rannte wie der Blitz. Offenbar war er inzwischen wieder zu Atem gekommen.
Plötzlich bog er nach rechts ab, in ein schimmerndes Bürogebäude aus Glas und Stahl, das aussah wie ein silberblauer Palast.
Wahnsinn!
Ich hielt meine Polizeimarke bereits in der Hand, als wir wenige Schritte hinter Chucky ins Gebäude stürmten. »Spanischer Typ, roter Bart. In welche Richtung?« brüllte ich den verwirrten Sicherheitsmann an, der in der eleganten getäfelten Eingangshalle stand.
Er deutete auf den mittleren Aufzug. Der Lift hatte bereits das Erdgeschoß verlassen. Ich beobachtete die Etagenanzeige: drei – vier – er fuhr schnell nach oben. Sampson und ich stürmten in die offene Tür des Lifts, der dem Eingang am nächsten war.
Mit der Innenfläche der Hand drückte ich auf den Schalter *Dach* – meine der Wahrheit wohl am nächsten kommende Vermutung, was Chuckys Fluchtweg betraf.
»Was hat Manny gesagt? Daß Perez als Ausfahrer bei Famous Pizza arbeitet, nicht wahr?« sagte ich zu Sampson. »Im Erdgeschoß hier gibt's 'ne Famous Pizza.«
»Glaubst du, Chucky ist ein Gewohnheitstier? Warum fährt er dann zum Dach rauf?«
»Gute Frage. Aber ein Tier ist er auf alle Fälle.«
Die Klingel des Aufzugs ertönte. Sampson und ich sprangen mit gezückten Waffen aus der Kabine. In der Ferne sahen wir das Capitol und die Freiheitsstatue. Unter anderen Umständen ein hübscher Anblick. Jetzt aber irgendwie seltsam. Irgendwie traurig.
Shanelle Green ging mir nicht aus dem Kopf. Ständig sah ich ihr mißhandeltes Gesicht. *Womit hatte er sie geschlagen? Wie oft? Warum?* Ich wollte dieses Schwein so unbedingt fassen, daß es

mir körperliche Schmerzen bereitete. Meine Glieder taten mir weh, mein Kopf noch mehr.
Wir bewegten uns vom Gebäude weg. Schließlich entdeckte ich Chucky. Als Silhouette zeichnete er sich gegen die Skyline ab. Schwarze Verzweiflung packte mich.
Chucky *hatte* einen Fluchtweg ausbaldowert. Er hatte sich alles vorher überlegt, *falls jemand ihn verfolgen würde. Auf alle Fälle verhielt er sich, als wäre er schuldig. Er mußte unser Mörder sein.*
»Leckt mich, Scheißbullen!« kreischte er höhnisch.
Dann rannte er mit langen, schnellen Schritten los. Er machte kraftvolle Sätze – lange Sätze.

»Nein«, stöhnte ich. »Nein, nein, nein.«
Ich wußte, was er tun würde.
Perez würde von einem Gebäude zum nächsten springen.
»Halt, du Scheißkerl!« brüllte Sampson. »Oder ich schieße.«
Doch Perez blieb nicht stehen. Wir sahen, wie er einen gewaltigen Sprung machte.
Laut schreiend rannten wir bis zum Rand des Daches. Schräg gegenüber von diesem Glaspalast stand ein anderes Bürogebäude. Sein Dach lag ein Geschoß tiefer als die Stelle, an der Sampson und ich jetzt standen.
Chucky befand sich in der Luft zwischen den Gebäuden, diesen Türmen aus Glas und Stahl.
»O Gott!« stieß ich hervor und starrte nach unten. Der Abstand zwischen den Gebäuden betrug mindestens sieben Meter, vielleicht mehr.
»Fall runter, du Wichser! Knall gegen die Mauer!« schrie Sampson der fliegenden Gestalt zu. »Runter, Chucky!«
Das hat Chucky schon mal getan. Er hat diesen Sprung geübt, dachte ich, während ich ihn beobachtete. *Kein Wunder, daß man ihn nie erwischt hat. Wie viele Jahre läuft er schon frei herum? Wie viele Kinder hat er sexuell belästigt oder ermordet?*
Wir hielten die Waffen in der Hand, schossen aber nicht. Uns fehlte der Beweis, daß Perez der Mörder war. Er war lediglich vor uns geflohen, hatte aber keine Waffe gezogen. Und jetzt dieser Wahnsinnssprung von einem Gebäude zum nächsten.

Auf Höhe der sechzehnten Etage schien Chucky mitten in der Bewegung zu verharren. Es war ein langer, weiter Weg nach unten.

Irgendwas stimmte nicht.

Chucky strampelte verzweifelt mit den Beinen, als versuchte er, mit einem Fahrrad über den Himmel zu fahren.

Er reckte die langen Arme. Die Muskeln waren hart und angespannt. Das Führungsbein streckte er beinahe im rechtem Winkel vom Körper nach vorn. Wie auf dem besten Reklameposter von Nike.

Seine Körperhaltung war so steif wie die eines Läufers auf einem preisgekrönten Foto.

»Mein Gott!« flüsterte Sampson neben mir. Ich spürte seinen warmen Atem an meiner Wange.

Chuckys Arm war ausgestreckt, doch seine Hand berührte kaum die Mauer auf dem Dach des Bürogebäudes. Seine Beine strampelten noch in der Luft.

Dann schrie Schneid-ihn-ab-Chucky – ein Schrei, der einem das Blut in den Adern gefrieren ließ und nur von den Fenstern und Mauern der beiden Gebäude gedämpft wurde.

Chucky schrie und schrie, als er die sechzehn Stockwerke hinunterstürzte. Vergeblich, verzweifelt ruderte er mit Armen und Beinen in der Luft.

Vor meinen Augen drehte sein Körper sich plötzlich in der Luft.

Er schaute zu mir hinauf – immer noch schreiend, auf eine hoffnungslose, anklagende Art. Er schrie mit dem Mund *und den Augen* – selbst der buschige rote Bart schien zu schreien.

Ich beobachtete, wie Chucky starb. Der Sturz schien endlos lange zu dauern. Vier oder fünf Sekunden, die wie eine Ewigkeit schienen.

Mein Magen rebellierte. Mir wurde schwindlig. Die schmale Gasse unten wurde zu einem sich drehenden grauen Band. Die Gebäude – der *Cañon* – schienen so steil und so dunkel und so weit weg zu sein.

Dann hörte ich, wie Chucky aufs Pflaster knallte. *Klatsch!* Es war ein Geräusch wie aus einer anderen Welt.

Ich starrte auf den zerschmetterten Körper, der mit ausgebreiteten Gliedmaßen tief unter uns lag. Aber ich konnte keine Freude empfinden. Seine Leiche hatte nichts, was auch nur im entferntesten menschlich gewesen wäre. Er war zerschmettert wie die eine Seite von Shanelle Greens Gesicht. Chuckys unmenschliche Schreie hallten immer noch in meinem Kopf.

»Das wär's«, meinte Sampson. »Fall abgeschlossen. Eins zu null für die Scheißbullen.«

Ich steckte meine Halbautomatik ins Holster. Emmanuel Perez hatte seine Flucht geübt, aber nicht gut genug.

13.

Ein Riesenbeschiß. Ich habe euch total beschissen, nicht wahr? Ich habe euch alle verarscht.

Der wahre Sojourner-Truth-Killer lebte und war wohlauf. Es hätte ihm gar nicht bessergehen können, vielen Dank. Er hatte soeben das perfekte Verbrechen begangen, nicht wahr? Er war soeben mit einem Mord davongekommen.

Ja, genauso war es. Frei wie ein Vogel. Die Washingtoner Polizisten, diese Mickymouse-Bullen, hatten das falsche Arschloch gefaßt. Ein Kerl, der Emmanuel Perez hieß, hatte für die Sünden eines anderen bezahlt, und zwar mit seinem Leben.

Jetzt mußte er nur noch cool bleiben. Das wußte er. Darauf mußte er sich jetzt konzentrieren. Er hatte bereits beschlossen, eine Zeitlang unterzutauchen – *in seinem Kopf.*

Er schlenderte in Arlington durchs Pentagon-Einkaufszentrum. Während er durch The Gap und dann durch Victoria's Secret ging, kochte es in seinem Innern. Er war besessen von dem Gedanken, wie er sich an *irgend jemand* rächen konnte. An *allen* rächen könnte. *A tout le monde* – verzeihen Sie sein Französisch, *s'il vous plaît.*

Ein Song, ein Oldie, den er morgens auf MTV gehört hatte, ging ihm nicht aus dem Kopf. Seit Stunden hüpfte der Text wie

Tischtennisbälle in seinem Schädel herum. Er hörte Beck, den Sänger der Gruppe, einen hoffnungslosen drittklassigen Musikclown aus Los Angeles: *Ich bin ein Verlierer, Baby, warum tötest du mich nicht?*

Ich bin ein Verlierer, Baby, warum tötest du mich nicht? wiederholte er die Worte im Kopf.

Ich bin ein Verlierer, Baby, warum tötest du mich nicht?

Er liebte es, wenn diese schwachsinnigen Texte bei ihm in beiden Richtungen funktionierten. Sie handelten von ihm und seinen potentiellen Opfern. Das alles war ein Kreislauf, der einen ganz schön durcheinanderbringen konnte, nicht wahr? In seiner verdrehten Schlichtheit war das Leben schön, richtig?

Falsch! Das Leben war nicht schön. Überhaupt nicht.

Jetzt beobachtete er einen kleinen Scheißer, ein potentielles Opfer, das zu verlockend aussah, um es sich entgehen zu lassen. Der Sojourner-Truth-Killer schlenderte durchs Spielzeuggeschäft Toys »R« im Einkaufszentrum. Da es Vorweihnachtszeit war, drängten sich die Idioten in dem Laden.

Aus den Deckenlautsprechern dröhnte der schwachsinnige Werbesong der Ladenkette, der einen zur Weißglut bringen konnte: »Ich will nicht groß werden, ich bin ein Toys-›R‹-Us-Kind.« Immer wieder. Die Art von hirnloser Wiederholung, wie Kinder sie gern hatten. Die sinnenbetäubende Zahl idiotischer Spielsachen, die zum Kotzen verwöhnten Kids, die selbstzufrieden dreinschauenden Mütter und Väter – bei all diesen Eindrücken wurde ihm heiß, schwindlig, beinahe übel.

Ich will auch nicht groß werden, sagte er zu sich. *Ich bin ein Toys-»R«-Us-Kindesmörder.*

Er beobachtete, wie der von ihm ausgewählte kleine Junge allein durch einen Gang schlenderte, dessen Regale bis oben hin mit Actionspielzeug gefüllt waren. Der Junge war ungefähr fünf Jahre, ein Alter, in dem man sehr leicht mit den kleinen Scheißern fertig wurde.

Der Wutknopf in seinem Kopf löste einen Großalarm aus. *Wumm! Wumm! Wumm!* Das schreckliche Gefühl breitete sich rasch bis in die Brust aus. *Wumm! Wumm!* Ungeheure Anspannung. Er fühlte sich unwohl. Seine Hände waren zu Fäusten

geballt. Sein Magen fühlte sich wie ein Stein an. Die Kehle wurde ihm eng. Sogar sein *Hirn* krampfte sich zusammen.
Sei jetzt vorsichtig, ermahnte er sich. *Mach keinen Fehler! Denk daran: Du begehst das perfekte Verbrechen.*

14.

Allerdings würde es kein Kinderspiel sein, die Sache in diesem gutbesuchten Spielzeugladen durchzuziehen. Was, wenn die Eltern des Jungen in der Nähe waren? Was, wenn man ihn erwischte? *Aber das würde nicht passieren! Konnte nicht passieren!*
Es war unglaublich wichtig für ihn. Allein wenn er das niedliche runde Gesicht des blonden Jungen betrachtete, konnte er *spüren,* wie sehr man das Kind vermissen und – was noch besser war – betrauern würde. Er stellte sich die Meldungen vor, mit denen die Fernsehbildschirme bombardiert würden, und verspürte schon jetzt die prickelnde Erregung, wenn er die Nachrichten sah und wußte, daß *er* für soviel Schmerz, Leid und hektische Aktivität verantwortlich war.
Der kleine Junge wurde nervös, geriet beinahe in Panik. In seinen Augen glitzerten große Krokodilstränen. Niemand, kein Erwachsener, schien in seiner Nähe zu sein. Armer kleiner verlorener Junge. Armer kleiner Prinz.
Langsam und vorsichtig pirschte der Mörder sich an sein Opfer heran. Jetzt gab es kein Halten mehr. Sein Herz schlug wie eine riesige Blechtrommel. Er liebte dieses überwältigende Gefühl. Die Arme und Beine wurden ihm weich. Wackelpudding. Sein Gesichtsfeld verengte sich. Aus Vorfreude, Angst, Furcht und Erregung war ihm schwindlig.
Tu es!
Jetzt!
Er beugte sich hinab, packte den kleinen Jungen und redete lächelnd, so freundlich er konnte, auf ihn ein.
»Hallo! Ich bin Roger, der listenreiche Helfer. Ich arbeite in

diesem Geschäft.« Er wies auf die Regale. »Was magst du am liebsten? Wir haben hier alle Spielsachen, die es auf der ganzen weiten Welt gibt, weil wir der größte und tollste Spielzeugladen von der Welt sind. Juhuuu! Wie findest du das? Los, suchen wir deine superarme Mom und deinen Dad!«

Der Kleine lächelte ihn tatsächlich an. Bei Kindern schlug die Stimmung wirklich verblüffend schnell um. Die schönen blauen Augen strahlten, funkelten. Etwas *Feuchtes* und Großartiges passierte. »Ich will Mighty Max«, krähte der Kleine, als wäre er Richie der Reiche und nicht Vinnie der Verlorene.

»Okay, komm mit. Ein Mighty Max kommt sofort! Warum? Weil du ein Toys-›R‹-Us-Kind bist.«

Er nahm den Kleinen auf die Arme und ging schnell durch den breiten Gang zum Eingang. Plötzlich wurde ihm klar, daß er durchkommen würde. Sogar bei fast hundert Augenzeugen konnte er diese tollkühne und schockierende Tat begehen. *He, er war der neue Rattenfänger. Die Kinder liebten ihn.*

»Wir holen auch noch einen Vac-Mann. Wie ist es mit X-Männern? Oder mit einem Stretch Armstrong?«

»Mighty Max«, wiederholte der Junge unbeirrt. »Ich will einen Mighty Max.«

Der Mörder lugte aus dem Gang zwischen den Regalen hervor. Es waren weniger als dreißig Schritte bis zum Vordereingang des Geschäfts. Der Parkplatz des Einkaufszentrums grenzte an den Columbia Park, der von Anfang an in seinen Fluchtplan einbezogen war.

Er machte mehrere schnelle Schritte, blieb dann aber wie angewurzelt vor dem Eingang stehen.

Scheiße! Ein Paar – Ende Zwanzig – kam auf ihn zu. Die Frau sah wie der kleine Prinz aus.

Jetzt hatten sie ihn ... todsicher. Sie hatten ihn erwischt! Sie hatten ihn!

Er wußte, was er zu tun hatte, deshalb geriet er auch keine Millisekunde in Panik. Abgesehen von zwei oder drei Herzinfarkten, die er *im Innern* hatte. *Na ja, alles vorbei. Jetzt Augen zu und durch!*

»Hallo!« Er lächelte strahlend und machte seinen besten im-

provisierten Auftritt. »Gehört der Kleine zu Ihnen? Er hatte sich beim Actionspielzeug verlaufen. Niemand hat nach ihm gesucht. Ich wollte ihn gerade zum Geschäftsführer bringen. Der Kleine hat sich die Augen ausgeweint. Sind Sie seine Mom?«
Die Mutter griff nach ihrem kleinen Born der Freude, warf ihrem Mann zugleich aber einen zornigen Blick zu.
Aha, *dort* stand unser Schurke! Papa war offenbar derjenige, der nicht auf den Kleinen aufgepaßt hatte. Papas konnten heutzutage nichts mehr recht machen! Auf jeden Fall war sein *eigener* Pa nicht dazu imstande gewesen.
»Danke. Ich danke Ihnen *so sehr*«, sagte die Mutter und schenkte dem Papa noch einen unglaublich bösen Blick. »Das ist wirklich ganz lieb von Ihnen«, sagte sie zu dem Mörder.
Der lächelte strahlend weiter. Mann, er gab als Schauspieler wirklich alles, was er hatte. »Das hätte doch jeder getan. Er ist so ein netter kleiner Junge. Also, bis dann. Wiedersehen. Er wünscht sich einen Mighty Max. Danach hat er wohl gesucht.«
»Ja, er will tatsächlich einen Mighty Max. Nochmals vielen, vielen Dank«, sagte die Mutter.
»Wiedersehen«, rief der Kleine und winkte. »Tschüüüs.«
»Ich hoffe, wir sehen uns mal wieder«, meinte der Sojourner-Truth-Killer. »Schönen Tag noch.« *Ihr Schwachköpfe! Ihr Vollidioten! Ihr armseligen Trottel!*
Er schlenderte davon, blickte nicht ein einziges Mal zurück. Er pinkelte sich in die Hose, fing aber auch an zu lachen, konnte gar nicht mehr aufhören. Auch das sprach zu seinen Gunsten: Selbst wenn man ihn eines Tages schnappen sollte, *würde niemand glauben, daß er der Truth-Killer war. Nie und nimmer.*

15.

Ah, das war viel besser. Das Leben war wieder in Ordnung. Ich schlug die Augen auf. Jannie blickte mich aus knapp einem Meter Entfernung an.

»Hallo, Süße. Licht meines Lebens«, sagte ich zu ihr. »Kennst du das Lied: ›Jemand wacht über mich?‹ Erinnerst du dich daran?« Ich summte ein paar Takte.
Jannie nickte. Sie kannte das Lied. Sie hatte gehört, wie ich es unten auf der Veranda auf dem Klavier gespielt hatte. »Du hast *Gäste*«, verkündete sie.
Ich setzte mich im Bett auf. »Wie lange sind sie schon da?«
»Sind gerade gekommen. Nana hat mich und Rosie raufgeschickt, um dich zu holen. Sie macht den Männern Kaffee. Für dich auch. Du mußt jetzt aufstehen.«
»Sind es Sampson und Rakeem Powell?« fragte ich.
Jannie schüttelte den Kopf. Sie schien an diesem Morgen ungewöhnlich scheu zu sein, was ihr ganz und gar nicht ähnlich war. »Es sind weiße Männer.«
Jetzt wurde ich schnell ganz wach. »Verstehe. Hast du zufällig ihre Namen mitbekommen?« Plötzlich war ich mir sicher, die Namen zu wissen. Dieses Geheimnis hatte ich selbst gelöst – glaubte ich jedenfalls.
»Mr. Pittman und Mr. Clouser«, sagte Jannie.
»Sehr gut«, lobte ich sie.
Nicht gut, überhaupt nicht gut, dachte ich über meine »Gäste«. Ich wollte weder den Chief of Detectives noch den Polizei-Commissioner sehen, besonders nicht in meinem Haus.
Und besonders nicht, wenn meine Vermutung zutraf, was den Grund ihres Besuchs anging.
Jannie beugte sich zu mir hinunter und gab mir meinen Guten-Morgen-Kuß. Dann noch einen.
»Oh, welche Himmelsmacht doch in Küssen liegt«, sagte ich und zwinkerte ihr zu.
»Nicht in meinen Küssen«, widersprach sie.
Ich brauchte weniger als fünf Minuten, bis ich fertig war. Nana unterhielt sich mit unseren Gästen im Wohnzimmer. Commissioner Clouser war früher schon zweimal bei mir gewesen. Für den Chief of Detectives war es das erste Mal. Der Chief, der Häuptling. Ich nahm an, Clouser hatte ihn gezwungen herzukommen.
Chief Pittman und Commissioner Clouser tranken Nanas

dampfenden Kaffee und lächelten über die Geschichte, die sie ihnen auftischte. Ich fragte mich, was Nana sich von der Seele reden wollte. Das war eine gefährliche Zeit – für Pittman und Clouser.

»Ich habe diesen Herren gerade einen Tadel erteilt, weil sie Emmanuel Perez so lange frei auf unseren Straßen herumlaufen ließen«, erklärte sie mir, als ich das Wohnzimmer betrat. »Sie haben mir versprochen, daß so etwas nicht wieder vorkommt. Soll ich ihnen glauben, Alex?«

Pittman und Clouser lachten, wobei sie mich anschauten. Woher sollten sie auch wissen, daß diese Sache überhaupt nicht zum Lachen war und daß man sich mit meiner Großmutter lieber nicht anlegte oder – was noch schlimmer war – sie in ihren eigenen vier Wänden gönnerhaft behandelte.

»Nein, du solltest ihnen kein Wort glauben. Bist du jetzt fertig?« fragte ich und erwiderte ihr liebenswürdiges falsches Lächeln ebenso aufreizend.

»Ich habe den beiden sowieso nicht geglaubt. Ich wollte ihr Versprechen *schriftlich*«, sagte Nana.

Ich nickte und lächelte, als hätte sie einen guten Scherz gemacht. Aber ich wußte, daß sie es todernst meinte. Der Chief und der Commissioner lachten wieder herzlich. Sie hielten Nana Mama für eine schrullige Alte. Aber das ist sie keineswegs.

»Können wir hier reden?« fragte ich meine Besucher. »Oder sollen wir unser Gespräch draußen führen?«

»Ich gehe in die Küche«, verkündete Nana und warf mir einen bösen Blick zu. »Hat mich sehr gefreut, Sie kennenzulernen, Chief Pittman und Commissioner Clouser. Vergessen Sie Ihr Versprechen nicht. Ich vergesse es bestimmt nicht.«

Sobald Nana den Raum verlassen hatte, redete der Commissioner sofort los. »Ich gratuliere, Alex. Wenn ich recht gehört habe, haben Sie in Emmanuel Perez' Wohnung alle möglichen Kinderpornos gefunden.«

»Detective Sampson und ich haben Pornographie gefunden«, sagte ich und verstummte. So leicht wollte ich es den beiden nicht machen. Ich war voll und ganz Nanas Meinung, daß Perez viel zu lange frei herumgelaufen war.

»Ich bin sicher, Sie wundern sich über unser Erscheinen. Nun, ich will Ihnen den Grund dafür sagen«, erklärte Chief Pittman. Er und ich standen uns nicht sehr nahe – vorsichtig ausgedrückt. Das war nie so gewesen und würde auch nie der Fall sein. Pittman ist ein Schläger und insgeheim Rassist – und das sind noch seine besseren Seiten. Er legte es immer darauf an, *unter* die Gürtellinie zu schlagen.

»Ich wäre Ihnen dankbar«, sagte ich zum Chief. »Ich dachte schon, Sie wären rein zufällig in der Gegend und wollten bei meiner Großmutter eine Tasse Kaffee trinken. Ist den Weg wert.«

Diesmal lachte Pittman nicht, lächelte nicht einmal. »Gestern abend haben wir eine offizielle Anfrage vom FBI erhalten. Sie ersuchen darum, daß Sie an der Ermittlung des Mordes an Senator Fitzpatrick mitarbeiten. Special Agent Kyle Craig hat nachdrücklich erklärt, Ihre Erfahrungen und Ihre Ermittlungsarbeiten in letzter Zeit könnten bei der Aufklärung des Falles sehr dienlich sein. Offensichtlich handelt es sich um einen wichtigen Fall, Alex.«

Ich ließ Chief Pittman ausreden, dann schüttelte ich bedächtig den Kopf. Nein. »Ich habe hier in Southeast ein halbes Dutzend Tötungsdelikte«, sagte ich. »Der Fall, an dem ich gearbeitet habe, hätte schon vor Monaten geklärt sein müssen. *Dann hätte kein weiteres kleines Mädchen sinnlos sterben müssen.* Damals wurde sogar ein Beamter der Mordkommission von dem Fall abgezogen. Jetzt ist ein kleines Mädchen tot. Sechs Jahre alt.«

»Es handelt sich aber um eine sehr große Sache, Alex«, sagte der Commissioner. Er hatte schneeweißes Haar. Sein Gesicht war leuchtend rot, wenn er wütend oder verstört war. Wir kannten uns schon ziemlich lange. Für gewöhnlich kamen wir halbwegs gut miteinander aus. Diesmal wahrscheinlich nicht.

»Sagen Sie dem FBI, daß ich für diesen Jack-und-Jill-Mist nicht freigestellt werden kann. Ich rufe Kyle an und bringe es ihm schonend bei. Kyle wird's schon verstehen. Wie gesagt, arbeite ich hier im Southeast an mehreren Mordfällen. Auch hier sterben Menschen. Wir haben unsere eigenen Fälle – und es sind *gewichtige* Fälle.«

»Lassen Sie mich eine Frage stellen, Alex«, sagte der Commissioner und lächelte freundlich, wobei er eine Menge wunderschöne weiße Jacketkronen sehen ließ. Ich hätte Gershwin darauf spielen können. Vielleicht sogar einen Song von Little Richard, hätte ich kräftig in die Tasten gehauen. Das hätte mich wahrscheinlich mehr befriedigt.

»Wollen Sie weiterhin als Polizist arbeiten?« fragte er.

Das traf und tat weh. Es war der Schlag eines Amateurs, aber ein ziemlich gekonnter.

»Ich möchte ein guter Cop sein«, erwiderte ich. »Ich will Gutes tun, wenn möglich. Wie immer. Es hat sich nichts geändert.«

»Das ist genau die richtige Antwort«, sagte der Commissioner, als wäre ich ein Kind, das seine Belehrung brauchte. »Sie sind bei der Jack-und-Jill-Ermittlung dabei. Das wurde von höchster Stelle entschieden. Sie haben mit dieser Art von Morden Erfahrung – und mit geisteskranken Psychopathen. Ab sofort sind Sie offiziell von allen anderen Fällen abgezogen. Sie müssen jetzt ein *sehr* guter Polizist sein, Alex. Das FBI ist so gut wie sicher, daß Jack und Jill wieder töten werden.«

Der Meinung war ich auch.

Und was den Sojourner-Truth-Killer betraf, hatte ich das gleiche Gefühl.

16.

Ich wehrte mich noch einen Tag gegen den einzigartigen Charme des Jack-und-Jill-Falles. Na ja, einen halben Tag. Ich bemühte mich, während meiner Wache im Southeast noch ein paar Dinge zu klären. Ich war wütend auf Clouser und Pittman. Shanelle Green hatte sterben müssen, weil so wenige Beamte auf Schneid-ihn-ab-Chucky angesetzt worden waren und weil sie nicht mit Alvin Jackson hatten reden wollen. Die ganze Scheißgeschichte hatte mit Rassismus zu tun. Da führte kein Weg dran vorbei. Und deshalb war ich wütend und traurig zugleich.

Ich kam früh nach Hause und verbrachte den Abend mit Nana und den Kindern. Ich wollte mir sicher sein, daß es ihnen nach dem Mord an der Sojourner Truth gutging. Wenigstens war diese Horrorgeschichte aufgeklärt. Aber ich war immer noch nicht über den Mord an einem Kind hinweg. Aus vielen Gründen wurde ich nicht damit fertig.

Ungefähr eine halbe Stunde lang erteilte ich Damon und Jannie die wöchentliche Boxlektion im Keller. Ich muß es Damon hoch anrechnen, daß er sich nie darüber beschwerte, daß der Unterricht auch seine Schwester mit einschloß. Damon zog einfach seine Handschuhe an und legte los.

Die Kinder werden zähe kleine Kämpfer, aber noch wichtiger war es mir, daß sie lernten, wann sie *nicht* kämpfen sollten. In der Schule legen sich nicht viele Kids mit Jannie und Damon an, aber das kommt hauptsächlich daher, daß sie nette Kinder sind und wissen, wie man gut mit den anderen auskommt.

»Achte auf deine Fußarbeit, Damon«, sagte ich. »Du sollst kein Feuer austreten.«

»Du sollst *tanzen.*« Diese kleine Gehässigkeit warf Jannie ihrem Bruder an den Kopf. »Step nach rechts. Zurück. Step. Step nach links.«

»Gleich tanze ich Walzer für dich«, drohte Damon. Dann lachten beide wie die Verrückten.

Einige Zeit später hockten wir oben vor der Glotze. Jannie verschränkte ihre kleinen Arme, verengte die braunen Augen zu Schlitzen und zeigte mir ein Hart-wie-Stahl-Gesicht. Ihre offizielle Schlafenszeit war gekommen, bei der ich mich auf keine Diskussionen einließ, aber diesmal protestierte sie.

»Nein, Daddy«, sagte sie. »Deine Uhr geht vor. Nein. Neiiin.«

»Doch, Jannie. Jaaa. Jaaa.« Ich blieb standhaft und behauptete mich gegen meine Rachegöttin. »Meine Uhr geht nach.«

»Nein, Sir! Auf keinen Fall«, erklärte sie.

»O doch! Kein Entkommen. Du hast verloren.«

Der lange Arm des Gesetzes packte schließlich die Wiederholungstäterin. Ich hob Jannie von der Couch und trug sie genau um halb neun nach oben ins Bett. Im Haus der Cross herrschten Gesetz und Ordnung über das Chaos.

»Wo gehen wir hin, Daddy?« fragte sie kichernd an meinem Hals. »Holen wir ein Eis? Ich möchte Bonbons und Eis.«
»In deinen Träumen.«
Als ich Jannie fest in den Armen hielt, mußte ich unwillkürlich an Shanelle Green denken. Beim Anblick von Shanelle auf dem Schulhof hatte ich Angst bekommen, weil ich an Jannie gedacht hatte. Es war ein schlimmer Kreislauf, der sich ständig in meinem Kopf wiederholte.
Ich lebte in Angst, daß die menschlichen Ungeheuer in unser Haus kommen könnten. Vor mehreren Jahren war eines gekommen. Gary Soneji. Damals wurde niemand verletzt. Wir hatten großes Glück gehabt.
Jannie und ich hatten uns ein Gebet ausgedacht, das wir beide mochten. Sie kniete neben dem Bett und sprach die Worte wunderschön, ganz leise.
»Lieber Gott, meine Grandma und mein Daddy haben mich lieb. Sogar Damon. Vielen Dank, lieber Gott, daß du mich zu einem netten Menschen gemacht hast, zu einem hübschen und manchmal auch komischen Mädchen. Ich will immer versuchen, das Richtige zu tun. Und damit sagt Jannie Cross dir gute Nacht.«
»Amen, Jannie Cross«, fügte ich hinzu und lächelte mein kleines Mädchen an. Ich liebte sie mehr als mein Leben. Jannie erinnerte mich an die besten Seiten ihrer Mutter. »Ich sehe dich morgen früh. Ich kann es kaum erwarten.«
Jannie grinste. Ihre Augen waren plötzlich ganz groß. Sie setzte sich im Bett auf. »Du kannst mich *heute abend* noch länger sehen. Laß mich einfach länger aufbleiben«, sagte sie. »Ich schreie nach einem Eis.«
»Du bist wirklich komisch.« Ich gab ihr einen Gute-Nacht-Kuß. »Und hübsch und gescheit.« Mann, ich liebte sie und Damon so sehr. Ich wußte, daß der Kindermörder mir deshalb so unter die Haut gegangen war. Dieser Wahnsinnige hatte zu nahe an unserem Haus zugeschlagen.
Vielleicht war das der Grund dafür, daß Damon und ich später noch einen kleinen Spaziergang machten. Ich legte den Arm um die Schultern meines Sohnes. Es kam mir so vor, als würde

er mit jedem Tag ein bißchen größer, stärker und härter. Wir waren gute Kumpel, und ich war froh, daß bis jetzt alles so prima gelaufen war.
Wir schlenderten in die Richtung von Damons Schule. Unterwegs kamen wir an der Baptistenkirche vorbei, an deren Wände bösartige dunkelrote und schwarze Graffiti gesprüht waren: *Ich scheiß' auf Jesus, weil Jesus auch auf mich scheißt.* Diese Meinung war in unserer Gegend sehr verbreitet, besonders unter den Jungen und Ruhelosen.
Eine Schulkameradin Damons war ermordet worden. Was für eine schreckliche Tragödie. Dabei hatte der Junge bereits so viel Gewalt gesehen. Damon war Augenzeuge gewesen, als auf der Straße ein junger Mann einen anderen wegen eines Parkplatzes niedergeschossen hatte. Damals war er erst sechs Jahre alt gewesen.
»Hast du in der Schule schon mal Angst gehabt? Sag mir die Wahrheit. Es ist besser, wenn du mir sagst, was du *wirklich* fühlst, Damon«, forderte ich ihn freundlich auf. »Ich habe auch manchmal Angst. Beavis und Butthead machen mir angst. Und auch Ren und Stimpy.«
Damon lächelte und zuckte mit den Schultern. »Ja, manchmal hab' ich Angst. Am ersten Tag, nachdem das Mädchen ermordet wurde, habe ich gezittert. Aber unsere Schule schließt doch nicht, oder?«
Innerlich grinste ich, nach außen hin verzog ich keine Miene. »Nein, morgen ist Unterricht wie immer. Und auch die Hausaufgaben ...«
»Hab' ich schon gemacht«, verteidigte sich Damon. Nana hatte wegen Damons Noten etwas zu empfindlich reagiert, aber das war wohl nicht weiter schlimm. »Ich krieg' fast immer nur Einser, genau wie du.«
»Fast immer nur Einser?« Ich lachte. »Was ist das denn für ein Satz?«
»Genau.« Er grinste wie eine junge Hyäne, der man in der Serengeti soeben einen guten Witz erzählt hat.
Ich packte Damons Kopf mit einem lockeren Nelsongriff und fuhr ihm spielerisch mit den Fingerknöcheln über das kurze Haar. Im Moment ging es ihm gut. Er war stark und ein netter

kleiner Kerl. Ich liebe ihn wie verrückt und möchte, daß er das immer weiß.

Damon entwand sich dem Griff und *tanzte* elegant wie Sugar Ray Leonard: zwei Schritte hin, zwei Schritte her. Dabei versetzte er mir probeweise mehrere schnelle Schläge in die Magengrube. Er zeigte mir, was für ein zäher kleiner Welpe er war. Daran zweifelte ich auch nicht.

In diesem Moment sah ich, wie jemand das Schulgebäude verließ. Es war dieselbe Frau, die ich an dem Morgen gesehen hatte, als Shanelle Green ermordet worden war. Die Frau, die mich so sehr angezogen hatte. Sie beobachtete, wie Damon und ich uns auf dem Gehweg balgten. Sie war stehengeblieben, um uns zuzuschauen.

Die Frau war groß – beinahe einsachtzig – und schlank. Im Schatten des Schulgebäudes konnte ich ihr Gesicht nicht genau sehen. Doch ich erinnerte mich an sie. Ich erinnerte mich an ihre Selbstsicherheit und an mein Gefühl, daß eine Art Geheimnis sie umgab.

Sie winkte. Damon und ich winkten zurück. Dann ging die Frau zu dem dunkelblauen Mercedes, der an der Mauer geparkt war.

»Kennst du sie?« fragte ich Damon.

»Das ist die neue Rektorin unserer Schule«, erwiderte er. »Mrs. Johnson.«

Ich nickte. *Mrs. Johnson.* »Die arbeitet aber lange. Ich bin beeindruckt. Wie findest du Mrs. Johnson?« fragte ich Damon, als ich die Frau auf dem Weg zum Auto beobachtete. Ich erinnerte mich, daß Nana sich sehr positiv über die Rektorin geäußert hatte. Sie hatte sie »inspirierend« genannt und fand, daß sie eine sehr nette Art habe.

Mrs. Johnson war in der Tat sehr attraktiv. Als ich sie sah, verspürte ich einen Anflug von Wehmut. Um die Wahrheit zu sagen – ich vermißte schmerzlich eine Frau in meinem Leben. Ich war gerade erst über eine komplizierte Beziehung hinweggekommen, die ich mit Kate McTierman gehabt hatte. Ich hatte mich in die Arbeit gestürzt und die Sache im Herbst halbwegs verdrängt. Ich verdrängte das Problem auch heute abend.

Damon zögerte nicht, meine Frage zu beantworten. »Ich mag sie. Alle mögen Mrs. Johnson. Aber sie ist zäh. Sie ist noch zäher als du, Daddy.«

Mit dem Mercedes wirkte sie nicht so zäh, aber ich hatte keinen Grund, meinem Sohn nicht zu glauben. Auf alle Fälle war die Frau mutig, wenn sie abends allein in der Schule blieb. Vielleicht etwas zu mutig.

»Komm, gehen wir nach Hause«, sagte ich zu Damon. »Mir ist gerade eingefallen, daß du morgen Schule hast.«

»Können wir nicht noch ein bißchen aufbleiben und uns das Spiel zwischen den Bullets und den Orlando Magics anschauen?« fragte Damon und ergriff meinen Ellbogen.

»Na klar. Nein, wir wecken Jannie auf und machen die Nacht durch«, sagte ich und lachte laut. Damon fiel ein, und wir lachten beide und hatten Spaß daran.

In dieser Nacht schlief ich bei den Kindern. Ich war noch längst nicht über den Mord an der Truth School hinweg. Manchmal werfen wir Decken und Kissen auf den Boden und schlafen dort, als wären wir obdachlos. Nana regt sich immer furchtbar auf, aber ich glaube, diese Aufregungen halten ihren Kreislauf in Schwung und beleben ihren Geist. Deshalb sorgen wir dafür, daß sie sich mindestens einmal pro Woche aufregt.

Als ich mit offenen Augen dalag, während die Kinder friedlich schliefen, mußte ich wieder an Shanelle Green denken. Ausgerechnet. Ich hätte über alles nachdenken sollen, nur nicht über das Mädchen. *Warum hat jemand ihre Leiche auf den Schulhof gebracht?* fragte ich mich. Bei vielen Fällen gibt es lose Enden und Fragen, die man schwer beantworten kann. Das war eine solche Frage, und deshalb zerbrach ich mir den Kopf darüber. Daß der Mörder die Leiche des Mädchens auf den Schulhof gebracht hatte, paßte nicht in das Puzzle, das jetzt eigentlich zusammengesetzt sein sollte.

Dann dachte ich für einen Moment an Mrs. Johnson. Das war schon besser. *Sie ist sogar zäher als du, Daddy.* Was für eine glühende Empfehlung meines kleinen Mannes. Es war beinahe eine Herausforderung. *Alle mögen Mrs. Johnson,* hatte Damon gesagt.

Ich fragte mich, wie sie mit Vornamen hieß. Ich wagte eine wilde Vermutung: *Christine.* Der Name war mir einfach zugeflogen. *Christine.* Der Klang gefiel mir.
Schließlich nickte ich ein und schlief mit den Kindern auf dem Fußboden des Schlafzimmers, auf Decken und Kissen. In dieser Nacht besuchten uns keine Ungeheuer. Ich hätte es nicht zugelassen.
Der Drachentöter war wachsam. Müde und schläfrig und übersentimental, aber stets wachsam.

17.

Das war echt irre. Verrückt. Wahnsinnig. *Es war phantastisch!* Der Mörder wollte wieder zuschlagen – jetzt. In dieser Minute. Er wollte *beide.* Das wäre riesig. Ein Hammer. Ein echter Knaller.
Er hatte sie von weitem beobachtet – *Vater und Sohn.* Er dachte an seinen eigenen Vater, diesen total nutzlosen Wichser.
Dann sah er, wie die große Lehrerin winkte und ins Auto stieg. Instinktiv haßte er auch sie. Diese dämliche Niggertussi mit ihrem scheinheiligen Lehrerinnenlächeln auf der schwarzen Visage.
Peng! Peng! Peng!
Drei perfekte Kopfschüsse.
Drei Köpfe, die wie Melonen explodierten.
Das verdienen sie alle. Massenexekutionen.
Ein wirklich bösartiger Gedanke bildete sich in seinem Hirn, als er die Szenerie unweit der Schule betrachtete. Er wußte bereits eine Menge über Alex Cross. *Cross war SEIN Detective, nicht wahr? Cross war SEIN Fall zugeteilt worden, richtig? Also war Cross SEIN Mann. Ein Cop. Genauso ein Arschloch, wie sein eigener Vater gewesen war.*
Es war wirklich interessant, daß sich kaum einer so richtig um den ersten Mord gekümmert hatte. Er war fast unbeachtet ge-

blieben. Die Zeitungen in Washington hatten kaum darüber berichtet. Gleiches galt fürs Fernsehen. Kein Schwanz kümmerte sich um das kleine schwarze Mädchen im Southeast. Warum zum Teufel sollte man auch?

Alle Welt interessierte sich nur für Jack und Jill. Reiche Weiße hatten Angst um ihr Leben. Sie hatten *Schiß!* Ach, zur Hölle mit Jack und Jill. Er war besser als die beiden zusammen – und er würde es beweisen.

Die Schulrektorin fuhr an seinem Versteck vorbei, einem dichten Gebüsch. Er wußte, wer sie war: Mrs. Johnson von der Truth School. Die Whitney Houston vom Southeast. Ha-ha-ha. Scheiß auf die Alte, Mann.

Langsam schwenkten seine Augen zurück zu Alex Cross und Sohn. Er spürte, wie Wut in ihm aufstieg. Wie Druck in einem Dampfkessel. Es war, als hätte man wieder auf seinen Geheimknopf gedrückt. Sein Nackenhaar hatte sich aufgestellt. Das Adrenalin brodelte in seinen Adern, und er spürte, wie roter Nebel sich in seinem Verstand ausbreitete. Es war das *Blut* von irgend jemand, nicht wahr? Cross' Blut? Das von seinem Sohn? Ihm gefiel die Vorstellung, daß beide gemeinsam sterben würden. Er konnte es richtig sehen, Mann.

Er folgte Alex Cross und Sohn bis nach Hause – voller Erregung, voller Wut, aber in sicherer Entfernung. Er dachte über den nächsten Schritt nach.

Er war besser als Jack und Jill. Das würde er Cross und allen anderen beweisen.

18.

Die festliche Gala anläßlich der Tagung über geistige Gesundheit fand am Freitag abend im Pension Building an der F Street, Ecke Vierte Straße statt. Der große Ballsaal war drei Stockwerke hoch. Die Decke wurde von Marmorsäulen gestützt. Mehr als tausend Gäste saßen schwatzend um den glit-

zernden Springbrunnen. Kellner und Kellnerinnen trugen rote Santa-Claus-Mützen. Das Orchester spielte eine fröhliche Version von »Winter Wonderland«. Was für ein Riesenspaß!
Der Gastredner an diesem Abend war keine Geringere als die Prinzessin von Wales. Sam Harrison war auch dort. *Jack war dort.*
Er beobachtete Prinzessin Diana genau, als sie den glitzernden Ballsaal betrat. Zu ihrem Gefolge gehörten ein Finanzmagnat, von dem Gerüchte behaupteten, er würde ihr nächster Ehemann werden, der brasilianische Botschafter nebst Gattin und mehrere Prominente aus der amerikanischen Haute Couture. Ironischerweise schienen zwei Models unter nervöser Magersucht zu leiden, das genaue Gegenteil der Bulimie, von der Diana seit einem Dutzend Jahren geplagt wurde.
Jack schob sich einige Schritte näher an Prinzessin Di heran. Er war fasziniert von ihr, hatte jedoch ernste Bedenken bezüglich ihrer Sicherheit. Er beobachtete die Jungs vom Geheimdienst, die diskret alles und jeden musterten und sich dann mit Kopfhörern in der Nähe Dianas hielten.
Man hatte einen offiziellen Toastmaster eigens aus England eingeflogen, damit er die Prinzessin ordnungsgemäß begrüßte sowie den Präsidenten des Kongresses und den Gastgeber Walter Annenberg. Der Botschafter hielt eine kurze Rede; dann folgte ein überreichliches, allerdings zu sehr durchgekochtes und zu schwach gewürztes Essen: Babylamm mit Sauce Niçoise und haricots verts.
Als die Prinzessin sich schließlich erhob, um während des Desserts – Orangen-Mandel-Törtchen mit Orangensoße und Marsalacreme – einige Worte zu sprechen, war Jack keine dreißig Schritte von ihr entfernt. Sie trug eine teure Abendrobe aus Goldtaft mit Pailletten. Aber Jack fand sie etwas zu mager für seinen Geschmack. Ihre großen Füße ließen ihn an die Comicfigur Daisy Duck denken. *Prinzessin Daisy*, das war sein Spitzname für Di.
Dianas Rede bei dieser Gala war sehr persönlich, ja beinahe familiär für diejenigen, die ihr Leben genau verfolgt hatten. Eine nicht sehr glückliche Kindheit und Jugend, die verkrüp-

pelnde Suche nach Perfektion, Gefühle des Selbstekels und mangelndes Selbstwertgefühl. Das alles hatte zu dem geführt, was Diana als ihren »Feind, dessen sie sich schämte« bezeichnete, der Bulimie.

Jack fand die Rede eigenartig abstoßend, ja widerlich. Dianas Selbstmitleid berührte ihn überhaupt nicht, auch nicht, daß ihre Stimme sich hart an der Grenze zur Hysterie bewegte, die dicht unter der Oberfläche ihrer Darbietung zu schlummern schien – vielleicht ihr ganzes Leben lang.

Das Publikum reagierte ganz anders als Jack. Sogar die für gewöhnlich eiskalten Geheimdienstleute schienen Gefühle für die beliebte Di zu hegen. Der Applaus nach ihrer Ansprache war tosend, schien aufrichtig gemeint zu sein und aus dem Herzen zu kommen.

Dann erhoben sich alle im Ballsaal, auch Jack, und setzten den lautstarken, herzlichen Beifall fort. Jack hätte Di beinahe berühren können. *Es lebe die Bulimie!* hätte er am liebsten gerufen. *Ein Hurra auf alle meine zukünftigen Opfer!*

Es war an der Zeit, daß er wieder in Aktion trat. Es war Zeit für Nummer zwei in der Jack-und-Jill-Geschichte. Zeit, um vieles in Gang zu setzen.

Jetzt war *er* an der Reihe, der Star des Abends zu sein – und zwar als Solist. Jack hatte noch eine andere sehr bekannte Person auf dieser Party beobachtet. Schon bei mehreren anderen Gelegenheiten hatte er ihre Gewohnheiten und Gesten studiert.

Natalie Sheehan sah blendend aus – eigentlich noch besser als Di. Die äußerst beliebte Fernsehmoderatorin war blond und mit Absätzen ungefähr einssiebzig groß. Sie trug ein schlichtes schwarzes Seidenkleid. Sie versprühte Charme, aber hauptsächlich Klasse. *Erste* Klasse. Zutreffend hatte man Natalie Sheehan als »amerikanische Prinzessin« bezeichnet.

Kurz nach halb zehn setzte Jack sich in Bewegung. Die Gäste tanzten bereits zu den Klängen des achtköpfigen Orchesters. Das Partygeplauder plätscherte gemächlich dahin: Marion Gingrichs Geschäfte, Handelsprobleme mit China, John Majors tägliche Sorgen, geplante Skiausflüge nach Aspen, Whistler oder Alta.

Natalie Sheehan hatte drei Margaritas mit Salz um den Glasrand gekippt – in einem Zug. Jack hatte sie beobachtet. Sie ließ es sich zwar nicht anmerken, aber sie mußte die Drinks spüren, mußte ein bißchen beschwipst sein.

Sie ist eine verdammt gute Schauspielerin, dachte Jack, als er neben ihr an eine der Bars trat, an denen die kostenlosen Drinks ausgeschenkt wurden. *Sie ist eine Meisterin der einmaligen nächtlichen Gastspiele und Wochenendaffären.* Jill hatte sie genauestens studiert. *Ich weiß alles über dich, Natalie.*

Er machte zwei Schritte zur Seite, und plötzlich standen sie sich von Angesicht zu Angesicht gegenüber. Er roch ihr Parfüm. Blumen und Gewürze. Sehr schön. Er kannte sogar den Namen des Duftwassers: *Escada acte 2.* Er hatte gelesen, daß es Natalies Lieblingsparfüm war.

»Oh, Verzeihung. Tut mir leid«, sagte er und spürte, wie seine Wangen rot wurden.

»Nein, nein. Ich habe nicht aufgepaßt, wo ich hintrete. Wie ungeschickt von mir«, sagte Natalie und lächelte. Es war ihr umwerfendes Großaufnahme-Lächeln im Fernsehen. Es war schon was, dieses Lächeln aus nächster Nähe zu erleben.

Jack lächelte zurück. Plötzlich vermittelten seine Augen, daß er sie erkannt hatte. *Er kannte sie.* »Man vergißt selbst in elf Jahren Fernseharbeit keinen Namen und kein Gesicht«, sagte er zu Natalie Sheehan. »Das ist doch das genaue Zitat, oder?«

Natalie verpaßte keine Silbe. »Sie sind Scott Cookson. Wir sind uns im Meridian begegnet. Es war Anfang September. Sie sind Anwalt bei ... einer angesehenen Kanzlei in Washington. Natürlich.«

Sie lachte über ihren kleinen Scherz. Nettes Lachen. Schöne Lippen und perfekte Kronen. *Die* Natalie Sheehan. Seine Zielperson an diesem Abend.

»Wir *sind* uns doch im Meridian begegnet?« fragte sie und überprüfte als gute Reporterin die Fakten. »Sie sind doch Scott Cookson?«

»Beide Fragen kann ich mit ja beantworten. Nach unserer Begegnung im Meridian mußten Sie zu einer anderen Veranstaltung in der britischen Botschaft.«

»Sie scheinen wohl nie ein Gesicht oder eine Tatsache zu vergessen«, sagte sie. Das Lächeln blieb, wie festgefroren. Perfekt, strahlend, beinahe leuchtend. Der Fernsehstar im richtigen Leben – wenn dies hier das richtige Leben war.

Jack zuckte mit den Schultern und spielte den leicht Verlegenen, was ihm bei Natalie nicht schwerfiel. »Manche Gesichter und manche Tatsachen«, sagte er.

Sie ist eine klassische Schönheit, auf alle Fälle *außergewöhnlich attraktiv*, mußte er unwillkürlich denken. Das herzerwärmende Lächeln war Natalies Markenzeichen, und es funktionierte hervorragend. Er hatte es vor dieser Begegnung stundenlang studiert. Doch völlig immun gegen ihren Charme war er nicht – nicht einmal unter diesen Umständen.

»Tja«, sagte Natalie. »Heute habe ich nach dieser Party nichts mehr vor. Eigentlich gehe ich immer seltener auf Partys. Glauben Sie's, oder glauben Sie's nicht. Aber hier geht es ja um eine gute Sache.«

»Da stimme ich Ihnen zu. Ich glaube an die guten Sachen.«

»Oh, und was ist Ihre Lieblingssache, Scott?«

»Die Gesellschaft zur Verhinderung von Grausamkeiten an Tieren«, erklärte er. »Deren Ziele liegen mir besonders am Herzen.«

Er bemühte sich, angenehm überrascht dreinzuschauen, daß sie immer noch mit ihm plauderte. Er beherrschte dieses Spielchen so gut wie jeder andere – wenn er mußte und wenn er wollte.

»Verzeihen Sie die direkte Frage«, sagte er. »Aber hätten Sie Lust, gemeinsam mit mir den Rückzug von hier anzutreten?« Sein natürliches, bescheidenes Lächeln nahm dem Vorschlag die Direktheit, ja Dreistigkeit. Dennoch war es eine unausgesprochene Aufforderung. Er konnte nicht verheimlichen, daß Natalie Sheehans Antwort sehr wichtig war – für ihn *und* für sie.

Sie starrte ihn verblüfft an. *Jetzt habe ich alles vermasselt*, dachte er. Aber vielleicht spielte *sie* jetzt Theater.

Dann lachte Natalie. Es war ein herzliches, beinahe herzhaftes Lachen. Er war sicher, daß niemand in Amerika je ein solches

Lachen von Natalie Sheehan gehört hatte, jedenfalls nicht vor laufenden Kameras.
Arme Natalie, dachte er. *Nummer zwei.*

19.

Natalie nahm noch einen Margarita. »Als Wegzehrung«, erklärte sie und lachte wieder so tief und wunderschön.
»Auf der St. Catherine's Academy in Cleveland habe ich ein bißchen darüber gelernt, wie man eine Party feiert. Und später an der Ohio State University«, bekannte sie, als sie mit Jack zur Tiefgarage unter dem Pension Building ging. Natalie bemühte sich, ihm zu zeigen, daß sie ganz anders war als im Fernsehen. Lockerer, mit mehr Sinn für Humor. Das hatte er längst erkannt. Er mochte sie deshalb sogar. Er bemerkte, daß ihre üblicherweise knappe und exakte Aussprache ein bißchen weicher war. Sie hielt es wahrscheinlich für sexy, und sie hatte recht. *Eigentlich war sie ausgesprochen sympathisch. Erfolgreich, berühmt und doch fest mit beiden Beinen auf der Erde.* Das überraschte ihn ein wenig.
Sie nahmen Natalies Wagen – genau wie Jill es vorhergesagt hatte. Natalie fuhr den silberblauen Dodge Stealth ein bißchen zu schnell. Dabei redete sie die ganze Zeit wie ein Maschinengewehr, aber stets über interessante Themen: GATT, Boris Jelzins Alkoholprobleme, Immobilien in Washington, Reform der Wahlkampffinanzierung. Sie erwies sich als intelligent, informiert, bester Laune und nur leicht neurotisch ob des wogenden Kampfes zwischen Mann und Frau.
»Wohin fahren wir?« Jack hielt es für angebracht, endlich diese Frage zu stellen. Selbstverständlich kannte er die Antwort schon. Das Jefferson Hotel. Natalies Honigtopf in der Hauptstadt. Ihr Apartment.
»Oh, in mein Labor«, antwortete sie. »Weshalb fragen Sie? Sind Sie nervös?«

»Nein. Na ja, vielleicht ein bißchen«, sagte er und lachte. Es war die Wahrheit.

Natalie führte ihn hinauf in ihr Privatbüro im Jefferson Hotel an der Sechzehnten Straße. Zwei wunderschöne Zimmer und ein großes Bad mit herrlichem Blick auf die Innenstadt. Jack wußte, daß Natalie auch noch ein Haus in Old Town Alexandria besaß. Jill hatte es sich angesehen. Für alle Fälle. Nur um nichts auszulassen. *Zweimal Maß nehmen. Wenn nötig, fünfmal.*

»Mit diesem Apartment gönne ich mir selbst etwas Besonderes. Ein herrliches Plätzchen. Hier kann ich direkt in der Stadt arbeiten«, erklärte Natalie. »Ist der Blick nicht atemberaubend? Man hat das Gefühl, als würde einem die ganze Stadt gehören. Jedenfalls geht es mir so.«

»Ich verstehe, was Sie meinen. Ich liebe Washington ebenfalls«, sagte Jack. Für einen Moment blickte er gedankenverloren hinaus in die Weite. Er liebte diese Stadt tatsächlich – jedenfalls hatte er sie einst geliebt. Er erinnerte sich immer noch an seinen ersten Besuch. Er war Gefreiter in der Marineinfanterie gewesen, zwanzig Jahre alt. *Der Soldat.*

Schweigend betrachtete er Natalies Arbeitsplatz. Laptop, Tintenstrahldrucker, zwei Videogeräte, eine goldene Emmy, ein elektronisches Notizbuch. Frische Blumen in einer rosa Vase neben einer schwarzen Keramikschale mit ausländischen Münzen.

Natalie Sheehan, das ist dein Leben. Schon beeindruckend. Aber auch ein bißchen traurig. So, als wäre es irgendwie vorbei.

Natalie blieb stehen und musterte ihn genau, beinahe so, als sähe sie ihn zum erstenmal. »Sie sind sehr nett. Sie kommen mir vor, als wären Sie ein richtiger Mann. Erstklassige Ware, wie man so sagt. Sie sind ein netter Kerl, Scott Cookson, habe ich recht?«

»Eigentlich nicht«, wehrte er ab und verdrehte seine strahlendblauen Augen. Ein gewinnendes Lächeln erschien auf seinem Gesicht. *Das* beherrschte er gut: eine Frau zu gewinnen – wenn nötig. Doch im Grunde war er sehr solide. Im Herzen war er Monogamist.

»In Washington ist niemand richtig nett, stimmt's? Nicht,

nachdem man eine Zeitlang hier gewohnt hat«, sagte er und behielt sein Lächeln bei.

»Ich glaube, da haben Sie recht. Ja, ich würde sagen, das trifft es im wesentlichen.« Natalie stieß ein schnaubendes Lachen aus; dann lachte sie aus vollem Hals. Über sich selbst? Er sah, daß sie ein wenig enttäuscht über seine Antwort war. Vielleicht wünschte – oder brauchte – sie etwas Echtes in ihrem Leben. Nun, er auch. So etwas wie *das hier*. Es war ungeheuer wichtig. Es war Geschichte. Und es passierte genau jetzt, genau hier in dieser Suite des Jefferson Hotels.

Dieses unwiderstehliche, gefährliche Spiel, das er spielte, war sein Leben. Es war eine Sache von unermeßlicher Bedeutung, und er fühlte sich ausgefüllt. Nein, er *fühlte*, zum erstenmal seit Jahren.

»Hallo, Scott Cookson. Haben wir Sie für eine Sekunde verloren?«

»Nein, nein. Ich bin hier. Ich bin ein Jetzt-und-hier-Mensch. Ich habe nur den herrlichen Ausblick bewundert. Washington in den frühen Morgenstunden.«

»Das ist unser Blick für den Rest der Nacht. Deiner und meiner.« Natalie tat den ersten Schritt. Das hatte er vorausgesehen. Deshalb erstaunte es ihn nicht. Er fühlte sich einfach nur bestätigt. Natalie trat von hinten dicht an ihn heran, legte ihre schlanken Arme um seine Brust. Ihre Armreife klirrten. Es war sehr angenehm. Sie war eine äußerst begehrenswerte Frau, beinahe überwältigend – und das wußte sie. Er spürte seine wachsende Erregung, spürte, wie er steif und hart wurde. Doch die Erregung war nur ein kleiner Kitzel im Vergleich zu seinen anderen Empfindungen. Außerdem konnte er seine sexuelle Erregung benutzen. *Laß sie es fühlen. Sie soll dich anfassen.*

»Fühlst du dich auch wohl?« fragte Natalie. Sie war tatsächlich nett, nicht wahr? Rücksichtsvoll, aufmerksam. Es war wirklich schade. Zu spät, den Plan zu ändern und ein anderes Opfer zu wählen. Dein Pech, Natalie.

»Ich fühle mich *sehr* wohl, Natalie.«

»Darf ich dir deine Krawatte abnehmen, obwohl sie sehr geschmackvoll ist?«

»Ich finde, man sollte Krawatten überhaupt abschaffen«, erwiderte er.
»Nein, nein. Bei der Erstkommunion, bei Beerdigungen und Krönungen sind Krawatten unverzichtbar.«
Natalie stand ganz nahe bei ihm. Sie war so entzückend, so behutsam verführerisch. Das machte es so traurig. Jack mochte sie mehr, als er geglaubt hätte. Früher war sie vermutlich eine schlichte Schöne aus dem Mittelwesten gewesen – und die spielte sie jetzt. Bei Daniel Fitzpatrick hatte Jack nur Abscheu und Ekel empfunden, doch heute nacht fühlte er viel mehr: Schuld, Bedauern, Zweifel, Mitleid. *Es war am schwierigsten, jemanden zu töten, der einem so nahe war.*
»Wie steht's mit weißen Pima-Baumwollhemden? Bist du ein Weiße-Hemden-Mann?« fragte Natalie.
»Ich kann weiße Hemden nicht ausstehen. Die sind *nur* für Beerdigungen und Krönungen. Vielleicht noch für Wohltätigkeitsbälle.«
»Da stimme ich dir tausendprozentig zu«, sagte Natalie und knöpfte langsam sein weißes Hemd auf. Er ließ ihren Fingern freien Lauf. Sie wanderten zu seinem Gürtel hinunter. Aufreizend. Natalie war eine Expertin auf diesem Gebiet. Dann rieb sie ihre Handfläche über seinen Hosenschlitz, ehe sie rasch die Hand wegzog.
»Was ist mit hohen Absätzen?« fragte sie.
»Nun ja, bei den richtigen Anlässen und bei der richtigen Frau gefallen sie mir«, antwortete er. »Aber mir gefällt es genausogut, wenn eine schöne Frau barfuß herumläuft.«
»Wie nett. Der Frau die Wahl lassen. Das gefällt mir.«
Sie streifte *eine* schwarze Abendsandalette ab und lachte über ihre Bemerkung. Die *Wahl*: ein Schuh an, ein Schuh aus.
»Seidenkleider?« flüsterte sie an seinem Hals. Jetzt war sein Glied steinhart. Er atmete schwer. Natalie ebenso. Er überlegte, ob er vorher mit ihr schlafen sollte. War das ein faires Spiel? Oder war es Vergewaltigung? Natalie hatte es geschafft, ihn ratlos zu machen, was diese Frage betraf.
»Ich lege keinen besonderen Wert auf Seidenkleider. Selbstverständlich kommt es auf die Gelegenheit an«, flüsterte er zurück.

»Hmm. Wir scheinen in vielen Dingen einer Meinung zu sein.«
Natalie Sheehan schlüpfte aus dem Kleid. Dann stand sie in blauer Spitzenunterwäsche, schwarzen Strümpfen und einem Schuh da. Um den Hals hing eine dünne Goldkette mit Kreuz, das aussah, als hätte es sie aus Ohio hierherbegleitet.
Jack trug immer noch seine Hose, aber weder das weiße Hemd noch die Krawatte. »Sollen wir da hineingehen?« fragte Natalie leise und deutete zum Schlafzimmer. »Da drinnen ist es wirklich gemütlich. Derselbe Ausblick, aber mit Kamin. Im Kamin kann man sogar ein Feuer machen. Wenigstens *etwas*, was in Washington funktioniert.«
»Okay. Machen wir ein Feuer.«
Jack hob Natalie hoch, als würde sie nichts wiegen, als wären beide elegante Tänzer. In gewisser Weise traf das auch zu. Er wollte sie nicht mögen, aber er mochte sie. *Nur mit Mühe konnte er diesen Gedanken verscheuchen. So durfte er nicht denken – wie ein Schuljunge, wie ein normaler Mensch.*
»Stark bist du auch. Hmmm«, flüsterte sie und streifte den zweiten Schuh ab.
Das Panoramafenster im Schlafzimmer bot einen atemberaubenden Ausblick. Man sah die Sechzehnte Straße nach Norden hinauf. Von hier oben glichen die Straßen und der Scott Circle einer schönen und kostbaren Halskette, Schmuck von Harry Winston oder Tiffany, wie Prinzessin Di ihn tragen würde.
Jack mußte sich ins Gedächtnis rufen, daß er Natalie umbringen wollte. Nichts durfte ihn jetzt davon abhalten. Die Entscheidung war endgültig. Die Würfel waren gefallen. Buchstäblich.
Er zwang sich, nicht sentimental zu sein. Von einem Moment zum anderen wurde er nüchtern, eiskalt.
Er überlegte, ob er die erwartungsvolle und wunderschöne Journalistin durchs Schlafzimmerfenster schleudern sollte. Würde sie durch das Glas brechen oder von der Scheibe abprallen? fragte er sich.
Statt dessen setzte er Natalie behutsam auf das Bett mit der Amish-Quilt-Decke und zog die Handschellen aus der Jackentasche.

Er zeigte sie ihr.
Natalie Sheehan verzog das Gesicht. Ihre blauen Augen wurden groß vor Unglauben. Sie schien in sich zusammenzusinken.
»Das ist doch wohl ein Scherz?« Sie war verärgert, aber auch verletzt. Sie hielt ihn für einen Perversen *und hatte so recht* – mehr, als sie sich in ihren wildesten Träumen hätte vorstellen können.
»Nein, das ist kein Scherz«, sagte er mit sehr leiser Stimme. »Das ist todernst, Natalie. Man könnte sagen, es ist *der* Knüller für die Nachrichten.«
Plötzlich klopfte jemand lautstark an die Tür des Apartments. Jack starrte Natalie an, hob Schweigen gebietend den Finger. In ihren Augen spiegelten sich Verwirrung, schreckliche Angst und der plötzliche, ungewohnte Verlust ihrer überlegenen und kühlen Haltung.
Seine Augen dagegen waren kalt. In ihnen stand nichts.
»Das ist *Jill*«, ließ er Natalie Sheehan wissen. »Ich bin *Jack*. Tut mir leid, aber ich bin's wirklich.«

20.

Ich schob mich kurz vor acht Uhr morgens ins Jefferson Hotel. Eine Gershwin-Melodie klang in meinem Kopf nach und tat ihr Bestes, meine Wut zu besänftigen und die scharfen Kanten abzuschleifen. Plötzlich spielte auch ich dieses bizarre Spiel. *Jack und Jill. Jetzt gehörte ich dazu.*
Die kühle Würde des Hotels wurde aufs peinlichste gewahrt. Zumindest in der eleganten Eingangshalle. Es war kaum zu begreifen, daß sich *hier* eine gräßliche, irrsinnige, unaussprechliche Tragödie ereignet hatte – oder ereignen könnte.
Ich ging an einem luxuriösen Grillroom und einem eleganten Modegeschäft vorbei. Eine jahrhundertealte Uhr verkündete mit diskretem Glockenschlag die volle Stunde. Ansonsten war

es vollkommen still. Es gab kein Zeichen, keinen Hinweis, daß hier im Jefferson – ja, in ganz Washington – wegen zweier grauenvoller, eiskalt und profihaft verübter Morde Chaos und Entsetzen herrschten, zumal weitere Morde angedroht waren.
Ich bin immer wieder von Fassaden fasziniert, wie ich sie beim Jefferson sah. Vielleicht liebe ich Washington deshalb so sehr. Die Hotelhalle erinnerte mich daran, daß die meisten Dinge nicht so sind, wie sie aussehen. Vieles, das sich in Washington abspielt, wurde von dieser Halle repräsentiert: geschickte Fassaden vor noch geschickteren Fassaden.
Jack und Jill hatten ihren zweiten Mord innerhalb von fünf Tagen begangen. In diesem mondänen, altehrwürdigen, sehr luxuriösen Hotel. Sie hatten weitere Morde angedroht – und niemand hatte die leiseste Ahnung, was der Grund dafür war oder wie man diese Promimorde verhindern könnte.
Die Sache eskalierte.
Eindeutig.
Aber warum? Was wollten Jack und Jill? Worum ging es bei ihrem wahnsinnigen Spiel?
Ich hatte an diesem Morgen bereits sehr früh mit meinen seltsamen Freunden auf dem Gebiet der abnormen Psyche in Quantico telefoniert. Einer meiner Vorteile besteht darin, daß diese Freunde lediglich wissen, daß ich einen Doktortitel in Psychologie von der John-Hopkins-Universität habe – und daß sie bereit sind, Theorien und Erkenntnisse mit mir zu teilen. Nur waren sie in diesem Fall um Antworten verlegen – genau wie ich. Daraufhin nahm ich Verbindung mit einem meiner Kontaktleute im forensischen Labor des FBI auf. Aber auch die Spürhunde hatten nicht viel zu bieten; sie gaben es mir gegenüber offen zu. Jack und Jill hatten uns alle dazu gebracht, uns wie verrückt im Kreis zu drehen, mit Wahnsinnsgeschwindigkeit.
Ja, und mir hatte der Chief of Detectives befohlen, »eines Ihrer berühmten psychologischen Täterprofile« des Mörderpaares zu erstellen, falls es sich tatsächlich um ein solches handelte. Ich hatte das Gefühl, daß die Aufgabe zu diesem Zeitpunkt sinnlos sei, aber der Chief hatte mir keine große Wahl gelas-

sen. Also hatte ich zu Hause am PC eine lange Reise durch die verfügbaren Daten über Verhaltensforschung und die Ergreifung von Gewalttätern unternommen. Ohne daß etwas Augenfälliges oder besonders Hilfreiches dabei herausgekommen wäre. Aber das hatte ich nicht anders erwartet. Unsere Jagd war noch nicht lange genug im Gange, und Jack und Jill waren zu clever.

Zum jetzigen Zeitpunkt sahen die angemessenen Schritte wie folgt aus: (1) So viele Informationen und Fakten sammeln wie möglich. (2) Die richtigen Fragen stellen – und zwar viele. (3) Wilde Vermutungen auf Karteikarten eintragen, die ich bis zum Abschluß des Falles bei mir tragen konnte.

Ich kannte mehrere Fälle von »Menschenjägern« und ließ mir die entsprechenden Informationen durch den Kopf gehen. Eine unbestreitbare Tatsache war, daß das FBI über eine Datenbank von mehr als fünfzigtausend potentiellen und tatsächlichen Meuchelmördern verfügte. In den achtziger Jahren waren es weniger als tausend gewesen. Offenbar gab es kein typisches Täterprofil für einen Menschenjäger, aber viele hatten bestimmte Charaktereigenschaften gemein. Vor allem das unstillbare Verlangen, bei den Medien Beachtung zu finden. Das Bedürfnis nach Anerkennung. Die Besessenheit, was Gewalt und Religion betraf. Die Schwierigkeit, eigene Liebesbeziehungen einzugehen. Ich dachte an Margaret Ray, die als verrückter Fan zahllose Male in David Lettermans Haus in Connecticut eingebrochen war. Sie hatte Letterman »*die alles beherrschende Person in meinem Leben*« genannt. Ich habe Letterman selbst ein paarmal im Fernsehen gesehen, aber *so* gut war er nun auch wieder nicht.

Dann war da noch das Attentat auf Monica Seles in Hamburg. Katharina Witt hätte beinahe das gleiche Schicksal von der Hand eines »Fans« ereilt.

Sylvester Stallone, Madonna, Michael Jackson und Jodie Foster: sie alle waren von Besessenen verfolgt und angegriffen worden, die vorgaben, ihre Idole zu verehren.

Aber wer waren Jack und Jill? Warum hatten sie Washington, D.C., als Tatort für ihre Morde gewählt? Hatte jemand in der

Regierung einem oder beiden ein tatsächliches oder eingebildetes Unrecht zugefügt?
Welche Verbindung bestand zwischen Senator Daniel Fitzpatrick und der ermordeten Journalistin Natalie Sheehan? Was konnten Fitzpatrick und Sheehan gemein haben? Beide waren Liberale – hatte das etwas zu bedeuten? Oder waren es Zufallsmorde, so daß von daher unmöglich irgendein Zusammenhang herzustellen war? *Zufall* war ein häßliches Wort, das sich aber immer hartnäckiger in meinem Kopf einnistete, je länger ich über die Morde nachdachte. *Zufall* war bei der Mordkommission ein übles Schimpfwort. Zufallsmorde waren fast immer unlösbar.
Die meisten Promiattentäter töteten ihre Opfer nicht – zumindest gingen die Täter nicht so schrecklich brutal und gewalttätig vor wie Jack und Jill. Das störte mich bei den beiden am meisten. Waren sie von Senator Fitzpatrick und Natalie Sheehan besessen gewesen? Wie lange? Wie hatten sie letztendlich ihre Opfer ausgesucht? *Herrgott, laß es keine zufällige Auswahl sein, keine Morde nach dem Zufallsprinzip! Alles, nur das nicht.*
Aber es faszinierte mich, daß es sich um ein Paar handelte, das eng zusammenarbeitete.
Ich hatte gerade an einem ebenso schrecklichen wie interessanten Fall gearbeitet: Zwei Freunde hatten mehr als dreizehn Jahre lang Frauen entführt und ermordet. Sie hatten zusammengearbeitet, waren zugleich aber auch Rivalen gewesen. Das psychologische Prinzip, das hier griff, heißt Zwillingsverhalten.
Und was war nun mit Jack und Jill? Waren sie perverse Freunde? Bestand eine romantische Beziehung zwischen den beiden? Oder gab es eine andere Bindung? Eine sexuelle Komponente? Das erschien mir durchaus möglich. Oder ging es um Macht? Ein perverses Sexspiel? Vielleicht die ultimative sexuelle Phantasie? Waren sie ein Ehepaar? Oder ein Pärchen auf Killertour wie Bonnie und Clyde?
War es der Anfang einer grauenvollen Serie von Verbrechen? Serienmorde in Washington?
Würde es sich ausbreiten? In andere Großstädte, in denen es von Prominenten wimmelte? New York? Los Angeles? Paris? London?

Im sechsten Stock des Jefferson Hotels trat ich aus dem Fahrstuhl und blickte in die verdutzten und verwirrten Gesichter auf dem Korridor. Den Gesichtern am Tatort nach zu urteilen, war ich verdammt schnell gewesen.

Jack und Jill kamen zum Capitol Hill,
um zu morden, zu morden, zu morden.

21.

»Der gute Doktor Cross, der Meister der Katastrophen. Ich fasse es nicht. Alex, he, Alex – *hier drüben!*«

Ich war verloren in einem Ansturm aus Gedanken und Eindrücken über die Morde, als ich meinen Namen hörte. Ich erkannte die Stimme auf Anhieb und mußte lächeln.

Ich drehte mich um und sah Kyle Craig vom FBI. Noch ein Drachentöter. Er stammte aus Lexington, Massachusetts. Kyle war kein typischer FBI-Agent. Er spielte immer mit offenen Karten. Er war auch nicht arrogant und für gewöhnlich kein Bürokrat. Kyle und ich hatten in der Vergangenheit bei mehreren scheußlichen Fällen zusammengearbeitet. Er war Spezialist für Verbrechen, die sich durch außergewöhnliche Gewalt oder Mehrfachmorde auszeichneten – ein Experte für die gespenstischen, furchteinflößenden Fälle, mit denen sich die meisten FBI-Leute nicht gern befaßten. Außerdem war er ein Freund.

»Bei dem Fall haben sie alle hohen Tiere hinzugezogen«, sagte Kyle, als wir uns in der Halle die Hände schüttelten. Er war groß und immer noch hager, mit markanten Zügen und auffallend schwarzem Haar, kohlschwarz. Seine Hakennase sah so scharf aus, als könnte man Brot damit schneiden.

»Wer ist bis jetzt sonst noch da, Kyle?« fragte ich. Er hatte inzwischen alles in Erfahrung gebracht. Er war klug und ein scharfer Beobachter. Und er hatte einen guten Riecher. Außerdem wußte Kyle, wer die Beteiligten an den Ermittlungen waren und wie jeder ins Bild paßte.

Er runzelte die Stirn und machte ein Gesicht, als hätte er an einer besonders sauren Zitrone gelutscht. »Frag lieber, wer *nicht* hier ist, Alex. Detectives aus D.C., deine eigenen – *Compadres.* Das FBI natürlich. Und die Drogenbekämpfung, ob du's glaubst oder nicht. Und die Jungs in den blauen Anzügen sind von der CIA. Übrigens besichtigt dein Busenfreund Chief Pittman gerade Miß Sheehans bildschöne Leiche. Sie sind im Boudoir sozusagen.«

»Also, das macht mir angst«, sagte ich und lächelte verkrampft. »Verrückter kann das alles gar nicht sein.«

Kyle deutete auf eine geschlossene Tür. Ich vermutete, sie führte ins Schlafzimmer. »Ich glaube, sie wollen nicht gestört werden. Gerüchten in Quantico zufolge soll der Chief of Detectives Pittman der Nekrophilie huldigen«, sagte er mit einem Pokergesicht. »Könnte das stimmen?«

»Verbrechen ohne Opfer«, sagte ich.

»Wie wär's mit ein bißchen Respekt gegenüber den Toten«, meinte Kyle und richtete seinen Zinken auf mich. »Ich bin sicher, daß Miß Sheehan selbst im Tod eine Möglichkeit finden würde, den Chief zurechtzustutzen.«

Ich war nicht überrascht, daß der Häuptling persönlich ins Jefferson gekommen war. Dieser Fall entwickelte sich zur spektakulärsten Mordsache, die es seit Jahren in Washington gegeben hatte. Auf alle Fälle würde es zur größten Mordsache *werden,* wenn Jack und Jill bald wieder zuschlugen – wie sie es versprochen hatten.

Nur zögernd trennte ich mich von Kyle, ging zur geschlossenen Schlafzimmertür und öffnete sie langsam, als wäre sie mit einer Sprengladung versehen.

Der einzigartige Chef Pittman befand sich mit einem Mann in grauem Anzug im Schlafzimmer. Wahrscheinlich einer von der Spurensicherung. Beide drehten sich um und schauten mich an. Pittman kaute auf einer nicht angesteckten Bauza-Zigarre. Er runzelte die Stirn und schüttelte den Kopf, als er sah, wer ins Zimmer gekommen war. Aber er konnte nichts dagegen tun. Auf Commissioner Clousers Einladung/Befehl hin arbeitete ich offiziell an diesem Fall. Doch es war nicht zu übersehen, daß der Chief mich hier nicht haben wollte.

»Spät kommt er, doch er kommt. Der höchst überflüssige Alex Cross«, sagte er in zynischem Tonfall zu dem Kerl im grauen Anzug. Soviel zum Thema Höflichkeit.

Die beiden wandten ihre Aufmerksamkeit wieder der Promileiche auf dem Bett zu. Chief Pittman war aus keinem ersichtlichen Grund so zynisch gewesen. Ich machte mir deshalb kein großes Kopfzerbrechen. Dieses unhöfliche, arrogante Arschloch benahm sich fast immer so. *Was für ein nutzloser Schweinehund, ein richtiger Kotzbrocken.* Er brachte nur eins zustande: anderen im Weg zu stehen.

Ich atmete mehrmals tief durch und konzentrierte mich auf den Job, die Leiche, den Tatort eines Mordes. Ich ging zum Bett und nahm meine Routinearbeit auf: erste Eindrücke sammeln.

Ein Tanga war über Natalie Sheehans Kopf gezogen, das Gummiband der Taille lag um ihren Hals. Das Höschen bedeckte Nase, Kinn und Mund. Ihre großen, toten blauen Augen waren starr auf die Decke gerichtet. Immer noch trug sie schwarze Strümpfe und einen blauen Büstenhalter, der zum Spitzenhöschen paßte.

Wieder gab es Beweise für Perversion – aber ich war skeptisch. Das alles war mir zu ordentlich, zu sorgfältig arrangiert. Warum wollten Jack und Jill, daß wir glaubten, perverser Sex spiele eine Rolle? War das ein Hinweis? Waren Jack und Jill ein frustriertes Liebespaar? War Jack impotent? Wir mußten wissen, ob jemand mit dem Opfer Geschlechtsverkehr gehabt hatte.

Es war ein besonders beunruhigender Tatort. Nach Kyles Information war Natalie Sheehan seit ungefähr acht Stunden tot. Sie war nicht mehr schön, nicht einmal annähernd. Ironischerweise hatte sie die größte Story ihres Lebens mit ins Grab genommen. Sie kannte Jack – vielleicht auch Jill.

Ich konnte mich erinnern, sie im Fernsehen gesehen zu haben. Es war beinahe so, als wäre jemand ermordet worden, den

ich persönlich gekannt hatte. Vielleicht liegt darin die Faszination bei Promimorden. Wir sehen Menschen wie Natalie Sheehan beinahe täglich. Wir bekommen das Gefühl, sie zu kennen. Und wir glauben, daß ihr Leben ungeheuer interessant sei. Selbst ihr Tod ist interessant.
Ich konnte beinahe sehen, daß es offensichtliche und augenfällige Ähnlichkeiten mit dem Mord an Senator Fitzpatrick gab. Da war zum Beispiel dieser perverse Sadismus. Natalie Sheehan war mit Handschellen an die Bettpfosten gefesselt. Sie war halbnackt. Außerdem war sie »exekutiert« worden, genau wie der Senator.
Man hatte der bekannten Nachrichtenmoderatorin einen Schuß aus nächster Nähe in die linke Kopfseite versetzt. Der Kopf hing zur Seite, als wäre der lange Hals gebrochen. Vielleicht war er es.
Hatte ich hier das Verhaltensmuster von Jack und Jill? Wohlüberlegt, effizient und absolut kaltblütig? Und pervers aus einem Grund, den nur sie selbst kannten? Pseudopervers? Sexuelle Besessenheit oder ein Zeichen für Impotenz? Was sagte uns dieses Tatmuster? Was wollte es mitteilen?
Langsam entwickelte ich ein Muster der psychologischen Täterpersönlichkeiten. Methode und Stil der Morde waren wichtiger für mich als handgreifliche Beweise. Immer. Beide Morde waren sorgfältig geplant – methodisch, gut vorbereitet und *in Ruhe* verübt. Jack und Jill spielten ein kaltblütiges Spiel. Bis jetzt hatte es keine signifikanten Schnitzer gegeben – soweit ich wußte. Die einzigen handgreiflichen Beweise am Tatort waren *absichtlich* hinterlassen worden: die Mitteilungen.
Sexuelle Phantasien waren augenscheinlich; die Präsentation der Frau auf dem Bett und die Verstümmelung der Genitalien Senator Fitzpatricks ließen es deutlich erkennen. *Hatten Jack und Jill sexuelle Probleme?*
Mein erster Eindruck war, daß beide Mörder weiß und zwischen dreißig und fünfundvierzig Jahre alt waren – wahrscheinlich eher vierzig und darüber; die sorgfältige Organisation und Planung beider Morde ließ darauf schließen. Außerdem deutete alles auf eine weit überdurchschnittliche Intelli-

genz hin. Ferner auf Überredungskunst und ein gewinnendes Äußeres. Das war besonders bemerkenswert, aber auch seltsam, da es den Mördern gelungen war, *in* die Wohnung der Prominenten zu gelangen. Es war der beste Hinweis, den wir hatten.

Es gab vieles für mich aufzunehmen; ich schrieb wie verrückt in meinen Notizblock. Gelegentlich warf der Chief einen wütenden Blick in meine Richtung. Er wollte mich kontrollieren. Am liebsten wäre ich ihm an die Kehle gesprungen. Für mich war er die lebendige Verkörperung vieler Dinge, die bei der Washingtoner Polizei im argen lagen. Er war ein machthungriges Macho-Arschloch und nicht halb so intelligent, wie er glaubte.

»*Zufällig* irgendwas entdeckt, Cross?« fragte er schließlich in seiner üblichen schroffen Art.

»Bis jetzt nicht«, antwortete ich.

Was aber nicht der Wahrheit entsprach. Mir war eindeutig klargeworden, daß Daniel Fitzpatrick und Natalie Sheehan im herkömmlichen Sinn des Wortes offenbar »sexuell wahllos« gewesen waren, was Jack und Jill möglicherweise »mißbilligt« hatten. Beide Leichen waren halbnackt zurückgelassen worden, in kompromittierenden und sehr peinlichen Körperhaltungen. Die Mörder schienen von Sex besessen zu sein – zumindest vom Sex Prominenter.

Entblößt ... oder um bloßzustellen? fragte ich mich. *Aber aus welchem Grund entblößt?*

»Ich möchte mir die Nachricht ansehen«, sagte ich zu Pittman und bemühte mich, einen höflichen, professionellen Eindruck zu machen.

Pittman winkte mit der Hand zum Nachttisch auf der anderen Bettseite, als wäre ich ein Hund. Seine Geste war unhöflich, ja herablassend. Ich würde nicht mal den miesesten Streifenpolizisten so behandeln. Selbst Schneid-ihn-ab-Chucky hatte ich mehr Respekt entgegengebracht.

Ich ging zur anderen Seite des Bettes und las die Nachricht. Wieder eine Art Gedicht. Fünf Zeilen.

Jack und Jill kamen zum Capitol Hill
Um noch einen Irrtum richtig zu stellen.
Die Nachricht ist diesmal
Das eigene Leid
Die eigene Not
Der eigene Tod

Ich schüttelte mehrmals den Kopf, sagte aber nichts über die Nachricht zu Pittman. Zur Hölle mit ihm! Die Verse sagten mir nicht viel. Ich hoffte, das würde sich im Lauf der Zeit ändern. Irgendwie waren die Zeilen ohne jegliche Gefühlsregung. Was hatte diese beiden Mörder *so clever und so eiskalt* gemacht?

Ich durchsuchte das Schlafzimmer. Bei der Mordkommission war ich berühmt-berüchtigt, weil ich viel Zeit am Tatort verbrachte. Manchmal sogar einen ganzen Tag. Ich hatte vor, es auch hier so zu halten. Die meisten persönlichen Gegenstände der Toten schienen mit ihrer Karriere zu tun zu haben, als hätte sie praktisch kein anderes Leben geführt. Videokassetten, Spesenabrechnungen ihres Senders, ein gestohlener Hefter, auf dem *CBS* eingraviert war. Ich betrachtete den Tatort und die Tote aus verschiedenen Blickwinkeln. Ich fragte mich, ob die Mörder etwas mitgenommen hatten.

Aber ich konnte mich nicht so konzentrieren, wie ich wollte. Chief Pittman hatte meine Nerven strapaziert, hatte mich wie Dreck behandelt. Das hätte ich nicht zulassen dürfen.

Warum hatte man beide Opfer so entblößt, so entwürdigt liegen lassen? Welche Verbindung bestand zwischen den beiden Toten – zumindest in den Köpfen der Mörder? Die Täter fühlten sich offenbar gezwungen, uns bestimmte Dinge gewissermaßen grafisch zu verdeutlichen. Tatsächlich waren Fitzpatrick und Sheehan in aller Munde. Dank Jack und Jill wußte die Öffentlichkeit jetzt fast alles über sie.

Was für eine verdammte Geschichte, dachte ich und mußte tief Luft holen.

Am schlimmsten war, daß der Fall mich fesselte. Ja, ich war fasziniert. Bis Pittman, das Arschloch, der ganzen Sache eine plötzliche Wendung gab. Eine schlimme, unerwartete Wendung.

Ich stand in seiner Nähe, als er etwas sagte, wieder ohne mich anzuschauen. »Sie kommen zurück, wenn wir fertig sind, Cross. Später.«
Die Worte des Chiefs hingen wie Rauch in der Luft. Ich konnte kaum glauben, was ich da gehört hatte. Ich habe mich stets bemüht, Pittman mit Respekt zu behandeln. Meist war es schwierig, wenn nicht unmöglich, aber ich hatte es dennoch getan.
»Ich rede mit Ihnen, Cross.« Pittman sprach eine Nuance lauter. »Haben Sie gehört, was ich gesagt habe? Haben Sie mich verstanden?«
Dann tat der Chief of Detectives etwas, was er lieber nicht hätte tun sollen: er schubste mich mit der Hand. Er schubste so kräftig, daß ich einen halben Schritt zurücktaumelte. Kaum hatte ich das Gleichgewicht wiedererlangt, ballte ich langsam die Fäuste vor der Brust.
Ich wußte gar nicht, was ich tat. Ich tat es einfach. Vielleicht trieben das aufgestaute Gift in meinem Innern und der Haß auf diesen Hurensohn mich an. Jedenfalls war es mit ein Grund.
Ich packte Pittman mit beiden Händen. Dieses Unausgesprochene zwischen uns, seine ständige Herablassung, seine offen gezeigte Feindseligkeit hatten sich über mehrere Jahre hinweg in mir aufgestaut. Jetzt löste sich diese Spannung – heftig und häßlich – und explodierte im Schlafzimmer der Toten.
George Pittman und ich sind ungefähr gleich alt. Er ist nicht so groß wie ich, aber wahrscheinlich um die dreißig Pfund schwerer. Er besaß den vierschrötigen, massigen Körperbau eines Footballspielers aus den sechziger Jahren. *Er ist so mies wie sein Job, und das sollte er nicht sein. Er haßt mich wie der Teufel das Weihwasser, weil ich meine Arbeit gut mache. Verdammter Wichser!*
Ich packte ihn und hob ihn in die Luft. Ich bin noch viel kräftiger, als ich ohnehin schon aussehe. Pittmans Augen wurden groß. Er konnte nicht fassen, was geschah. Auf einmal hatte er Angst.
Ich knallte ihn gegen die Wand. Und noch einmal. Es tat weh, war aber nicht lebensbedrohlich. Ich verletzte ihn nicht ein-

mal ernsthaft. Aber es war eindeutig ein Zeichen. Endlich schrillten bei ihm die Alarmglocken, und ich hatte seine ungeteilte Aufmerksamkeit.
Jedesmal, wenn Pittman gegen die Wand knallte, schien das Jefferson Hotel in den Grundfesten zu erbeben. Der Körper des Chiefs wurde schlaff. Er wehrte sich gar nicht. Er konnte nicht glauben, was ich tat. Ehrlich gesagt, ich auch nicht.
Schließlich lockerte ich meinen Griff, ließ Pittman los. Er fiel auf die Füße, schwankte. Ich wußte, daß ich ihm körperlich nicht allzu weh getan hatte, aber sein Stolz war verletzt. Damit hatte ich einen Riesenfehler begangen.
Ich sagte kein Wort. Der Typ im grauen Anzug auch nicht. Ich tröstete mich damit, daß Pittman als erster geschubst hatte. Er hatte angefangen – ohne ersichtlichen Grund. Ich fragte mich, ob der Bursche im grauen Anzug es auch so sah, bezweifelte es aber.
Ich verließ den Tatort Schlafzimmer. Diesmal sagte Pittman nichts zu mir.
Ich fragte mich, ob ich soeben meinen Abschied aus dem Polizeidienst genommen hatte.

22.

»*Das ist ein Alarm!* Im Crown ist irgendwas im Gange. Los, auf, auf! Wir haben Ärger im Crown. Das ist ein echter Alarm. Keine Übung. *Ein echter Alarm!*«
Ein halbes Dutzend Geheimdienstagenten nahmen den überraschenden Alarm sehr ernst. Sie beobachteten *Jack* durch drei Rangemaster-Feldstecher.
Jack bewegte sich.
Sie konnten nicht fassen, was sie sahen. Nicht einer der Agenten konnte glauben, was sich vor ihren Augen abspielte. Es war tatsächlich kein Übungsalarm.
»Das ist Jack! Das ist er wirklich. Ist er verrückt geworden?«

»Wir haben Sichtkontakt mit Jack. Wo zum Teufel will er hin? Verdammt. *Was ist da los?*«

Die sechs Beobachter setzten sich aus drei Profiteams der Spitzenklasse zusammen. Sie gehörten zu den Topleuten, zu den besten, klügsten und cleversten der mehr als zweitausend Geheimdienstagenten, die in der ganzen Welt im Einsatz waren. Sie saßen in Ford-Limousinen mit abgedunkelten Scheiben, die auf der Fünfzehnten Straße Nordwest parkten. Die Situation wurde jetzt sehr schnell ernst und ausgesprochen gefährlich.

Das ist ein echter Alarm.

Das ist keine Übung.

»Jack verläßt jetzt das Crown. Es ist zwanzig Uhr dreißig. Wir haben Jack ... *jetzt* im Fadenkreuz«, meldete ein Agent ins Automikrofon.

»Okay. Aber Jack ist ein trickreicher Bursche. Das hat er mehr als einmal bewiesen. Behaltet ihn im Visier. – Einsatzzentrale, wo ist die liebreizende Jill?«

»Hier Einsatzzentrale«, ertönte sofort eine weibliche Stimme. »Jill hat es sich im zweiten Stock des Crown gemütlich gemacht. Sie liest ein Buch über Barbara Bush von Barbara Bush. Sie hat schon den Schlafanzug an. Macht euch wegen Jill keine Sorgen.«

»Absolut sicher, Zentrale?«

»Hier Zentrale. Absolut sicher. Jill ist im Bett. Sie ist ein artiges Mädchen – jedenfalls heute abend.«

»Schön für Jill. Wie zum Teufel ist Jack rausgekommen?«

»Er hat den alten Tunnel zwischen dem Keller des Crown und dem Gebäude der Finanzverwaltung benutzt.«

Das ist ein Alarm.

Das ist keine Übung.

Jack ist unterwegs.

»Jack nähert sich jetzt der Pennsylvania Avenue. Er ist kurz vor dem Willard Hotel. Gerade hat er über die Schulter geblickt. Jack leidet unter Verfolgungswahn, was? Mit Recht. Ich glaube nicht, daß er uns gesehen hat. *Scheiße!* Gerade hat jemand vor dem Willard das Fernlicht eingeschaltet. *Ein Fahrzeug kommt raus ... fährt jetzt neben Jack!* Roter Jeep! Jack steigt in den Scheißjeep!«

»*Roger.* Soviel zum Thema ›Jack im Visier behalten‹. Wir folgen ihm. *Pronto.* Jeep hat Nummernschild aus Virginia. Kennzeichen: Zwei-drei-eins HCY. Händleraufkleber K-O-O-N-S. Sofort Anfrage wegen Jeep.«

»Folgen dem roten Jeep. Wir kleben an Jacks Arsch. Großalarm für den Schakal. *Wiederhole: Großalarm für den Schakal.* Das ist keine Übung.«

»Ihr dürft Jack nicht verlieren. *Auf keinen Fall Jack verlieren!*«

»*Roger.* Wir haben Jack deutlich in Sicht.«

Drei verdunkelte Limousinen rasten dem roten Jeep hinterher. *Jack* war der geheimdienstliche Codename für Präsident Thomas Byrnes, *Jill* der Codename der First Lady. *Crown* war seit fast zwanzig Jahren das Codewort für das Weiße Haus.

Die meisten Agenten, die zur Zeit Dienst taten, mochten Präsident Byrnes wirklich. Er war ein Mann, der mit beiden Beinen fest auf der Erde stand; im Vergleich zu den letzten zwei, drei Präsidenten ein ziemlich normaler Bursche. Kaum Dreck am Stecken. Aber gelegentlich traf er sich in Washington oder außerhalb für eine dem Geheimdienst nicht gemeldete Verabredung mit Damen. Der Geheimdienst nannte es die »Präsidentenkrankheit«. Thomas Byrnes war keineswegs der erste Präsident, der an dieser Krankheit litt. John F. Kennedy, Franklin Delano Roosevelt und besonders Lyndon B. Johnson hatte die Krankheit am schlimmsten erwischt. Es schien in hohen Ämtern eine Art stimulierendes Virus zu sein.

Der Geheimdienst glaubte nicht, daß die zwei psychopathischen Mörder, die sogenannten Promijäger, in Washington ihre Pseudonyme rein zufällig gewählt hatten. Bereits viermal hatten im Notfall-Befehlsstand-Zentrum im Westflügel des Weißen Hauses lange und schwierige Lagebesprechungen stattgefunden. *Schakal* lautete beim Geheimdienst der Deckname für einen potentiellen Attentäter, der es auf den Präsidenten abgesehen hatte. Der Codename wurde seit über dreißig Jahren benutzt.

Die »zufällige« Namensgleichheit machte den Beamten, die

für die persönliche Sicherheit des Präsidenten verantwortlich waren, große Sorgen – besonders wenn Präsident Byrnes sich auf eine seiner nicht angekündigten Spritztouren begab, bei denen aus begreiflichen Gründen keine Leibwächter dabei waren.

Es gab zwei Jacks und zwei Jills.

Was der Geheimdienst nicht als Zufall betrachtete.

»Wir haben den roten Jeep beim Tidal Basin verloren. Wir haben Jack verloren!« explodierte plötzlich die Stimme eines Agenten aus den Autolautsprechern.

Womit er ein Chaos auslöste. Einen Chaosalarm.

Das war keine Übung.

Zweiter Teil

Der Drachentöter

23.

Montag abend ergab sich endlich etwas in Sachen Jack und Jill. Möglicherweise war es ein Durchbruch. Ich hoffte, es handelte sich nicht um einen schlechten Scherz.

Ich war gerade nach Hause gekommen, um mit den Kindern einen Happen zu essen, als das Telefon klingelte. Es war Kyle Craig. Er berichtete mir von einer Nachricht auf Videoband, angeblich von Jack und Jill. Man hatte das Band in die CNN-Studios gebracht. Die Mörder hatten einen Amateurfilm gedreht, auf daß die Welt ihn sich anschaute. Außerdem hatten Jack und Jill einen offenen Brief an die *Washington Post* und die *New York Times* geschrieben. Sie wollten sich an diesem Abend »erklären«.

Ich mußte losfahren, ehe Nanas Brathühnchen auf den Tisch kam. Jannie und Damon schenkten mir ihre Tu-das-nie-wieder-Blicke. Sie hatten recht.

Um das Nordkapitol herum fuhr ich, so schnell ich konnte, in die Gegend der Union Station in Washington. Ich wollte nicht zu spät zu der Party kommen, die Jack und Jill gaben. Wieder ein Beispiel dafür, wie sehr die beiden uns nach ihrer Pfeife tanzen lassen konnten.

Ich traf gerade rechtzeitig zur Vorschau des Bandes im CNN-Hauptquartier ein, nur wenige Minuten ehe das Video in *Larry King Live* gesendet werden sollte. Hohe Beamte vom FBI und vom Geheimdienst drängten sich in dem niedrigen, gemütlichen Vorführraum. Hinzu kamen noch mehrere Techniker, Verwaltungsmenschen und Anwälte des Nachrichtensenders. Alle wirkten unglaublich angespannt und nervös.

Als die gefilmte Botschaft von Jack und Jill begann, herrschte völlige Stille im Raum. Ich hatte Angst zu blinzeln. Wir alle hatten Angst.

»Glaubt ihr diesen Mist?« fragte schließlich jemand.

Jack und Jill hatten *uns* gefilmt! Das war der erste Schock an diesem Abend. Sie hatten vor ein paar Tagen tatsächlich die Polizisten vor Senator Fitzpatricks Apartment aufgenommen.

Jack und Jill waren unter den Schaulustigen gewesen, den Gaffern, die jedesmal erscheinen, wenn ein Rettungswagen auftaucht.

Der Film war eine nervtötende Collage im Stil einer Dokumentarsendung, hauptsächlich in Schwarzweiß; nur wenige Abschnitte waren in Farbe gedreht. Zur Eröffnung gab es Bilder aus verschiedenen Blickrichtungen, gefilmt vor dem Apartmentkomplex Senator Fitzpatricks. Es war ein gut gemachter Studentenfilm, aber ein bißchen zu künstlerisch angehaucht.

Dann erschien etwas Unerwartetes auf dem Bildschirm. Etwas Packendes. *Gräßliches.*

Die Mörder hatten die letzten Augenblicke im Leben Senator Fitzpatricks gefilmt – Sekunden, ehe er ermordet wurde, wie ich vermutete. Es gab bedrückende Bilder des lebenden Senators. Und dann wurde es noch schlimmer.

Wir sahen gestochen scharfe Aufnahmen von Daniel Fitzpatrick: nackt und mit Handschellen ans Bett gefesselt. Wir hörten seine Stimme. »Bitte, tun Sie das nicht«, flehte er seine Mörder an. Dann hörten wir den Abzug klicken. Der Schuß wurde keine fünf Zentimeter von Fitzpatricks rechtem Ohr abgegeben. Dann dröhnte ein zweiter Schuß. Der Kopf des Senators explodierte. Die Zuschauer rangen nach Atem bei diesen grauenvollen Bildern und den Geräuschen, die Fitzpatrick in die Ewigkeit befördert hatten.

»O Gott!« schrie eine Frau. Mehrere Leute hatten das Gesicht vom Bildschirm abgewendet. Andere hielten sich die Augen zu. Ich guckte hin. Ich durfte nichts verpassen. Das alles waren entscheidend wichtige Informationen, wenn ich *verstehen* wollte. Dieser Film war wertvoller als sämtliche DNA-Analysen, serologischen Untersuchungen und Fingerabdrücke.

Plötzlich, auf erschreckende Weise, wechselten Ton und Inhalt des Films. Nach dem gräßlichen Mord an Fitzpatrick folgten Aufnahmen normaler Menschen auf Straßen in Groß- und Kleinstädten, die nicht zu identifizieren waren. Mehrere Leute winkten mit strahlendem Lächeln in die Kamera, die meisten jedoch schienen unbeeindruckt, gefilmt zu werden – wahrscheinlich von Jack und Jill.

Immer wieder wechselten beim Film Schwarzweiß und Farbe, aber keineswegs ohne Ordnungsprinzip. Wer auch immer den Film am Schneidetisch bearbeitet hatte, war ziemlich talentiert.

Einer der beiden ist Künstler oder hat zumindest starke künstlerische Neigungen, dachte ich und machte mir geistig eine Notiz. *Was für ein Künstler würde sich auf eine solche Sache einlassen?* Ich kannte verschiedene Theorien über die Verknüpfungen zwischen Kreativität und psychopathischer Veranlagung. Bundy, Dahmer und Charles Manson konnte man als »kreative« Mörder bezeichnen. Andererseits hatten Richard Wagner, Degas, Jean Genet und viele andere Künstler sich im Leben durchaus wie Psychopathen benommen und trotzdem niemanden getötet.

Dann, ungefähr fünfundsechzig Sekunden nach Filmbeginn, setzten die Stimmen ein. Wir hörten zwei: einen Mann und eine Frau. Etwas Dramatisches geschah, das uns alle völlig überraschte.

Jack und Jill hatten beschlossen, zu uns zu sprechen.

Es war beinahe so, als wären die Mörder hier im Studio. Sie wechselten sich im Lauf der Filmcollage ab, doch beide Stimmen waren elektronisch gefiltert, damit man sie nicht identifizieren konnte. Ich beschloß, mich sofort an die Stimmenanalyse zu machen, sobald die Show vorüber war. Aber noch war sie nicht vorüber.

Jack: Seit langer Zeit haben Menschen wie wir stillschweigend die Ungerechtigkeiten ertragen, die von der Führungsschicht dieses Landes begangen wurden. Wir waren geduldig, haben stumm gelitten und in den meisten Fällen geschwiegen. Sie kennen den zynischen Begriff – wir haben es *ausgesessen.* Wir haben darauf gewartet, daß das amerikanische System der Kontrollen und des Gleichgewichts greift und für uns arbeitet. Aber das System hat seit langer Zeit nicht mehr funktioniert. Wie es scheint, funktioniert überhaupt nichts mehr. Kann irgend jemand mir ernsthaft widersprechen?

Jill: Skrupellose Menschen, beispielsweise Anwälte und Geschäftsleute, haben die Fähigkeit entwickelt, unsere Ahnungslosigkeit und unseren guten Willen auszunutzen – vor allem

unsere geistige Großzügigkeit. Lassen Sie mich diesen wichtigen Gedanken wiederholen: *Äußerst* skrupellose Menschen haben gelernt, unsere Ahnungslosigkeit, unseren guten Willen und unseren großartigen amerikanischen Elan auszunutzen. Viele dieser Menschen sitzen in der Regierung oder arbeiten eng mit unseren sogenannten politischen Führern zusammen.
Jack: Sehen Sie sich die Gesichter in diesem Film an. Das sind Menschen ohne Bürgerrechte. Das sind Menschen ohne Hoffnung, die nicht mehr an unser Land glauben. Es sind die *Opfer der Gewalt, die ihren Ursprung in Washington hat, in New York und in Los Angeles.* Erkennen Sie die Rechtlosen? Sind Sie auch ein Opfer? *Wir sind es.* Und es gibt ungezählte Jacks und Jills. Wir sind nur ein Paar von vielen.
Jill: Führen Sie sich vor Augen, was unsere sogenannten Führer uns angetan haben! Schauen Sie sich die Verzweiflung und das Leid an, für das diese Leute verantwortlich sind. Schauen Sie sich den krankhaften Zynismus an, den sie geschaffen haben. Die Träume und Hoffnungen, die sie mutwillig zerstört haben. Unsere Führer vernichten systematisch die Vereinigten Staaten.
Jack: Schauen Sie sich die Gesichter an.
Jill: Schauen Sie sich die Gesichter an.
Jack: Schauen Sie sich die Gesichter an. Verstehen Sie jetzt, warum wir es auf diese Leute abgesehen haben? Sehen Sie es? ... *Schauen Sie sich die Gesichter an.* Schauen Sie sich an, was Sie getan haben. Schauen Sie sich die unaussprechlichen Verbrechen an, die sie begangen haben.
Jill: Jack und Jill kamen zum Capitol Hill. Deshalb sind wir hier. Alle, die in der Hauptstadt leben und arbeiten und versuchen, uns und die anderen Rechtlosen und Geknechteten zu beherrschen, sollen sich in acht nehmen. Sie haben mit unser aller Leben gespielt – jetzt werden wir mit ihrem Leben spielen. Jetzt ist es unser Spiel. Jetzt sind Jack und Jill an der Reihe.

Der Film endete mit einprägsamen Bildern von Massen Obdachloser auf dem Lafayette Square, direkt gegenüber dem Weißen Haus. Dann kam wieder eine Warnung.

Jack und Jill kamen zum Capitol Hill
Mit einer ernsten und edlen Mission.
Ihr habt sie wütend gemacht
Die Zeiten sind gefährlich
Für Politiker.
Ehrlich

Jack: Nun ist es an der Zeit, die Menschen zu verurteilen, die keine Seele haben. Sie wissen, was sie sind. *Wir auch.*

»Wie lange läuft dieses kleine Meisterwerk?« Ein Fernsehregisseur wollte eine Antwort auf die praktischste aller Fragen. CNN sollte diesen Film in weniger als zehn Minuten *live* ausstrahlen.

»Gut drei Minuten. Kommt einem wie 'ne Ewigkeit vor, ich weiß«, erwiderte ein Techniker mit einer Stoppuhr. »Falls Sie eine Bearbeitung möchten, müssen Sie's mir *sofort* sagen.«

Nachdem ich die Sprüche gehört hatte, lief es mir kalt über den Rücken, obwohl es sehr warm im Zimmer war. Bis jetzt war niemand gegangen. Die CNN-Leute diskutierten über den Film, als wären wir anderen gar nicht da. Der Moderator der Talkshow schaute nachdenklich und besorgt drein. Vielleicht war ihm klar, in welche Richtung die Massenkommunikation trieb und daß man diese Entwicklung nicht aufhalten konnte.

»Wir sind *live* in acht Minuten«, verkündete ein Regisseur seinem Team. »Wir brauchen diesen Raum, Leute. Wir ziehen für Sie alle Kopien.«

»Souvenirs«, meinte jemand aus der Menge. »Ich habe Jack und Jill bei CNN gesehen.«

»Das sind keine Serienmörder«, sagte ich leise vor mich hin. Ich wollte *hören*, wie mein Gedanke sich anhörte, wenn ich ihn aussprach.

Ich stand mit meiner Meinung ziemlich allein, war aber fest davon überzeugt. *Das sind keine Mörder, die nach einem bestimmten Muster töten. Keine gewöhnlichen Mörder.* Aber sie sind extrem gut organisiert und vorsichtig. Sie sind so gerissen – oder so vertraueneinflößend –, daß sie ganz nahe an Prominente herankommen. Sie haben irgendein Faible für perversen Sex – oder

wollten es uns glauben machen. Sie haben irgendein alles beherrschendes Motiv für ihre Taten.
Ich hörte immer noch ihre unheimlichen Stimmen auf dem Band: *»Mit einer ernsten und edlen Mission.«*
Vielleicht war es für sie kein Spiel. *Es war ein Krieg.*

24.

Es war die schlimmste Zeit. Es war die allerschlimmste Zeit. Am Mittwoch morgen, nur zwei Tage nach dem Mord an Shanelle Green, fand man ein zweites ermordetes Kind im Garfield Park, wieder unweit der Sojourner Truth School. Diesmal war das Opfer ein siebenjähriger Junge. Das Verbrechen ähnelte dem an der kleinen Shanelle. Das Gesicht des Jungen war zerschmettert, möglicherweise mit einer Eisenstange oder einem Metallrohr.
Ich konnte von meinem Haus an der Fünften Straße zu Fuß zum Tatort des grauenvollen Mordes gehen. Das tat ich soeben, langsam, schleppend. Es war der vierte Dezember, und die Kinder dachten bereits an Weihnachten. Das alles hätte niemals passieren dürfen. Niemals, besonders nicht den Kleinen.
Abgesehen von dem zweiten Mord an einem unschuldigen Kind lag mir noch etwas schwer im Magen. *Wenn es sich nicht um einen Trittbrettfahrer handelte, der den ersten Mord nachgeahmt hatte – was ich für höchst unwahrscheinlich hielt –, konnte der Mörder nicht Emmanuel Perez sein. Nicht Chucky.* Sampson und ich hatten einen Fehler gemacht. Wir hatten den falschen Kinderschreck gestellt. In gewisser Weise waren wir für seinen Tod verantwortlich.
Der Wind wirbelte und heulte durch den kleinen Park, als ich ihn von der Bodega aus betrat. Es war ein scheußlicher Morgen, ekelhaft kalt und wolkenverhangen. Zwei Notarztwagen und ein halbes Dutzend Polizeifahrzeuge parkten auf dem Rasenstreifen am Rand des Parks. Es waren mindestens hundert

Leute aus der Gegend am Tatort versammelt. Es war unheimlich, gespenstisch, ganz und gar unwirklich. Die Sirenen der Polizei- und Rettungswagen heulten im Hintergrund, eine Qual für jeden Kopf. Ich zitterte, und nicht nur wegen der Kälte.

Der Tatort des Schreckens erinnerte mich an eine schlimme Zeit vor einigen Jahren, als wir am Tag vor Weihnachten die Leiche eines kleinen Jungen aufgefunden hatten. Das Bild hatte sich mir für immer eingeprägt. Der Junge hieß Michael Goldberg, aber alle hatten ihn nur Krabbe genannt. Er war erst neun Jahre alt. Der Mörder hieß Gary Soneji. Er war aus dem Gefängnis geflüchtet, nachdem ich ihn gefaßt hatte. Für mich war Soneji mein Dr. Moriarty geworden, die Verkörperung des Bösen, falls es so etwas gab. Ich glaubte inzwischen daran.

Immer wieder mußte ich an Soneji denken. Gary Soneji hatte einen sehr plausiblen Grund, in der Nähe meines Hauses zu morden. Er hatte geschworen, mir die Zeit, die er im Gefängnis verbracht hatte, heimzuzahlen: *jeden Tag, jede Stunde, jede Minute.* Jetzt wird abkassiert, Dr. Cross.

Als ich mich unter den gelben Absperrbändern hindurchbückte, rief mir eine Frau in weißem Poncho zu: »Sie wollen doch Polizist sein, stimmt's? Warum zum Teufel tun Sie dann nichts? Unternehmen Sie etwas gegen diesen Irren, der unsere Kinder tötet. Ach ja, und fröhliche Weihnachten!«

Was konnte ich dieser aufgebrachten Frau erwidern? Daß echte Polizeiarbeit nicht wie im Fernsehen ablief? Bis jetzt hatten wir in beiden Kindermorden noch keine Spur. Wir konnten auch Chucky nicht mehr die Schuld geben. Es war eine unumstößliche Tatsache: Sampson und ich hatten einen Fehler begangen. Ein Dreckskerl hatte dran glauben müssen, aber wahrscheinlich aus dem falschen Grund.

Die Berichterstattung in Sachen Kindermorde ließ stets zu wünschen übrig, aber diesmal entdeckte ich mehrere Reporter am Tatort: Inez Gomez vom *El Diario* und Fern Galperin von CNN. Die beiden berichteten über ganz Washington, gelegentlich sogar über Morde im Südosten.

»Hat das irgend etwas mit dem Kindermord in der vergangenen Woche zu tun, Detective? Sie haben den wahren Mörder offenbar noch nicht gefaßt. Handelt es sich um einen Serientäter, der kleine Kinder ermordet?« Inez Gomez feuerte eine Salve von Fragen auf mich ab. Sie war sehr gut in ihrem Job, gescheit, zäh und meist fair.

Ich beantwortete keine Fragen der Reporter, auch nicht die von Inez Gomez. Ich blickte nicht einmal in ihre Richtung. Tief in meiner Brust wütete ein Schmerz, der sich nicht verziehen wollte.

Handelt es sich um einen Serientäter, der kleine Kinder ermordet? Ich weiß es nicht, Inez. Ich halte es für möglich. Ich bete, daß es nicht so ist. War Emmanuel Perez unschuldig? Ich hoffe, nicht, Inez. Ich bete, daß er schuldig war.

Kann Gary Soneji der Mörder dieser beiden Kinder sein? Ich hoffe, nicht, Inez. Ich bete, daß es nicht der Fall ist.

Viele Gebete an diesem kalten, trostlosen Morgen.

Für Anfang Dezember war es zu kalt, und es gab zuviel Schnee. Im Radio sagte jemand, in Washington sei so viel geschaufelt worden, daß man das Gefühl habe, es würde sich um ein Wahljahr handeln.

Ich schob mich durch die Menge zu dem toten Kind, das wie eine achtlos weggeworfene Puppe auf einer dicken Reifschicht lag, die sich auf einer kleinen Wiese gebildet hatte. Der Polizeifotograf machte Aufnahmen von dem kleinen Jungen. Sein Haar war so kurz geschnitten wie Damons. Damon nannte die Frisur »Glatzenschnitt«.

Selbstverständlich wußte ich, daß es nicht Damon war, aber der Anblick traf mich wie ein brutaler Schlag in die Magengrube. Mir stockte der Atem. Ich keuchte. Grausamkeit wird durch Tränen nicht gelindert. Diese Lektion hatte ich inzwischen längst gelernt.

Ich kniete mich hin und beugte mich über den ermordeten Jungen. Es sah aus, als würde er schlafen. Aber nicht friedlich, sondern von einem schrecklichen Alptraum geplagt. Jemand hatte dem Jungen die Augen geschlossen. Ich fragte mich, ob es der Mörder gewesen war, glaubte es aber nicht. Wahrscheinlich war es das Werk eines guten Samariters oder eines warmherzigen, aber unachtsamen Polizisten. Der kleine Junge trug einen weiten grauen Jogginganzug mit Löchern an den Knien und alte Turnschuhe. Der tödliche Schlag des Mörders hatte seine rechte Gesichtshälfte buchstäblich zerfleischt – genau wie bei Shanelle. Ich sah gezackte Löcher im Fleisch. Und Tränen. Unter dem Kopf hatte sich eine rote Blutpfütze gebildet.

Der Wahnsinnige zerstört gern schöne Dinge. Der Gedanke brachte mich auf eine Idee. *Ist der Mörder selbst vielleicht mißgestaltet? Körperlich? Gefühlsmäßig? Vielleicht beides.*

Warum haßt er kleine Kinder so sehr? Warum bringt er sie in der Nähe der Sojourner Truth School um?

Ich öffnete die Augen des kleinen Jungen. Das Kind starrte mich an. Ich weiß nicht, warum ich es tat. Ich mußte seine Augen sehen.

25.

»Dr. Cross ... Dr. Cross ... Ich kenne den Jungen«, sagte eine zitternde Stimme. »Er geht auf unsere Grundschule und heißt Vernon Wheatley.«

Ich schaute auf. Mrs. Johnson, die Rektorin von Damons Schule. Mühsam unterdrückte sie ein Schluchzen.

Sie ist noch zäher als du, Daddy. Das hatte Damon zu mir gesagt. Vielleicht hatte er recht. Die Rektorin würde nicht weinen. Sie *erlaubte* sich keine Tränen.

Die Polizeiärztin stand neben Mrs. Johnson. Ich kannte auch sie. Janine Prestegard war eine Weiße, ungefähr so alt wie Mrs. Johnson. Mitte Dreißig – mehr oder weniger. Die Frauen hatten sich unterhalten, Mutmaßungen ausgetauscht und sich wahrscheinlich gegenseitig Trost zugesprochen.

Welche Anziehungskraft hatte die Sojourner Truth School? *Warum gerade diese Schule? Warum Damons Schule?* Shanelle Green und jetzt Vernon Wheatley. Was wußte die Rektorin?

Wußte sie überhaupt etwas? Ob sie helfen konnte, diese schrecklichen Morde aufzuklären? Sie hatte beide Opfer gekannt.

Die Polizeiärztin ordnete eine Obduktion an, um die genaue Todesursache festzustellen. Die entsetzliche Gewalttätigkeit gegen das Kind hatte sie sichtlich erschüttert. Und die Obduktion eines ermordeten Kindes muß die Hölle sein.

Zwei Detectives von der örtlichen Dienststelle warteten in der Nähe. Ebenso die Leichenfahrer. Alles am Tatort war so still, so traurig, so grauenvoll. Es gibt nichts Schlimmeres als den Mord an einem Kind. Jedenfalls nichts, was ich gesehen habe. Ich erinnere mich an jeden einzelnen, mit dem ich zu tun gehabt habe. Sampson hält mir manchmal vor, ich sei zu sensibel für einen Detective der Mordkommission. Ich halte ihm entgegen, daß jeder Detective so sensibel und menschlich wie möglich sein sollte.

Ich richtete mich zu voller Größe auf. Mit einem Meter siebenundachtzig war ich nur wenig größer als Mrs. Johnson.

»Sie waren beide Male am Tatort der Morde«, sagte ich zu ihr. »Wohnen Sie hier in der Nähe?«

Sie schüttelte den Kopf. Dann blickte sie mich fest an. Ihre Augen waren sehr ausdrucksstark, groß und rund. Sie hielten meinen Blick fest, ließen ihn nicht los. »Ich kenne viele Leute in dieser Gegend. Jemand hat mich zu Hause angerufen. Ich solle wissen, was geschehen sei. Ich bin hier in der Nähe aufgewachsen, in Eastern Market«, gab sie bereitwillig Auskunft. »Es ist derselbe Mörder, nicht wahr?«

Ich beantwortete ihre Frage nicht. »Vielleicht muß ich später mit Ihnen über die Morde sprechen«, sagte ich. »Vielleicht müssen wir auch noch einmal mit einigen Schülern reden. Aber nur, wenn es unbedingt nötig ist. Sie und die Kinder haben schon genug durchgemacht. Danke für Ihre Anteilnahme. Tut mir leid wegen Vernon Wheatley.«

Mrs. Johnson nickte und blickte mich weiterhin mit ihren unglaublich durchdringenden Augen an. *Wer sind Sie eigentlich?* schienen sie zu fragen. *Sie waren auch beide Male am Tatort.*

»Wie können Sie diese Arbeit tun?« stieß sie plötzlich hervor.

Die Frage kam völlig unerwartet und verwunderte mich. Eigentlich hätte ich sie als taktlos empfinden müssen, aber dem war nicht so. Zufällig war es nämlich mein persönliches Mantra. *Wie kannst du diese Arbeit tun, Alex? Warum spielst du den Drachentöter? Wer bist du eigentlich? Was ist aus dir geworden?*

»Ich weiß es nicht genau.« Ich sagte die Wahrheit.

Warum hatte ich ihr gegenüber diese Schwäche zugegeben? Das tat ich nur selten, nicht einmal bei Sampson. Aber da war etwas in ihren Augen. Sie forderten die Wahrheit.

Ich senkte den Blick, drehte mich zur Seite. Ich konnte nicht anders. Dann machte ich mir wieder Notizen. Mir schwirrte der Kopf vor Fragen, schlimmen Fragen, schlimmen Gedanken und noch schlimmeren Gefühlen, was die Morde betraf. Die beiden Morde. Die beiden Fälle.

Warum haßt er Kinder so sehr? fragte ich mich immer wieder. *Wer kann kleine Kinder bloß so sehr hassen?* Der Mörder mußte selbst schlimm mißbraucht worden sein. Wahrscheinlich ein Mann, Anfang oder Mitte Zwanzig. Ein Mann, der seine Taten weitgehend planlos und unvorsichtig verübte.

Ich hatte das sichere Gefühl, daß wir ihn erwischen würden. Aber würden wir ihn früh genug erwischen?

26.

Ich wartete auf ein mögliches Disziplinarverfahren des Departments. Ich wartete auf das Zischen des Henkerbeils. Es kam nicht. Doch Chief Pittman hielt sein scharfes Messer über meinen Kopf. Der Häuptling trieb sein Spielchen mit mir. Katz und Maus.

Vielleicht hielten höhere Mächte ihn davon ab zuzustechen, wegen Jack und Jill. Genau. Das mußte der Grund dafür sein. Die Herren hatten das Gefühl, mich bei der Suche nach den Promimördern zu brauchen.

Während ich im Fegefeuer wartete, gab es alle Hände voll zu

tun. Ich verbrachte die Stunden damit, immer wieder die Daten der Abteilung für Verhaltensforschung des FBI durchzugehen. Ich suchte nach irgendeiner Verbindung zwischen den Kindermorden an der Sojourner Truth mit anderen Morden in Washington – oder in irgendeiner anderen Stadt. Dann nahm ich mir Jack und Jill und den Kindermörder genauer vor. *Wenn man einen Mörder verstehen will, muß man sich seine Arbeit anschauen.* Jack und Jill arbeiteten nach einer sorgfältigen Methode. Der Kindermörder nicht. Er war schlampig. Unterschiedlicher hätten die Fälle nicht sein können.

Ich war immer noch der Ansicht, zwei derart komplizierte Mordfälle nicht gleichzeitig bearbeiten zu können. Ich hielt den Zeitpunkt für gekommen, dafür zu sorgen, daß mein sogenannter Handel mit dem Department in zwei Richtungen funktionierte.

Später am Nachmittag führte ich mehrere Telefonate. Einige Leute im Department schuldeten mir Gefälligkeiten. Was hatte ich zu verlieren?

Abends traf ich mich mit vier Detectives der Mordkommission vom Ersten Bezirk auf dem verlassenen Parkplatz hinter der Sojourner Truth School. Jeder war ein echtes Ekel im Department. Die vier Jungs sorgten für mächtig viel Ärger. Aber sie waren hervorragende Cops. Wahrscheinlich die besten, die ich in Washington kannte.

Alle vier wohnten im Southeast. Jeder nahm die Kindermorde persönlich und wollte die scheußlichen Fälle schnellstmöglich aufgeklärt wissen – ganz gleich, ob ihre eigenen Fälle vorrangig waren.

Sampson traf als letzter ein, kurz nach zehn Uhr, wie verabredet. Der Chief of Detectives hätte das Geheimtreffen mit Sicherheit verboten. Ich war dabei, eine Sonderkommission Freiwilliger ins Leben zu rufen, die helfen sollte, den Mörder von Shanelle Green und Vernon Wheatley zu finden. Wir waren zwar keine Bürgerwehr, aber nicht weit davon entfernt.

»O Sampson! Schon auf den Beinen?« spottete Jerome Thurman und lachte mit seiner Fistelstimme, als Sampson endlich zum Kreis der Männer von der Mordkommission stieß. Thurman wog an die zweieinhalb Zentner, hatte aber kaum Fett am Leib. Er und Sampson frotzelten sich immer, waren aber gute Freunde. Wie wir anderen auch. Schon seit wir alle in der High-School-Liga Football gespielt hatten – vor ungefähr tausend Jahren.

»Auf meiner Uhr ist es genau zehn«, erklärte Sampson, ohne einen Blick auf seine uralte Bulowa zu werfen.

»Dann *ist* es auch zehn«, meinte Shawn Moore. Er war ein junger, harter Polizist. Shawn hatte drei Kinder, und seine Familie wohnte weniger als eine Meile von der Truth entfernt, wie man die Schule in der Gegend üblicherweise nannte. Einer seiner Jungs ging mit Damon in dieselbe Klasse.

»Ich bin froh, daß ihr alle kommen konntet, um in dieser kalten Nacht im Freien zu spielen«, sagte ich, nachdem die ersten unverfänglichen Worte und Frotzeleien beendet waren. Ich wußte genau, daß diese vier Jungs miteinander auskamen, daß sie einander respektierten. Und niemals – da war ich ganz sicher – würde der Chief von diesem Treffen erfahren, jedenfalls nicht von einem dieser Männer.

»Tut mir leid, daß ich euch so spät herbestellt habe. Aber es ist besser, wenn man uns nicht zusammen sieht. Danke, daß ihr gekommen seid. Der Schulhof schien mir der richtige Platz zu sein für das, worüber wir reden müssen. Ich mache es so kurz wie möglich«, erklärte ich und blickte in die Runde.

»Das *hoffe* ich, Alex«, sagte Jerome. »Ich frier' mir hier nämlich meinen fetten Arsch ab.«

»Ihr habt alle von dem siebenjährigen Jungen gehört, den man heute morgen im Garfield Park gefunden hat?« fragte ich. »Er heißt Vernon Wheatley.«

Die Runde nickte mit ernsten Mienen. Meldungen über schlimme Morde verbreiten sich schnell.

»Nun, ich habe viel über diese Kindermorde nachgedacht. Alle Hinweise, die wir bisher haben, habe ich anhand unserer Daten über Gewalttäter überprüft, habe sie sogar durch die Datenbanken der Abteilung für Verhaltensforschung des FBI laufen lassen. Ohne Ergebnis. Ich lasse an einem vorläufigen psychologischen Profil arbeiten. Ich hoffe, ich irre mich, aber ich befürchte, daß in dieser Gegend ein Mörder herumläuft, der nach einem genauen Muster vorgeht. Wahrscheinlich ein Kinder-Serienmörder. Ich bin fast sicher.«

»Sieht's wieder mal so schlimm aus, Alex?« fragte Rakeem Powell.

Ich wußte, worauf Rakeem abzielte. Vor einigen Jahren hatten wir an einem überaus schwierigen Mordfall gearbeitet. Auch damals war der Täter streng nach einem Muster vorgegangen.

»Ich glaube, es sieht wieder mal verdammt schlimm aus, Rakeem. Die beiden Morde wurden binnen weniger Tage verübt. Und äußerst brutal. Wir müssen damit rechnen, daß der Mörder sehr bald wieder zuschlägt. Ich sage *er*, obwohl es auch eine *sie* sein könnte.«

»Zuviel Gewalt für eine Täterin«, warf Sampson ein und räusperte sich. »Zuviel ... Blut ... eingeschlagener Schädel ... kleine Kinder.« Er schüttelte den Kopf. »Für mich sieht das nicht nach 'ner Frau aus.«

»Normalerweise würde ich dir beipflichten«, sagte ich. »Aber heutzutage weiß man nie. Schaut euch *Jill* an.«

»Wie viele Detectives sind für die Kindermorde eingeteilt?« fragte Jerome Thurman durch dicke Lippen, die wie Wülste aus Weingummi aussahen, wie Kinder sie sich ankleben und aufessen, wenn sie die Dinger nicht mehr lustig finden.

»Zwei Teams«, sagte ich. »Nur *zwei* Teams. Wobei nur eines ständig an den Fällen arbeitet. Deshalb wollte ich, daß wir uns hier treffen. Der Chief glaubt nicht an die Theorie, daß ein und derselbe Scheißkerl beide Kinder getötet hat. Emmanuel Perez wird immer noch als Mörder des kleinen Mädchens betrachtet.«

»Pittman ist ein dämlicher Wichser«, schimpfte Jerome Thurman wütend. »Dieses Arschloch ist so überflüssig wie Titten bei 'nem Bullen.«

Die anderen Detectives fluchten leise. Ich hatte mit einer negativen Reaktion auf alles gerechnet, was der Chief sagte oder tat. Jetzt aber wollte ich keine billigen Schläge unter die Gürtellinie mehr austeilen – obwohl die Versuchung groß war.

»Bist du sicher, daß es sich um ein und denselben Mörder handelt, Alex?« fragte Rakeem. »Du hast gesagt, dein psychologisches Profil sei vorläufig. Ich weiß, daß dieser Scheiß Zeit braucht, aber wie weit bist du damit?«

Wegen der Kälte schniefte ich kurz. Dann erwiderte ich: »Bei dem zweiten Kind, dem kleinen Jungen, war ebenfalls das Gesicht zerschmettert, Rakeem. Eine Seite des Gesichts, genau wie bei dem kleinen Mädchen. *Dieselbe* Seite, die rechte. Ich konnte keinen signifikanten Unterschied feststellen. Der Gerichtsmediziner hat das bestätigt. Der Täter fühlt wahrscheinlich, daß er eine gute und eine schlechte Seite hat. Die schlechte Seite wird bestraft – oder besser gesagt: zerstört.

Okay. Letzter Punkt. Es ist bis jetzt nur eine Vermutung, aber ich halte den Täter für einen Anfänger. Trotzdem ist er verschlagen und clever ... und risikofreudig. Er wird einen Fehler begehen. Wenn wir zusammenarbeiten, haben wir den Mistkerl bald am Wickel, da bin ich sicher. Aber es muß schnell gehen. Ich glaube, wir können ihn festnageln.«

»Sagst *du* den Jungs jetzt auch noch den Rest, Alex, oder soll ich es tun?« fragte Sampson.

Ich lächelte darüber, wie er seine Frage gestellt hatte. »Diese Drecksarbeit wollte ich eigentlich dir überlassen.«

»Wie immer«, meinte er. »Also gut. Kommen wir dazu, was Alex bis jetzt *noch nicht* gesagt hat. Karten auf den Tisch. Es gibt zwei Gründe dafür, daß nur ein Team Detectives mit der Aufklärung der Morde betraut wurde. Erstens: Sie sind in dieser Gegend verübt worden. Wir wissen, daß die ganze Scheiße, die in Washington bergab fließt, irgendwann hier ankommt. Zweitens: Fast alle Beamten im Department sind auf Jack und Jill angesetzt. Schließlich murksen die beiden reiche Weiße ab. Auf dem Capitol Hill haben alle eine Heidenangst. Deshalb muß natürlich alles andere stehen- und liegengelassen werden. Zwei kleine schwarze Kinder spielen da kaum eine Rolle – nicht im großen Plan, nicht im *großen Rahmen.*«

»Sampson und ich haben an den Morden des Truth-Killers gearbeitet«, nahm ich den Faden auf und senkte ein wenig die Stimme. »Ganz auf eigene Faust. Wir müssen unsere eigene Observierung durchführen«, fügte ich hinzu, damit alle wußten, worum es ging. »Jetzt brauchen wir Hilfe. Es handelt sich

um einen größeren Mordfall. Unser Pech ist, daß es in Washington derzeit *zwei* größere Mordfälle gibt.«
»Ich habe nur *einen* Fall im Kopf«, erklärte Rakeem Powell. »Ratet mal, welchen.«
»Also, den Dicken habt ihr an Bord«, sagte Jerome Thurman mit seiner hohen Stimme und streckte seinen kurzen kräftigen Keulenarm in die Luft. »Ich bin dabei. Ich stehe auf eurer Nicht-Einkommensliste, mitsamt allen Risiken der vorgezogenen Zwangspensionierung. Hört sich toll an.«
»Mein Junge geht auf die Sojourner Truth School, Alex«, sagte Shawn Moore. »Ich bin auch dabei. Ich hoffe, ich kann die Zeit irgendwie bei Jack und Jill abzweigen.«
Wir lachten über diese gezwungen scherzhaften Bemerkungen. Das war nun mal unsere Art, nahezu unlösbare Probleme anzugehen. Jetzt machten wir uns zu fünft an die Arbeit. Allerdings hatten wir keine Ahnung, wie diese Arbeit aussah.
Fest stand, daß es in Washington zur Zeit zwei große Mordfälle gab – und nun gab es zwei Sondereinsatzkommandos, die versuchten, diese Fälle zu lösen. Na ja, anderthalb Sondereinsatzkommandos.
»Möchte jemand einen Cocktail?« fragte Jerome Thurman mit sanfter, kultivierter Stimme. Man hätte meinen können, wir wären im alten Cotton Club in Harlem, als er seinen verbeulten Flachmann herumgehen ließ, seinen ständigen Begleiter zu den Spielen der Washington Redskins.
Wir alle nahmen einen Schluck – oder zwei oder drei.
Wir waren Blutsbrüder.

27.

Ich arbeitete von fünf Uhr morgens bis drei Uhr nachmittags am Jack-und-Jill-Fall. Ich und zehntausend genervte Polizisten in und um Washington. Ich suchte nach einer möglichen Verbindung zwischen Senator Fitzpatrick und Natalie Sheehan.

Wir schauten uns sogar neuere Fotos an, die in den vergangenen Monaten von beiden aufgenommen worden waren. Vielleicht zeichnete sich auf dem Hintergrund eines Schnappschusses irgend etwas Interessantes ab. Oder noch besser – zeichnete sich *zweimal* ab. Ich ließ einen Detective sämtliche Sexshops in und um Washington abklappern. Er nannte diesen Auftrag den ultimativen Wichsjob.

Um halb vier traf ich Sampson im Boston-Market-Restaurant an der Pennsylvania Avenue. Es war Zeit für unseren zweiten Job. Unseren »anderen« Mordfall, den »zweitrangigen« Fall. Dieses Arrangement war eindeutig besser – nicht toll, aber eine deutliche Verbesserung im Vergleich zu den vergangenen Tagen voller Enttäuschungen, Greuel und Wahnsinn.

»Ich glaube, du hast den Finger genau auf *einen* wunden Punkt gelegt, Alex«, meinte Sampson bei glasiertem Hackbraten und hausgemachtem Kartoffelpüree. »Der Truth-Killer *ist* ein Amateur. Er ist schlampig. Vielleicht ein Anfänger im Mordgeschäft. Auch am zweiten Tatort hat er überall seine Fingerabdrücke hinterlassen. Die Techniker haben diese Abdrücke und ein paar Haare und Fäden von der Kleidung. Den Fingerabdrücken nach zu urteilen, ist der Mörder ein kleinwüchsiger Mann, möglicherweise eine Frau. Wenn dieses Wiesel nicht vorsichtig ist, werden wir seinen – oder ihren – Wieselarsch bald erwischen.«

»Vielleicht will der Mörder *genau das*«, sagte ich zwischen zwei Bissen vom Hackbraten-Sandwich, das mit ziemlich leckerer Tomatensoße gewürzt war. »Oder der Mörder will, daß wir ihn für einen Anfänger halten. Das könnte seine Masche sein. Soneji käme auf so 'ne Idee.«

Sampson grinste. Es war sein bestes Killerlächeln. »Mußt du alles doppelt und dreifach überdenken, Kleiner?«

»Selbstverständlich. So lautet meine Tätigkeitsbeschreibung. Das ist Alex' Markenzeichen«, sagte ich und bedachte ihn mit *meinem* Killerlächeln.

»Oho!« sagte Mount John und grinste wieder. Mann, war ich gern mit ihm zusammen! Ich genoß es, ihn zum Lachen zu bringen.

»Gibt's irgendwas Neues vom Rest des Teams?« fragte ich. »Von Jerome oder Rakeem?«
»Alle arbeiten an dem Fall, aber bis jetzt ohne greifbare Ergebnisse. Nichts Neues vom Sturmtrupp.«
»Wir brauchen bei der Beerdigung des Jungen und am Grab von Shanelle Observierungsteams. Vielleicht will der Mörder dabeisein … *muß* dabeisein. Das ist bei vielen Serientätern so.«
Sampson verdrehte die Augen. »Wir tun, was wir können. Wir geben unser Bestes. Observierung an einem Kindergrab. Scheiße.«
Um Viertel nach vier trennten wir uns. Ich fuhr zur Sojourner Truth School.
Das Auto der Rektorin stand auf dem kleinen eingezäunten Parkplatz. Mir fiel ein, daß Mrs. Johnson manchmal noch lange nach Unterrichtsschluß arbeitete. Das war gut für mich. Ich wollte mit ihr über Shanelle Green und Vernon Wheatley sprechen. Welche Verbindung gab es zwischen der Truth School und dem Mörder – falls es eine gab? Wie konnte sie aussehen?
Ich wußte so ungefähr, wo sich das Büro der Rektorin im Anbau befand, deshalb ging ich direkt dorthin. In fast jeder Gegend dieser Stadt hätte man die Truth als eine heitere, schöne Schule bezeichnet. Draußen war in Straßennähe ein Maschendrahtzaun um den Schulhof gespannt, aber drinnen war alles bunt und fröhlich und phantasiereich dekoriert.
Im Vorübergehen las ich mehrere handgeschriebene Poster und Spruchbänder.
Kinder sind das wichtigste. Wachse, wo du gepflanzt bist. Erfolg kommt in Tüten, nicht in Säcken. Abgedroschen, aber nett. Inspirierend für die Schüler – und auch für mich.
In dieser Woche waren die Vitrinen auf den Gängen mit »Tierwohnungen« gefüllt: Dioramen, die von den Kindern gefertigt worden waren. Jedes zeigte ein Tier in dessen natürlichem Lebensraum. Ich mußte daran denken, daß auch die Sojourner Truth ein großartiger Lebensraum hätte sein können. Unter normalen Umständen wäre sie ein wunderbarer Platz für Damon gewesen, um zu lernen und aufzuwachsen.

Unglücklicherweise wurden zwei Zwerge dieser Schule in der vorigen Woche ermordet.
Was mich furchtbar wütend machte – und mir mehr Angst einjagte, als ich zugeben wollte. In meiner Kinder- und Jugendzeit starben selten Kinder in unseren Schulen – wenn überhaupt –, obgleich es in Washington, D.C., nichts Außergewöhnliches gewesen wäre. Und jetzt geschah es dauernd in den Schulen, aus allen möglichen Gründen. Nicht nur in Washington, sondern auch in Los Angeles, New York, Chicago, vielleicht sogar in Sioux City.
Was zum Teufel ging vor in diesem Land – von einem glänzenden Meer zum anderen?
Die schwere Holztür zum inneren Verwaltungsbüro stand offen. Die Sekretärin schien bereits fort zu sein. Auf ihrem Schreibtisch lag eine Sammlung weißer, afrikanisch-amerikanischer und asiatischer Puppen. Auf dem Schild stand: *Barbara Breckenridge. Ich kann wirklich Step tanzen.*
Ich kam mir vor wie ein Einbrecher oder ein anderer Ganove. Plötzlich war ich besorgt, daß die Rektorin zu so später Stunde noch allein in der Schule arbeitete.
Jeder konnte so ungehindert ins Gebäude wie ich gerade. Der Sojourner-Truth-Killer konnte abends hier hereinspazieren. Es wäre ganz leicht. *Kinderleicht.*
Ich bog um die Ecke zum Hauptbüro und wollte gerade mein Erscheinen ankündigen, als ich Mrs. Johnson sah. Sofort fiel mir der Vorname ein, der mir damals in den Sinn gekommen war: *Christine.*
Sie arbeitete an einem altmodischen hohen Rollschreibtisch, der hundert Jahre alt aussah, und war völlig in ihre Arbeit vertieft.
Ich betrachtete sie ein paar Sekunden lang. Sie trug bei der Arbeit eine Goldrandbrille und summte einen populären Schlager. Es hörte sich nett an.
Die Szene wirkte ungemein heiter, ja beinahe rührend. Die hingebungsvolle Lehrerin, die engagierte Erzieherin bei der Arbeit. Ein Lächeln huschte über meine Lippen. *Sie ist noch zäher als du, Daddy.*

Was das betraf, machte ich mir immer noch Gedanken. Mrs. Johnson sah überhaupt nicht zäh aus, sondern fröhlich und glücklich. Sie sah aus, als würde um sie herum Friede herrschen – und darum beneidete ich sie.

Schließlich kam ich mir zu blöd vor, gaffend auf der Schwelle zu stehen. »Hallo, Mrs. Johnson. Ich bin Detective Alex Cross«, sagte ich.

Sie hörte zu summen auf und hob den Blick. In ihren Augen schimmerte ein Hauch von Angst. Dann lächelte sie. Ihr Lächeln war warmherzig und einladend. Es war schön, der Empfänger eines solchen Lächelns zu sein.

»Ah, tatsächlich. Detective Cross«, sagte sie. »Und was führt Sie ins Rektorat?« fragte sie mit gespielter Autorität.

»Ich schätze, ich brauche Hilfe von der Rektorin. Nachhilfe bei meinen Hausaufgaben.« Irgendwie stimmte das sogar. »Ich muß mit Ihnen über Vernon Wheatley reden, falls möglich. Außerdem wollte ich mir Ihre Einwilligung holen, noch mal mit einigen Lehrern zu sprechen. Vielleicht hat einer der Schüler nach dem Mord an Vernon irgend etwas gehört. Vielleicht hat jemand *irgend etwas* gesehen, das uns weiterhilft, selbst wenn der Betreffende das gar nicht weiß. Es könnte auch sein, daß die Schüler irgendwas von ihren Eltern gehört haben.«

»Ja, das habe ich mir auch schon überlegt«, sagte Mrs. Johnson. »Irgend jemand an der Schule könnte einen Hinweis haben, etwas wissen, das weiterhilft, ohne sich dessen bewußt zu sein.«

Mir gefiel alles, was ich an Mrs. Johnson sah. Aber sobald ich es gesehen hatte, schob ich es in Gedanken weit von mir. *Falscher Zeitpunkt, falscher Ort. Und die falsche Frau.* Ich habe im Leben so einige fragwürdige Sachen gemacht und bin kein Engel, aber sich mit einer verheirateten Frau einzulassen gehörte nicht dazu.

»Es gibt nicht viel Neues zu berichten, fürchte ich«, sagte sie. »Ihretwegen habe ich ein paar Überstunden gemacht. Ich habe heute beim Mittagessen die Lehrer befragt. *Vernommen* ist wohl das treffendere Wort. Ich habe ihnen erklärt, sie sollten mir sagen, ob sie irgend etwas Verdächtiges gehört oder gesehen hätten. Wir reden hier ziemlich offen über die meisten Dinge. Wir sind eine Gruppe, die sehr eng zusammenhält.«

»Sind jetzt noch Lehrer da? Dann könnte ich gleich mit ihnen reden. Ich bin mir nicht sicher, aber ich habe den Verdacht, daß der Mörder die Schule zu irgendeinem Zeitpunkt beobachtet hat«, erklärte ich. Ich wollte Mrs. Johnson oder den anderen Lehrern keine Angst machen, aber sie sollten wachsam und vorsichtig sein, denn ich vermutete, daß der Mörder die Schule ausgekundschaftet hatte.

Mrs. Johnson schüttelte bedächtig den Kopf. Dann legte sie ihn ein wenig schief, schien mich aus einer anderen Perspektive zu betrachten. »Um vier Uhr sind die meisten Lehrer gegangen. Wenn möglich, gehen sie zusammen. Eine Gruppe verleiht Sicherheit.«

»Stimmt genau. Ist keine großartige Gegend hier. Na ja, irgendwie ist sie es doch ... und irgendwie auch wieder nicht.«

»Und um fünf Uhr noch hierzusein, bei unverschlossenen Türen, ist leichtsinnig«, sagte sie. Genau das hatte ich gedacht, seit ich in der Tür zu ihrem Büro stand.

Ich sagte nichts, verkniff mir Bemerkungen über die unverschlossenen Türen. Mrs. Johnson hatte das Recht zu tun, was sie für richtig hielt. »Danke, daß Sie mit den Lehrern gesprochen haben«, sagte ich. »Danke für die Überstunden.«

»Nein, ich danke Ihnen, daß Sie vorbeigekommen sind«, erwiderte sie. »Ich bin sicher, für Sie und Damon ist es eine sehr schwierige Zeit. Für Ihre ganze Familie. Für uns an der Schule ist es jedenfalls so.«

Dann nahm sie die Brille ab und steckte sie in die Rocktasche. Sie sah mit und ohne Brille gut aus.

Intelligent, nett, hübsch.

Hände weg! Nicht dein Revier! Nicht auf deinem Radarschirm! rief ich mir wieder ins Gedächtnis. Ich spürte förmlich, wie ich mit dem Lineal einen Schlag auf die Fingerknöchel bekam.

Schneller, als ich für möglich gehalten hätte, holte Mrs. Johnson eine stupsnasige 38er Special aus einer offenen Schublade rechts am Schreibtisch. Sie richtete die Waffe zwar nicht auf mich, hätte es aber leicht tun können. *Leicht.*

»Ich habe viele Jahre in dieser Gegend gewohnt«, erklärte sie. Dann lächelte sie und steckte die Pistole weg. »Ich versuche, auf alles vorbereitet zu sein«, sagte sie ruhig. »Und hier passiert viel *Mist.* Ich wußte, daß Sie auf der Schwelle standen, Detective. Die Schüler behaupten, ich hätte auch hinten Augen. Das stimmt tatsächlich.«

Sie lachte wieder. Ich mochte ihr Lachen. Jeder, dessen Puls noch schlug, hätte es gemocht. *Sag ihr jetzt gute Nacht, Alex!*

Ich hatte gemischte Gefühle bei dem Gedanken, daß Zivilpersonen Waffen besaßen. Allerdings war ich sicher, daß Mrs. Johnsons Waffe registriert und legal war. »Haben Sie in dieser Gegend auch gelernt, die Pistole zu benutzen?« fragte ich.

»Nein, im Remington Guns Club draußen in Fairfax. Mein Mann hat sich Sorgen gemacht – das tut er immer noch –, weil ich hier arbeite. Ihr Männer scheint alle das gleiche zu denken. Tut mir leid, ja, *tut mir leid.*« Sie lächelte wieder. »Ich versuche stets, meine Zunge zu zügeln, wenn ich so abscheulich sexistische Dinge sage. Eigentlich mag ich das nicht. Nein, wirklich nicht. Ich entschuldige mich.«

Sie stand auf und schaltete den Laptop auf dem Schreibtisch aus. »Ich begleite Sie zum Eingang, damit Sie sicher hinauskommen. Schließlich ist es schon weit nach vier Uhr.«

»Gute Idee.« Ich ging auf ihren kleinen Scherz ein. Auf alle Fälle hatte sie mich zum Lächeln gebracht. Wenn ich an die letzten Tage dachte, was das ganz beachtlich. »Sind Sie immer so gut drauf? So locker?«

Wieder legte sie den Kopf schief. Das tat sie oft. Dann nickte sie selbstsicher. »Immer. *Mindestens* so gut drauf. Für mich standen zwei Berufe zur Wahl: Komödiantin oder Pädagogin. Wie man sieht, habe ich mich für die Komödiantin entschieden. Da gibt es mehr zu lachen. Aufrichtiges Lachen. Meistens jedenfalls.«

Wir gingen über die verlassenen Korridore der Schule. Unsere Schritte hallten laut wider. Mir schwirrte das Lied, das sie gesummt hatte, im Kopf herum. Ich hätte ihr gern noch viele

Fragen gestellt, aber ich wußte, daß ich einige nicht stellen sollte. Sie hatten nichts mit dem Mordfall zu tun.
Als wir zur Eingangstür kamen, stand dort ein vierschrötiger Sicherheitsmann mittleren Alters, der mich durchließ. Ich war verblüfft. Beim Hereinkommen hatte ich den Mann gar nicht gesehen.
Er hielt einen dicken hölzernen Schlagstock und ein Walkie-Talkie in den Händen. Dieser Anblick war mir von den meisten Schulen in Washington nur allzu vertraut. Sicherheitsleute, Metalldetektoren, Stahlnetze über jedem Fenster. Kein Wunder, daß die Leute in der Gegend sämtliche etablierten Einrichtungen haßten – sogar die eigenen Schulen.
»Gute Nacht, Sir«, sagte der Wachmann mit sehr freundlichem Lächeln. »Gehen Sie auch bald, Mrs. Johnson?«
»Bald«, sagte sie. »Wenn Sie wollen, können Sie nach Hause, Lionel. Im Büro steht meine Zimmerflak.«
Lionel lachte über ihren Scherz. Sie brachte die Pointen stets zum rechten Zeitpunkt. Ich wette, sie hätte auf Anhieb einen Saal zum Lachen bringen können.
»Gute Nacht, Mrs. Johnson«, sagte ich. Ich konnte nicht anders, ich mußte hinzufügen: »Bitte, seien Sie vorsichtig, bis der Fall abgeschlossen ist.«
Sie stand vor der schweren Holztür. Sie sah sehr weise aus – und *sehr* attraktiv.
»Sagen Sie Christine zu mir«, sagte sie. »Und ich werde vorsichtig sein. Ich versprech's. Danke, daß Sie vorbeigekommen sind.«
Christine!

28.

In diesem gefährlichen Zeitalter muß jeder denken: *Mir passiert das schon nicht. Nicht mir! Wie stehen die Chancen, daß es mir tatsächlich passiert?*

Michael Robinson, der Filmschauspieler, hielt es für absurd, daß er sich wegen der irren Mörder, die in Washington frei herumliefen, Sorgen machen oder gar ängstigen sollte. Was hatten die schrecklichen Drohungen Jack und Jills mit ihm zu tun? Für Robinson war die Antwort klar: rein gar nichts.
Trotzdem war er ein bißchen nervös. Doch er bemühte sich, den Adrenalinstoß zu genießen und sich den üblen Befindlichkeiten der Zeit hinzugeben, in der wir leben.
Kurz vor Mitternacht nahm der Hollywoodstar allen Mut zusammen und bestellte beim VIP-Escort-Service eine »Begleitung«. Einen »Snack« vor dem Schlafengehen. Er hatte diesen Dienst schon oft in Anspruch genommen, wenn er in Washington war. Diese diskrete und sehr teure Agentur für käuflichen Sex hatte alle Wünsche Robinsons in der Kartei unter »M.R.« vermerkt – als Teil der umfassenden Betreuung durch seinen Agenten in Los Angeles.
Nachdem der neunundvierzigjährige Schauspieler den Anruf gemacht hatte, versuchte er ein Drehbuch für einen romantischen, kostspieligen Abenteuerfilm zu lesen, das er angefordert hatte. Doch kurz darauf stand er bereits auf und trat ans Fenster der Penthouse-Suite des Willard Hotels an der Pennsylvania Avenue. Er dachte an seinen »Snack«. Seinen Fans würde es verdammt sauer aufstoßen, wenn sie wüßten, daß er für Liebe zahlte. Aber das war deren Problem, nicht seins.
In Wahrheit fand er es auf Reisen viel unkomplizierter und weit weniger belastend für die Psyche, einer »Begleitung« tausend oder fünfzehnhundert Dollar zu zahlen, als ihr erst umständlich den Hof zu machen und später die schmerzliche Trennung hinnehmen zu müssen.
Eigentlich war er heute abend gut drauf. Er fühlte sich ausgeglichen, mit beiden Beinen auf der Erde, als er nun hinunter auf die Straße starrte. Er brauchte nur ein bißchen Gesellschaft, ein bißchen liebevolle Betreuung und problemlosen Sex. Alle drei Bedürfnisse würden in Kürze gestillt werden. Das hoffte er.
In gewisser Weise lebte Robinson immer noch in seiner Heimatstadt in Wichita im Jahr 1963 und war in der Abschlußklas-

se der High School. Seine damaligen Phantasien und Sehnsüchte waren ungestillt geblieben und brodelten immer noch in seinem Innern. Einen Unterschied gab es jedoch: Jetzt wußte er, was er wollte, und er würde es bekommen – ohne Mühe, Schuldgefühle oder Zähneknirschen.

Er blickte sich in der Suite um und beschloß, noch ein bißchen aufzuräumen, ehe die »Begleitung« eintraf. Er mußte über seinen neurotischen Aufräumfimmel lächeln. Was war er doch immer noch für ein unglaublicher Bourgeois! *Man kann den Jungen aus Kansas holen, nicht aber Kansas aus dem Jungen,* dachte Michael Robinson.

Jemand klopfte zweimal kräftig an die Tür. Das Geräusch überraschte ihn. Die Agentur hatte gesagt, die Begleitung würde innerhalb einer Stunde kommen, was meist bedeutete: frühestens in einer Stunde.

»Kleinen Moment, bitte«, rief er. »Komme gleich. Einen Augenblick.«

Michael Robinson blickte auf die Armbanduhr. Die Begleitung war nach knapp dreißig Minuten eingetroffen. Nun, um so besser. Er war bereit für einen schnellen Fick und dann eine Nacht gesegneten Schlafs. Morgen früh sollte er mit dem Vorsitzenden des Nationalkomitees der demokratischen Partei frühstücken. Robinson sollte für die Demokraten Spendengelder lockermachen. Der Vorsitzende war ein Arschkriecher, aber das galt eigentlich für alle. Jeder wollte das, von dem er glaubte, daß er es nicht haben konnte. Und nicht jeder konnte Michael Robinson haben. Na ja, *beinahe* jeder.

Er spähte durch den Türspion. Gut, gut, gut! Ihm gefiel sehr, was er auf dem Flur sah. Selbst durch das Fischauge sah die »Begleitung« super aus. Rasch öffnete Robinson die Tür und schaltete automatisch sein Fünfzehn-Millionen-Dollar-Lächeln-pro-Film ein.

»Hallo, ich bin Jasper«, sagte der gutaussehende junge Mann. »Ich freue mich sehr, Sie kennenzulernen, Sir.«

Michael Robinson bezweifelte, daß der Bursche »Jasper« hieß. Er fand, daß ein Name wie Jake oder Cliff besser zu dem Callboy gepaßt hätten. Er war einen Tick größer, als Robinson erwartet hatte, und vielleicht Mitte Dreißig, aber mehr als akzeptabel. Eigentlich war er geradezu perfekt. Michael Robinson hatte bereits einen Steifen und sich mit Gleitcreme eingerieben. *Bewaffnet und gefährlich* nannte er diesen Zustand.

»Hallo! Wie geht's uns denn heute abend?« Der Schauspieler streckte die Hand aus und berührte leicht den Arm des Besuchers. Er wollte, daß »Jasper« merkte, daß er mit beiden Beinen im Leben stand, keine Allüren hatte und vor allem ein warmherziger Mensch war. Das alles traf *tatsächlich* auf ihn zu. Vor kurzem hatte *USA Today* eine Liste der »sympathischsten« Stars in Hollywood veröffentlicht. Robinson hatte draufgestanden, dank seinem Anwalt und Agenten, der sich überaus positiv über ihn geäußert hatte.

Jack setzte sein strahlendstes Lächeln auf, als er Michael Robinsons Luxussuite betrat. Er schloß die Tür hinter sich. Seiner Schätzung nach hatte er ungefähr eine halbe Stunde Zeit, ehe der Callboy von der Agentur eintraf. Das reichte.

Doch für alle Fälle behielt Jill die Eingangshalle des Willard im Auge, falls der männliche Prostituierte wider Erwarten früher erschien. Jill hatte unten alles im Griff. Was solche Details betraf, war sie hervorragend. Sie kümmerte sich um sämtliche Eventualitäten. Jill war super. Punktum.

»Ich bin ein großer Fan von Ihnen«, sagte Jack zu dem berühmten Hollywoodstar. »Ich habe Ihre Karriere von Anfang an verfolgt.«

Michael Robinson säuselte beinahe, was die männlichen – und weiblichen – Fans seiner romantischen Actionfilme schockiert hätte. »Ach, wirklich, Jasper? Das höre ich immer sehr gern. Das finde ich ganz toll, wirklich lieb von dir.«

»Es stimmt wirklich. Ich schwöre es bei Gott.« Sam Harrison spielte seine Rolle weiter. »Übrigens heiße ich Jack. Jill ist unten in der Halle. Vielleicht hast du schon von uns gehört?«

Jack zog eine Beretta mit Schalldämpfer hervor und zielte zwischen die blauen Augen des Schauspielers, in denen sich fassungsloses Erstaunen spiegelte. Dann feuerte er. Es paßte in Jack und Jills Muster. Menschen in herausragender Stellung.

Berühmte Menschen. Ermordet wie bei einer Exekution. Dann ein bißchen Perversion und anschließend ein Gedicht.

Jack und Jill kamen zum Capitol Hill,
um zu töten, zu töten, zu töten.

29.

Ein spezielles und besonders faszinierendes Detail bei den Morden machte mir besonders zu schaffen und bereitete mir höllische Kopfschmerzen. Auch jetzt wieder, als ich auf die vielbefahrene Pennsylvania Avenue einbog und in zweiter Reihe vor dem Willard Hotel parkte – dem letzten chaotischen Mordschauplatz.

Ich dachte über dieses beunruhigende Detail nach, während ich das Foyer betrat und zu Michael Robinsons Suite hinauffuhr.

Ich dachte immer noch darüber nach, als der Aufzug beinahe lautlos bis zur sechsten Etage glitt, wo ein halbes Dutzend Beamte in Uniform standen. Die Absperrstreifen zierten den Korridor wie eine geschmacklose Weihnachtsdekoration.

Bei den ersten beiden Morden gab es kaum Beweise für Emotionen, für innere Beteiligung, dachte ich. *Besonders beim zweiten Mord. Die Morde waren kaltblütig und professionell ausgeführt worden. Das Arrangement der Leichen schien von Künstlerhänden zu stammen. Die Perversionen am Tatort waren zu nüchtern, zu durchdacht, als daß es* wirkliche *Perversionen hätten sein können. Genau das Gegenteil zu den Morden an der Sojourner Truth School: sie waren gewalttätige Explosionen aufgestauter reiner Wut.*

Noch hatte ich die Bedeutung dieser Beobachtung nicht voll begriffen – und auch kein anderer, mit dem ich über die Mordfälle gesprochen hatte. Nicht bei der Washingtoner Polizei, nicht beim FBI-Büro in Quantico. Wenn ich als Detective eine Grundregel bei vorsätzlichem, geplantem Mord hätte nennen sollen, hätte ich gesagt: Ein solcher Mord wird fast immer aus Leidenschaft begangen. Für gewöhnlich handelte es sich um Liebe oder Haß in extremer Form. Oder um Habgier ... aber bei den Jack-und-Jill-Morden schienen diese Motive zu fehlen. Das machte mir zu schaffen.

Warum Michael Robinson? fragte ich mich, als ich zu dem Hotelzimmer ging, in dem der Schauspieler ermordet worden war. *Was in Gottes Namen* tun *diese beiden Psychopathen hier in Washington? Was für ein krankhaftes, grausames Spiel treiben sie ... und warum gieren sie nach Millionen von Zuschauern, die ihr sensationelles blutiges Vergnügen teilen sollten?*

Wieder traf ich auf Kyle Craig. Der hochgewachsene FBI-Agent unterhielt sich vor der Suite mit mir. Die normalerweise abgebrühten Polizisten um uns herum schienen leicht geschockt zu sein. Viele waren offenbar todtraurige Fans von Michael Robinson.

»Der Gerichtsmediziner meint, Robinson sei schon seit ungefähr sieben Stunden eine berühmte Leiche. Demnach muß der Mord gegen Mitternacht verübt worden sein«, teilte Kyle mir mit, um mich ins Bild zu setzen. »Zwei Schüsse in den Kopf, Alex. Aus geringer Entfernung, wie bei den anderen. Schau dir die Tätowierung selbst an. Wer auch geschossen hat, ist ein vollkommen herzloser Scheißkerl.«

Ich pflichtete Kyle voll und ganz bei.

Herzlos.

Leidenschaftslos.

Ohne Wut.

»Wie wurde Michael Robinson gefunden?«

»Das ist noch ein Knüller, Alex. Ein neuer Trick. Sie haben es der Zeitung *telefonisch* gemeldet. Sie haben der *Washington Post* mitgeteilt, wo man den Müll heute morgen abholen könne.«

»Ist das ein Zitat?« fragte ich Kyle.

»Den genauen Wortlaut kenne ich nicht, aber ›Müll abholen‹ war dabei«, antwortete Kyle.

Ich war an jeder flapsigen oder zynischen Bemerkung interessiert, die Jack und Jill bei der Beschreibung der Morde benutzten. Offensichtlich hatten sie Spaß an Wortspielereien. Sie waren *Künstler.* Ich fragte mich, ob sie jetzt draußen auf der Pennsylvania Avenue waren und uns wieder einmal beobachteten oder filmten, wie wir uns vor und im Willard gegenseitig auf die Füße traten. Ich fragte mich, ob die beiden einen zweiten Film drehten, um ihn nach ihrer gewohnten Methode unter die Leute zu bringen. Draußen wurde alles observiert. Wenn Jack und Jill da waren, würden wir sie schnappen.

Ich betrat das Wohnzimmer der Suite. Erleichtert stellte ich fest, daß der Chief of Detectives Pittman nirgends zu sehen war. Aber der Schauspieler Michael Robinson war da. Wie man sagt, war er für diese Rolle geboren – vielleicht seine größte Rolle.

Sein nackter Leichnam saß auf dem Boden, der Kopf war an die Couch gelehnt. Es sah aus, als hätte man ihn so hingesetzt, daß er jeden beobachten konnte, der das Zimmer betrat. Vielleicht hatten die Mörder diese Idee gehabt. Robinsons Augen starrten mich an. *Um zu sehen oder gesehen zu werden?* Das war die Frage. Er bot keinen schönen Anblick. Mir fiel die Blässe auf. Das Blut hatte sich bereits in den unteren Körperpartien gesammelt, die eine häßliche lilarote Farbe angenommen hatten. Wieder hatte man eine Berühmtheit *zur Schau gestellt. Auf die Erde herabgeholt. Bestraft für eine tatsächliche oder eingebildete Sünde? Welche Verbindung bestand zu Fitzpatrick und zu Sheehan? Warum ein Senator, eine Journalistin und ein Schauspieler?*

Drei Morde in so kurzer Zeit. Angeblich leben Prominente sicherer als wir anderen Sterblichen, zumindest exklusiver und geschützter. Es war ein ziemlicher Schlag für mich, Michael Robinson tot und geschändet zu sehen. Was Jack und Jill taten, schlug einem jedesmal verdammt auf den Magen und verursachte Schweißausbrüche.

Wie lautete die verrückte, komplizierte Botschaft von Jack und Jill? Daß niemand mehr sicher war? Ich ließ mir diesen Gedanken durch den Kopf gehen. Es war nicht viel, aber ein Ausgangspunkt, ein Konzept, mit dem man arbeiten konnte.

Niemand ist sicher? Jack und Jill wollten uns damit sagen, daß sie jeden töten konnten und zu jeder Zeit. Sie wußten, wie sie an ihre Opfer *herankamen.*

Bei der Leiche war wieder eine Nachricht. Noch ein Jack-und-Jill-Gedicht. Es lag auf dem Nachttisch, wo die perversen, aasgeierartigen Mörder es zurückgelassen hatten, damit wir es fänden.

Jack und Jill kamen zum Capitol Hill
Um tödliche Taten zu vollbringen.
Wie lange, haben sie sich gefragt
Blutet ein Scheißliberaler?
Sie haben es probiert
An diesem Arschloch hier studiert
Und sehr gut geschätzt.

Einer der Agenten Michael Robinsons war im Zimmer. Er war aus New York hergeflogen – ein gutaussehender Mann mit silberblondem Haar. Über dem Armani-Anzug trug er einen langen Kaschmirmantel. Mir fiel auf, daß seine Augen gerötet und geschwollen waren. Offensichtlich hatte er geweint. *Zwei* Gerichtsmediziner befaßten sich mit der Leiche des Filmschauspielers. Ich nehme an, man könnte soviel Aufmerksamkeit als leicht übertrieben bezeichnen. Nur das Beste ist für Michael Robinson gut genug.
Es gab weitere augenscheinliche Verbindungen zu den Morden an Fitzpatrick und Sheehan. Bei allen drei Morden gab es das Element der Perversion. Jeder Mord war eine Exekution gewesen. Und vielleicht am wichtigsten: Die drei Opfer waren »verdammte Liberale« gewesen. Und alle wurden als das, was sie waren, zu Schau gestellt.
»Dr. Alex Cross? Verzeihung, Sie sind doch Dr. Cross?«
Ich drehte mich zu dem großen, breitschultrigen Mann um, der meinen Namen genannt hatte. Er wirkte beinahe militärisch. Ich schätzte ihn auf ungefähr vierzig Jahre. Er trug einen schwarzen Regenmantel über einem dunkelgrauen Anzug. Der Mann machte einen zugeknöpften Eindruck. Wahrscheinlich ein höherer Beamter im Polizeidienst.
»Ja, ich bin Alex Cross«, sagte ich zu ihm.
»Mein Name ist Jay Grayer. Ich bin vom Geheimdienst«, stellte

er sich förmlich vor. Er hielt sich auffällig gerade. Extreme Selbstsicherheit. Oder war es moralische Festigkeit? Oder hatte er einen Ladestock verschluckt? »Ich bin leitender Agent für die Sicherheitsmaßnahmen zum Schutz der Präsidentenfamilie.«

»Was kann ich für Sie tun?« fragte ich Agent Grayer. In meinem Kopf schrillten Alarmglocken. Ich spürte, daß ich bald besser verstehen würde, warum ich zur Klärung der Jack-und-Jill-Fälle hinzugezogen worden war. Und von wem. Und warum.

»Sie sollen ins Weiße Haus kommen«, sagte Grayer. »Ich fürchte, das ist ein Befehl, Dr. Cross. Es geht um die Untersuchungen im Fall Jack und Jill. Es gibt ein Problem, von dem wir Sie in Kenntnis setzen müssen.«

»Ich wette, es ist ein großes Problem«, sagte ich zu Agent Grayer.

»Ja, allerdings. Ich fürchte, es ist ein sehr großes Problem, Dr. Cross. Wir müssen Ihnen dringend etwas mitteilen.«

Das hatte ich bereits vermutet. Im Hinterkopf hatte ich eine leise Furcht verspürt. Jetzt hatte sie sich im ganzen Körper ausgebreitet.

Man befahl mich ins Weiße Haus.

Sie wollten den Drachentöter dort haben. Waren sie sich darüber klar, was das bedeutete?

30.

In Washington schien in diesen Tagen Ärger das einzige zu sein, was jemand mit anderen teilen wollte.

Über einen Befehl von höchster Stelle konnte ich schwerlich diskutieren. Pflichtbewußt begleitete ich Jay Grayer zur Pennsylvania Avenue 1600. *Frag nie, was du für dein Land tun sollst, wenn es dich ruft.*

Das Weiße Haus lag nur einen Katzensprung vom Willard Hotel entfernt. Trotz der mitunter etwas fragwürdigen Amtsführung seiner Bewohner in den letzten Jahren übt das Weiße Haus auf viele Menschen einen Zauber aus – mich eingeschlossen. Ich war nur zweimal drinnen gewesen: mit meinen Kindern bei Führungen. Aber selbst die waren überwältigend und beeindruckend gewesen. Jetzt wünschte ich mir beinahe, Damon und Jannie könnten bei mir sein.

Schnell waren wir unter dem blauen Baldachin des Wachhauses am West Executive Drive vorbei. Agent Grayer hatte die Erlaubnis, seinen Wagen unter dem Weißen Haus zu parken. Er schien durchaus stolz darauf zu sein. Er erklärte mir, die Tiefgarage würde immer noch als erstklassiger Bunker betrachtet, sei aber auch ein Fluchtweg im Fall eines Angriffs.

»Gut zu wissen«, meinte ich lächelnd. Grayer lächelte zurück. Es war eine gezwungene Kumpelhaftigkeit, aber zumindest gaben wir uns Mühe.

»Ich bin sicher, daß Sie neugierig sind, warum man Sie hergebeten hat. Ich an Ihrer Stelle wäre es jedenfalls.«

»Ich glaube kaum, daß man mich zum Tee einladen wollte«, sagte ich steif. »Aber, ja, ich bin neugierig.«

»Der Grund dafür sind die Fälle Soneji und Casanova«, erklärte mir Grayer, als wir mit dem Aufzug von der Tiefgarage aus einen Stock höher fuhren. »Ihr Ruf, Dr. Cross, eilt Ihnen voraus. Sind Sie sich darüber im klaren, daß das FBI nicht einen einzigen Serienmörder erwischt hat – trotz aller Experten? Wir möchten Sie bei unserem Team dabeihaben.«

»Was für ein Team ist das?« fragte ich.

»Das werden Sie in wenigen Augenblicken sehen. Auf jeden Fall ist es ein A-Team. Machen Sie sich auf einige Überraschungen gefaßt. Das FBI hat einen Observierungsposten in dem Hotelzimmer eingerichtet, in dem John Hinckley gewohnt hat. Nur für den Fall, daß die Mörder ebenfalls dort absteigen.«

»Gar keine schlechte Idee«, sagte ich. Grayer schaute mich an, als hätte auch ich den Verstand verloren. »Aber auch keine besonders gute Idee«, fügte ich hinzu. Grayer lächelte.

Ein halbes Dutzend Männer in Anzügen und Frauen in Kostümen hatten sich im Westflügel des Weißen Hauses versammelt, im Büro des Stabschefs. Ich spürte ungeheure Spannung im Raum, aber jeder bemühte sich krampfhaft, sie zu verbergen. Ich wurde als Repräsentant der Washingtoner Polizei vorgestellt. *Willkommen im Team. Sagt hallo zum Drachentöter.*

Die Runde am Tisch stellte sich mir freundlich vor. Zwei weitere höhere Beamte des Geheimdienstes, eine Frau namens Ann Roper und ein jüngerer, gutaussehender Mann, der Michael Frescoe hieß. Ferner der Direktor der Geheimdienstabteilung des FBI, Robert Hatfield; General Aiden Cornwall vom Stab der Armee, der nationale Sicherheitsberater Michael Kane und der Stabschef des Weißen Hauses, Don Hamerman. Die andere Frau entpuppte sich als hohe Beamtin bei der CIA. Sie war Generalinspekteurin und hieß Jeanne Sterling. Ihre Anwesenheit bedeutete, daß nicht ausgeschlossen wurde, daß im Fall Jack und Jill eine ausländische Macht die Finger im Spiel haben könnte. Das war eine Möglichkeit, an die ich bis jetzt noch gar nicht gedacht hatte.

Für einen Detective aus dem Washingtoner Southeast war das eine erlesene Gesellschaft, sogar für einen Deputy Chief wie mich. Aber ich hielt mich ebenfalls für sehr erlesen. Ich hatte schlimmere Dinge gesehen, als alle hier Versammelten je gesehen hatten oder sehen wollten.

Dann laßt uns mal anfangen, Herrschaften.

Glänzende Rosinenschnecken, Butter auf Eisstückchen und Kaffee in Silberkannen standen für unseren ungewöhnlichen Frühstücksclub bereit. Es war offensichtlich, daß die anderen schon früher zusammengearbeitet hatten. Ich hatte bereits vor langer Zeit gelernt, daß man wahrscheinlich der Mann für die Dreckarbeit ist, wenn nicht ersichtlich ist, daß es sich um jemand anders handelt.

Eine Minute nach zehn eröffnete der Berater für nationale Sicherheit die Sitzung. Don Hamerman war ein drahtiger blonder Mann Mitte Dreißig, der unter enormer Spannung zu stehen schien, womit er eindeutig ins Profil der Stabsmitglieder des Weißen Haus in den letzten Jahren paßte: sehr jung und sehr agil. Immer auf dem Sprung. Immer in den Startlöchern.

»Für die Darstellung verwende ich Sichtfolien, Leute. So machen wir das meist hier in diesem hohen Hause«, sagte Hamerman und quälte sich ein dünnes Lächeln ab. Er verfügte über eine beunruhigende kinetische Energie. Er erinnerte mich an aufgeregte Werbefritzen in Washington oder an Michael Robinsons übernervösen Agenten im Willard.
Hamermans Bemerkung entnahm ich, daß Besprechungen im Weißen Haus üblicherweise nicht locker und lässig, sondern bürokratisch und ziemlich steif abgehalten wurden. Alle schienen sich über den kleinen Scherz zu freuen.
Die gezwungene Herzlichkeit störte mich. Vor meinem inneren Auge erschien immer noch der Totenmaskenausdruck auf Michael Robinsons Gesicht. Dieses Bild, das mich ins Weiße Haus gebracht hatte, gefiel mir überhaupt nicht.
Michael Robinsons nackte Leiche war vermutlich immer noch im Willard Hotel, bis die Leute von der Gerichtsmedizin sie verpackten und fortschafften.
»Für diese Besprechung habe ich etwa eine Stunde Material zur Verfügung – Topmaterial. Mit der anschließenden Diskussion dürften wir alles in allem – sagen wir – zwei Stunden brauchen«, fuhr Hamerman fort. »Dann haben wir fast Mittag, aber ich glaube, daß die unglücklichen Umstände diese Besprechung unbedingt erforderlich machen.«
Welche unglücklichen Umstände? hätte ich Hamerman gern gefragt, hielt aber den Mund. Jetzt war weder der richtige Zeitpunkt noch der richtige Ort.
Man hatte Kaffeetassen auf den Arbeitstisch gestellt und Zigaretten bereitgelegt. Alle waren auf eine schwierige Belagerung vorbereitet. Ich nahm an, daß man es in diesem ›hohen Hause‹ immer so hielt.
Hamerman legte die erste Folie auf den leise summenden Projektor. Auf der Leinwand stand: *Untersuchung Jack und Jill. Bislang keine Einwände.*
»Wie Sie wissen, gab es in der vergangenen Woche hier in dieser Stadt drei brutale Morde an Prominenten. Als letztes Opfer wurde der Filmschauspieler Michael Robinson letzte Nacht im Willard erschossen. Die Mörder nennen sich Jack und Jill. Sie

hinterlassen mehr oder weniger poetische Botschaften am Tatort. Sie treiben gern ihre Spielchen mit den Medien – offenbar als eine Art Markenzeichen. Sie scheinen Serienmörder von besonderem Kaliber zu sein, obwohl man darüber natürlich streiten kann, wenn ich recht verstanden habe. Aber es ist eine Theorie.

Und nun kommt der erste Knüller«, fuhr Hamerman fort und zog die dünnen blonden Brauen hoch. »Was einige von Ihnen nicht wissen – der Geheimdienst benutzt für den Präsidenten und Mrs. Byrnes ebenfalls die Codenamen ›Jack und Jill‹. Schon seit der Präsident sein Amt angetreten hat. Daß auch die Mörder diese Namen benutzen, *könnte* ein Zufall sein. Aber das glauben wir nicht.«

Die blonde Frau von der CIA steckte sich eine Zigarette an. Ich erinnerte mich an ihren Namen. *Jeanne Sterling*. Sie blies eine blasse Rauchwolke aus. Ich hörte, wie sie leise »Scheiße« sagte. Sie sprach mir aus der Seele. Das war die schlimmste Neuigkeit, die ich bisher gehört hatte. Außerdem schätzte ich es gar nicht, daß man uns diese Tatsache bisher vorenthalten hatte.

»Wir halten die Möglichkeit, daß auf Präsident Byrnes oder Mrs. Byrnes ein Attentat geplant ist, für durchaus realistisch. Vielleicht ein Attentat auf beide«, sagte Hamerman.

Es lief mir eiskalt über den Rücken, als ich diese Worte hörte. Ich blickte mich am Tisch um und sah die vor Sorge erstarrten Mienen.

»Wir haben jede erdenkliche Vorsichtsmaßnahme getroffen. In der nächsten Zeit wird das Auftreten des Präsidenten außerhalb des Weißen Hauses auf ein Minimum reduziert. Er wurde umfassend über die Lage in Kenntnis gesetzt. Mrs. Byrnes ebenfalls. Beide haben es sehr gut aufgenommen. Der Präsident und seine Frau sind ausgesprochen besonnene, sehr bemerkenswerte Menschen, die nicht in Panik geraten. Das kann ich Ihnen versprechen. Leider bin *ich* in Panik.

Lassen Sie mich über ein paar Fakten sprechen, die wir *nicht* über diese sogenannten Jack-und-Jill-Attentäter besitzen. Mehrere tausend Beamte sind diesem Fall zugeteilt, aber wir wissen erstaunlich wenig. Jack und Jill könnten ihren nächsten Angriff gegen das Weiße Haus führen, und wir haben nicht den leisesten Schimmer, was das Motiv betrifft. Oder wer sie sein könnten. Oder was zum Teufel *sie dafür bekommen.*«

Don Hamerman blickte in die Runde. Er wirkte wie eine Marionette. Mir fiel noch ein Wort ein, um ihn zu beschreiben: *herablassend.*

»Selbstverständlich steht es Ihnen jederzeit frei, mich in irgendeinem Punkt zu korrigieren oder uns jede neue Information mitzuteilen, über die Sie möglicherweise verfügen. Ich bitte sogar darum«, sagte er mit der Andeutung eines arroganten Lächelns.

Abgesehen von einigen Seufzern, gab niemand einen Laut von sich. Keiner schien mehr zu wissen als ich. Keiner hatte bis jetzt einen Hinweis, der uns weiterhelfen konnte. Das war das beängstigendste.

Es bestand die Möglichkeit, daß der Präsident und die First Lady die wichtigsten Zielpersonen von Jack und Jill waren ... vielleicht sogar die Endziele?

Jack und Jill kamen zum Capitol Hill. Weshalb, um Gottes willen? Um alle beschissenen Liberalen auszulöschen? Um Sünder zu bestrafen? Betrachteten sie den Präsidenten als Sünder?

»Möchten Sie etwas sagen, Jay?« fragte Hamerman den Agenten Grayer.

Grayer nickte und stand auf. Er stützte beide Hände auf die Tischplatte. Er sah ein wenig blaß aus. »Wir stehen vor einem sehr schwierigen Problem«, sagte er zu den Versammelten. »Die Gefahr ist real, glauben Sie mir. Dieser Fall jagt mir mehr Angst ein als alles, was ich bisher im Weißen Haus erlebt habe. Wissen Sie, ich war der erste, der Senator Fitzpatricks Apartment nach dem Mord betreten hat. Ich war dort – allein – um sechs Uhr morgens. Ich habe die Metro Police angerufen ... gleiches gilt für Miß Sheehan und Michael Robinson. Jedesmal haben *Jack und Jill den Geheimdienst als ersten angerufen.* Sie haben uns direkt hier im Weißen Haus kontaktiert. Sie haben uns gesagt ... daß sie *für den Ernstfall proben.*«

31.

Freitag abend stiegen Jack und Jill in einer teuren Suite des Four Seasons Hotels ab, in einer der besten Gegenden Washingtons. In diesem exklusiven Hotel sollte niemand sterben. Jedenfalls nicht von ihrer Hand. Die Mörder machten ein freies Wochenende – *während ganz Washington, besonders die Superbullen in der Hauptstadt, im eigenen Saft schmorte.*

Was für ein phantastischer Genuß war dieses Wochenende! Was für eine tolle Idee! Von der Sechshundert-Dollar-pro-Nacht-Suite überblickte man einen Teil von Georgetown. Sam und Sara verließen die Suite nicht einen Moment. Freitag abend kam eine Masseuse für eine Doppelsitzung Shiatsu. Am Samstag vormittag ließ Sara sich eine Gesichtsmaske und Maniküre machen. Der Zimmerservice schickte am Samstag abend eigens einen Maître, um ihr Abendessen auf dem Zimmer zuzubereiten. Außerdem hatte Sam dafür gesorgt, daß bei ihrer Ankunft vier Dutzend weiße Rosen geliefert wurden. Es war, als hätten sie das Paradies wiedergewonnen. Aber sie hatten bisher schon so viel erreicht, daß sie sich nichts weniger verdient hatten.

»Das ist alles so unglaublich dekadent. Es ist ein postmodernes, gesellschaftlich völlig unkorrektes Märchen«, sagte Sara während des luxuriösen Höhepunkts am Samstag abend. »Ich liebe jede Minute, jede Sekunde.«

»Du liebst doch auch jeden Zentimeter, oder?« fragte Sam. Nur er konnte sich eine so riskante Frage leisten – und das nutzte er aus.

Sara lächelte und spürte einen heißen Strom in sich. Mit warmen fragenden Augen schaute sie ihn an. »Oooh ... jaaa.«

Er war tief in ihr und stieß langsam und zartfühlend zu. Sie fragte sich, ob er sie wirklich liebte. Sie wünschte es sich mit jeder Faser ihres Seins, glaubte es aber nicht, konnte es nicht glauben. Schließlich war sie Sara, die lahme Ente, Sara, der Kuli, Sara, die Drohne.

Wie konnte Sam sich in sie verlieben? Aber manchmal hatte es tatsächlich den Anschein. *Gehört das für ihn zum Spiel?* fragte sich Sara.

Sie strich ihm mit den Fingern über die Brust und zupfte an einzelnen Haaren. Sie berührte ihn überall: sein wunderschönes Gesicht, den Hals, den Bauch, die Pobacken, die baumelnden Hoden, die ihr so groß wie die eines Stiers vorkamen. Sara drängte sich ihm entgegen, wollte ihm so nahe wie möglich sein. Sie wollte jeden Zentimeter von ihm, alles, was er hatte. *Sogar seinen echten Namen,* den er ihr nicht verraten wollte.

»Dieses Wochenende haben wir uns wirklich verdient«, sagte Sam. »Außerdem brauchen wir's, Sara. Auch Ruhe und Entspannung sind Teil des Krieges, ein unabdingbarer Teil. Jack und Jill wird von nun an immer schwieriger. Ab jetzt eskaliert alles.«

Unwillkürlich mußte Sara lächeln, als sie hinauf in Sams Gesicht schaute. O Gott, wie sie es liebte, mit ihm zusammenzusein. Unter ihm, über ihm, neben ihm. Sie liebte seine Berührungen – manchmal kräftig, manchmal so erstaunlich zärtlich. *Ja,* sie liebte jeden Zentimeter an ihm.

Nie zuvor hatte sie so etwas empfunden – und nie damit gerechnet, daß sie es je fühlen *würde.* Sie hätte alles darauf gewettet, niemals solche Empfindung zu haben. Und in gewisser Weise *hatte* sie alles darauf gewettet, nicht wahr? Für die Sache, aber auch für Sam – und für das hier.

Sam war insgeheim Romantiker. Das hätte man beim *Soldaten* niemals erwartet – und bei keinem Mann, den Sara bislang gekannt hatte. Diese Suite zu mieten war Sams Idee gewesen, weil sie, Sara, einmal erwähnt hatte – nur *ein einziges Mal* –, daß das Four Seasons in Washington ihr Lieblingshotel sei.

»Hör mal«, flüsterte sie ihm beim Liebesakt zu. »Möchtest du wissen, was mein Lieblingshotel auf der ganzen weiten Welt ist?«

Er begriff den Scherz. Stets begriff er Saras Humor und die verquere Ironie. Seine großen blauen Augen funkelten. Er grinste. Er hatte strahlend weiße Zähne und ein so scheues, entwaffnendes Lächeln. Sie fand, daß er viel besser aussah als Michael Robinson. Sam war ein Held im wahren Leben. *Der*

Soldat. In einem echten Krieg ums Überleben, dem wichtigsten Krieg unserer Zeit. Davon waren beide überzeugt.
»Bitte, sag es mir *nicht*«, meinte er lachend. »*Wag es ja nicht,* mir dein Lieblingshotel in weiß der Teufel wo zu nennen. Du weißt, daß ich dich dann dorthin bringen muß. Sag es mir nicht, Sara.«
»Das Cipriani in Venedig«, platzte Sara heraus und lachte.
Sie war nie im Cipriani gewesen, hatte aber viel darüber gelesen. Sie hatte über Gott und die Welt gelesen, aber sehr wenig erlebt – bis in letzter Zeit. Sara, der hoffnungslose Bücherwurm. Sara, die Leseratte. Sara, die Null. Aber jetzt nicht mehr. Jetzt lebte sie wie fast niemand sonst. Sara, die lahme Ente, lebt!
»Okay. Wenn das alles vorbei ist – und es *wird* zu Ende ge hen –, fliegen wir nach Venedig und machen Urlaub. Das verspreche ich dir. Das Cipriani, alles klar.«
»Und am Sonntag Brunch im Danieli«, flüsterte sie an seiner Wange. »Versprochen?«
»Natürlich. Wohin sollte man sonst zum Brunch, wenn nicht ins Danieli? Das ist ein Muß. Aber erst, sobald alles erledigt ist.«
»Es wird noch schlimmer, nicht wahr?« sagte sie und umschlang seinen kräftigen Körper fester.
»Ja, ich fürchte schon. Aber nicht heute nacht, Jill. Nicht heute nacht, Liebes. Laß uns nicht alles kaputtmachen. Laß uns nicht an morgen denken. Mach aus diesem wunderschönen Wochenende keinen häßlichen Montag.«
Selbstverständlich hatte Sam recht. Er war nicht nur ein starker, er war auch ein kluger Mann. Wieder setzte er sich auf ihr in Bewegung, glitt wie ein warmer Wind über sie hinweg. Er war so ein zärtlicher, wundervoller Liebhaber. Er war Lehrer und Schüler zugleich; er konnte im Bett geben und nehmen. Am wichtigsten aber war, daß Sam es verstand, sie aus der Reserve zu locken. O Gott, wie sehr sie das gebraucht hatte – immer schon, wie es schien. *Aus sich herausgehen. Nicht mehr die lahme Ente sein. Nie wieder.* Das gelobte sie sich.
Sara schürzte die Lippen. Vor Wollust? Aus Schmerz? Sie wußte

es selbst nicht. Sie schloß die Augen, schlug sie aber gleich wieder auf. *Sie wollte sehen.*

Er verharrte über ihr, als machte er eine Pause zwischen zwei Liegestützen. »Du warst also noch nie im Cipriani, Affengesichtchen?« fragte er. Seine Wangen waren kein bißchen gerötet. Mühelos hielt er sich über ihr. Sein Körper war so wunderschön, so kräftig, geschmeidig und hart wie Stein. Auch Sara war in hervorragender körperlicher Verfassung, aber Sam war phänomenal.

Er nannte sie »Affengesichtchen« wie in Hitchcocks »Unter Verdacht«. Eigentlich kein sonderlich bemerkenswerter Film, aber für Sara hatte er genau den Punkt getroffen, *ihren* Punkt. Seit sie den Film gesehen hatte, war Sara die Lena, die Joan Fontaine gespielt hatte. Und Sam war Johnny, die Rolle Cary Grants. Johnny hatte Lena »Affengesichtchen« genannt.

Am Schluß des Films waren Lena und Johnny an der englischen Küste in den Sonnenuntergang hineingefahren – wahrscheinlich um dann weiterzuleben bis an ihr glückliches Ende. Hitchcocks Film war ein intelligentes, witziges, geheimnisvolles Spiel – genau wie das ihre.

Ihr Spiel. Das wundervollste Spiel, das zwei Menschen je gespielt hatten.

Werden wir auch in den Sonnenuntergang hineinfahren, wenn alles getan ist? fragte sich Sara. *Ich glaube nicht. Aber was wird aus uns? Was wird mit uns geschehen? Was wird aus Jack und Jill?*

»Ich war nur in meinen Träumen im Cipriani«, gestand sie Sam. »Nur in meinen Träumen. Aber *ich war sehr, sehr oft da.*«

»Ist *das alles* auch ein Traum, Affengesichtchen?« fragte Sam. In diesem Moment war er ernst. Sara mußte daran denken, wie kostbar jeder Augenblick war – und wie flüchtig. Insgeheim hatte sie sich ihr Leben lang nach einer so romantischen Erfahrung gesehnt.

»Ich glaube, es ist ein Traum. Ja. Jedenfalls habe ich das Gefühl, daß es ein Traum ist. Bitte, weck mich nicht, Sam.«

»Es ist kein Traum«, flüsterte Sam. »Ich liebe dich. Du bist die großartigste Frau, die ich je kennengelernt habe. Ja, wirklich, Sara. Mit dir zusammen habe ich das Gefühl, jeden Tag im

Cipriani zu sein. Bitte, glaub es mir, Affengesichtchen. Glaub an *uns*. Ich tue es.«

Er umfing Sara von hinten und zog sie an sich. Sie genoß seinen Atem, den Duft seines Rasierwassers, *seinen* Geruch.

Er bewegte sich wieder in ihr. Sie spürte, wie sie dahinschmolz. Sie liebte ihn – ja, ja, ja. Sie streichelte ihn überall, nahm ihn in Besitz. Nie im Leben hatte sie etwas annähernd Schönes, Überwältigendes empfunden.

Sie glitt an seinem langen, kräftigen Glied auf und ab. Wie stark er war. Wie herrlich männlich. Jetzt konnte Sara sich nicht mehr zurückhalten, wollte es auch nicht. Sie erstickte beinahe an ihrer eigenen Leidenschaft.

Sie hörte ihre Stimme. Sie schrie, hätte sich aber beinahe selbst nicht erkannt. Beide hatten sich in einem Rhythmus gefunden, der immer schneller wurde, je näher sie sich dem Punkt näherten, an dem sie eins wurden – *Jack und Jill, Jack und Jill, Jack und Jill, Jack und Jill!*

32.

Ihr Märchen endete mit einem leisen, beinahe enttäuschenden *Peng*. Sara hatte das Gefühl, zurück auf die Erde zu stürzen, in der Luft zu wirbeln, von einer mächtigen Flutwelle mitgerissen zu werden. Montag morgen bedeutete, wieder in die triste Arbeitswelt zurückzukehren, ins richtige Leben.

Sara Rosen hatte seit vierzehn Jahren, nach dem Studium auf dem Hollins College in Virginia, in »normalen«, stinklangweiligen Jobs in und um Washington gearbeitet. Jetzt arbeitete sie tagsüber. Der Job war perfekt für ihre Zwecke, aber es war der trostloseste und langweiligste Job aller Zeiten.

Morgens stand sie auf, um sich fertigzumachen. Sam und sie hatten sich Sonntag abend im Four Seasons getrennt. Sie vermißte ihn, vermißte seinen Humor, seine Berührungen – alles. Jeden Zentimeter.

In diesen Gedanken hatte sie sich verloren: *Zentimeter. Millimeter. Sams Kern. Seine ungeheure innere Kraft.* Sie warf einen Blick auf die Leuchtziffern der Uhr auf dem Nachttisch und stöhnte laut. *Viertel vor fünf. Verdammt. Sie war schon spät dran.*

Im Badezimmer hatte sie eine Yogaecke mit maßgeschneiderter Ledermatte. Keine Zeit für Yoga, obwohl ihr Körper und ihr Verstand sich schmerzlich nach Disziplin und Erleichterung sehnten.

Sie duschte rasch und wusch sich das Haar. Dann zog sie ein marineblaues Kostüm von Brooks Brothers an, niedrige Pumps und eine Raymond-Weil-Uhr mit Lederarmband. Sie mußte an diesem Morgen elegant, hellwach und frisch aussehen.

Irgendwie schaffte sie es, immer so auszusehen. Sara, die frisch Gestärkte.

Sie ging nach draußen, wo ein schmutziges gelbes Taxi mit wehender Abgasfahne bereits am Bürgersteig wartete. Der Wind heulte die K Street auf und ab.

Um fünf Uhr zwanzig hielt das Taxi vor Saras Arbeitsstelle. Der Fahrer lächelte und sagte: »Eine berühmte Adresse, Lady. Sind Sie auch berühmt?«

Sara bezahlte den Fahrer und ließ sich das Wechselgeld auf fünf Dollar zurückgeben. »Vielleicht werde ich es mal sein«, meinte sie. »Man kann nie wissen.«

Sara Rosen stieg aus dem Taxi. Der kalte Dezemberwind blies ihr ins Gesicht. Das altehrwürdige Gebäude vor ihr wirkte im frühen Morgenlicht seltsam schön und eindrucksvoll. Es schien zu leuchten, ja aus seinem Innern zu erstrahlen.

Sie zeigte ihren Ausweis. Der Sicherheitsbeamte ließ sie durch. Sara wechselte mit ihm noch eine scherzhafte Bemerkung über ihre Arbeitswut. Warum auch nicht? Sara Rosen arbeitete seit neun Jahren im Weißen Haus.

Dritter Teil

Der Fotoreporter

33.

Der Fotoreporter war das letzte Teil im komplizierten Puzzle. Er war der letzte Mitspieler. Am 8. Dezember arbeitete er in San Francisco. Eigentlich spielte der Fotoreporter das Spiel in San Francisco. Genaugenommen spielte er am äußeren Rand des Spielfeldes.

Kevin Hawkins saß auf einem Schalensessel aus grauem Plastik vor Flugsteig 31. Zufrieden spielte er eine Partie Computerschach. Er gewann. Er verlor. Es machte ihm Spaß, ganz gleich, wie es kam.

Hawkins liebte Schach und näherte sich in der Spielstärke den besseren Turnierspielern. Er liebte Spiele. So war es immer schon gewesen, seit er in Hudson, New York, ein aufgeweckter, aber einsamer und zurückhaltender kleiner Junge gewesen war. Um Viertel vor elf stand er auf, um ein anderes Spiel zu spielen. Das Spiel, das ihm das liebste auf der Welt war. *Er war in San Francisco, um jemanden zu töten.*

Während er durch den belebten Flughafen ging, machte Kevin Hawkins einen Schnappschuß nach dem anderen – *alle in Gedanken.*

Der preisgekrönte Fotoreporter trug seine üblichen einstudiert lässigen Klamotten: hautenge Cordjeans mit schwarzem T-Shirt, afrikanische Armbänder von mehreren Reisen nach Sambia und einen Brillanten im Ohr. Um den Hals hing die Leica an einem Lederriemen, der mit Ritzungen verziert war.

Der Fotoreporter schob sich in eine voll besetzte Toilette auf Korridor C. Er betrachtete die Männerreihe vor den Urinbekken. *Wie Schweine vor dem Trog,* dachte er. Wie Wasserbüffel oder Stiere, denen man beigebracht hat, auf den Hinterläufen zu stehen.

Seine Augen wählten den besten Ausschnitt und – *Aufnahme.* Die Schönheit von Ordnung und Verschlagenheit. *Typen am Trog.*

Die Szene im Pissoir erinnerte ihn an einen geschickten Taschendieb, den er in Bangkok gesehen hatte. Der Dieb, ein

eifriger Student der menschlichen Natur, klaute den Männern das Portemonnaie, während sie sich am Urinal erleichterten und nicht in der Lage waren – beziehungsweise sich genierten –, den Dieb zu verfolgen.
Der Fotoreporter mußte immer an dieses komische Bild denken, wenn er auf einem Flughafen eine Toilette betrat. Er vergaß überhaupt nur selten ein Bild. Sein Verstand war ein gut sortiertes Archiv, eine Konkurrenz zu Kodaks riesigen Lagerhallen voller Fotos in Rochester.
Er musterte sein eigenes Bild in einem der leicht trüben Toilettenspiegel. Ein eher hageres, teigblasses Gesicht. *Wenig beeindruckend, in jeder Hinsicht,* dachte er unwillkürlich. Seine Augen waren kriegsmüde und von einem beinahe verwaschenen Blau. Sich in die eigenen Augen zu schauen deprimierte ihn so sehr, daß er seufzen mußte.
Er sah keine weiteren Bilder im Spiegel, die er mit dem Verstand aufnehmen wollte. Am wenigsten ein Foto von sich selbst. Er mußte husten, konnte nicht aufhören. Schließlich spuckte er einen dicken Klumpen gelblichen Schleims aus. *Mein innerster Kern,* dachte er. Langsam strömte seine Lebenskraft aus ihm heraus.
Kevin Hawkins war erst dreiundvierzig, kam sich aber wie hundert vor. Er hatte zu intensiv gelebt, besonders während der letzten vierzehn Jahre. Sein Leben und die Zeiten waren extrem gewesen, oft extravagant, gelegentlich auch absurd. Oft stellte er sich vor, daß er wie eine Bombe war, bei der nicht nur Lunte brannte, sondern die rundum in Flammen stand. Er hatte das *Spiel von Leben und Tod* zu intensiv, zu gut und zu oft gespielt.
Wieder begann er zu husten. Rasch schob er sich ein Bonbon in den Mund. Dann checkte Kevin Hawkins die Zeit auf seiner Seiko-Kinetic-Uhr. Schnell fuhr er sich mit den Fingern durchs strähnige blonde Haar. Dann verließ er die Toilette.
Problemlos mischte er sich in den Menschenstrom, der träge über den Nordkorridor floß. Die Zeit war fast gekommen, und er spürte wieder das angenehme Kribbeln, so als verließe er seinen Körper. Er summte den alten, vollkommen schwachsinnigen Schlager »Rock the Casbah« vor sich hin. Er zog einen

dunklen Delsey-Koffer auf einem dieser billigen Rollgestelle hinter sich her, die jetzt so beliebt waren. Mit dem »laufenden« Koffer sah er wie ein Tourist aus, wie ein Niemand erster Klasse. Die Digitaluhr mit der roten Anzeige auf schwarzem Hintergrund über dem Flugsteig zeigte elf Uhr vierzig an. Ein Jet der Northwest Airlines aus Tokio war vor wenigen Minuten gelandet. Genau vor Flugsteig 41 und genau nach Flugplan. *Manche Menschen verstehen es eben zu fliegen.* War dies das Ende der Schlange für die Northwest-Linie?

Die Götter lächelten auf ihn herab. Kevin Hawkins spürte, wie auch er verbissen und humorlos lächelte. Die Götter liebten das Spiel ebenfalls. *Leben und Tod. Eigentlich war es ja ihr Spiel.*

Er hörte die ersten lauten Geräusche der Menschen aus dem Verbindungskorridor B. Der Fotoreporter schlenderte weiter, bis er sich hinter jenem Punkt befand, an dem die beiden Korridore sich kreuzten.

Dort sah er die Phalanx der Leibwächter und Gratulanten. Rasch schoß er im Kopf ein Foto. Er erhaschte einen Blick auf Mr. Tanaka von der Nipray Corporation. *Klick.* Noch ein Foto. Sein Arenalin strömte wie Lava aus dem Kilauea in Hawaii, wo er für *Newsweek* Fotos gemacht hatte. *Adrenalin. Unvergleichlich.* Er war süchtig nach dem Zeug.

Jetzt konnte es jede Sekunde geschehen.

Jede Sekunde.

Jede Nanosekunde – die sich zu einer Sekunde so verhielt wie eine Sekunde zu dreißig Jahren, wie er wußte.

Auf dem Fußboden des Flughafens gab es keine X-Markierungen, doch Kevin Hawkins kannte seinen Platz. Er hatte sich alles eingeprägt. Jeder kritische Winkel war in seinem geistigen Auge überdeutlich. Er sah alle Kreuzungspunkte vor sich.

Jede Sekunde. Leben und Tod.

Ebensogut hätte man *tatsächlich* ein großes schwarzes X auf den Fußboden malen können.

Kevin Hawkins fühlte sich wie ein Gott.

So, jetzt geht's los. Kameras geladen und schußbereit. Jemand wird hier sterben.

34.

Als das halboffizielle Gefolge ungefähr vier Meter von der belebten Kreuzung der Korridore entfernt war, explodierte eine kleine Bombe und schickte eine grauschwarze Rauchwolke in Korridor A. Schreie durchschnitten die Luft wie heulende Sirenen.

Die Bombe war in einem dunkelblauen Koffer gewesen, der neben dem Zeitungskiosk zurückgelassen worden war. Kevin Hawkins hatte den unschuldig aussehenden Koffer direkt vor ein Schild gestellt, das die Reisenden aufforderte: LASSEN SIE IHR GEPÄCK NIE AUS DEN AUGEN!

Der ohrenbetäubende Knall und das plötzliche Chaos verwirrten die Leibwächter um Mr. Tanaka. Sie bewegten sich aufgeregt und ziellos und waren dadurch berechenbar. Selbst die besten Sicherheitsleute konnten überlistet werden, *wenn man sie zwang zu improvisieren.* Reisende und Flughafenpersonal schrien und suchten nach irgendeiner Deckung, die es nicht gab. Männer, Frauen und Kinder preßten sich auf den Fußboden, drückten die Gesichter gegen den kalten Marmor.

Eine wirkliche Massenpanik kann man am besten auf einem großen Flughafen erleben, wo alle Menschen ohnehin am Abgrund der Urängste stehen.

Zwei Leibwächter deckten den Aufsichtsratsvorsitzenden. Sie machten ihre Sache nicht schlecht, wie Hawkins sah.

Er schoß ein weiteres geistiges Foto und legte es für zukünftige Verwendung in seinem Archiv ab.

Es war erstklassiges Material, ungeheuer wertvoll. So reagierte ein Spitzenteam von Sicherheitsleuten unter den Bedingungen eines tatsächlichen Angriffs.

Schließlich beeilten sich die Leibwächter – wenn auch noch sichtlich unter Schock –, ihre »Schutzperson« aus der Gefahrenzone zu schaffen und in Sicherheit zu bringen. In den rauchigen, ausgebombten Korridor konnten sie unmöglich vordringen. Die Sicherheitsleute beschlossen zurückzuweichen – eine andere Wahl hatten sie nicht. Kevin Hawkins war sicher,

daß sie es nur mit erheblichen Schwierigkeiten schaffen konnten.
Sie schleppten Mr. Tanaka mit sich, als wäre er eine große, häßliche Marionette – was er im Grunde ja auch war. Sie trugen ihn buchstäblich, diesen bedeutenden Geschäftsmann, indem sie ihn unter den Armen hielten, daß seine Füße mehrmals vom Boden abhoben.
Gedankenfoto: *teure schwarze Slipper mit Troddeln schleifen über Marmorboden.*
Die gut ausgebildeten Leibwächter hatten *ein Ziel*: die zu schützende Person aus der Gefahrenzone zu schaffen. Der Fotoreporter ließ ihnen zehn Meter Vorsprung, ehe er auf den Auslöser für die nächste Bombe drückte. Den Auslöser trug er in der Schultertasche mit der Kameraausrüstung. So einfach war das. Die besten Pläne waren knopfdruck-einfach. Wie eine Kamera. Wie eine Kamera, die ein Kind bedienen konnte.
Der zweite Koffer, den er auf dem Korridor neben der Herrentoilette abgestellt hatte, explodierte wie der erste, aber mit doppelter Lautstärke und einem doppelt so grellen Lichtblitz. Die Bombe richtete auch doppelt soviel Schaden an. Es war, als hätte man ein unsichtbares Geschoß direkt ins Zentrum des Flughafens gejagt.
Die Zerstörung erfolgte unmittelbar – und sie war verheerend. Leichen und Körperteile flogen in sämtliche Richtungen. Tanaka überlebte nicht. Auch keiner der vier eifrigen, völlig unterbezahlten Leibwächter.
Der Fotoreporter war in der Masse der Männer und Frauen eingezwängt, die durch die Ausgänge zu entkommen versuchten. Er war eines der vielen entsetzten Gesichter in dieser stürmischen menschlichen See.
O ja, er konnte sehr verängstigt dreinschauen. Er wußte besser als die meisten Menschen, wie Angst aussah. Sehr oft hatte er panische Angst auf vielen Gesichtern fotografiert. Häufig sah er in seinen Träumen diese grauenvollen verängstigten Blicke, diese stummen Schreie.
Er unterdrückte ein grimmiges Lächeln, als er in den Korridor D einbog und zu seinem Flugzeug eilte. An diesem Abend flog

er nach Washington, D.C. Er hoffte, das Attentat würde den Abflug nicht allzusehr verzögern.

Er hatte dieses Risiko eingehen müssen. Es war eine Probe gewesen, *die letzte Generalprobe.*

Jetzt auf zu wichtigeren Dingen. Der Fotoreporter hatte in Washington einen sehr wichtigen Job zu erledigen. Den Codenamen konnte er sich leicht merken.

Jack und Jill.

35.

»Auf dem siebeneinhalb Hektar großen Gelände um das Weiße Haus gibt es viele Unterhaltungsmöglichkeiten: ein Privatkino, Turnhalle, Weinkeller, Tennisplätze, Bowlingbahnen, Gewächshäuser auf den Dächern und auf dem Südrasen ein Golfplatz. Der Wert des Hauses und des Grundstücks werden vom District of Columbia zur Zeit auf dreihundertvierzig Millionen Dollar geschätzt.« Ich hätte beinahe selbst die Tour führen können.

Ich zeigte meinen Ausweis auf Zeit und fuhr dann vorsichtig in die Tiefgarage unter dem Weißen Haus. Unterwegs waren mir einige Renovierungsarbeiten am Gebäude und die veränderten Gartenanlagen aufgefallen, doch im großen und ganzen herrschte Ordnung am Weißen Haus.

Was man von mir nicht behaupten konnte. Ein flaues Gefühl im Magen. Der Kopf angefüllt mit wirren Gedanken. Ich hatte in der vergangenen Nacht nur wenige Stunden geschlafen; das wurde langsam zur Regel. Die Morgenausgaben der *Washington Post* und der *New York Times* lagen zusammengefaltet neben mir auf dem Beifahrersitz.

Die Schlagzeile der *Post* lautete: WER IST DAS NÄCHSTE OPFER VON JACK UND JILL? Die Frage schien an mich gerichtet zu sein. WER IST DER NÄCHSTE?

Ich dachte über einen möglichen Anschlag auf Präsident

Byrnes nach, als ich von der kleinen Garage zum Aufzug ging. Viele Menschen waren vom Präsidenten und seiner Politik sehr angetan. Die Amerikaner hatten schon seit langem nach einem Wechsel gerufen, einem Wandel, und den bekamen sie von Präsident Byrnes in großen Dosen verabreicht. Selbstverständlich verbanden die meisten Leute mit einem »Wechsel« den Wunsch nach mehr Geld, und zwar sofort und ohne irgendein Opfer von ihrer Seite.

Wer also könnte wütend und verrückt genug sein, den Mord am Präsidenten zu wünschen? Mir war klar, daß ein Anschlag deshalb im Weißen Haus erfolgen würde. Ich war hier, um einen Mord zu untersuchen, der noch gar nicht begangen worden war. Einen Mord im Weißen Haus. Eine Suche nach einem Killerpaar, das die Ermordung des Präsidenten planen könnte.

Ich traf Don Hamerman in der Eingangshalle des Westflügels. Er war immer noch nervös und extrem angespannt. Das schien ein Wesenszug von ihm zu sein. Es paßte auch in diese Zeit. Auf dem Korridor unterhielt sich der Stabschef ein paar Minuten mit mir. Er gab sich alle Mühe, mir zu versichern, daß ich »speziell« für diese Ermittlungen ausgesucht worden sei, weil ich ein Experte für außergewöhnlich intelligente Killer sei, besonders für Psychopathen.

Er schien verdammt viel über mich zu wissen. Während er sprach, stellte ich mir vor, wie er wohl im letzten Studienjahr in Yale oder Harvard die Auszeichnung für den besten Schnüffler erhalten hatte. Wahrscheinlich hatte er dort auch gelernt, mit seinem näselnden Upper-Class-Akzent zu sprechen.

Ich hatte nicht die leiseste Ahnung, womit ich an diesem Morgen rechnen mußte. Hamerman sagte, er würde mehrere »Interviews« für mich organisieren. Ich spürte, daß es ihm ganz und gar nicht paßte, innerhalb des Weißen Hauses derartige Ermittlungen in die Wege leiten zu müssen. Ermittlungen in einem Mordfall.

Hamerman ließ mich allein im Kartenraum im Erdgeschoß. Ich schlenderte in dem berühmten Zimmer umher und betrachtete die reich geschnitzten Chippendale-Möbel, ein Ölporträt Ben Franklins und eine Landschaft mit dem Titel *Hüten von Kühen und Schafen.* Mein Tag war bereits ziemlich verplant. Ich hatte einen Termin im Leichenschauhaus mit Benjamin Levitsky, der Nummer zwei der Geheimdienstabteilung des FBI.

Und immer noch gingen mir die Kindermorde an der Truth School nicht aus dem Kopf. Im Augenblick kümmerte sich Sampson darum. Sampson und unsere Teilzeit-Sonderkommission. Aber ich konnte die Gedanken nicht verscheuchen.

Pötzlich betrat jemand in Begleitung des Beraters für nationale Sicherheit den Kartenraum. Ich war völlig verblüfft. Wie vor den Kopf geschlagen. Es gibt keine Worte, das Gefühl zu beschreiben.

Don Hamerman erklärte steif: »Präsident Byrnes möchte Sie jetzt sprechen.«

36.

»Guten Morgen. Doktor Cross? Oder Detective Cross?« fragte mich Präsident Thomas Byrnes.

Ich hatte den leisen Verdacht, Dr. Cross würde mir im Weißen Haus dienlicher sein. Wie Dr. Bunche, Dr. Kissinger oder sogar Doc Savage. »Ich ziehe Alex vor«, antwortete ich.

Ein breites Lächeln legte sich auf das Gesicht des Präsidenten – das charismatische Lächeln, das ich so oft im Fernsehen und auf den Titelseiten der Zeitungen gesehen hatte.

»Und ich ziehe Tom vor«, sagte der Präsident. Er streckte mir die Hand entgegen, und wir schüttelten beide unsere Nachnamen ab. Sein Griff war fest und beständig. Etliche Sekunden hielt er Augenkontakt mit mir.

Es gelang dem Präsidenten der Vereinigten Staaten, zugleich herzlich und der Situation entsprechend ernst zu erscheinen. Er war über einsachtzig groß und mit fünfzig Jahren schlank und fit. Sein Haar war hellbraun mit silbernen Strähnen. Er sah ein bißchen wie ein Kampfflieger aus. Der Blick aus seinen Augen war sensibel und kraftvoll zugleich. Byrnes galt als unser umgänglichster und dynamischster Präsident seit langer Zeit. Ich hatte über den Mann, den ich zum erstenmal traf, viel gelesen und gehört. Er war der erfolgreiche und viel bewunderte Chef der Ford Motor Company in Detroit gewesen, ehe er sich aufmachte, ein noch höheres Amt in der Regierung zu erobern. Byrnes hatte als Unabhängiger für das Amt des Präsidenten kandidiert, und die Leute hatten – im Einklang mit den Meinungsumfragen der vergangenen Jahre – eine frische, unabhängige Denkweise gewählt. Vielleicht hatten sie aber auch nur gegen die Parteien der Republikaner und Demokraten gestimmt, wie einige Weise glaubten. Bis jetzt hatte Thomas Byrnes sich als zeitgemäßer Denker erwiesen, allerdings auch ein bißchen als Querdenker, ein echter Einzelgänger in einem hohen Amt. Der Präsident hatte als Parteiloser viel bewegt, viel erschüttert und sich in Washington wenige Freunde, aber viele Feinde gemacht.

»Der Direktor des FBI hat Sie wärmstens empfohlen«, sagte der Präsident. »Ich glaube, Stephen Bowen ist ein ziemlich guter Mann. Was halten Sie von ihm?«

»Da bin ich Ihrer Meinung. Das FBI hat sich in den paar Jahren unter Bowens Leitung sehr verändert. Das Bureau arbeitet jetzt gut mit der Polizei zusammen. Das war früher nicht der Fall.«

Der Präsident nickte. »Ist es eine echte Bedrohung, Alex, oder treffen wir nur Vorsichtsmaßnahmen?« Die Frage war direkt und schonungslos. Aber es war genau die richtige Frage, wie ich fand.

»Ich halte die Besorgnis des Geheimdienstes und die Vorsichtsmaßnahmen für unbedingt angebracht«, antwortete ich. »Die Übereinstimmung der Namen Jack und Jill mit Ihrem geheimdienstlichen Codenamen und dem Ihrer Frau ist sehr beunruhigend. Ebenso das Muster der Mörder, Prominente in Washington zu töten.«

»Ich nehme an, daß auch meine Frau und ich zur Washingtoner Prominenz zählen. Was in diesem Fall traurig, aber wahr ist«, sagte Präsident Byrnes und runzelte die Stirn. Ich hatte gelesen, daß er größten Wert auf sein Privatleben legte und mit beiden Beinen fest auf der Erde stand. Mein Eindruck bestätigte das. Byrnes war im besten Sinn ein Mann aus dem mittleren Westen. Am meisten verblüffte mich die Wärme, die dieser Mann ausstrahlte.

»Wie Sie selbst zugegeben haben, ›schütteln Sie die Spielzeugschachtel‹ bereits kräftig und haben damit eine Menge Leute verstört.«

»Bleiben Sie dran. Es wird noch *sehr viel* größere Störungen geben. Diese Regierung muß unbedingt neu geordnet werden. Sie war für das Leben im neunzehnten Jahrhundert ausgelegt, Alex. Ich werde auf jede mir mögliche Weise mit der Polizei zusammenarbeiten. Ich möchte nicht, daß irgend jemand verletzt, ganz zu schweigen getötet wird. Ich bin noch nicht bereit zu sterben. Ich glaube, Sally und ich sind ordentliche und aufrichtige Menschen. Ich hoffe, daß Sie diese Einschätzung teilen, wenn Sie länger mit uns zusammen sind. Wir sind weit davon entfernt, perfekt zu sein, aber wir sind anständig. Wir bemühen uns, das Richtige zu tun.«

Ich muß zugeben, daß der Mann Eindruck auf mich machte. Er hatte sehr schnell eine gute Saite in meinem Innern angeschlagen. Zugleich aber fragte ich mich, wieviel ich von dem, was er sagte, glauben konnte. Schließlich war er Politiker, und zwar der beste in den USA.

»Jedes Jahr versuchen etliche Menschen ins Weiße Haus einzubrechen, Alex. Einem Mann ist es einmal gelungen, indem er sich ans Ende des Musikkorps der Marine postierte. Andere haben versucht, mit Autos das Eingangstor zu rammen. Neunzehnhundertvierundneunzig ist Frank Eugene Corder mit einer einmotorigen Cessna auf dem Rasen gelandet.«

»Aber das alles war nichts, verglichen mit der jetzigen Bedrohung«, meinte ich.

Der Präsident stellte die Frage, die ihm am meisten auf der Seele lag. »Was ist Ihre Schlußfolgerung über Jack und Jill?«

»Bis jetzt gibt es keine Schlußfolgerung. Höchstens eine vorläufige Meinung«, antwortete ich. »Ich stimme nicht mit dem FBI überein. Ich betrachte Jack und Jill nicht als Mörder mit bestimmtem Muster. Sie gehen äußerst methodisch vor, aber das Muster erscheint mir irgendwie ... künstlich. Ich wette, beide sind attraktiv, weiß und haben einen überdurchschnittlichen IQ. Sie müssen sich gewählt ausdrücken und überzeugend reden können, um an die Orte zu gelangen, an denen sie gewesen sind. Sie wollen etwas weitaus Spektakuläreres erreichen, als sie bis jetzt erreicht haben. Bis jetzt haben sie nur die Fundamente gelegt. Sie genießen die Macht, uns und die Medien zu manipulieren. Mehr weiß ich bis jetzt auch nicht. Jedenfalls ist das alles, worüber ich sprechen kann.«

Der Präsident nickte mit ernster Miene. »Ich habe bei Ihnen ein gutes Gefühl, Alex«, sagte er. »Ich bin froh, daß wir uns ein paar Minuten unterhalten konnten. Man sagte mir, Sie hätten zwei Kinder.« Er griff in die Jackentasche und reichte mir eine Krawattenspange mit dem Siegel des Präsidenten und eine Anstecknadel, die eigens für Kinder entworfen war. »Souvenirs sind wichtig, finde ich. Wissen Sie, ich bin nicht nur für Veränderung, sondern auch für Tradition.«

Präsident Byrnes schüttelte mir nochmals die Hand, schaute mir einen Moment lang fest in die Augen und verließ dann den Raum.

Mir wurde klar, daß man mich soeben im Team willkommen geheißen hatte und daß der einzige Zweck dieses Teams darin bestand, das Leben des Präsidenten zu schützen. Und ich mußte mir eingestehen, daß ich sehr motiviert war, dabei mitzuhelfen. Ich blickte auf die Krawattenspange für Damon und die Nadel für Jannie und war seltsam gerührt.

37.

»Hast du das königliche Paar schon getroffen?« fragte Nana Mama, als ich gegen vier Uhr nachmittags die Küche betrat.

Sie kochte in einem großen grauen Topf irgend etwas, das wie das sprichwörtliche Ambrosia duftete. Es war eins meiner Lieblingsgerichte: Weiße-Bohnen-Suppe. Rosie, die Katze, strich um die Schränke und schnurrte zufrieden. *Rosie in der Küche.* Während Nana kochte, löste sie gleichzeitig auf der Arbeitsplatte das Kreuzworträtsel in der *Washington Post.* Ein Buch mit ihren Wortklaubereien lag ebenso da wie das Buch *Ein Blick unter jeden Stein – das Leben und die Zeit der Maggie Kuhn.* Eine komplizierte Frau, meine Großmutter.

»Wen soll ich getroffen haben?« Ich tat so, als hätte ich ihre kristallklare Frage nicht begriffen. Ich trieb das Spiel, das seit Jahren zwischen uns üblich war und wohl fortdauern wird, bis der Tod uns scheidet – irgendwie, irgendwann, irgendwo.

»*Wen,* Dr. Cross? Den Präsidenten und Mrs. Präsident natürlich. Das wohlhabende weiße Paar, das im Weißen Haus wohnt und auf uns andere herunterblickt. Tom und Sally im Traumschloß Camelot der neunziger Jahre.«

Ich lächelte über ihre wie üblich temperamentvollen und gelegentlich bittersüßen Bemerkungen. Dann schaute ich in den Kühlschrank. »Hör mal, ich mache mir aus dem Tafelspitz ein Sandwich, ja? Sieht zart und saftig aus. Oder täuscht der Anblick?«

»Selbstverständlich täuscht er, aber das Rindfleisch ist zart und saftig. Du kannst es mit dem Löffel zerteilen. Sieht aus, als würde man im Weißen Haus nur wenige Stunden am Tag arbeiten. Seltsam, wenn man bedenkt, wieviel man dort zu tun haben müßte. Aber irgendwie habe ich das längst vermutet. Nur konnte ich es bis jetzt nicht beweisen. Also, *wen* hast du getroffen?«

Ich konnte nicht widerstehen. Außerdem hätte ich es ihr ohnehin erzählt. »Heute morgen habe ich den Präsidenten getroffen und mit ihm gesprochen.«

»Du hast *Tom* getroffen?«

Nana tat so, als wäre sie George Foreman, der einen Tiefschlag einsteckte. Sie taumelte von der Arbeitsplatte zurück. Dabei lächelte sie. »Na, dann erzähl mir mal alles über Tom. Und über Sally. Trägt Sally tagsüber im Weißen Haus einen schwarzen Hut wie eine Pillenschachtel?«

»Ich glaube, das war Jacqueline Kennedy. Ich mag Präsident

Byrnes«, sagte ich und machte mir ein Sandwich mit Rindfleisch, Roggenbrot, Salat, Tomaten, einem Tupfer Mayonnaise, viel Pfeffer und einer Prise Salz.

»Logisch, daß du ihn magst. Du magst doch jeden, sofern der Betreffende niemanden umgebracht hat«, sagte Nana und schnitt noch mehr Tomaten in Scheiben. »Nachdem du Mr. Präsident getroffen hast, kannst du ja jetzt wieder am Sojourner-Truth-Mordfall arbeiten. Der ist für die Menschen in diesem Haus sehr wichtig. Im *Grauen* Haus. Schwarze interessieren sich ohnehin nicht mehr besonders für den Präsidenten und seine Probleme. Warum auch.«

»Ist das wirklich so?« meinte ich und biß ins Sandwich. Lecker, wie nicht anders zu erwarten. Man konnte es mit einem Löffel zerteilen, und es schmolz im Mund.

»Wenn es nicht so ist, dann *sollte* es so sein. Auf alle Fälle ist es eine Tatsache. Ich gebe zu, daß es ein schlechtes Licht auf den Zustand unseres Staates wirft, aber wir leben nun mal in schlechten Zeiten. Gibst du mir recht? Du *mußt.*«

»Hast du je davon gehört, daß man im Alter sanftmütiger wird?« fragte ich sie. »Übrigens, dein Tafelspitz ist köstlich.«

»Hast *du* je davon gehört, daß man im Alter reifer und klüger wird? Hast du je davon gehört, daß man sich um *alle* seine Leute kümmern soll, ob schwarz, weiß, gelb oder grün? Und hast du je davon gehört, daß kleine, süße schwarze Kinder in unserer Gegend ermordet werden, Alex, und daß nicht genug unternommen wird, um dem ein Ende zu machen? Selbstverständlich ist der Tafelspitz köstlich. Du siehst, ich *werde* besser.«

Ich holte die Krawattenspange und die Nadel, die der Präsident mir gegeben hatte, aus der Hosentasche. »Der Präsident wußte, daß ich zwei Kinder habe. Er hat mir diese Souvenirs für sie geschenkt.« Ich reichte sie Nana, die zum erstenmal im Leben sprachlos war.

»Sag ihnen, das ist von Tom und daß er ein prima Kerl ist, der sich bemüht, das Richtige zu tun.«

Ich aß das halbe Sandwich und verschwand mit dem Rest aus der Küche. »Danke für das leckere Sandwich und den guten Rat. In dieser Reihenfolge.«

»Wo gehst du hin?« rief Nana mir hinterher. Sie kam wieder auf Touren. »Wir haben gerade über eine wichtige Angelegenheit gesprochen. Völkermord an schwarzen Menschen direkt hier in Washington, in der Hauptstadt unseres Landes. Denen ist doch egal, was in diesen Gegenden passiert, Alex. Die interessiert doch nur die eigene Haut, und die ist *weiß*. Und du arbeitest mit dem Feind zusammen.«

»Eigentlich wollte ich gerade ein paar Stunden für den Mordfall an der Truth School abzweigen!« rief ich zurück und ging zur Eingangstür. Welch gesegnete Flucht vor der Gardinenpredigt. Ich konnte Nana Mama nicht mehr sehen, hörte ihre Stimme aber wie die Schreie der irischen Todesfee oder wie das Brüllen einer Kuh auf der Weide.

»Alex hat endlich seinen Verstand wiedergefunden!« rief sie mit schriller Stimme. »Es besteht doch noch Hoffnung. Ja, es gibt Hoffnung. Oh, ich danke dir, schwarzer Herr im Himmel!«

Sie kann mich immer wieder auf die Palme bringen, aber deshalb liebe ich sie. Nur manchmal kann ich ihre Klagen nicht mehr hören.

Ich stieg in meinen alten Porsche, der in der Einfahrt stand, und hupte – unser Signal, daß zwischen uns alles in Ordnung ist. Aus dem Haus hörte ich Nana rufen: »*Tuut-tuut* auch dir!«

38.

Ich war wieder auf den schlimmen Straßen des inneren Washington, der Unterseite der Hauptstadt. Ich war wieder ein Detective der Mordkommission. Ich liebte meinen Beruf mit seltsamer Hingabe, aber es gab Zeiten, da haßte ich ihn aus vollem Herzen.

In beiden Mordfällen taten wir alles menschenmögliche. Ich ließ die Truth School und Shanelle Greens Grab Tag und Nacht observieren. Oft tauchen geisteskranke Mörder an den Gräbern ihrer Opfer auf. Schließlich waren sie Ghule.

Der Zirkus war in unserer Stadt.
Zwei.
Zwei völlig verschiedenartige Morde mit Methode. So etwas hatte ich noch nie gesehen – nichts, was diesem Chaos auch nur nahe kam.
Ich brauchte nicht Nana Mama, um mich daran zu erinnern, daß ich jetzt draußen auf den Straßen sein sollte. Wie sie gesagt hatte: *Jemand tötet unsere Kinder.*
Ich war sicher, daß das unaussprechliche Scheusal erneut morden würde. Im Gegensatz zu Jack und Jill investierte er Wut und Leidenschaft in sein Werk. Eine furchteinflößende, primitive Verrücktheit, die ich beinahe schmecken konnte. Daß der Mörder wahrscheinlich ein Amateur war, beruhigte mich nicht im geringsten.
Denk wie der Mörder. Geh in den Schuhen des Mörders. Ich ermahnte mich ständig, daran zu denken. So fängt immer alles an, aber es ist viel schwieriger, als es sich anhört. Ich sammelte so viele Informationen und Daten, wie ich konnte.
Einen Teil des Nachmittags verbrachte ich damit, mehreren der hiesigen Herumtreiber aufzulauern, die vielleicht etwas über die Morde aufgeschnappt hatten: freundliche Menschen auf der Straße, schwankende Haschischkonsumenten, junge Laufburschen der Dealer, von denen einige selbst Drogenkonsumenten waren, und Ladeninhaber, Taschendiebe, muslimische Zeitungsverkäufer. Ich setzte einigen ziemlich hart zu, aber niemand konnte mir etwas sagen, was mir weiterhalf.
Ich blieb trotzdem dran. So läuft es meistens. Du mußt dranbleiben, einfach stur dranbleiben und unerbittlich nachbohren. Um Viertel nach fünf redete ich mit einem siebzehnjährigen Obdachlosen, den ich von der Arbeit in der Suppenküche von St. Anthony kannte. Er hieß Loy McCoy und arbeitete als kleiner Laufbursche für einen Crackdealer. Er hatte mir in der Vergangenheit ein-, zweimal geholfen.
Loy war nicht mehr in der Suppenküche erschienen, nachdem er seinen Job bei dem Dealer angetreten hatte und nun in der Gegend Crack und Speed gegen Bares auslieferte. Es fällt mir schwer, Jugendliche wie Loy zu verurteilen, obwohl ich das

manchmal gern tun würde. Ihr Leben ist unglaublich hart und hoffnungslos. Und dann läuft diesen Jungs eines Tages jemand über den Weg und bietet ihnen fünfzehn oder zwanzig Dollar die Stunde, um zu tun, was sonst ein anderer tun würde. Der Haken an der Sache ist, daß die Rauschgiftbosse an diese Kids glauben – eine Erfahrung, welche die meisten von ihnen das erstemal machen; in vielen Fällen hat zuvor niemand an diese verlorenen Kinder geglaubt.

Ich rief Loy zu mir herüber, weg von dem Haufen Idioten, mit denen er sich auf der L Street herumtrieb. Die Typen waren *in* gekleidet, mit allem Drum und Dran: schwarze, maschinell gestrickte Wollmützen, die sie über die Ohren gezogen hatten, fast bis zu den Augen. Goldkronen, Kreolenohrringe, weite Hosen. Loys Gang unterhielt sich über den Fred-Feuerstein-Film; ob über die Verfilmung mit den Schauspielern oder über den Zeichentrickfilm, wußte ich nicht. *Jabbadabbadu* war eines der Schlagworte für Polizeistreifen und Detectives in dieser Gegend. Vor kurzem hatte ich eine traurige Statistik gelesen, wonach siebzig Prozent der Amerikaner beinahe hundert Prozent ihrer Informationen durch Fernsehen und Filme bezogen.

Loy grinste, als er langsam von der Straßenecke herüberkam und auf mich zuschlurfte. Er war knapp über einsachtzig groß, wog aber nur dreiundsechzig Kilo. Er trug weite, kunstvoll zerfetzte Winterklamotten. Heute wollte er offenbar den harten Burschen herauskehren und mich durch sein Starren dazu zwingen, die Augen zu senken, so daß er sich als der Stärkere erwies.

»He, Mann, muß ich gleich losfetzen, wenn Sie mich rufen?« fragte Loy in einem aufmüpfigen Tonfall, den ich ärgerlich und todtraurig zugleich fand. »Was issn los? Ich zahl' *Steuern*«, plapperte er weiter. »Ich bin sauber. Wir alle sind sauber.«

»Dein beschissen überhebliches Getue funktioniert bei mir nicht«, sagte ich. »Laß das ganz schnell bleiben.« Ich wußte, Loys Mutter war heroinsüchtig, und er hatte drei jüngere Schwestern. Alle hausten im Asyl des Greater Southeast Community Hospitals, ungefähr eine so gute Adresse wie die Tunnels unter dem Bahnhof.

»Sagen Se mir, was Se von mir wollen, damit ich mich wieder um meine Geschäfte kümmern kann«, sagte Loy, immer noch trotzig. »Zeit ist Geld, klaro? Spucken Se aus, was Se wollen.«
»Nur eine Frage, Loy. Dann kannst du dich wieder deinen großen Transaktionen widmen.«
Er spielte weiter den Helden – ein Grund dafür, daß man in dieser Gegend leicht erschossen werden kann. »Warum muß ich Ihre Fragen beantworten, he? Was issn für mich drin? Was ham Se zu bieten?«
Ich lächelte Loy an. Da mußte er auch lächeln. Dabei zeigte er seine glänzenden Goldkronen. »Wenn du was für mich hast, werde ich's nicht vergessen, Loy. Dann schulde ich dir vielleicht irgendwann mal einen Gefallen«, sagte ich.
»He, wolln Se 'n großes dickes Geheimnis wissen, *Detective*? Ich *scheiß'* auf Ihre Gefallen. Und mir sind auch die Killer von den Kids scheißegal, hinter denen Se her sind.« Er zuckte mit den Achseln, als wären die Morde für die Jungs von der Straße nichts Besonderes. Das wußte ich bereits.
Ich wartete, bis er mit seiner kleinen Rede fertig war, ehe ich mein Angebot machte. Das Traurige war: Loy war ein intelligenter Bursche. Deshalb hatten die Crackbosse ihn angeheuert. Loy war klug und besaß sogar eine gewisse Arbeitsmoral.
»Ich kann nich' mit Ihnen reden, Mann. Muß ich auch gar nich'!« Er drehte sich kurz und warf die dürren Arme in die Luft. »Glauben Se, ich schulde Ihnen was, bloß weil Se uns so 'ne Scheißsuppe in der Armenküche gegeben haben? Ich Ihnen was schulden? 'nen Scheißdreck schulde ich Ihnen!«
Loy schlenderte ein paar Schritte weiter, dann schaute er zu mir zurück, als wollte er mir noch eine beleidigende Bemerkung an den Kopf werfen. Seine dunklen Augen verengten sich, fingen meinen Blick auf und hielten ihm eine Sekunde lang stand. *Kontakt. Abflug.*
»Jemand hat 'nen alten Knacker gesehen, da, wo das kleine Mädchen platt gemacht worden is'«, stieß Loy hervor. Das war die größte Neuigkeit, die wir bisher im Truth-School-Mordfall besaßen. Es war die *einzige* Neuigkeit, und sie war genau das, wonach ich die vielen Tage auf den Straßen gesucht hatte.

Loy hatte keine Ahnung, wie schnell und kräftig ich war. Blitzschnell zog ich den Jungen nahe an mich heran, *sehr* nahe. So nahe, daß ich das Pfefferminz in seinem Atem, die Pomade im Haar und den Muff in seinen verschlissenen Winterklamotten riechen konnte.

Ich drückte ihn an meine Brust, als wäre er mein Sohn, ein verlorener Sohn, ein junger Narr, der endlich kapieren mußte, daß ich nicht zuließ, wenn er mich so behandelte. Ich hielt ihn *sehr* fest. Irgendwie wollte ich ihn retten. Ich wollte sie alle retten, konnte es aber nicht. Das war das Schlimme daran. Eine der großen Bitternisse meines Lebens. Es konnte einen fertigmachen.

»Ich bin nicht aus Spaß hier, Loy. Wer hat dir das gesagt? Sag's mir. Erzähl mir ja keinen Scheiß. *Los, rede! Mach das Maul auf! Sofort!*«

Sein Gesicht war dicht vor dem meinen, mein Mund fast an seine Wange gepreßt. All seine Arroganz und Großkotzigkeit waren wie weggeblasen. Eigentlich widerstrebte es mir, bei ihm den harten Cop herauszukehren, aber die Sache war zu wichtig.

Meine Hände sind groß und narbig, wie die eines Boxers. Ich sorgte dafür, daß Loy meine Pranken sah. »Ich warte auf eine Antwort«, flüsterte ich. »Ich *werde* dich einbuchten. Ich werde dir jeden Tag und jede Nacht zur Hölle machen.«

»Ich weiß nich', *wer's* war, Mann«, stieß Loy zwischen keuchenden Atemzügen hervor. »Im Asyl haben Leute drüber geredet. ich hab's bloß gehört, verstehn Se? 'n alter Penner soll's gewesen sein. Jemand hat den Typen im Garfield rumhängen sehen. 'n weißer Penner im Park.«

»Ein Weißer? Auf der Südostseite vom Park? Bist du ganz sicher?«

»Ja, ja. Jedenfalls hab' ich's *gehört.* Und jetzt lassen Se mich laufen. Lassen Se mich los, Mann.«

Ich ließ ihn ein paar Schritte von mir fortgehen.

Loy riß sich zusammen, war plötzlich wieder cool, als er merkte, daß ich ihm nichts tun würde, ihn nicht einmal zu einem Verhör mit aufs Revier nehmen wollte.

»So, jetzt schulden Se mir was«, sagte er. »Und ich werd' *kassieren.*« Ich glaube nicht, daß Loy die Ironie in seinen Worten erkannte.
»Ja, ich schulde dir was«, sagte ich. »Danke, Loy.« *Ich hoffe, du mußt nie kassieren.*
Er zwinkerte mir zu. »Ich helf' den Cops doch immer, Mann.« Er lachte laut, als er zu den anderen Crackboten zurückschlenderte.

39.

Ein alter Obdachloser in der Nähe des Tatorts. Im Garfield Park. Das war etwas Handfestes, mit dem man arbeiten konnte. Endlich. Ich hatte ein paar Einsätze gemacht und einen ziemlich guten Treffer gelandet.
Ein Weißer. Ein weißer Verdächtiger.
Das war vielversprechend. In der Gegend des Garfield Parks trieben sich nicht viele weiße Männer herum.
Ich rief Sampson an und teilte ihm mit, was ich erfahren hatte. Er hatte gerade die Nachtschicht angetreten. Ich fragte ihn, wie es bei ihm lief. Er meinte, es laufe überhaupt nicht, aber vielleicht würde es jetzt besser laufen. Er wollte die anderen in unserer Gruppe informieren.
Kurz nach fünf Uhr hielt ich an der Sojourner Truth School. Ich legte diesen Halt aus verschiedenen Gründen ein. Zum einen gab es vielleicht neue Informationen über den weißen Obdachlosen. Zum anderen hatte ich das ständige Gefühl, mein Racheengel Gary Soneji könnte an den Morden beteiligt sein. Und der dritte Grund war Christine Johnson. Mrs. Johnson.
Wieder saß niemand am Schreibtisch im Vorzimmer ihres Büros. Die Multi-Rassen-Puppen wirkten wie im Stich gelassen, ebenso einige von Schülern gemalte Strichmännchen und Bücher mit Gänsehaut-Geschichten.
Im Büro schien sich niemand aufzuhalten, doch ich klopfte

trotzdem an die Tür. Eine Schublade wurde zugeschoben. Schritte. Die Tür wurde geöffnet. Sie war nicht abgeschlossen. Christine Johnson trug eine Kaschmirjacke und einen langen Wollrock. Sie hatte das Haar zurückgekämmt und mit einer gelben Schleife zusammengebunden. Sie trug ihre Brille und war barfuß. Mir fielen Verse ein – von Dorothy Parker, glaube ich: *Oft zögern Männer lange, sehen sie eine Brillenschlange.*

Bei ihrem Anblick fühlte ich mich sofort besser. Ich weiß nicht, warum, aber es war so.

Sie arbeitet oft noch spät in der Schule, ging es mir durch den Kopf. Gehört wohl zu ihrem Job. Trotzdem fragte ich mich, warum sie soviel Zeit im Schulgebäude verbrachte.

»Ja, ich mache wieder mal Überstunden. Sie haben mich auf frischer Tat ertappt. Schuldig im Sinne der Anklage. Heute morgen kam ein Freund von Ihnen hierher«, sagte sie. »Detective John Sampson.«

»Er leitet den Fall«, erklärte ich.

»Er scheint sich sehr zu bemühen und sehr besorgt zu sein. Ein Mann voller Überraschungen. Er liest Camus«, sagte sie.

Ich fragte mich, wie Sampson *das* ins Gespräch gebracht hatte. Neben anderen hochgeistigen Beschäftigungen wendet Sampson sehr viel Zeit dafür auf, interessante und attraktive Frauen wie Christine Johnson kennenzulernen. Ihn würde es nicht stören, daß sie verheiratet war, solange es sie nicht störte. Sampson kann ein Ritter ohne Furcht und Tadel sein, aber nur, wenn es geschätzt wird.

»Sampson liest viel. Hat er immer schon getan, solange ich ihn kenne. Übrigens war meine Großmutter seine Lehrerin an der Schule. Er ist der Original-Pagemaster.«

Christine Johnson lächelte und zeigte mir ihre schönen Zähne. »Sie kennen *Pagemaster?* Sie schauen sich wohl alle Filme an?«

»Nein, ich schaue mir nicht alle Filme an. Nur die, von denen die Kinder sagen: ›Den *müssen* wir sehen, Daddy!‹ Wir haben dem *Pagemaster* eine Sechs gegeben. Von Master Macauley Culkin sind wir nicht so schrecklich begeistert wie andere.«

Sie lächelte weiterhin. Sie schien ein außerordentlich netter

Mensch zu sein. Klug genug, um viele Dinge zu tun, und geduldig und engagiert genug, um ihren schwierigen Job in dieser Stadt zu bewältigen. Ich beneidete ihre Schüler.

Dann kam ich auf den eigentlichen Grund meines Besuchs in der Schule zu sprechen. »Ich komme deshalb bei Ihnen vorbei, weil wir eine Beschreibung des mutmaßlichen Täters haben – wenigstens ein Anfang. Ich habe sie heute nachmittag bekommen, gerade eben.«

Christine Johnson hörte sich aufmerksam an, was ich zu sagen hatte. Sie runzelte die Stirn. Ihre braunen Augen blickten forschend. Sie war eine gute Zuhörerin, was bei einer Schulrektorin ungewöhnlich ist, wenn ich mich recht entsinne.

»Ein älterer Mann, ein Weißer, wurde unweit der Stelle im Garfield Park gesehen, an der Shanelle Green entführt wurde. Der Beschreibung nach ist der Mann ein Penner. Möglicherweise obdachlos. Ziemlich klein, mit weißem Vollbart. Und er trug einen braunen oder schwarzen Poncho.«

»Soll ich das den anderen Lehrern mitteilen? Und was ist mit den Schülern?« fragte sie, als ich geendet hatte.

»Ich möchte, daß morgen vormittag jemand vorbeikommt und mit dem Lehrkörper spricht«, sagte ich. »Wir wissen nicht, ob dieser Hinweis uns weiterbringt, aber er könnte wichtig sein. Etwas Besseres haben wir bis jetzt nicht.«

»Hauptsache, Sie sind ein *bißchen* weitergekommen«, sagte sie und lächelte. »Oh, jetzt rede ich zu Ihnen wie zu einem Schüler. Wenn Sie zu lange hierbleiben, stecke ich Sie noch damit an. Zu viele Klischees. Manchmal ertappt man sich dabei, daß man mit Erwachsenen spricht, als wären sie Fünf- oder Sechsjährige. Das macht meinen Mann *verrückt*.«

»Ist Ihr Mann auch Lehrer?« fragte ich. Es war mir einfach so herausgerutscht. *Scheiße.*

Sie schüttelte den Kopf und schien aus irgendeinem Grund amüsiert. »Nein, nein. George ist Anwalt … oder besser, Lobbyist auf dem Capitol Hill. Zum Glück bemüht er sich nur, die Interessen der Energiebetreiber zu fördern. Occidental Petroleum, Pepco Energy Company, Edison Electric Institute. Damit kann ich leben.« Sie lachte. »Na ja, meistens jedenfalls.« Ihr

Blick war unschuldig, aber nicht naiv. Vielleicht ein bißchen verschwörerisch.
»Na schön. Ich wollte die Neuigkeit über unseren mutmaßlichen Täter weitergeben. Vielleicht haben wir diesmal wirklich einen Verdächtigen«, sagte ich. »Jetzt muß ich wieder losflitzen.« Ich wandte mich um.
»*Nein!*« sagte Christine Johnson. Verblüfft hielt ich inne.
Sie bedachte mich mir ihrem wissenden Lächeln. Berückend und hinreißend.
»Auf den Fluren wird nicht gerannt!« Sie zwinkerte mir zu. »*Kapiert?*« Niedlich.
Ich lachte. Auf dem Weg zurück zur Arbeit war ich für einen kurzen, strahlenden Moment in Hochstimmung. Ich mochte sie sehr. Wer nicht? Vielleicht konnten wir irgendwie Freunde werden. Na ja, wahrscheinlich nicht.
Nichts entwickelte sich richtig. Nichts funktionierte. Ein *alter weißer Obdachloser* war das Beste, was wir hatten. Es war keine schlechte Polizeiarbeit, aber es reichte nicht. Bei weitem nicht. Zwei unmögliche Fälle! O Gott!
Abends parkte ich meinen Wagen auf der Straße und observierte die Truth School ein paar Stunden lang. *Die Schule meines Sohnes.* Vielleicht kam ja ein weißer Obdachloser vorbei – *aber er kam nicht.*
Ich verließ den Beobachtungsposten, eine Stunde nachdem Christine Johnson den ihren verlassen hatte.

40.

»Was hältst du von unserer bisherigen Fahrt auf dem fliegenden Teppich? Auf der Skala von eins bis elf?« fragte Jack Jill, fragte Sam Sara. Sie schwebten hoch über der ländlichen Gegend Marylands.
»Es ist wunderschön und wahnsinnig aufregend. Unglaublich. Die reine Freude, wie ein Vogel zu fliegen.«

»Man kann sich kaum vorstellen, daß es eigentlich Arbeit ist. Aber es ist so, Affengesichtchen. Das könnte wichtig für uns sein. Für das Spiel und für alles, was wir tun.«

»Ich weiß, Sam. Ich schaue mir alles genau an.«

»Ja, stimmt. Immer peinlich penibel.«

Die beiden saßen im engen Cockpit eines Blanik L-23 Motorseglers. Sie waren mit dem Segler vom Frederick Municipal Airport in Maryland gestartet, ungefähr eine Stunde vom Zentrum Washingtons entfernt. Was für ein Genuß, dachte Sara. Die perfekte Metapher. Die lahme Ente flog. Unglaublich. Ihr ganzes Leben war jetzt so.

Unten sah sie die Stadt Frederick mit den vielen Beispielen für deutsche Kolonialarchitektur. Sie konnte sogar mehrere der Konditoreien auf dem Antique Walk erkennen. Der Himmel hing voller Kumuluswolken, die wie Baumwollbälle über ein ruhiges Meer glitten. Sara hatte Sam erzählt, daß sie mal mit einem Segelflugzeug geflogen war und daß dieser Flug »fast das Schönste war, was ich je erlebt habe«. Darauf hatte Sam erwidert: »Wir fliegen morgen nachmittag. Ich kenne den perfekten Platz, Affengesichtchen. Ich möchte über Camp David hinwegfliegen, wo der Präsident sich aufhält. Ich will mir Präsident Byrnes' Ferienrefugium von oben ansehen. Ich will eine imaginäre Bombe auf seinen Arsch werfen.«

Sam Harrison wußte bereits sehr viel über Camp David, dennoch könnte der Blick aus der Luft von Nutzen sein. Ein Angriff auf den Urlaubssitz des Präsidenten war eine sehr reale Möglichkeit, was die weiteren Pläne anging – besonders, falls der Geheimdienst den Präsidenten weiterhin so hautnah bewachte wie in den letzten Tagen.

Für Jack und Jill war jetzt alles schwieriger geworden, aber damit hatte Jack gerechnet. Deshalb hatten sie mehrere Pläne, nicht nur einen. Der Präsident der Vereinigten Staaten würde sterben – es war nur eine Frage des *Wann* und des *Wo*. Das *Wie* war bereits beschlossene Sache. Bald würden auch das Wann und Wo abgehakt sein.

»Ist es nicht riskant, so dicht über Camp David zu fliegen?« fragte Sara, was Sam ein Lächeln entlockte. Er wußte, daß Sara

sich auf die Zunge gebissen hatte, als sie nach dem Start von Frederick immer näher und näher zum präsidialen Außenposten geflogen waren, immer näher an die Gefahr heran, vielleicht an die Katastrophe.
»Bis jetzt ist es nicht riskant. Segelflieger und Heißluftballons sind über Camp David ein gewohntes Bild. Viele wollen aus der Ferne mal einen Blick auf das Feriendomizil des Präsidenten werfen. Byrnes ist nicht da; deshalb können wir es um so gefahrloser tun. Wir dürfen nur nicht zu nahe heran. Seit damals dieser Typ mit dem Flugzeug vor dem Weißen Haus gelandet ist, wird der Luftraum mit Raketen geschützt. Ich bezweifle, daß sie ein Segelflugzeug abschießen würden, aber wer weiß?«
Sie sahen jetzt unter sich die Gebäude von Fort David, nur ein kleines Stück nordöstlich im Catoctin Mountain Park. Drei Armeejeeps waren zu sehen, aber auf dem dicht bewaldeten Gelände schien sich an diesem Tag niemand aufzuhalten. Camp David selbst bot einen seltsamen Anblick: eine eigenartige Kreuzung zwischen Kaserne und rustikalem Ferienort. Nicht besonders furchteinflößend. Damit konnten sie fertig werden, falls der letzte Plan es erforderlich machte.
»Camp David wurde nach Eisenhowers Enkel benannt«, sagte Jack. »Ein ziemlich guter Präsident, der alte Ike. Das sind Generäle meistens.«
Er berührte die Beretta im Holster an seinem Fußknöchel. Die Waffe war beruhigend. Aber im Augenblick würde dem Präsidenten nichts zustoßen – Jack und Jill auch nicht. Nein, das Spiel lief in eine andere Richtung. Das war das Schöne daran: Niemand konnte vorhersagen, in welche Richtung es sich entwickelte. *Es war ein Spiel, das während des Spielens entworfen wurde.*
Sam fühlte, wie Sara seine Wange mit der Hand berührte. »Wie lange haben wir noch?« fragte sie. Er vermutete, daß Saras Bemerkung sich auf das Spiel der Spiele bezog.
»Uns werden sie *nie* erwischen«, sagte er und lächelte.
»Nein, der *Flug*. Sei nicht albern.« Sie lachte und tätschelte seinen Arm. »Wie lange können wir noch hier oben bleiben?«
»Du langweilst dich doch nicht etwa? Wir sind noch lange nicht beim Höhenweltrekord – sechzehneinhalbtausend Me-

ter, wenn ich mich recht erinnere.« Er grinste. »Um so hoch zu kommen, braucht man eine verdammt gute Thermik.«

»Nein, nein.« Sara lachte und schlang den Arm um seinen Hals. »Es gefällt mir hier oben. Ich liebe es zu fliegen. Ich liebe es, mit dir zusammenzusein. Danke – für alles.«

»Bitte schön, Affengesichtchen«, flüsterte er an ihrer Wange.

Zwei unglaubliche Mörder.

Jack und Jill.

Auf dem Flug über das berühmte Feriendomizil des Präsidenten in Camp David.

Auf bald, Mr. Präsident. Sie können nichts *tun, um zu verhindern, was geschehen wird. Sie können sich* nirgends *vor uns verstecken. Das können Sie uns glauben. Haben wir bis jetzt nicht alle Versprechen gehalten?*

41.

Auf der einstündigen Fahrt zurück nach Washington wirkte Sam abwesend und distanziert. Sara musterte ihn verstohlen aus dem Augenwinkel. Es war, als befände Sam sich immer noch im Motorsegler. Er hatte die Stirn gerunzelt, und die tiefblauen Augen waren auf die Straße vor ihm gerichtet.

Manchmal hatte er solche Stimmungsumschwünge. Aber sie auch. *Sara, die Kriegerin. Sara, der Kuli.*

Beide kannten und akzeptierten die Stärken und Schwächen des anderen. Das Spiel Jack und Jills wurde jetzt für beide viel schwieriger. Jeder Schritt war riskant und gefahrvoll. Sie konnten gefaßt werden, ehe ihre Mission beendet war. Eine der größten Menschenjagden der Geschichte war im Gange. Nicht nur in Washington, D.C., sondern überall auf der Welt.

»Ich habe an das Spiel gedacht und wie es läuft. Eine ehrliche Einschätzung. Mir schwebt da was vor ... ein Spiel *in* unserem Spiel«, sagte Sam schließlich. »Etwas intellektuell Anspruchsvolles. Etwas, mit dem unsere Spürhunde niemals rechnen.«

Sara sah, wie er sich aus seinem Tagtraum löste und wieder zu ihr zurückkam.
»Ja, ich habe schon bemerkt, daß du irgendwo anders warst, nicht hier auf der Schnellstraße mit mir und all den Pendlern. Es war nicht zu übersehen.«
Sam grinste. »Tut mir leid. Wahrscheinlich hast du die brennende Lunte gerochen.« Er konnte so bescheiden sein – noch etwas, das Sara sehr an ihm mochte. Er schien sich nicht bewußt zu sein, daß er etwas ganz Besonderes war. Wenn doch, behielt er es für sich. O Gott, es war so leicht, wenn sie zusammen waren, und so schwierig, wenn sie getrennt waren. Sara fragte sich, wie sie hatte leben können, ehe sie Sam kennenlernte. Sie hatte gelebt, aber sie hatte kein *wirkliches* Leben gehabt. Jetzt hatte sie eins.
»Du machst dir Sorgen, wie das Spiel von jetzt an weitergeht?« fragte sie. »Die genaue Abfolge? Bist du deshalb so in dich gekehrt? Armer lieber Sam. Wie sehen deine Pläne denn aus?«
Er lächelte, schüttelte den Kopf. Er hatte ihr oft gesagt, wie intelligent sie sei, wie geistig rege. Nicht viele Männer hatten das zu Sara Rosen gesagt – eigentlich keiner. Aber es war eine Tatsache. Ihre Intelligenz verschreckte die meisten Männer. Und schlimmer noch: Sara verstand sich auszudrücken. Deshalb mußten Männer sie für gewöhnlich ignorieren oder sie unten halten oder gering achten, was sie sagte und was ihnen nicht hundertprozentig in den Kram paßte.
Sam war anders. Er schien genau zu verstehen, was sie brauchte. *Gehört das auch zum Spiel?* fragte sie sich. *Ist es ein Teil seines Spiels?*
»Bald werden wir unter den scharfen Beschuß der Polizei und des FBI geraten«, sagte er und starrte nach vorn auf das graue Band der Straße. »Was bis jetzt geschehen ist, war gar nichts, Sara, absolut *nichts.* Jetzt wird die Jagd auf uns erst richtig losgehen. Sie wollen uns unter allen Umständen fassen. Das FBI stellt sein bestes Team zusammen – und das wird ein Gegner sein, den wir verflixt ernst nehmen müssen. Früher oder später werden sie irgend etwas bei uns finden. Es ist unausweichlich, daß sie etwas finden.«

Sara nickte zustimmend. Aber Sam hatte ihr angst gemacht. »Das weiß ich. Ich bin darauf vorbereitet. Glaube ich jedenfalls. Weißt du denn schon, wie wir mit diesem Beschuß fertig werden können?«

»Ja, ich glaube schon. Ich denke jetzt schon eine ganze Weile darüber nach. Ich glaube, jetzt habe ich eine Lösung gefunden. Ich werde es dir erzählen, und du sagst mir ehrlich, was du davon hältst.«

Siehst du? Er will deine Meinung hören. Wie immer. Er ist so anders als andere Männer.

Sam schaute zu Sara hinüber, stellte Augenkontakt her. »Eigentlich ist es ganz einfach. Wir brauchen wasserdichte Alibis. Und ich habe eine Idee, wie wir das hinkriegen. Wir müssen unseren Spielplan zwar leicht ändern, aber meiner Meinung nach ist es das wert.«

Sara bemühte sich, die Besorgnis aus ihrer Stimme zu halten. »Was für eine Änderung des Spielplans? Willst du denn nicht mehr das Ziel ansteuern, auf das wir uns geeinigt haben?«

»Ich möchte das nächste Ziel ändern, ja. Aber auch noch etwas anderes. Ich möchte, daß jemand *anders* den nächsten Mord ausführt. Auf diese Weise haben du und ich perfekte Alibis. Der Trick könnte funktionieren. Und es könnte *der* entscheidende Punkt für uns sein. Falls jemand uns beiden auf der Spur ist, wird er unsere Fährte verlieren, und zwar gründlich.«

Sie fuhren jetzt die Wisconsin Avenue nach Washington hinein. Die Stadt sieht wie ein Gemälde von J. M. Turner aus, ging es Sara durch den Kopf. Dunstiges, diffuses Licht. »Mir gefällt deine Idee. Sehr sogar. Ein guter Plan. Und wer soll unseren Job übernehmen?« fragte sie.

»Ich habe bereits Kontakt aufgenommen«, antwortete Sam. »Ich glaube, ich habe genau den Richtigen für diesen kleinen Trick. Er denkt wie wir und glaubt an die Sache. Zufällig ist er hier in Washington.«

42.

Geheimdienstagent James McLean, einer von Jay Grayers Leutnants, führte mich im Weißen Haus herum. Jedes Jahr kommen über eine Million Besucher hierher, aber keinem wurde *diese* Show geboten. Die vollständige, alles umfassende Rundtour. Statt wie üblich die Bibliothek, das Ostzimmer und die Blauen, Grünen und Roten Räume vorzuführen, wurden mir die Privatzimmer im ersten und zweiten Stock gezeigt, die üblicherweise niemand betreten durfte. Ich bat, einen Blick in die Büros des Präsidenten im Westflügel werfen zu dürfen sowie in die Räume von Vizepräsident Mahoney im Bürogebäude der Exekutive.

Als McLean und ich durch die beeindruckende Center Hall mit ihren leuchtendgelben Farben schlenderten, rechnete ich beinahe damit, daß plötzlich »Ruffles and Flourishes« oder »Hail to the Chief« ertönte.

Agent McLean erklärte mir Einzelheiten über die Sicherheitsmaßnahmen und Einrichtungen im Weißen Haus. Das Gelände wurde durch Audio- und Kontaktsensoren, elektronische Augen und Infrarotkameras überwacht. Ein SWAT-Team – ein Sondereinsatzkommando – war jetzt ständig auf dem Dach postiert. Weniger als zweieinhalb Gehminuten entfernt standen Hubschrauber bereit. Doch irgendwie beruhigten mich selbst diese strengen Sicherheitsmaßnahmen nicht.

»Was halten Sie von alldem?« fragte McLean, als er mich ins Kabinettzimmer führte. Altehrwürdige Ledersessel mit dem Titel des jeweiligen Kabinettsmitglieds auf einem Messingschild beherrschten den Raum. Ein sehr beeindruckender Ort für einen Besuch.

»Ich überlege mir gerade, daß *jeder* überprüft werden muß, der hier arbeitet«, sagte ich.

»Es wurden alle überprüft, Alex.«

»Ich weiß. Aber nicht von mir. Wir müssen uns alle noch einmal vornehmen. Unter anderem möchte ich wissen, wer sich für Lyrik oder Literatur interessiert oder ob jemand Literatur studiert hat. Gleiches gilt für Filme, Malerei, Bildhauerei ...

alles, für das man Kreativität benötigt. Ich möchte wissen, wer welche Illustrierten abonniert hat. Wer für welche wohltätigen Organisationen spendet.«

Falls McLean erstaunt war, ließ er es sich nicht anmerken. »Sonst noch was?« fragte er.

Wir schauten auf den Rosengarten hinaus. In der Ferne sah ich Bürogebäude. Vermutlich konnte man uns von dort aus sehen. Das gefiel mir nicht besonders.

»Ja, da wäre noch etwas«, beantwortete ich McLeans Frage. »Während wir diese Überprüfungen vornehmen, müssen wir jedes Mitglied des Krisenstabs unter die Lupe nehmen. Sie können gleich mit mir anfangen.«

Diesmal blickte Agent McLean mich lange an.

»Sie wollen mich verscheißern, was?«

»Keineswegs. Das hier ist eine Ermittlung in einem Mordfall. Und die wird nun mal so durchgeführt.«

Der Drachentöter war ins Weiße Haus gekommen.

43.

Der Fotoreporter hatte für die ausverkaufte Vorstellung von *Miß Saigon* im Kennedy Center einen konservativen dunkelgrauen Anzug und eine gestreifte republikanische Krawatte gewählt. Sein graublondes Haar hatte er kurz geschnitten. Der Pferdeschwanz war längst verschwunden. Er trug auch nicht mehr den Brillanten im Ohr. Es war zweifelhaft, ob ihn jemand, der ihn schon einmal gesehen hatte, wiedererkannt hätte. Genau, wie es sein sollte, sein mußte – von nun an bis zum Ende des Spiels.

»Wie in den alten Zeiten«, sang Kevin Hawkins leise, als er über den Parkplatz ging. Gegenüber, auf der anderen Seite des Flusses in Rosslyn, stand die Zentrale der *USA Today*.

»Laßt die Druckerpressen laufen«, murmelte er vor sich hin. »Vielleicht habe ich später etwas für euch. Möglicherweise eine Riesenstory – heute abend im Kennedy Center. *Quien sabe?*«

Er war sehr froh, wieder in Washington zu sein, wo er in der Vergangenheit mehrmals gewohnt hatte. Er war auch glücklich, wieder mitzuspielen. *Das Spiel der Spiele,* ging es ihm durch den Kopf. Ja, das größte Spiel der Welt. Codename: Jack und Jill. Fesselnder konnte man es nicht machen. Nein, wirklich nicht.

Ihm war klar, daß der bevorstehende Abend schwierig für ihn wurde. Er mußte zwei entscheidend wichtige Regeln beachten. Erstens mußt er so vorsichtig und mißtrauisch sein wie möglich. Zweitens – ebenso wichtig – mußte er sich mit einer Megadosis Selbstvertrauen vollpumpen, mußte sich davon überzeugen, daß er Erfolg haben würde.

Ich kann nicht versagen. Ich werde nicht versagen, sagte er sich immer wieder. Er hatte den Auftrag, jemanden zu ermorden – einen sehr bekannten Jemand, der im Blickpunkt der Öffentlichkeit stand – und sich dabei nicht erwischen zu lassen.

Im Blickpunkt der Öffentlichkeit.

Und sich nicht erwischen lassen.

Bis jetzt hatte man ihn nie auf frischer Tat ertappt.

Er fand es seltsam, aber nicht beunruhigend, daß er überhaupt kein Gewissen mehr besaß – allenfalls, was ihn selbst betraf – und daß er sich wegen der Morde nicht schuldig fühlte. Dennoch verhielt er sich auf vielen anderen Gebieten des Lebens völlig normal. Seine Schwester Eileen, zum Beispiel, nannte ihn den »letzten Gläubigen« und den »letzten Patrioten«. Und Eileens Kinder hielten ihn für den nettesten und freundlichsten Onkel Kevin, den sie sich vorstellen konnten. Seine Eltern in Hudson beteten ihn an. Er hatte sehr viele nette, ganz normale, *enge* Freunde überall auf der Welt. Und trotzdem war er jetzt hier, bereit für den nächsten kaltblütigen Mord. Er freute sich sogar darauf. *Gierte danach.*

Das Adrenalin brodelte in seinen Adern, doch es war Erregung, Vorfreude. Sein Opfer heute abend interessierte ihn nicht im geringsten. Auf der Erde gab es Milliarden Menschen, viel zu viele. Was bedeutete da schon ein Leben weniger? Nichts, egal, wie man es betrachtete, wenn man die Welt nur *logisch* betrachtete.

Zugleich aber war er beinahe übervorsichtig, als er das glitzernde Kennedy Center betrat, mit seinen Lüstern aus funkelndem Kristall und den Gobelins von Matisse. Er warf einen Blick hinauf zu den Lüstern im Großen Foyer. Mit den Hunderten verschiedener Prismen und Lampen wog jeder bestimmt eine Tonne.

Ich werde vor den Augen der Öffentlichkeit morden, unter den strahlenden Lichtern, unter all diesen Prismen und Lampen.

Und mich nicht erwischen lassen!

Was für ein unglaublicher Zaubertrick. Wie gut ich das doch kann.

In einem Schließfach an der Union Station war die Theaterkarte bereitgelegen, die man für ihn gekauft hatte. Sein Platz befand sich hinter dem Orchester, beinahe direkt unter der »Präsidentenloge«. Sehr schön. Nahezu perfekt. Absichtlich begab er sich erst an seinen Platz, als die Lichter schwächer wurden.

Er war tatsächlich überrascht, als die Pause kam. *So schnell!* Die Zeit war regelrecht verflogen. Das melodramatische Bühnenstück war wirklich nicht übel.

Er warf einen Blick auf die Armbanduhr. 21 Uhr 15. Die Pause kam ganz pünktlich. Die Beleuchtung wurde eingeschaltet. Hawkins konnte sehen, daß die Menge von dem Hit-Musical begeistert war.

Das war günstig für ihn: echte Begeisterung, Überschwang, jede Menge lockere Konversation herrschten im Saal. Langsam erhob er sich vom Polstersitz. Gleich vor ihm, ein Stück erhöht, befand sich eine Bronzebüste John F. Kennedys.

Wie passend.

Genau so. Genau richtig.

Der Jack-und-Jill-Mord würde der größte Knaller seit der Ermordung Kennedys werden, und das war vor über dreißig Jahren gewesen. Er war glücklich, an dieser Sache hier teilzunehmen. Freudig erregt, um genau zu sein. Und er fühlte sich geehrt.

In der heutigen Abendvorstellung wird die Rolle des Jack von Kevin Hawkins gespielt.

Seht genau her, Theaterfans. Dieser Akt wird unvergeßlich.

44.

Die riesige Eingangshalle des Kennedy Centers war gerammelt voll mit hochnäsigen Arschlöchern aus Washington. Theaterpublikum, o Gott. Es waren hauptsächlich ältere Leute – Abonnementbesitzer. Auf Tischen wurden billige T-Shirts und überteuerte Programmhefte verkauft. Eine Frau mit grellrotem Schirm führte in der Pause eine Gruppe Schulkinder durch die Menge.

Bei diesem Mord mußte Kevin Hawkins einen verdammt schwierigen Trick vollführen.

Er mußte ganz nahe an das Opfer herankommen, körperlich nahe, ehe er den Mord beging.

Was ihm ziemliches Kopfzerbrechen bereitete, aber er hatte keine andere Wahl. *Er mußte direkt am Opfer sein, durfte diesen Teil seines Jobs nicht verpatzen.*

Der Fotoreporter dachte darüber nach, während er sich erfolgreich unter das lärmende Theaterpublikum mischte.

Endlich entdeckte er Thomas Henry Franklin, Richter am Obersten Gerichtshof. Franklin war das jüngste Mitglied des derzeitigen Richtergremiums, ein Afroamerikaner. Er wirkte hochmütig, was zu seinem Ruf in Washington paßte. Er war kein liebenswürdiger Mann. Aber das spielte keine Rolle.

Schnappschuß! Kevin Hawkins machte in Gedanken ein Foto von Thomas Henry Franklin.

Am linken Arm des Richters hatte sich eine dreiundzwanzigjährige Frau eingehängt. *Schnappschuß. Schnappschuß.*

Auch was Charlotte Kinsey betraf, hatte Hawkins seine Hausaufgaben gemacht. Natürlich kannte er ihren Namen. Er wußte, daß sie im zweiten Jahr Jura in Georgetown studierte. Er kannte noch weitere dunkle Geheimnisse über Charlotte Kinsey und Richter Franklin. Er hatte die beiden im Bett beobachtet.

Er ließ sich noch einen Moment Zeit, Thomas Franklin und die Studentin zu betrachten, als die beiden sich im Großen Foyer unterhielten. Sie waren ebenso lebhaft vor Begeisterung

wie andere Paare. Sogar noch mehr. Was für ein Riesenvergnügen das Theater doch sein konnte!
Er machte noch ein paar Gedankenfotos. Nie würde er das Bild der beiden vergessen, die sich so *lebhaft* unterhielten. *Schnappschuß.* Und *noch einer. Schnappschuß.*
Die beiden lachten. Spontan und natürlich. Sie schienen die Gesellschaft des anderen zu genießen. Unwillkürlich runzelte Hawkins die Stirn. Er hatte in Silver Springs zwei Nichten. Der Gedanke, daß die junge Jurastudentin mit diesem angeberischen Arschloch fortgeschrittenen Alters herumzog, störte ihn gewaltig.
Dann aber mußte er über die Ironie seines harten Urteils lächeln. Ein eiskalter Killer mit Moral – *wie komisch. Wie verrückt. Wie ungemein cool.*
Er sah, wie die beiden auf die große Terrasse vor der Lobby traten. Er folgte dem Paar im Abstand von mehreren Schritten. Vor ihnen breitete sich der Potomac aus. Der Fluß war schwarz wie die Nacht. Ein Vergnügungsdampfer aus Alexandria, auf dem man zu Abend essen konnte – die *Dandy* –, glitt vorüber. Die durchsichtigen Vorhänge zwischen der Lobby und der Terrasse flatterten dramatisch in dem kühlen Wind, der vom Fluß her wehte. Kevin Hawkins schob sich vorsichtig näher an den Richter und seine schöne Begleiterin heran, machte weitere Gedankenfotos von den beiden.
Ihm fiel auf, daß Franklins weißes Hemd eine Nummer zu klein war und ihm den Hals einschnürte. Und die gelbe Seidenkrawatte war zu schreiend für den grauen Anzug. Charlotte Kinsey lächelte auf unwiderstehlich reizende Art. Sie hatte schöne runde Brüste. Ihr langes schwarzes Haar blähte sich in der Brise.
Kevin Hawkins ging tatsächlich auf Körperkontakt mit den beiden. *So nahe kam er an Charlotte und Thomas heran.* Er berührte das glänzende Haar der Jurastudentin. Er roch ihr Parfüm. Opium oder Shalimar. *Schnappschuß.*
Er war direkt dran. Hautnah.
Sein Gedankenauge schoß ein Foto nach dem anderen von dem Paar. Nie würde er etwas vergessen von dem, was er sah, kein einziges intimes Bild vom Schauplatz des Mordes.

Kevin Hawkins konnte sehen, hören, berühren, riechen, aber er konnte nichts fühlen, rein gar nichts.
Jetzt widersetzte er sich sämtlichen menschlichen Regungen, so schwach sie bei ihm auch waren. Kein Mitleid. Keine Schuld. Keine Scham. Und keine Gnade.
Die Jurastudentin trug eine Ledertasche über der linken Schulter. Die Tasche war einen Spalt offen. Das reichte. Was für eine sorglose junge Frau.
Der Fotoreporter war geschickt mit den Händen. *Immer noch* geschickt. Immer noch ruhig. Immer noch sehr schnell. Immer noch einer der Besten.
Er ließ etwas in ihre Tasche gleiten. *C'est ça.* Das war's! Treffer. Der erste in dieser Nacht.
Charlotte und Richter Franklin bemerkten weder die flüchtige Bewegung noch *ihn.* Dann war er blitzschnell wieder in der Menge verschwunden. Er war die Brise vom Fluß, die Nacht oder das Mondlicht.
In diesem Moment spürte Hawkins ein unglaubliches Hochgefühl. Nichts auf der Welt war damit zu vergleichen. Die Macht, einem anderen das Leben zu nehmen, zu *stehlen,* war mit nichts auf der Palette menschlicher Erfahrungen zu vergleichen.
Der schwierige Teil war vorüber. Das wußte er. Die Arbeit in unmittelbarer Nähe des Opfers. Jetzt folgte der schlichte Akt des Tötens.
In der Öffentlichkeit.
Und sich nicht erwischen lassen.
Plötzlich machte sein Herz einen Satz, schlug schreckliche Kapriolen. Irgend etwas ging schief. Sehr schief. Irgend etwas stimmte ganz und gar nicht. *Verdammt!*
Charlotte Kinsey griff in ihre Tasche.
Schnappschuß.
Sie hatte den Zettel gefunden, den er dort hinterlegt hatte – die Botschaft von Jack und Jill! Verdammt. Das ging schief.
Schnappschuß.
Neugierig betrachtete sie das Blatt Papier. Fragte sich, was es bedeutete. Fragte sich, wie es in ihre Handtasche gekommen war.

Sie faltete das Blatt auseinander. Hawkins spürte ein entsetzliches Hämmern in den Schläfen. Jetzt hatte die junge Frau die Aufmerksamkeit des Richters geweckt. Auch er blickte auf das Papier.
Neiiiin. O Gott, neiiin, hätte Hawkins am liebsten gebrüllt.
Er handelte jetzt rein instinkthaft. Keine Zeit mehr, lange Überlegungen anzustellen.
Schnell und sicher bewegte er sich voran.
Seine Luger baumelte unterhalb des Handgelenks. Die Waffe war wegen der Menschenmenge, in diesem Wald aus Armen und Beinen, Hosen mit Bügelfalten und weiten rauschenden Röcken, mehr oder weniger verborgen.
Er hob die Luger und gab einen einzigen Schuß ab. Schwieriger Winkel. Sehr ungünstig. Er sah, wie plötzlich das Karmesinrot erblühte. Der Körper zuckte, krümmte sich und sank auf den Marmorfußboden.
Ein Blattschuß! Ein Wunder oder *fast* eins. Gott war auf seiner Seite, nicht wahr?
Schnappschuß!
Schnappschuß!
Sein Herz machte beinahe nicht mehr mit. Er war dieses Improvisieren nicht gewöhnt.
Nach all den Jahren dachte er daran, ob man ihn erwischen würde – und ausgerechnet bei einem so unglaublich wichtigen Job. Er hatte die Vision völligen Versagens. Er fühlte … *er fühlte etwas.*
Er ließ die Luger in das Gewirr aus Beinen, Hosen, Satin- und Taftroben, Schuhen mit hohen Absätzen und glänzend poliertem Korduanleder fallen.
»War das ein Schuß?« kreischte eine Frau. »O Gott, Philip. *Jemand ist erschossen worden.*«
Hawkins wich von dem Spektakel zurück, genau wie alle anderen. Das Große Foyer schien in Flammen zu stehen.
Er war ein Teil der Menschenmenge, ein Teil der verängstigt davonstürzenden Herde. Er hatte nichts mit der schrecklichen plötzlichen Störung zu tun, mit dem Mord, dem Schuß.
Sein Gesicht war eine überzeugende Maske des Schocks und

der Fassungslosigkeit. Gott, er kannte diesen Ausdruck so gut. Er hatte ihn schon so oft gesehen.
Nach wenigen spannungsgeladenen Augenblicken war er draußen vor dem Kennedy Center. Mit ruhigen Schritten ging er zur New Hampshire Avenue. Er war einer in der Menge.
Der Song »Seems Like Old Times« schoß ihm durch den Kopf. Die Melodie ging viel zu schnell, als würde man eine Platte mit doppelter oder dreifacher Geschwindigkeit spielen. Er erinnerte sich, wie er das Lied beim Hineingehen gesummt hatte. Und wie der Fotoreporter wußte, waren die alten Zeiten ganz klar die besten.
Jetzt kehrten die alten Zeiten zurück, nicht wahr?
Jack und Jill kamen zum Capitol Hill.
Das Spiel war so wunderschön, so fein, so *erlesen.*
Und jetzt war es zum Schrecken aller geworden.

45.

Agent Jay Grayer rief mich vom Autotelefon zu Hause an. Ich war gerade vollauf damit beschäftigt, ungefähr zweihundert Berichte der uniformierten Abteilung des Geheimdienstes über den Background der Mitarbeiter im Weißen Haus durchzugehen. Der stellvertretende Direktor jagte mit hundertvierzig Kilometern die Stunde über die Umgehungsstraße zum Kennedy Center. Ich hörte die Sirene seines Autos heulen.
»Sie haben wieder zugeschlagen. Mein Gott, sie haben heute abend im Kennedy Center zugeschlagen. Direkt vor unseren Augen. Und es ist wieder eine verdammt schlimme Sache, Alex. Kommen Sie bloß her!« Seine Stimme hörte sich an, als hätte er die Beherrschung verloren.
Kommen Sie bloß her!
»Sie haben in der Pause von *Miß Saigon* zugeschlagen. Ich treffe Sie im Kennedy Center, Alex. Ich bin sieben bis zehn Minuten von dort entfernt.«

»Wer war es diesmal?« stellte ich die Hunderttausend-Dollar-Frage. Beinahe wollte ich die Antwort nicht hören. Nein, nicht beinahe. Ich wollte den Namen des Opfers *überhaupt nicht* hören.
»Das ist ein Teil des Problems. Die ganze Sache ist total verrückt. Das Opfer war diesmal anders als die anderen. Niemand, den man kennen müßte.«
»Niemand, den man kennen müßte? Was meinen Sie damit?«
»Kein Prominenter. Sie ist Jurastudentin an der Georgetown University. Charlotte Kinsey. Sie war erst dreiundzwanzig Jahre alt. Die Mörder haben wieder einen ihrer Zettel hinterlassen. Es waren Jack und Jill, das steht fest.«
»Das kapiere ich nicht. Ich kapiere es einfach nicht«, murmelte ich ins Telefon. »Verflucht noch mal.«
»Ich begreife es auch nicht. Vielleicht hat die Kleine sich die Kugel eingefangen, die für jemand anders bestimmt war. Sie war mit einem Richter vom Obersten Gerichtshof in der Vorstellung, Alex. Thomas Henry Franklin. Vielleicht war die Kugel für ihn bestimmt. Das würde ins Promimuster passen. Vielleicht haben Jack und Jill endlich einen Fehler gemacht.«
»Ich bin schon unterwegs«, sagte ich zu Jay Grayer. »Ich treffe Sie im Kennedy Center.«
Vielleicht haben sie endlich einen Fehler gemacht.
Ich glaubte es nicht.

46.

Es war niemand, den man kennen müßte, Alex. Wie zum Teufel konnte das sein?
Eine dreiundzwanzigjährige Jurastudentin aus Georgetown war tot. Verdammt, verdammt, verdammt! Das ergab keinen Sinn für mich, überhaupt keinen. Es warf alles über den Haufen. Es paßte nicht zur bisherigen Methode, zum bisherigen Muster.
Ich fuhr in Rekordtempo von unserem Haus zum Kennedy Center. Jay Grayer war nicht der einzige, der ziemlich aus dem

Häuschen war. Ich setzte das Blinklicht aufs Autodach und fuhr wie der Teufel.

Die zweite Hälfte von *Miß Saigon* war abgesagt. Der Mord war vor knapp einer Stunde geschehen. Immer noch waren Hunderte von Gaffern am Tatort.

Ich hörte mehrmals, wie einige »Jack und Jill« murmelten, während ich mir den Weg ins Große Foyer bahnte. In der Menge konnte man die Angst beinahe greifen. Viele Aspekte des Mordes im Kennedy Center machten mir zu schaffen, als ich um Viertel nach zehn den Tatort erreichte. Es gab Ähnlichkeiten mit den anderen Jack-und-Jill-Morden. Eine mehr oder weniger poetische Botschaft war zurückgelassen worden. Der Mord war eiskalt und profimäßig ausgeführt worden. *Ein einziger Schuß.*

Doch diesmal gab es auch Riesenunterschiede. Jack und Jill schienen von ihrem Schema abzuweichen.

Ein Trittbrettfahrer-Mord? Möglich. Ich glaubte es nicht. Aber man durfte und konnte nichts als unmöglich abtun. Weder ich noch sonstjemand, der an diesem Fall arbeitete.

Ich zerbrach mir über die neuen Entwicklungen den Kopf, während ich mich durch die neugierige, entsetzte, mitunter fassungslose Menschenmenge auf der Hampshire Avenue drängte. Die Jurastudentin war keine landesweit bekannte Persönlichkeit. Warum hatte man sie getötet? Jay Grayer hatte sie einen »Niemand« genannt. Sie sei nicht einmal die Tochter irgendeines Prominenten, hatte er mich wissen lassen. Sie war lediglich mit Richter Thomas Henry Franklin ins Theater gegangen. Doch das erklärte nicht, daß man auf sie als Promi Jagd gemacht hatte.

Charlotte Kinsey war ein Niemand gewesen.

Der Mord paßte einfach nicht ins Muster. Jack und Jill waren ein großes Risiko eingegangen, an einem so öffentlichen Ort zu morden. Die anderen Morde waren Privatangelegenheiten gewesen – sicherer und leichter zu kontrollieren.

Scheiße. Scheiße. Scheiße. Was hatten sie jetzt vor? Änderte sich jetzt alles? Lief die Sache aus dem Ruder? Warum hatten Jack und Jill ihr Muster geändert? Wechselten die Mörder zu einer neuen, mehr vom Zufall bestimmten Strategie?

Hatte ich irgend etwas Wichtiges übersehen? Hatte keiner von uns das *tatsächliche* Muster erkannt, nach dem Jack und Jill vorgingen? Oder hatten sie im Kennedy Center doch einen Fehler gemacht?

Ja. Vielleicht hatten sie endlich einen Fehler gemacht.

Ich hoffte es, hoffte es inständig. Es würde beweisen, daß die beiden nicht unbesiegbar waren. *Laß es ein gottverdammter Fehler gewesen sein! Bitte, laß es ihr erster Fehler gewesen sein!* Aber selbst wenn es so war: derjenige, der den Mord begangen hatte, hatte sich auf clevere Weise aus dem Staub gemacht.

Die zweihundert Meter lange Eingangshalle war geräumt worden. Nur Polizisten, die Gerichtsmediziner und die Spurensicherung waren noch da. Ich sah Agent Grayer und ging zu ihm hinüber. Jay sah aus, als hätte er wochenlang nicht geschlafen – und als würde er nie wieder schlafen können.

»Alex! Danke, daß Sie so schnell hergekommen sind«, sagte der FBI-Mann. Bis jetzt arbeitete ich gern mit ihm zusammen. Er war gescheit und für gewöhnlich ausgeglichen – und ein Mann, der keinen Unsinn duldete. Er hegte eine altmodische Hingabe für seinen Beruf und verehrte den Präsidenten, sowohl das Amt als auch den Menschen.

»Irgendwas herausgefunden, das uns weiterhilft?« fragte ich ihn. »Außer einer neuen Leiche und der Botschaft?«

Grayer verdrehte die Augen, starrte hinauf zu den funkelnden Lüstern über uns. »O ja. Das kann man wohl sagen, Alex. Wir haben über die ermordete Studentin mehr herausgefunden. Charlotte Kinsey hatte gerade mit dem zweiten Jahr ihres Jurastudiums in Georgetown angefangen. Offenbar war sie blitzgescheit, hat sich im Studium aber nicht besonders hervorgetan. Das Aufbaustudium hatte sie an der New York University absolviert.«

»Wie paßt eine Jurastudentin ins Muster? Es sei denn, der Mörder hat auf Richter Franklin geschossen und ihn verfehlt. Auf dem Weg hierher habe ich nach irgendeiner Verbindung gesucht. Aber mir ist nichts eingefallen. Abgesehen davon, daß Jack und Jill vielleicht mit uns spielen.«

Grayer nickte. »Bestimmt spielen sie mit uns. Aber Ihre Theorie bezüglich des verbotenen Sex gilt noch. Wir wissen, warum Charlotte Kinsey in Georgetown keine Glanzleistungen erzielt hat. Sie hat kostbare Zeit mit einigen ziemlich wichtigen Männern hier in der Stadt verbracht. Sie ist ein sehr hübsches Mädchen, wie Sie selbst gleich sehen werden. Glänzendes schwarzes Haar bis zur Taille. Superfigur. Fragwürdige Moral. Sie hätte eine *großartige* Anwältin abgegeben.«

Wir beide gingen zur Leiche. Das Gesicht der Studentin war von uns abgewandt.

Neben der Leiche lag die Tasche, die sie bei sich gehabt hatte. Ich konnte das Einschußloch nicht sehen. Charlotte Kinsey schien nicht einmal verletzt zu sein. Sie sah aus, als hätte sie beschlossen, auf der Terrasse des Kennedy Centers ein Nickerchen zu machen. Ihr Mund war leicht geöffnet, als wollte sie einen letzten Atemzug der Luft vom Fluß nehmen.

»Schießen Sie los«, sagte ich zu Jay Grayer. Ich wußte, daß er noch etwas über den Mord zu sagen hatte. »Wer ist sie?«

»Oh, sie ist *doch* jemand. Sie war Präsident Byrnes' Geliebte«, sagte er. »Genauer gesagt, sie hat sich *unter anderem* mit dem Präsidenten getroffen. Er ist aus dem Weißen Haus geschlichen und hat sie neulich abends besucht. Deshalb haben sie das Mädchen umgebracht. Bingo, Alex. Wieder ein Schlag ins Gesicht für uns.«

Meine Brust war wie zugeschnürt, als ich mich über die tote junge Frau beugte. Wieder überkam mich Platzangst. Sie war wirklich sehr hübsch. Dreiundzwanzig Jahre. In der Blüte ihres Lebens, wie man so sagt. Ein Schuß ins Herz hatte alles beendet. Ich las die Botschaft, die in der Handtasche der Jurastudentin zurückgelassen worden war.

Jack und Jill kamen zum Capitol Hill.
Ihre Geliebte, Sir, wußte von nichts.
War beim Schach nur ein Bauer
Wir haben sie geschlagen
Nun ist sie aus dem Spielgeschehen
So wird es bald auch Ihnen gehen
Sir

Die Gedichte schienen besser zu werden. Auf jeden Fall dreister. Ebenso wie Jack und Jill. Gott, hilf uns allen, besonders Präsident Byrnes.
So wird es bald auch Ihnen gehen, Sir.

47.

Am Morgen nach dem Mord fuhr ich die acht Meilen nach Langley, Virginia. Ich wollte ein bißchen Zeit mit Jeanne Sterling verbringen, der Generalinspekteurin der CIA und deren Repräsentantin beim Krisenstab. Don Hamerman hatte mir klargemacht, daß die CIA hinzugezogen worden war, weil die *Möglichkeit* bestand, hinter Jack und Jill könnte eine ausländische Macht stehen. Selbst wenn es nur eine weit hergeholte Möglichkeit war, mußte sie überprüft werden. Ich vermutete jedoch, daß hinter der Beteiligung der CIA mehr steckte. Jetzt hatte ich Gelegenheit, das herauszufinden.
Möglicherweise hatte die CIA einen Hinweis, bei dem sich ein Nachhaken lohnte. Innenpolitische Skandale hatten vor einiger Zeit dazu geführt, daß die CIA Informationen mit uns, der Polizei, und dem FBI teilen mußte. Das war jetzt Gesetz.
Von unserer ersten Begegnung im Weißen Haus erinnerte ich mich sehr gut an die Generalinspekteurin. Jeanne Sterling hatte damals meist zugehört, aber wenn sie sprach, war sie äußerst wortgewandt und blitzgescheit gewesen. Don Hamerman hatte mir gesagt, daß Jeanne jahrelang als Juraprofessorin an der University of Virginia gelehrt hatte, ehe sie zur CIA kam. Jetzt bestand ihre Aufgabe darin, zu helfen, die Agentur von innen heraus zu säubern. Für mich hörte sich das nach einer unlösbaren, auf jeden Fall beängstigenden Aufgabe an. Laut Hamerman war Jeanne Sterling dem Krisenstab aus einem ganz besonderen Grund zugeteilt worden: sie hatte den schärfsten Verstand in der CIA.
Ihr Büro befand sich im sechsten Stock des modernen grauen

Gebäudes, das die Nabe des CIA-Hauptquartiers bildete. Ich betrachtete die Inneneinrichtung: viele sehr schmale Korridore, überall fluoreszierendes grünliches Licht, Zifferncodeschlösser an den meisten Bürotüren. Hier war sie, in vollem Glanz und Gloria: die CIA, der Racheengel der Auslandspolitik der Vereinigten Staaten von Amerika.

Jeanne Sterling erwartete mich auf dem mit grauem Teppichboden ausgelegten Gang vor ihrem Büro. »Danke, Dr. Cross, daß Sie gekommen sind. Nächstes Mal treffen wir uns in Washington, das verspreche ich. Aber ich hielt es für das beste, wenn wir erst einmal hier zusammentreffen. Ich glaube, Sie werden verstehen, warum, wenn wir heute fertig sind.«

»Ach, die Fahrt hierher habe ich eigentlich genossen. Ich brauchte mal ein bißchen Abstand von den Dingen«, gestand ich ihr. »Eine halbe Stunde ganz allein. Dazu eine Kassette von Cassandra Wilson. ›Blue Light 'til Dawn.‹ Nicht übel.«

»Ich glaube, ich weiß genau, was Sie meinen. Aber vertrauen Sie mir. Ihr Ausflug ist nicht vergeblich. Ich habe etwas Interessantes, über das ich mit Ihnen sprechen möchte. Die CIA wurde nicht ohne Grund hinzugezogen, Dr. Cross. Das werden Sie sehr bald einsehen.«

Jeanne Sterling war tatsächlich weit entfernt von den stereotypen CIA-Eierköpfen der fünfziger und sechziger Jahre. Sie sprach mit dem bäuerlichen, schleppenden Akzent der mittleren Südstaaten, saß aber im Leitungsgremium für die Operationen der CIA. Man hielt sie für unentbehrlich, um der Gefahr vorzubeugen, daß bei der CIA alles zum Erliegen kam. Im Grunde brauchte man sie für das *Überleben* der CIA.

Wir betraten ihr großes Büro. Zwei Seiten des Raumes gewährten einen Blick über Waldland und einen gepflegten Garten. Wir setzten uns an einen niedrigen Glastisch, auf dem offizielle Schriftstücke und Bücher lagen. An den Wänden hingen Fotos von Jeannes Familie. Niedliche Kinder, wie ich unschwer feststellte. Nett aussehender Ehemann, groß und hager. Auch Jeanne war groß, blond, aber mit ein paar Pfunden zuviel. Sie lächelte freundlich, mit leichtem Überbiß. Ein wenig ähnelte sie einer Farmerstochter.

»Es *ist* etwas Wichtiges aufgetaucht«, sagte sie. »Doch ehe ich darauf eingehe, möchte ich etwas anderes zur Sprache bringen. Ich habe gehört, daß im Kennedy Center nicht dieselbe Waffe wie bei den Morden zuvor benutzt wurde. Das wirft die eine oder andere Frage auf. Jedenfalls für mich. Kann der Mord im Kennedy Center von einem Trittbrettfahrer verübt worden sein?«
»Das glaube ich nicht«, antwortete ich. »Es sei denn, der Trittbrettfahrer hat dieselbe Handschrift wie Jack und Jill. Nein, auch die letzte Botschaft stammt eindeutig von den beiden. Außerdem halte ich auch diesen Mord für einen gezielten Anschlag auf einen Prominenten.«
»Noch eine Frage«, sagte Jeanne Sterling. »Allerdings ist sie völlig abwegig, Alex. Aber haben Sie bitte Geduld mit mir. Unsere Analytiker haben vergeblich nach einer brauchbaren psychologischen Studie gesucht, die sich mit berufsmäßigen Attentätern beschäftigt. Ich spreche von Untersuchungen über die Profikiller, die von der Armee, der Drogenfahndungsbehörde und der CIA eingesetzt wurden. Ist Ihnen da etwas bekannt?«
Ich hatte das Gefühl, daß wir uns langsam auf das Thema zubewegten, über das Jeanne Sterling *wirklich* sprechen wollte. Vielleicht war das auch ein Grund dafür, daß sie die Leitung der »inneren Angelegenheiten« der CIA beim Krisenstab hatte. Kontraktkiller der Armee und der CIA. Ich wußte, daß es solche Leute gab und daß etliche in und um Washington lebten. Ich wußte ferner, daß diese Leute irgendwo registriert waren, wenn auch nicht bei der Washingtoner Polizei. Vielleicht nannte man sie aus diesem Grund »Geister«.
»Über Mord steht in den psychologischen Fachzeitschriften sowieso nicht viel«, erklärte ich Jeanne Sterling. »Vor mehreren Jahren hat ein mir bekannter Professor in Georgetown eine interessante Forschungsarbeit veröffentlicht. In diversen Fachzeitschriften fand er einige tausend Erwähnungen von Selbstmord, aber weniger als fünfzigmal war von Mord die Rede. Ich habe mehrere Seminararbeiten von Studenten der John Jay und der Quantico gelesen. Über Attentäter gibt es nicht viel. Jedenfalls nicht meiner Kenntnis nach. Es dürfte wohl nicht einfach sein, Gesprächspartner zu bekommen.«

»Ich könnte Ihnen jemand für ein Interview besorgen«, sagte Jeanne Sterling. »Ich glaube, das könnte im Jack-und-Jill-Fall wichtig sein.«

»Worauf wollen Sie hinaus?« Plötzlich hatte ich eine Unmenge Fragen an Jeanne. In meinem Kopf schrillten altbekannte Alarmglocken.

Über Jeannes Gesicht huschte ein leicht gequälter Ausdruck. Sie holte tief Luft, ehe sie antwortete.

»Wir haben unsere Agenten für derartige Aufträge eingehenden psychologischen Tests unterzogen, Alex. Die Armee ebenfalls, wie man mir versichert hat. Ich habe sogar einige Testberichte gelesen.«

Mein Magen verkrampfte sich immer mehr. Ebenso meine Schultern und mein Nacken. Aber ich war wirklich froh, mir die Zeit für den Besuch in Langley genommen zu haben.

»Seit ich in diesem Job bin, ungefähr elf Monate, mußte ich in Langley und anderswo eine Reihe dunkler und unheimlicher Wandschränke öffnen. Allein über die Aldrich-Ames-Affäre habe ich mehr als dreihundert eingehende Befragungen vorgenommen. Sie können sich vorstellen, welche Vertuschungen wir im Lauf der Jahre hatten. Nein, wahrscheinlich können Sie das nicht. Ich hätte es auch nicht gekonnt – und ich arbeite hier.«

Mir war immer noch nicht klar, worauf Jeanne Sterling abzielte. Aber sie hatte meine ungeteilte Aufmerksamkeit.

»Wir glauben, daß einer unserer ehemaligen Kontraktkiller ... nun ja, außer Kontrolle geraten ist. Wir sind sogar ziemlich sicher, Alex. Deshalb ist die CIA beim Krisenstab dabei. Wir glauben, einer von *unseren* Männern könnte Jack sein.«

48.

Jeanne Sterling und ich machten eine Spazierfahrt durch die Umgebung. Die CIA-Generalinspekteurin hatte einen neuen Caravan, einen dunkelblauen Volvo, den sie wie einen Rennwagen fuhr. Aus dem Radio ertönte leise klassische Musik: Brahms. Unser Ziel war Chevy Chase, eine von Washingtons kleineren reichen Schlafsiedlungen. Ich sollte einen »Geist« treffen. Einen Profikiller. Einen von unseren Leuten.

O Bruder, Scheiße!

»Handlung und Gegenhandlung, Täuschung und Verrat, echter Agent, Doppelagent, falscher Agent ... hat Churchill Ihr Geschäft nicht so ähnlich beschrieben?«

Jeanne Sterling lächelte übers ganze Gesicht. Ihre großen Zähne standen plötzlich weit vor. Sie war ein sehr ernster Mensch, aber sie hatte auch Sinn für Humor, die Generalinspekteurin. »Die CIA versucht sich von der Vergangenheit zu lösen, sowohl in der Vorstellung als auch in der Realität. Entweder sie tut das, oder jemand zieht ihr den Stecker raus. Deshalb habe ich das FBI und die Washingtoner Polizei hinzugebeten. Ich will nicht die übliche interne Untersuchung vornehmen und mir hinterher Vorwürfe anhören müssen, alles zu vertuschen«, erklärte sie mir. Wir fuhren jetzt unter hohen alten Bäumen dahin, die an Richmond und Charlottesville erinnerten. »Die CIA ist kein ›Kult‹ mehr, wie mehrere Selbstbedienungs-Kongreßabgeordnete uns genannt haben. Wir ändern alles. Schnell. Vielleicht zu schnell.«

»Sie mißbilligen das?« fragte ich.

»Keineswegs. Es muß so sein. Ich mag nur nicht das ganze Theater drumherum. Und am wenigsten schätze ich die Berichterstattung der Medien. Was für eine unglaublich große Herde ausgemachter Blödmänner.«

Wir hatten den Beltway gekreuzt und fuhren jetzt nach Chevy Chase hinein. Wir waren unterwegs zu einem Mann namens Andrew Klauk, ein ehemaliger Kontraktkiller der CIA, einer von der sogenannten Killerelite, ein »Geist«.

Jeanne Sterling fuhr, wie sie sprach: mühelos und sehr schnell. Sie schien alles auf diese Weise zu tun. Eine sehr kluge und beeindruckende Frau. Wahrscheinlich mußte sie das auch sein. Die »inneren Angelegenheiten« bei der CIA waren ein extrem schwieriges Aufgabengebiet.

»Also, Alex, was haben Sie über uns gehört? Und über mich?«

fragte sie schließlich. »Was besagen die Gerüchte? Was erzählt man sich so?«

»Don Hamerman sagt, daß Sie in Ordnung seien, ein ehrlicher Kerl. Genau, was der Laden im Moment braucht. Hamerman meint, der Aldrich-Ames-Skandal hat der CIA noch mehr geschadet, als wir wissen. Er hält Moynihans ›Gesetzentwurf zum Ende des Kalten Krieges‹ für eine amerikanische Tragödie. Und Ihre eigenen Leute, sagt er, nennen Sie in Langley die ›saubere Jeanne‹. Er ist ein großer Fan von Ihnen.«

Jeanne Sterling lächelte, doch ihr Lächeln war beherrscht. Sie war eine Frau, die sich verdammt gut unter Kontrolle hatte. Intellektuell, emotionell und sogar körperlich. Sie war solide und *robust.* Ihre faszinierenden bernsteinfarbenen Augen schienen ständig tiefer in ihr Gegenüber eindringen zu wollen. Jeanne Sterling gab sich nicht mit oberflächlichem Augenschein oder simplen Antworten zufrieden: das Merkmal eines guten Kriminalbeamten.

»Eigentlich bin ich gar kein so guter Mensch.« Sie machte ein Pokergesicht. »Während meiner ersten zwei Jahre war ich eine ziemlich gute Fallbearbeiterin. ›Fallbearbeiter‹ ist unser Spitzname für ›Spion‹, Alex. Ich war Spionin in Europa. Harmloser Job. Hauptsächlich ging es um das Sammeln von Informationen.

Danach Militärakademie. Fort McBain. Mein Vater ist Berufssoldat. Er wohnt mit meiner Mutter in Arlington. Beide haben für Oliver North gestimmt. Ich bin eine glühende Verehrerin unserer Regierungsform. Außerdem bin ich versessen darauf, dafür zu sorgen, daß sie noch besser funktioniert. Ich glaube, wir können es schaffen. Ich bin überzeugt davon.«

»Hört sich ziemlich gut an«, meinte ich. Stimmte ja auch. Bis auf die Sache mit Oliver North.

Wir hielten vor einem Haus unweit der Connecticut Avenue und des Circle. Neokolonialstil, drei Stockwerke, sehr schön und anheimelnd. Moos kroch über das geschwungene Dach und auf der Nordseite wieder herunter.

»Hier wohnen Sie?« Ich lächelte Jeanne an. »Also sind Sie doch nicht die saubere Jeanne, die Musterschülerin?«

»Stimmt. Alles eine geschickte Fassade, Alex. Wie Disneyland oder Williamsburg oder das Weiße Haus. Um es Ihnen noch nachdrücklicher zu beweisen, wartet drinnen ein ausgebildeter Killer auf Sie«, erklärte Jeanne Sterling und zwinkerte mir zu.

»In Ihrem Auto sitzt auch einer.« Ich zwinkerte zurück.

49.

Der Nachmittag im späten Dezember war ungewöhnlich hell und sonnig. Es war um die fünfzehn Grad warm. Andrew Klauk und ich saßen deshalb im Freien, hinten im Garten von Jeanne Sterlings schönem Haus in Chevy Chase.

Ein schlichter schmiedeeiserner Zaun umschloß das Grundstück. Das Tor war dunkelgrün, erst kürzlich gestrichen, und stand einen Spalt offen. Eine Sicherheitslücke.

CIA-Stoßtrupp. Killerelite. Geister. Es gab sie tatsächlich. Wenn man Jeanne Sterling glauben durfte, waren es mehr als zweihundert. Alles Freiberufler. Eine beängstigende Vorstellung im Amerika des zwanzigsten Jahrhunderts. Oder sonstwo.

Und dennoch saß ich jetzt hier mit einem »Geist«.

Es war nach drei Uhr, als Andrew Klauk und ich unser Gespräch aufnahmen. Ein leuchtendgelber Schulbus hielt am Zaun; Kinder strömten heraus und auf die ruhige Vorstadtstraße. Ein kleiner Junge mit Wuschelkopf, zehn oder elf Jahre alt, lief über die Einfahrt ins Haus. Ich glaubte den Jungen von den Fotos in Jeanne Sterlings Büro wiederzuerkennen. Sie hatte einen Jungen und ein kleines Mädchen. Genau wie ich. Sie nahm ihre Fälle mit nach Hause. Genau wie ich. Beängstigend.

Andrew Klauk glich einem Wal, sah aber aus, als könne er sich sehr, sehr schnell bewegen. Ein Wal, der vom Tanzen träumt. Er war schätzungsweise fünfundvierzig Jahre alt. Ruhig und extrem selbstsicher. Durchdringende braune Augen packten einen und ließen nicht wieder los, drangen tief ins Innere. Er trug einen weiten grauen Anzug mit weißem, zerknittertem, leicht schmuddeligem Hemd mit offenem Kragen. Braune italienische Lederschuhe. *Eine andere Sorte Mörder, aber dennoch ein Mörder,* dachte ich.

Auf der Fahrt hierher hatte Jeanne Sterling mir eine sehr provokative Frage gestellt: Was ist der Unterschied zwischen den Serienmördern, die ich in der Vergangenheit gejagt hatte, und den Kontraktkillern der CIA, der Drogenfahndung und der Armee? Glaubte ich, daß einer dieser sanktionierten Killer tatsächlich der *Jack* von Jack und Jill sein könnte?

Sie hielt es für so wahrscheinlich, daß sie die Möglichkeit überprüfen lassen wollte, und nicht nur von ihren eigenen Leuten.

Ich studierte Klauk, während wir uns beiläufig, manchmal sogar fröhlich unterhielten. Es war nicht das erste Mal, daß ich mich mit einem Menschen unterhielt, der seinen Lebensunterhalt durch Töten verdiente, sozusagen mit einem Massenmörder. Dieser Mörder jedoch durfte abends nach Hause gehen, zu seiner Familie in Falls Church, und führte ein – wie er es nannte – »normales, relativ schuldfreies Leben«.

Wie Andrew Klauk es einmal formulierte: »Dr. Cross, ich habe in meinem ganzen Leben kein Verbrechen begangen. Ich habe nicht mal einen Strafzettel wegen Geschwindigkeitsübertretung bekommen.« Dann lachte er – etwas unangebracht, wie ich fand. Und ein bißchen zu laut.

»Was ist denn so lustig?« fragte ich ihn. »Hab' ich irgendwas nicht kapiert?«

»Wieviel wiegen Sie – so um die zwei Zentner? Und Sie sind einsneunzig groß? Das stimmt doch, oder?«

»Kommt ungefähr hin«, sagte ich. »Einsachtundachtzig. Knapp zwei Zentner. Aber wen interessiert das?«

»Mich, Detective. Ich bin viel zu dick und sehe aus, als wäre ich außer Form, aber ich könnte Sie jetzt und hier auf der Terrasse mit bloßen Händen töten«, ließ er mich wissen. Seine Bemerkung störte mich ungemein, vor allem, da er sie so provozierend vorgebracht hatte.

Vielleicht konnte er mich mit bloßen Händen töten, vielleicht auch nicht. Auf alle Fälle mußte er es mir sagen. So also arbeitete sein Verstand. Gut zu wissen. Aber es war ihm gelungen, mich ein bißchen zu verunsichern, so daß ich besonders vorsichtig wurde.

»Vielleicht überrascht es Sie«, sagte ich. »Aber ich bin nicht sicher, ob ich die Pointe begriffen habe.«

Wieder lachte er, wobei er kurz durch die Nase schnaubte. Mit ihm Limonade zu trinken war beängstigend. »Ich könnte und *würde* es tun, wenn mein Land es von mir verlangte. Das ist die Pointe. Das hätten Sie wohl nicht für möglich gehalten, was? Nicht bei der CIA und besonders nicht bei Männern und Frauen in meiner Position«, erklärte er.

»Helfen Sie mir, die Pointe zu verstehen«, sagte ich. »Ich meine damit nicht, daß Sie versuchen sollen, mich hier im Garten der Sterlings umzubringen. Aber sprechen Sie weiter.«

Sein schmales Lächeln wurde zu einem breiten Grinsen. »Ich würde es nicht bloß *versuchen*. Das können Sie mir glauben.«

Er war wirklich ein Bursche, vor dem man Angst haben mußte. Ein bißchen erinnerte er mich an den psychopathischen Mörder Gary Soneji. Mit Soneji hatte ich genauso geredet. Weder Klauk noch Soneji hatte ein Gesicht, auf dem viel zu lesen war. Nur dieses kalte Starren, das nicht verschwand. Dann plötzlich Lachausbrüche.

Ich hatte eine Gänsehaut. Am liebsten wäre ich aufgestanden und gegangen.

Klauk starrte mich einen langen Moment an, ehe er fortfuhr. Ich hörte Jeanne Sterlings Kinder im Haus. Die Kühlschranktür ging auf und zu. Eisstücke klingelten in einem Glas. Vögel schwirrten und zwitscherten in den Bäumen im Hintergrund. Es war eine seltsame, eigenartige Szene. Mir kam sie unglaublich gespenstisch vor.

»Bei verdeckten Operationen muß eine entscheidende Voraussetzung gegeben sein: Bei subversiven Aktivitäten, bei Sabotageakten mußt du besser sein als der andere. *Wir können tun, was wir wollen – alles*«, erklärte Klauk ganz, ganz langsam, Wort für Wort. »Und wir sind oft im Einsatz. Sie sind Psychologe und Detective bei der Mordkommission, nicht wahr? Wie ist Ihre objektive Einschätzung? Was erzähle ich Ihnen gerade?«

»Daß es keine Regeln gibt«, antwortete ich. »Das wollen Sie mir doch sagen, nicht wahr? Sie leben und arbeiten in einer abgeschlossenen Welt, die buchstäblich nicht regiert wird. Man könnte sagen, daß Ihre Welt völlig unsozial ist.«

Wieder lachte er schnaubend. Ich nehme an, ich war ein gelehriger Schüler. »Das stimmt nicht ganz. Es gibt keine einzige beschissene Regel! Sobald wir den Auftrag für einen Job erhalten haben – *gibt es keinerlei Regeln mehr.* Keine einzige. Denken Sie mal darüber nach.«

Darüber würde ich allerdings nachdenken. Ich fing gleich damit an. Ich glaubte Klauk, daß er versuchen würde, mich umzubringen – falls unser Land ihn darum bat. *Keine Regeln. Eine Welt, von Geistern bewohnt.* Doch noch mehr Angst machte mir die Gewißheit, daß ich jedes Wort glaubte, das er sagte.

Nachdem ich mit Klauk fertig war – zumindest für diesen Nachmittag –, unterhielt ich mich noch eine Zeitlang mit Jeanne Sterling. Wir saßen in einem idyllischen Wintergarten mit vielen Fenstern, von dem aus man in den gepflegten Garten hinter dem Haus blickte. Mord blieb das Thema unserer Unterhaltung. Ich konnte mich noch nicht aus dem Gespräch mit dem Attentäter – dem Geist – lösen.

»Was halten Sie von Mr. Klauk?« fragte Jeanne.

»Ich bin verstört. Irritiert. Er hat mir verdammte Angst eingeflößt«, gestand ich. »Er ist wirklich unangenehm. Unfreundlich. Und obendrein ein Blödmann.«

»Ein unglaubliches *Arschloch*«, pflichtete sie mir bei. Dann schwieg sie für ein paar Sekunden. »Alex, jemand *innerhalb der CIA* hat mindestens drei unserer Agenten getötet. Das ist eine der Leichen in unserem Keller, die ich bis jetzt als Inspekteurin ausgegraben habe. Es sind ›ungelöste Verbrechen‹. Aber der Killer ist nicht Klauk. Andrew haben wir unter Kontrolle. Er *ist nicht* gefährlich. *Der Mörder ist jemand anders.* Um Ihnen die volle Wahrheit zu sagen – das Leitungsgremium für Operationen der CIA hat verlangt, daß wir jemanden von außen hinzuziehen. Wir halten es für sicher, daß einer unserer Profikiller Jack sein könnte. Wer weiß, vielleicht ist Jill auch eine von uns.«

Für einen Moment schwieg ich, hörte nur zu, was Jeanne Sterling zu sagen hatte. *Jack und Jill kamen zum Capitol Hill.* Konnte Jack ein ausgebildeter Attentäter sein? Und was war mit Jill? Und warum töteten sie Prominente in Washington? Warum hatten sie Präsident Byrnes gedroht?

In meinem Kopf schwirrte es; alles drehte sich in großen Kreisen. Ich dachte an sämtliche Möglichkeiten, die Verbindungen und Nichtverbindungen. Zwei abtrünnige Killer liefen frei herum. Möglicherweise Auftragskiller der CIA. Sicher, das würde mir einiges über Jack und Jill erklären, besonders das Fehlen von innerer Beteiligung oder Wut bei den Morden. Aber warum brachten sie Politiker und Prominente um? Hatten sie einen entsprechenden Auftrag erhalten? Wenn ja, von wem? Zu welchem Zweck? Was war ihr Anliegen, ihre *Sache*?

»Lassen Sie mich Ihnen eine brennende Frage stellen, Jeanne. Mich quält noch etwas anderes, seit wir hergekommen sind.«

»Nur zu, Alex. Ich werde mich bemühen, alle Ihre Fragen zu beantworten. Natürlich nur, wenn ich kann.«

»Warum haben Sie Klauk für dieses Gespräch hierhergebracht? Warum haben Sie diesen Mann in Ihr Haus geholt?«

»Es ist ein sicherer Ort für dieses Treffen«, erwiderte sie ohne Zögern und mit unglaublicher Festigkeit und Sicherheit in der Stimme. Es lief mir eiskalt über den Rücken. Dann seufzte Jeanne Sterling laut. Sie wußte, was ich wissen wollte und was ich fühlte, während ich in ihrem Haus saß.

»Alex, er *weiß*, wo ich wohne. Andrew Klauk könnte herkommen, wenn er wollte. Das kann jeder von den ›Geistern‹.«

Ich nickte und ließ es auf sich beruhen. Ich kannte das Gefühl genau. Ich habe damit gelebt. Es war meine einzige und größte Angst als Kriminalbeamter. Mein schlimmster Alptraum.

Sie wissen, wo wir wohnen.

Sie können in unsere Häuser kommen, wenn sie wollen ... jederzeit.

Keiner war mehr sicher.

Es gibt keine Regeln.

Es gibt »Geister« und menschliche Ungeheuer, und sie sind in unserem Leben sehr real. Besonders in meinem Leben.

Es gab Jack und Jill.

Und es gab den Sojourner-Truth-Killer.

50.

Kurz nach sieben am nächsten Morgen saß ich Adele Finaly gegenüber und lud mir von der Seele, soviel ich nur konnte. Ich lud alles ab – *punktum.* Dr. Adele Finaly war seit einem halben Dutzend Jahren meine Analytikerin. Ich besuche sie unregelmäßig. Nach Bedarf. Wie jetzt. Außerdem ist sie eine gute Freundin.

In meinem Innern brodelte es. Aber hier war der richtige Ort, ein bißchen Dampf abzulassen. »Vielleicht möchte ich den Polizeidienst quittieren. Vielleicht will ich nicht mehr bei diesen widerwärtigen Mordermittlungen mitmachen. Vielleicht will ich ganz aus Washington raus – oder wenigstens aus dem Southeast. Vielleicht will ich Kate McTiernan in West Virginia besuchen. Oder zum schlimmstmöglichen Zeitpunkt einen Forschungsurlaub nehmen.«

»Wollen Sie tatsächlich einen dieser Pläne verwirklichen?« fragte Adele, als ich fertig war oder mich zumindest für den Augenblick beruhigt hatte. »Oder lassen Sie nur Dampf ab?«

»Ich weiß es nicht, Adele. Wahrscheinlich lasse ich Dampf ab. Aber da gibt es auch noch diese Frau, für die ich mich interessieren könnte. Aber sie ist *verheiratet*«, sagte ich und lächelte. »Ich würde nie etwas mit einer verheirateten Frau anfangen. Sie ist also völlig sicher vor mir. Sicherer könnte sie gar nicht sein. Ich glaube, ich entwickle mich zurück.«

»Möchten Sie darüber eine Meinung hören, Alex? Na schön. Ich kann Ihnen eine liefern. Aber Sie haben *sehr viel* auf der Pfanne, das steht mal fest.«

»Ich stecke mitten in der Ermittlung in einem sehr schlimmen Mordfall. Eigentlich sogar in zwei Ermittlungen. Ich hatte gerade einen ziemlich schlimmen Fall abgeschlossen. Aber ich glaube, damit kann ich allein fertig werden. Wissen Sie, es ist seltsam. Ich vermute, ich will immer noch meinen Vater und meine Mutter zufriedenstellen – und das ist *nicht möglich.* Ich komme einfach nicht über das Gefühl hinweg, verlassen worden zu sein. Ich kann es geistig nicht verarbeiten. Manchmal habe ich das Gefühl, als wären meine Eltern an einer schrecklichen Traurigkeit gestorben und daß meine Brüder und ich Teil ihres Leidens waren. Ich fürchte, ich habe diese Krankheit ebenfalls. Mein Vater und meine Mutter waren so klug wie ich, wissen Sie, und haben deshalb besonders gelitten.« Mein Vater und meine Mutter waren sehr jung in North Carolina gestorben. Dad hatte sich mit Schnaps umgebracht. Darüber bin ich nie so richtig hinweggekommen. Meine Mutter war ein Jahr vor meinem Vater an Lungenkrebs gestorben. Nana Mama hatte mich zu sich genommen, als ich neun Jahre alt gewesen war.

»Sie glauben, die Traurigkeit ist vererbbar, Alex? Ich weiß nicht, was ich von dieser Theorie halten soll. Haben Sie zufällig den Artikel im *New Yorker* über Zwillinge gelesen? Es gibt einige Beweise für die Richtigkeit der Gentheorie. Ziemlich beängstigend für unseren Berufsstand.«

»Die Detektivarbeit?« fragte ich sie.

Adele verlor kein Wort über meinen kleinen Scherz.

»Tut mir leid«, sagte ich. »Entschuldigung. Entschuldigung.«

»Es braucht Ihnen nicht leid zu tun. Sie wissen, wie glücklich es mich macht, wenn Sie Ihre Wut rauslassen.«

Sie lachte. Wir lachten beide. Ich spreche gern mit Adele, weil wir in den Sitzungen so prima herumalbern können: von Lachen bis zu Tränen, von ernst bis absurd, von der Wahrheit bis hin zu Lügen. Wir können fast über alles und jedes reden, was mich quält. Adele Finlay ist drei Jahre jünger als ich, aber für ihr Alter sehr klug und erfahren, vielleicht auch für mein Alter. Ein Besuch bei ihr – zwecks Seelenmassage – hilft mir mehr, als in meinem Wintergarten Blues auf dem Klavier zu spielen.

Ich redete noch ein Weilchen, einfach frisch von der Leber weg. Ich ließ meine Gedanken schweifen und fühlte mich anschließend besser. Es ist wunderbar, jemanden zu haben, dem man einfach *alles* erzählen kann. Adele ist für mich gar nicht mehr wegzudenken.

»Ich möchte Ihnen eine Verbindung erläutern, die ich kürzlich hergestellt habe«, erklärte ich Adele. »Maria, meine Frau, wurde ermordet. Ich trauere und trauere, aber ich komme nicht mal annähernd über den Verlust hinweg. So, wie ich niemals über den Verlust meines Vaters und meiner Mutter hinweggekommen bin.«

Adele nickte. »Es ist unglaublich schwierig, einen Seelenpartner zu finden.« Sie weiß es. Sie selbst hat nie einen solchen Partner gefunden, und das ist traurig.

»Und es ist schwer, einen zu verlieren – einen Seelenpartner, meine ich. Deshalb bin ich jetzt natürlich vor Angst mit den Nerven runten. Ich will nicht schon wieder jemanden verlieren, den ich sehr gern habe. Ich schrecke vor Beziehungen zurück – *weil sie womöglich mit einem Verlust enden.* Und ich quittiere den Polizeidienst deshalb nicht, *weil das auch eine Art Verlust wäre.*«

»Aber Sie denken zur Zeit viel über diese Dinge nach.«

»Ständig, Adele. Irgendwas wird passieren.«

»Irgendwas ist schon passiert. Wir haben die Zeit weit überzogen«, sagte Adele abschließend.

»Gut«, meinte ich und lachte wieder. Manche Menschen schauen sich im Fernsehen Comedy Central an, um herzhaft zu lachen. Ich gehe zu meiner Seelenklempnerin.

»Eine *Menge* Feindseligkeit. Wie schön für Sie. Ich glaube nicht, daß Sie sich zurückentwickeln, Alex. Ich glaube, Sie bewältigen alles prima.«

»Herrgott, ich unterhalte mich so gern mit Ihnen«, sagte ich. »Lassen Sie uns das in ungefähr einem Monat wiederholen, ja? Bis dahin bin ich seelisch wieder so richtig verkorkst.«

»Ich kann es kaum erwarten«, sagte Adele und rieb sich geldgierig die kleinen schlanken Hände. »In der Zwischenzeit, wie schon Bart Simpson oft und gern gesagt hat … ›Tun Sie sich keinen Zwang an, Mann!‹«

51.

Detective John Sampson konnte sich nicht erinnern, so viele brutal harte, beschissene Tage an einem Stück gearbeitet zu haben. Er konnte sich auch nicht erinnern, daß die Dinge schon mal so gottverdammt schlecht standen. Er war mit wirklich schlimmen Mordfällen überlastet *und* hatte den Fall des Sojourner-Truth-Schulmörders am Hals, bei dem er keinen Schritt weiterkam.

Am Morgen nach dem Mord im Kennedy Center ging Sampson auf der »besseren« Seite des Garfield Parks Streife, am »Westufer«. Er hielt die Augen offen nach Alex' *verdächtigem Obdachlosen,* den man an dem Nachmittag gesehen hatte, als Shanelle Green getötet worden war, seitdem aber nicht mehr, so daß auch diese Spur langsam kalt wurde. Alex hatte eine schlichte Formel, was komplizierte Fälle wie diesen betraf: Erstens mußt du die Frage beantworten, die alle sich stellen: *Was für ein Mensch tut so etwas? Was für ein Irrer?*

Sampson hatte beschlossen, bei seinem Rundgang die Theodore Roosevelt Academy aufzusuchen. Die exklusive Militärakademie benutzte den Garfield Park für Sportübungen und paramilitärische Manöver. Es bestand die geringe Chance, daß ein scharfäugiger Kadett etwas gesehen hatte.

Ein weißhaariger obdachloser Scheißkerl, dachte Sampson, als er die grauen Steinstufen zur Militärakademie hinaufstieg. *Ein schlampiger Mörder, der aus purer Lust tötete und an beiden Tatorten Fingerabdrücke und andere Hinweise hinterließ. Und trotzdem konnte keiner diesen Scheißkerl festnageln. Jeder Hinweis endete in einer Sackgasse.*

Warum? Irgendwas haben wir nicht kapiert. Aber was? Was für einen Mist haben wir alle gebaut? Nicht nur er, Sampson. Alex und der Rest der Truppe ebenfalls.

Sampson machte sich auf die Suche nach dem Kommandanten der Akademie. Der Mann, der das Sagen hatte. Der Detective hatte vier Jahre in der Armee gedient, zwei davon in Vietnam. Die altehrwürdige Akademie rief die Erinnerungen an

Reserveoffiziere aus dem Krieg in ihm wach. Die meisten waren Weiße gewesen. Mehrere waren unnötig gestorben – seiner Meinung nach. Ein paar waren seine Freunde gewesen.

Die Theodore Roosevelt Academy bestand aus vier äußerst gepflegten roten Backsteingebäuden mit steilen Schieferdächern. Aus zwei Dächern ragten Schornsteine auf, aus denen weiche Rauchwölkchen emporstiegen. Alles an diesem Ort schrie Sampson »Disziplin« und »Ordnung« und »tote weiße Leutnants« entgegen.

Man stelle sich diese Akademie vor, aber im Southeast, in der Nähe der Siedlungen, dachte er, während er seine einsame Wanderung durch die Theodore Roosevelt fortsetzte. Bei diesem Bild mußte er lächeln. Vor dem geistigen Auge sah er *fünfhundert oder mehr Halbwüchsige aus der Siedlung in der Pracht ihrer königsblauen Ausgehuniformen, mit glänzenden Stiefeln und den Ausgehmützen mit Federschmuck. Darüber konnte man wirklich eingehend nachdenken. Vielleicht würde es sogar etwas nutzen.*

»Sir, kann ich Ihnen behilflich sein?« Ein dünner Kadett trat zu Sampson, als dieser in einem Gebäude einen Raum betreten wollte, der wohl eine Art Aula war.

»Haben Sie hier Wache?« fragte Sampson mit seinem weichen Akzent – das letzte Erbteil seiner Mutter, die in Alabama aufgewachsen war.

Der Spielzeugsoldat schüttelte den Kopf. »Nein, Sir. Aber kann ich Ihnen trotzdem weiterhelfen?«

»Washingtoner Polizei«, sagte Sampson. »Ich muß mit dem Mann sprechen, der hier das Sagen hat. Können Sie das einrichten, Soldat?«

»Jawohl, *Sir.*«

Der Kadett salutierte. Ausgerechnet vor Sampson. Mount John mußte gegen das erste – und vielleicht einzige – Lächeln an diesem Tag ankämpfen.

52.

Mehr als dreihundert geschniegelte Kadetten aus der Mittelstufe der Militärakademie drängten sich um neun Uhr morgens in der Lee Hall. Die Kadetten trugen die regulären Uniformen der Akademie: weite graue Hose mit tadellosen Bügelfalten, schwarzes Hemd, Krawatte und taillenlange graue Jacke.

Der Sojourner-Truth-Killer sah von seinem harten Holzsitz in der Aula, wie der hochgewachsene schwarze Mann die Lee Hall betrat. Er erkannte ihn auf Anhieb. Der Scheißkerl war Detective John Sampson. Alex Cross' Freund und Partner.

Das war nicht gut. Das war sogar sehr schlecht. Augenblicklich geriet der Mörder in Panik, spürte Furcht in seinem Innern aufkeimen. Er fragte sich, ob die Cops gekommen waren, um ihn festzunehmen. *Wußten sie, wer er war?*

Er wollte fliehen – aber hier gab es keinen Fluchtweg. Er mußte es *aussitzen.*

Die erste Reaktion des Mörders war Scham. Er glaubte, sich jeden Moment übergeben zu müssen. Kotzen oder sonstwas. Am liebsten hätte er den Kopf zwischen die Beine gesteckt. Er kam sich wie ein Vollidiot vor, weil man ihn erwischt hatte.

Er saß knapp zwanzig Meter von der Stelle entfernt, wo dieser steife Colonel Wilson und der Detective standen, als würde irgendeine unglaublich wichtige Sache vor sich gehen. Sämtliche Kadetten salutierten beim Vorbeimarsch vor den Erwachsenen wie die roboterähnlichen Schwachköpfe, die sie ja auch waren. Erwartungsvolles Murmeln erfüllte die Aula.

Wird irgendeine große Sache passieren? Dieser Gedanke schrie im Kopf des Mörders. *Wollte die Polizei ihn vor der gesamten Akademie festnehmen? Hatten sie ihn am Arsch?*

Aber wie war es ihnen gelungen, ihn aufzuspüren? Das machte einfach keinen Sinn. Dieser Gedanke beruhigte ihn ein wenig.

Eine trügerische Ruhe? Ein trügerisches Gefühl der Sicherheit? fragte er sich und rutschte auf dem harten Holzsitz ein Stückchen nach hinten. Er wünschte, er könnte sich irgendwie unsichtbar machen.

Doch dann setzte er sich kerzengerade auf. *Scheiße! Jetzt kommt's!* Gebannt sah er, wie der Beamte der Mordkommission langsam mit Colonel Wilson zum Rednerpult schritt. Der Herzschlag des Schulmörders pochte im Rhythmus eines Songs von White Zombie.

Die Versammlung begann mit dem üblichen dämlichen Kadettengelöbnis: »Ehrlichkeit und Integrität in Gedanken und Taten« und der ganze Stuß. Dann sprach Colonel Wilson über die »feigen Morde an zwei Kindern im Garfield Park«. Wilson fuhr fort: »Die Washingtoner Polizei geht im Park und in der Umgebung Streife. Vielleicht hat ein Kadett unserer Anstalt zufällig etwas gesehen, was der Polizei bei ihren Ermittlungen von Nutzen sein kann. Vielleicht kann einer von Ihnen der Polizei auf irgendeine Weise helfen.«

Aha. Deshalb war dieser arrogante Cop von der Mordkommission gekommen. Ein verdammter Fischzug nach Informationen. Die Typen hatten Frust wegen der laufenden Ermittlungen in den beiden Mordfällen.

Trotzdem hielt der Mörder noch immer den Atem an. Seine Augen waren geweitet, klebten am Podium, als Sampson zum Mikrofon griff. Der große schwarze Mann hob sich wie ein riesiger Schatten im Saal ab, in dem es nur Uniformen, kurzgeschorene Haare und zumeist rosige Gesichter gab. Der Detective war ein *Riese.* In dem schwarzen Ledermantel, dem grauen Hemd und der schwarzen Krawatte sah er irgendwie cool aus. Das Podium war für die Größe Colonel Wilsons angemessen, schien jedoch für diesen Hünen geschrumpft.

»In Vietnam habe ich unter Leutnants gedient, die ungefähr in Ihrem Alter waren«, sagte der Detective ins Mikrofon. Seine Stimme war ruhig und sehr tief. Dann lachte er. Die meisten Kadetten ebenfalls. Er schien mit seiner Anwesenheit die Aula zu füllen. Auf alle Fälle mußte man ihn sehr ernst nehmen. Der Mörder glaubte, der Detective machte sich über die Kadetten lustig, aber er war nicht sicher.

»Der Grund meines Besuchs in Ihrer Akademie heute morgen ist, daß wir den Garfield Park und die gesamte Umgebung patrouillieren«, fuhr Sampson fort. »In diesem Park wurden zwei kleine Kinder auf gräßliche Art und Weise ermordet. Beide in der vorigen Woche. Der Mörder hat den Kindern den Schädel eingeschlagen. *Dieser Killer ist eine Bestie,* das können Sie mir glauben.«

Der Mörder hätte Sampson am liebsten den Stinkefinger gezeigt. *Der Mörder ist keine Bestie. Du bist die Bestie, du schwarzer Riese. Der Mörder ist viel cooler, als du glaubst.*

»Wie ich von Colonel Wilson erfahren habe, gehen viele von Ihnen durch den Park nach Hause. Einige joggen dort auch. Außerdem spielen Sie Football und Lacrosse im Park. Ich hinterlasse die Nummer meines Polizeireviers in der Verwaltung der Akademie. Sie können mich jederzeit unter dieser Nummer anrufen, Tag und Nacht, falls Sie etwas gesehen haben, was uns weiterhelfen könnte.«

Der Sojourner-Truth-Killer konnte die Augen nicht von dem hünenhaften Detective der Mordkommission wenden, der so ruhig und selbstsicher sprach. Er fragte sich, ob er es tatsächlich mit diesem Mann aufnehmen konnte. Ganz zu schweigen von diesem beschissenen Detective Alex Cross, der ihn an seinen richtigen Vater erinnerte – *einen Cop.*

Er glaubte, den Kerlen gewachsen zu sein.

»Hat jemand noch Fragen?« erkundigte Sampson sich vom Podium herunter. »Irgendwelche Fragen? Jetzt ist der richtige Zeitpunkt dafür – und der richtige Ort. Meldet euch, Männer!«

Der Mörder hätte am liebsten von seinem Platz aus alles herausgeschrien. Er verspürte das übermächtige Verlangen, den rechten Arm hochzustrecken und seine Hilfe anzubieten. Schließlich setzte er sich auf die Hände, genau auf die Finger.

Ich, Sir. Ich habe zufällig etwas im Garfield Park gesehen, Sir. Vielleicht weiß ich, wer den beiden Kindern mit einem fünfundvierzig Zentimeter langen Baseballschläger den Schädel zerschmettert hat.

Um die Wahrheit zu sagen, Sir: Ich habe sie umgebracht. Ich bin der Kindermörder, du Arschloch! Fang mich, wenn du kannst! Du bist größer als ich. Viel größer. Aber ich bin viel klüger, als du je sein wirst. Ich bin erst dreizehn Jahre alt. Und ich bin jetzt schon erste Sahne! Warte mal, bis ich ein bißchen älter bin. Denkt mal darüber nach, ihr dämlichen Scheißcops.

Vierter Teil

Die Treibjagd beginnt

53.

Ich lag mit Rosie und einem prall gefüllten Sack voller Alpträume auf der Couch. Rosie war eine wunderschöne, rötlichbraune abessinische Katze. Sie war wunderbar kräftig, unabhängig, wild und sehr verschmust. In ihren Bewegungen erinnerte sie mich an die viel größeren Katzen in Afrika. Eines Morgens, an einem Wochentag, war sie plötzlich im Haus aufgetaucht. Es hatte ihr gefallen, und sie war geblieben.

»Du verläßt uns doch nicht eines Tages, Rosie, oder? Verläßt du uns, wie du zu uns gekommen bist?« Rosie schüttelte den ganzen Körper. »Was für eine schwachsinnige Frage«, erwiderte sie. »Nein, ganz und gar nicht. Ich gehöre jetzt zur Familie.«

Ich konnte nicht schlafen. Selbst Rosies Schnurren entspannte mich nicht. Ich war mehr als todmüde, aber mein Verstand raste ungebändigt. Ich zählte Morde, nicht Schafe. Gegen zehn Uhr beschloß ich, eine Spazierfahrt zu machen, um klaren Kopf zu bekommen. Vielleicht würde ich mit meiner Chi-Energie Kontakt aufnehmen. Vielleicht würde ich eine schärfere Einsicht in die Mordfälle gewinnen.

Ich fuhr mit offenen Fenstern. Draußen war es drei Grad unter Null.

Ich wußte nicht genau, wohin ich fuhr – doch unbewußt wußte ich es. *Psychologe psychologisiert Psychologen.*

Beide Mordserien liefen deutlich und schnell in meinem Kopf ab. Sie bewegten sich auf gefährlich parallelen Schienen. Immer wieder ging ich mein Gespräch mit dem Kontraktkiller der CIA durch, Andrew Klauk. Ich versuchte das, was er gesagt hatte, mit den Morden Jack und Jills zu verknüpfen. Konnte Jack einer der »Geister« sein?

Plötzlich fand ich mich auf der New York Avenue wieder, der Route 50, die ein Stück weiter in den John Hanson Highway einmündet. Christine Johnson wohnte dort draußen im Prince Georges County, jenseits des Beltway. Ich wußte, wo Christine wohnte. Ich hatte in den Ermittlungsnotizen des ersten Detectives nachgesehen, der sie nach dem Mord an Shanelle Green befragt hatte.

Das ist total verrückt, sagte ich mir, als ich in Richtung der Stadt fuhr, in der Christine zu Hause war – Mitchellville.

Früher am Abend hatte ich mich mit Damon darüber unterhalten, wie es jetzt an der Schule so lief, und über die Lehrer. Dabei war ich auch auf die Rektorin zu sprechen gekommen. Damon durchschaute mein Theater wie der kleine tasmanische Teufel, der er zuweilen ist.

»Du stehst auf sie, nicht wahr?« fragte er mich, und seine Augen wurden hell wie Leuchtfeuer. »Stimmt doch, Daddy? Alle mögen sie. *Sogar* Nana. Sie sagt, Mrs. Johnson sei dein Typ. Du magst sie, stimmt's?«

»Mrs. Johnson hat nichts, was man nicht mögen würde«, erklärte ich Damon. »Aber sie ist verheiratet. Vergiß das nicht.«

»Vergiß *du* das nicht«, sagte Damon und lachte wie Sampson.

Und jetzt fuhr ich ziemlich spät abends durch diese Vorstadtgegend. Was zum Teufel tat ich eigentlich? Was dachte ich mir dabei? Hatte ich so viel Zeit mit Verrückten verbracht, daß es auf mich abgefärbt hatte? Oder folgte ich nur einem Instinkt?

Ich entdeckte die Summer Street und bog schnell nach rechts ab. Leises Reifenquietschen durchdrang die vollkommene Stille der Gegend. Ich mußte zugeben, daß es hier in der Vorstadt wunderschön war – sogar spätabends. Alle Straßen waren hell erleuchtet. Viele Lichterketten und teure Weihnachtsdekorationen. Der Regen konnte auf breiten Rinnsteinen abfließen. Die Bürgersteige waren weiß. An allen Ecken standen Lampen im Kolonialstil.

Ich fragte mich, ob es Christine Johnson schwerfiel, jeden Tag diese sichere, schöne Enklave zu verlassen und ins Southeast zur Arbeit zu fahren. Ich fragte mich, wer oder was ihre persönlichen Dämonen waren. Ich fragte mich, warum sie so viele Überstunden machte. Und wie ihr Mann war.

Dann sah ich Christine Johnsons dunkelblaues Auto in der Einfahrt zu einem großen Backsteinhaus im Kolonialstil stehen. Mein Herz hüpfte ein bißchen. Plötzlich wurde für mich alles sehr real.

Ich fuhr an ihrem Haus vorbei. Ein gutes Stück weiter parkte ich und schaltete die Scheinwerfer aus. Ich versuchte auch das Dröhnen in meinem Kopf auszuschalten. Ich starrte auf das Heck eines glänzenden weißen Ford Explorer, der vor mir parkte. Ich starrte mehr als neunzig Sekunden auf den Wagen – ungefähr so lange, wie er auf den Straßen im Zentrum Washingtons gestanden wäre, ehe er gestohlen worden wäre.
Plötzlich kam mir der Gedanke, daß die Fahrt hierher vielleicht doch keine so gute Idee war. Doktor Cross billigte Doktor Cross' Handlungen keineswegs. Das war ein beinahe flegelhaftes Benehmen. Im Dunkeln in einem piekfeinen Viertel zu parken war nicht gerade eine Vernunfthandlung.
Mir gingen mehrere Witze über Psychotherapeuten durch den Kopf. *Du mußt lernen, dich immer nur vor einem einzigen Tag zu fürchten. Du lebst immer noch in deiner beschissenen Kindheit. Wenn du wirklich glücklich bist, muß jemand dich zurückgewiesen haben.*
»Fahr einfach nach Hause«, sagte ich laut im dunklen Auto. »Sag einfach nein.«
Aber ich saß weiterhin in der Dunkelheit und lauschte meinen gelegentlichen theatralischen Seufzern und der lauten Debatte in meinem Kopf. Durch das offene Wagenfenster konnte ich die Fichten und den Rauch aus einem Kamin riechen. Der Motor meines Wagens knackte leise beim Abkühlen. Ich wußte ein bißchen über dieses Viertel Bescheid: erfolgreiche Anwälte und Ärzte, Städteplaner, Professoren von der University of Maryland und etliche pensionierte Offiziere der Andrews Air Force Base. Sehr schön und sehr sicher. Hier brauchte man keinen Drachentöter.
Na, dann geh schon rein und besuch sie. Besuch *beide*, Christine und ihren Mann.
Wahrscheinlich könnte ich mich mit irgendeinem Vorwand durchmogeln, weshalb ich unbedingt nach Mitchellville kommen mußte. Wenn nötig, konnte ich das Blaue vom Himmel lügen.
Ich ließ den Wagen wieder an, den alten Porsche. Ich wußte nicht, was ich tun oder wohin ich fahren würde. Ich nahm den

Fuß von der Bremse, und das Auto kroch langsam aus eigener Kraft los. *Ich kroch ganz langsam.*
So glitt ich einen Wohnblock dahin. Ich lauschte dem Rascheln der Blätter unter den Reifen und dem gelegentlichen *Peng* eines Steinchens, das gegen den Unterboden geschleudert wurde. Jedes Geräusch kam mir sehr laut und übersteigert vor. Schließlich hielt ich vor dem Haus der Johnsons. Direkt davor. Ich betrachtete den gepflegten Rasen und die kunstvoll beschnittenen Eiben.
Augenblick der Wahrheit. Augenblick der Entscheidung. Augenblick der Krise.
Ich sah im Haus die Lichter brennen – winzige Feuer. Jemand schien wach zu sein. Der dunkelblaue Mercedes parkte friedlich vor der geschlossenen Garagentür.
Sie hat ein schönes Auto und ein wunderschönes Haus. Christine Johnson braucht wirklich keinen Ärger von dir. Bring deine Ungeheuer nicht hierher. Christines Mann ist Anwalt. Sie kommt sehr gut ohne dich zurecht.
Was hatte sie gesagt? Wie hieß ihr Mann? *George?* George, der Anwaltslobbyist. George, der *reiche* Anwaltslobbyist.
Es parkte nur ein Auto in der Einfahrt. Christines Auto. Die Garagentür war geschlossen. Ich konnte mir den anderen Wagen darin vorstellen, vielleicht ein Lexus. Vielleicht stand da auch ein Gasgrill für draußen. Ein Elektrorasenmäher mit Laubgebläse. Oder Mountain Bikes für Fit & Fun am Wochenende.
Ich stellte den Motor ab und stieg aus.
Der Drachentöter war nach Mitchellville gekommen.

54.

Mich plagte tatsächlich Neugier auf Christine Johnson. Vielleicht war es auch ein wenig komplizierter. *Du magst sie, nicht wahr, Daddy? Vielleicht? Ja, ich mochte sie – sehr sogar.* Auf alle Fälle hatte ich das Gefühl, ich müßte sie sehen, selbst wenn ich mir

dabei schrecklich blöd und tolpatschig vorkam. Beim Aussteigen kam mir ein guter Gedanke: *Es wäre noch viel dämlicher, würdest du jetzt einfach wegfahren.*
Außerdem *war* Christine Johnson ein Teil des komplizierten Mordfalls, an dem ich arbeitete. Es gab durchaus einen logischen Grund dafür, daß ich nun zu ihr hineinging und mit ihr sprach. Bis jetzt waren zwei ihrer Schüler ermordet worden. Zwei ihrer Babys. Warum an *ihrer* Schule? Warum war der Mörder dorthin gekommen? So nahe bei meinem Haus?
Ich ging zur Vordertür und war froh, daß die gesamte Hausbeleuchtung eingeschaltet war. Ich wollte nicht, daß Christines Mann oder irgendein Nachbar in Mitchellville mich im Schutz von Dunkelheit und Schatten heranschleichen sah.
Ich klingelte. Laute, melodiöse Glocken. Dann wartete ich wie eine Terrassenstatue. Irgendwo im Haus bellte laut ein Hund. Dann erschien Christine Johnson an der Eingangstür.
Sie trug ausgebleichte Jeans, einen weiten gelben Pullover, weiße Socken und keine Schuhe. Ein Schildpattkamm hielt ihr Haar auf einer Seite zurück. Sie trug ihre Brille. Sie sah aus, als hätte sie zu Hause gearbeitet. So spät und immer noch bei der Arbeit. *Offenbar saßen wir im selben Boot.* Na ja, nicht genau. Ich war weit von meinem Boot entfernt.
»Detective Cross?« Sie war verblüfft. Verständlicherweise. Ich war selbst ein wenig verblüfft, daß ich jetzt hier stand.
»Im Mordfall hat sich nichts getan«, versicherte ich ihr hastig. »Ich habe nur noch ein paar Fragen.« Das stimmte. *Lüg sie nicht an, Alex. Wag es ja nicht, sie anzulügen. Kein einziges Mal. Nie.*
Da lächelte sie. Auch ihre Augen schienen zu lächeln. Sie waren so groß und so braun, daß ich sofort aufhörte, in diese Augen zu starren. »Sie arbeiten hart, zu hart, selbst unter den gegebenen Umständen«, sagte sie.
»Ich bin heute abend einfach nicht von dem gräßlichen Fall losgekommen. Eigentlich sind es Ermittlungen in zwei Mordserien. Deshalb bin ich hier. Wenn der Zeitpunkt ungünstig für Sie ist, kann ich morgen in der Schule vorbeikommen. Kein Problem.«
»Nein, kommen Sie herein«, sagte Christine. »Ich weiß, wie

beschäftigt Sie sind. Ich kann es mir vorstellen. Bitte, kommen Sie herein. Im Haus ist es allerdings schrecklich unordentlich – wie in unserer Regierung.«

Sie führte mich vom Eingangsbereich mit dem cremefarbenen Marmorboden am Wohnzimmer vorbei, mit einer bequemen Sitzecke und vielen Erdfarben: Siena, Ocker, Umbra.

Aber es war irgendwie steif. Es kamen keine weiteren Fragen, warum ich gekommen sei, oder wie mir die Wohnung gefalle. Plötzlich herrschte ein wenig zuviel Schweigen. Meine Chi-Energie floß ab, irgendwohin.

Christine führte mich in die riesige Küche. Sie ging zum Kühlschrank, ein doppeltüriges Ungetüm, das sich mit lautem Zischen öffnete. »Mal sehen, was wir haben ... Bier, Diät-Cola, Eistee. Ich kann Ihnen aber auch Kaffee oder Tee kochen, wenn Sie möchten. Sie arbeiten wirklich zu schwer. Das steht mal fest.«

Jetzt klang sie ein bißchen wie eine Lehrerin. Verständnisvoll, doch so, als wollte sie mich daran erinnern, daß ich mich auf einigen Gebieten durchaus verbessern könnte.

»Ein Bier wäre nicht übel«, sagte ich. Dann schaute ich mich in der Küche um, die doppelt so groß war wie unsere. Mindestens. Weiße, maßgezimmerte Küchenzeilen. Ein Deckenfenster. Am Kühlschrank hing ein Flugblatt und forderte zu einem »Marsch für die Obdachlosen« auf. Sie hatte ein schönes Zuhause – sie und George.

An der Wand hing in einem Keilrahmen ein gesticktes Tuch mit den Worten in Suaheli: *Kwenda mzuri.* Es war ein Abschied und bedeutete: »Gehe im Guten.« Ein zarter Hinweis? Worte an den Weisen?

»Ich bin froh, daß Sie ein Bier trinken möchten«, meinte Christine und lächelte. »Weil es mir zeigt, daß Sie zumindest kurz davor sind, den Arbeitstag zu beenden. Es ist fast halb elf. Wissen Sie das? Wie spät ist es auf Ihrer Uhr?«

»Ist es schon so spät? Das tut mir ehrlich leid«, sagte ich. »Wir können das auch morgen erledigen.«

Christine brachte mir ein Heineken. Sie trank Eistee. Dann setzte sie sich mir gegenüber an eine Theke, welche die Küche unterteilte. Das Haus war keineswegs in der Unordnung, vor der sie mich beim Hereinkommen gewarnt hatte. Es war gemütlich, heimelig. An einer Wand hingen viele niedliche Bilder von der Truth School. Dann fiel mir ein wunderschönes Batiktuch in einem Keilrahmen ins Auge.

»Also, um was geht's, Doc?« fragte sie. »Was führt Sie auf die andere Seite des Beltway?«

»Ganz ehrlich? Ich konnte nicht schlafen und habe eine Spazierfahrt gemacht. Ich bin in diese Richtung gefahren. Dann hatte ich die zündende Idee, wir könnten vielleicht ein paar Punkte des Falles gemeinsam durchsprechen ... oder vielleicht brauchte ich nur jemand, mit dem ich reden konnte«, gestand ich schließlich. Sofort fühlte ich mich gut. Jedenfalls ein bißchen besser.

»Ja, sicher, das ist in Ordnung. Das kann ich Ihnen nachfühlen. Ich konnte auch nicht schlafen«, sagte sie. »Seit dem Mord an Shanelle bin ich furchtbar verspannt. Und dann der arme Vernon Wheatley. Ich habe gerade die Pflanzen beschnitten. Im Hintergrund lief Emergency Room im Fernsehen. Ziemlich erbärmlich, finden Sie nicht auch?«

»Eigentlich nicht. Emergency Room ist eine prima Serie. Übrigens – Sie haben ein wunderschönes Haus.«

Von der Küche aus konnte ich den Fernseher im Wohnzimmer sehen. Ein Mammut-Sony, in dem eine Folge des Ärztedramas lief. Ein schwarzer Retriever, ein junger Hund, kam von der Treppe mit dem haferflockenfarbenen Teppich durch einen schmalen Flur ins Zimmer getrottet. »Das ist Meg«, sagte Christine. »Sie hat sich auch Emergency Room angeschaut. Meg steht auf Arztserien.« Die Hündin beschnupperte mich. Dann leckte sie mir die Hand.

Ich weiß nicht, warum ich Christine das erzählen wollte, aber ich tat es.

»Manchmal spiele ich nachts Klavier. Wir haben einen Wintergarten am Haus. Deshalb stört der Krach die Kinder nicht allzusehr. Oder sie haben gelernt, trotz des Lärms zu schlafen«, sagte ich. »Ein bißchen Gershwin, Brahms, Jellyroll Morton nachts um eins tut keinem weh.«

Christine Johnson lächelte und schien sich bei dieser Art Unterhaltung wohl zu fühlen. Sie war ein sehr selbstsicherer Mensch, der sehr in sich ruhte. Das war mir schon am ersten Abend aufgefallen. Ich hatte es sofort gespürt.
»Damon hat in der Schule ein paarmal Ihr nächtliches Klavierspiel erwähnt. Wissen Sie, *gelegentlich* gibt er bei den Lehrern mit Ihnen an. Er ist ein sehr netter Junge und überaus gescheit. Wir alle mögen ihn sehr.«
»Danke. Ich mag ihn auch sehr. Er hat Glück, daß wir die Sojourner Truth School in der Nähe haben.«
»Ja, das stimmt«, pflichtete Christine mir bei. »Viele Schulen in Washington sind eine Schande. Jämmerlich. Die Truth ist ein Glücksfall. Ein kleines Wunder für die Kinder.«
»*Ihr* Wunder?« fragte ich.
»Nein, nein, nein. Viele Leute sind dafür verantwortlich, ich am wenigsten. Die Kanzlei meines Mannes hat ein bißchen ›Schulgeld‹ beigesteuert. Ich helfe nur, das Wunder am Leben zu erhalten. Ich *glaube* an Wunder. Wie lange ist es her, seit Ihre Frau gestorben ist, Alex?« Urplötzlich hatte sie den Gang gewechselt. Doch Christine Johnson hatte die Frage ganz beiläufig und ganz natürlich gestellt, obwohl ihr Interesse sehr viel tiefer ging. Trotzdem war ich verblüfft. Ich spürte, daß ich nicht antworten mußte, wenn ich nicht wollte.
»Es werden fünf Jahre«, sagte ich. Dann aber blieb mir ein wenig die Luft weg. »Im März, genau gesagt. Jannie war noch ein kleines Baby, nicht mal ein Jahr alt. Ich erinnere mich, wie ich abends hereingekommen und sie im Arm gehalten habe. Sie hatte keine Ahnung, daß sie für mich der einzige Trost auf der Welt war.«
Allmählich fühlten wir beide uns wohl dabei, in der Küche zu plaudern. Wir wurden immer offener, zutraulicher. Anfangs war die Unterhaltung unverfänglich. Dann wurde das Gespräch ernster. Thema: der Sojourner-Truth-Killer. Vielleicht ergab sich etwas, was für die Ermittlungen hilfreich sein könnte. So ging es bis kurz vor Mitternacht weiter.
Schließlich erklärte ich, ich müsse nun wirklich nach Hause fahren. Sie widersprach nicht. In ihren Augen las ich, daß sie

alles verstanden hatte, was heute abend geschehen war – und daß sie keine Einwände hatte.
An der Tür erstaunte Christine mich wieder. Sie gab mir ein Küßchen auf die Wange.
»Kommen Sie ruhig her, Alex, wenn Sie wieder mal reden möchten«, sagte sie. »Ich bin hier und kümmere mich um meine Pflanzen und mein protziges Haus. *Kwenda mzuri*«, sagte sie.
Dabei beließen wir es. Gehe im Guten. Ein seltsames Bild zu einem seltsamen Zeitpunkt unseres Lebens. Ich hatte keine Ahnung, ob ihr Mann, der Anwalt, zu Hause war oder nicht. Schlief er oben im Schlafzimmer? Hieß er wirklich George? Waren sie noch zusammen?
Das war noch ein Geheimnis, das ich irgendwann lösen würde, aber nicht heute.
Auf der Heimfahrt dachte ich darüber nach, ob ich mich wegen des unkonventionellen Überraschungsbesuchs bei Christine Johnson elend fühlen sollte. Dann beschloß ich, es nicht zu tun, da mir selbst jetzt der Besuch nicht peinlich erschien. Das hatte ich Christine zu verdanken. Es war unglaublich, wie sie es schaffte, daß man sich in ihrer Gegenwart unbefangen fühlte. Absolut unglaublich. In gewisser Weise tat es weh.
Zu Hause spielte ich noch eine Stunde Klavier. Beethoven, dann Mozart. Klassik entsprach meiner derzeitigen seelischen Verfassung. Dann ging ich hinauf und warf einen Blick auf Damon und Jannie. Behutsam küßte ich sie auf die Wangen, so, wie Christine Johnson mich geküßt hatte. Schließlich legte ich mich unten auf die Couch. Dort versank ich zwar nicht in tiefes Selbstmitleid, fühlte mich aber schrecklich einsam, bis ich schließlich einschlief.
Ich schlief gut, bis das wiederholte schrille Klingeln des Telefons mich weckte. Adrenalin schoß durch meinen Körper wie elektrischer Strom.
Es waren wieder Jack und Jill.

55.

Die Tysons Galleria an Tysons Corner war zusammen mit der benachbarten Tysons Corner Mall eines der größten Einkaufszentren der Vereinigten Staaten, vielleicht der ganzen Welt. Sam Harrison hatte kurz nach sechs Uhr morgens an der riesigen Galleria geparkt.

Mindestens hundert Autos standen da, obwohl Versace und Neiman Marcus, FAO Schwarz und Tiljengrist erst um zehn Uhr öffneten. Maryland Bagels *war* offen. Düfte aus der beliebten Bäckerei füllten die Luft. Aber Jack war nicht wegen eines heißen Blaubeer-Bagels zu Tysons Corner gekommen.

Vom Parkplatz des Einkaufszentrums joggte er zur Chain Bridge Road in McLean. Er trug eine blau-weiße Fila-Jacke und eine kurze Hose und sah aus, als gehörte er in diese Gegend, in der vorwiegend Häuser für vierhunderttausend bis anderthalb Millionen Dollar standen. Eine der ganz wichtigen Regeln in Jacks Spiel lautete: *Sieh immer so aus, als würdest du dazugehören, dann gehörst du bald tatsächlich dazu.*

Mit den kurzen blonden Haaren und dem sportlichen Körperbau sah er aus, als wäre er ziviler Pilot bei der USAir oder Delta. Oder vielleicht nur einer der vielen Akademiker – ein Arzt oder ein Anwalt. Jedenfalls schien er hierherzugehören. Perfekt, nahtlos.

Von Anfang an hatte er gewußt, daß er diesen Mord allein ausführen müßte. Jill sollte nicht hier in McLean Village in Erscheinung treten. Denn dieser Mord war schlimm für ihn persönlich. Dieser Mord sprengte sogar den Rahmen von Jack und Jill, dem Spiel der Spiele.

Der Mord an diesem Morgen würde extrem gefährlich sein. Diese Zielperson ahnte vielleicht, daß jemand es auf sie abgesehen hatte. Opfer Nummer vier würde schwierig werden und machte die harte Tour erforderlich. Über das alles dachte Jack nach, während er in diesem hübschen und friedlichen Viertel Washingtons zu seinem Ziel joggte.

Als er auf die Livingston Road kam, bemühte er sich, den Kopf

von allem zu befreien, außer von dem schrecklichen Mord, der vor ihm lag.
Er war wieder Jack, der brutale Promimörder. In wenigen Minuten würde er es beweisen.
Aber es würde schwierig werden, schwieriger als alles Bisherige.
Der Mann, den er töten würde, war einer seiner besten Freunde.
Beim Spiel von Leben und Tod war das unwichtig.
Er hatte keine besten Freunde. Er hatte überhaupt keine Freunde.

56.

Ich bin Sam. Ich ... bin ... Sam, dachte er beim Laufen.
Aber er war nicht wirklich Sam Harrison.
Er hatte keine blonden Haare und trug auch keine Jogginganzüge mit Logos auf der Brusttasche.
Wer zum Teufel bin ich? Zu wem werde ich? fragte er sich, während seine Schuhe aufs Pflaster klatschten.
Er wußte, daß Haus Nummer 31, Livingston Road durch ein ausgeklügeltes Sicherheitssystem geschützt war. Er hätte auch nichts weniger erwartet.
Jetzt drückte er aufs Tempo. Schließlich bog er von der asphaltierten Straße ab und verschwand im Gebüsch und zwischen Fichten. Er lief weiter durch den Wald.
Er war in guter körperlicher Verfassung und hatte noch nicht viel geschwitzt. Das kalte Wetter half. Er war hellwach, frisch und bereit, das Spiel wiederaufzunehmen, bereit, wieder zu morden.
Seiner Schätzung nach konnte er nahe ans Haus herankommen, vielleicht sogar bis auf zehn Meter. Dann ein Spurt zur Garage.
Während dieser kurzen Zeitspanne war er auf offenem Gelände. Völlig frei. Aber es gab keine andere Möglichkeit. Bei Gott, er hatte sich den Kopf zerbrochen, um eine andere Angriffsmöglichkeit zu finden.

Er war im Begriff, ein Haus in McLean anzugreifen. Einfach unglaublich! Das war wie ein Krieg. Ein Krieg, der zu Hause gekämpft wurde. Ein Revolutionskrieg.
Aus dem lichten Wald sah er zwei weitere große Häuser im Kolonialstil auftauchen. Noch brannte kein Licht. In der gesamten Livingston Road schien noch niemand aufgestanden zu sein. Bis jetzt hatte sein Glück angehalten. Sein Glück oder sein Können – oder eine Verbindung von beidem.
Soweit er sah, war im Haus 31 Livingston niemand wach. Aber sicher konnte er erst sein, wenn er *im* Haus war. Und dann war es für eine Umkehr zu spät.
Drinnen konnte das FBI warten oder auch hier im Wald. Ihn würde jetzt nichts mehr überraschen. Alles konnte passieren, jederzeit – ihm oder Jill.
Er beschloß, aus dem Wald hervorzutreten, nach außen hin ganz ruhig, ganz normal. *Als würde er hierhergehören.* Ohne viel Lärm schob er die Garagentür ein Stückchen hoch und schlüpfte rasch unter dem Spalt hindurch. Jetzt war er *drinnen.*
Schnurstracks ging er nur Nutone-Alarmanlage und gab den Code ein, mit dem er das hochklassige Sicherheitssystem deaktivierte. Auch hier, in den teuren Villen am Stadtrand, gab es keinen perfekten Schutz. Nicht vor Menschen wie ihm.
Er betrat das Haus. Sein Herz schlug wie ein Rammbock in seiner Brust. Ein Schweißfilm lag auf seinem Hals. Er konnte Aidens Gesicht vor sich sehen – so deutlich, als würde er neben ihm stehen.
Im Haus war alles still, friedlich und aufgeräumt. Leise summte der Kühlschrank. An der Tür hielten Magnete Kinderzeichnungen und die Speisefolge des Mittagessens in der Schule. Der Anblick machte ihm zu schaffen. Kinder. *Aidens Kinder.*
Aiden junior war neun Jahre alt. Charise sechs. Aidens Frau Merrill war vierunddreißig, fünfzehn Jahre jünger als ihr Mann. Es war ihre zweite Ehe, seine dritte. Das letztemal, als er die beiden zusammen gesehen hatte, schienen sie sehr verliebt zu sein.
Schnell schlich Jack weiter durchs Haus. Ihm stockte der Atem. *Jemand war im Wohnzimmer!*
Jack wirbelte nach links, riß die Pistole hoch und richtete sie

auf den Mann. *O Gott! Es war nur ein verdammter Spiegel!* Er blickte auf sein eigenes Spiegelbild.
Er atmete ein paarmal tief durch; dann nahm er seine Mission wieder auf. Das Herz schlug ihm noch immer bis zum Hals. Er ging durchs Wohnzimmer. Es war ihm sehr vertraut. Unzählige Erinnerungen sickerten in sein Bewußtsein. Schmerzliche Gedanken. Er schob sie beiseite.
Er stieg den flauschigen Teppich hinauf, der über den Stufen der Treppe lag. Dann blieb er eine Sekunde lang stehen. Zum erstenmal beschlichen ihn Zweifel.
Es darf keine Zweifel geben! Zweifel und Unsicherheit konnte er sich nicht leisten. Nicht bei dieser Sache. Nicht bei Jack und Jill.
Er erinnerte sich an den Flur oben im Haus. Er kannte das Haus sehr gut. Er war früher schon mal hiergewesen – als »freundlicher« Besucher.
Das Elternschlafzimmer war die letzte Tür rechts.
Im Schlafzimmer gab es Waffen. Eine 347er in der Schublade des Nachttisches. Eine Automatik klebte unter dem Bett.
Das wußte er. Er wußte alles.
Falls Aiden ihn bereits gehört hatte, war das Spiel aus. Dann endete es hier und jetzt. Es wäre das Aus für Jack und Jill.
Verdammt harte Nüsse, die er zu knacken hatte. Verrückte Gedanken. Zu viele.
Gestern abend war er noch ins Kino gegangen und hatte sich *Pulp Fiction* angeschaut. Aber das hatte ihm keine Entspannung gebracht, obwohl er einige Male laut gelacht hatte. *Kranke Story. Er war noch kränker. Am schlimmsten krank war Amerika.*
Hör auf zu denken! warnte er sich. *Tu's einfach! Tu es gründlich! Tu es jetzt! Tu es schnell! Und dann hau ab!*
Jack killt amerikanische Promis! Hohe Tiere. Ja, genau. Benimm dich wie Jack!
Aber er war nicht Jack.
Er war auch nicht Sam Harrison.
Nicht denken! befahl er sich noch einmal, als er über den Flur zum Elternschlafzimmer ging.
Sei Jack!
Töte!

57.

Jack – wer immer er auch war – befand sich vier Schritte vom Elternschlafzimmer entfernt, als die lackierte Tür sich plötzlich öffnete.
Ein großer Mann mit beginnender Glatze trat auf den Flur. Arme und Beine waren stark behaart. Nackte, knochige Spreizfüße. Halbwach. Er gähnte.
Außer blau karierten Boxershorts hatte er nichts an. Guter Körperbau, immer noch athletisch. Nur die Andeutung eines Rettungsrings über dem Gummiband der Boxershorts. Immer noch furchterregend nach all den Jahren des Machtkampfs in Washington, D.C.
General Aiden Cornwall.
»Du! Du verdammter Mistkerl!« flüsterte er, als er Jack so unvermittelt auf dem Flur sah. »Ich wußte, du könntest es sein.« Ja, innerhalb eines Sekundenbruchteils wußte Aiden Cornwall *alles.* Er hatte das Geheimnis gelöst – eigentlich eine Menge Geheimnisse. Er verstand Jack und Jill. Und wohin sich alles entwickelte. Und warum es sich dorthin entwickelte. *Warum es genauso sein mußte, wie es war. Warum es keine Umkehr geben konnte.*
Jack feuerte die Beretta mit dem aufgeschraubten Schalldämpfer zweimal ab. Cornwall brach zusammen. Schnell sprang Jack vor und fing den leblosen Körper auf, ehe dieser auf den Boden prallte.
Er hielt die Leiche in beiden Armen und legte sie behutsam auf den Teppich. *Sein Freund,* was immer das jetzt bedeutete. Einen langen Moment blieb Jack auf den Knien. Sein Herz raste.
Es war ihm bis jetzt nicht bewußt gewesen, wie schwierig dieser Mord sein würde. Nicht bis zu dieser Sekunde.
Er blickte hinunter in die überraschten graublauen Augen des *ehemaligen* Mitglieds des Stabes und des Krisen-Sonderkommandos des Weißen Hauses bei der Jagd auf Jack und Jill.
Einer der Bluthunde war ausgeschaltet. Einfach so. Jack und Jill hatten zurückgeschlagen. Hart und gnadenlos. Die Menschenjäger hatten

eins auf die Nuß bekommen. Wieder einmal hatten Jack und Jill ihre Stärke gezeigt.
Er nahm einen Zettel aus der Tasche, legte seine Visitenkarte auf Aiden Cornwalls Brust.

Jack und Jill kamen zum Capitol Hill,
Um eure Streikbarrikaden zu stürmen.
Früher wart ihr sicher,
Doch Jack und Jill
Auf die schnelle
Fanden eure schwache Stelle.

Ein Geräusch auf dem Flur. Jack blickte auf. Aidens Junge!
»O Gott, nein!« flüsterte er. »O Gott, nein!« Ihm war hundeelend. Am liebsten wäre er aus dem Haus gestürmt.
Der Junge hatte ihn erkannt. *Scheiße.* Der kleine Aiden kannte sogar seine Kinder. Der Junge wußte zuviel. *Lieber Gott, sei mir gnädig. Bitte, sei mir gnädig.*
Jack feuerte die Beretta noch einmal ab.
Das war Krieg.

58.

Am 10. Dezember wurde ich um acht Uhr früh wegen eines Notfalls zu einer Krisensitzung ins Weiße Haus gerufen. Während der letzten Tage hatte ich dort ziemlichen Ärger verursacht. Meine internen Nachforschungen schlugen Wellen und rupften Federn. Die großen Tiere auf dem Capitol Hill mochten es nicht, wenn man sie verdächtigte – aber sie waren alle verdächtig, jedenfalls in meinem Buch.
Jay Grayer erwischte mich, kaum daß ich den Westflügel betreten hatte. Jays Augen waren ausdruckslos, kalt und hart. Sein Griff an meiner Schulter war fest. »Alex, ich muß kurz mit Ihnen reden«, sagte er. »Es ist wichtig.«

»Was ist denn los?« fragte ich den Geheimdienstagenten. Er sah nicht gut aus. Dunkle Tränensäcke unter den Augen. Es war wieder irgend etwas geschehen. Das sah ich.
»Heute in den frühen Morgenstunden wurde Aiden Cornwall ermordet. In seinem Haus draußen in McLean. Es waren Jack und Jill. Sie haben uns wieder angerufen. Haben uns angerufen, als wären wir ihre gottverdammte Einsatzleitstelle.«
Er war traurig, mit den Nerven runter, konnte es nicht fassen. Er schüttelte den Kopf. »Sie haben auch Aidens neunjährigen Sohn getötet, Alex.«
Unwillkürlich wippte ich auf den Absätzen. Die Neuigkeiten Jay Grayers ergaben keinen Sinn für mich. Das alles lief nicht auf der bisherigen Schiene von Jack und Jill. Es war ... ein anderer Stil. Zur Hölle mit den beiden! Sie änderten die Regeln. Bestimmt mit Absicht.
»Ich möchte sofort zum Tatort fahren«, sagte ich zu Jay. »Ich muß das Haus sehen. Ich muß da draußen sein, nicht hier.«
»In Ordnung, aber warten Sie noch einen Moment, Alex«, sagte er. »Ich möchte Ihnen noch den Rest erzählen. Es kommt noch schlimmer.«
»Großer Gott. Wie könnte es denn *noch* schlimmer kommen? Das ist doch gar nicht möglich«, sagte ich.
»O doch. Glauben Sie mir. Also, hören Sie mir einen Moment zu.«
Agent Grayer sprach mit unterdrückter Stimme weiter, während wir auf dem Korridor des Weißen Hauses zur Befehlsleitstelle des Krisenstabes gingen, wo sich die anderen versammelt hatten. Wenige Schritte vor dem Besprechungszimmer nahm Jay mich beiseite. Jetzt flüsterte er.
»Der Präsident wird jeden Morgen um Viertel vor fünf vom diensthabenden Agenten geweckt. Jeden Morgen. Heute früh hat der Präsident sich angezogen und ist in die Bibliothek gegangen, wo er die Morgenzeitungen liest und eine Zusammenfassung aller wichtigen Vorkommnisse, die für ihn erarbeitet wird, noch ehe er aufsteht.«
»Was ist heute morgen passiert?« fragte ich Jay. Langsam kam ich ins Schwitzen. »*Was ist passiert, Jay?*«

Er war so gründlich und tat alles genau nach Vorschrift. »Um fünf Uhr klingelte das Telefon in der Bibliothek. Es war Jill, auf der Privatleitung. Sie hat angerufen, um mit dem Präsidenten zu sprechen. Sie ist zu ihm durchgekommen – *und das ist einfach nicht möglich.*«

Unwillkürlich wackelte ich mit dem Kopf. Jay Grayer hatte recht: das war ein Ding der Unmöglichkeit. Es war ein überaus quälender Gedanke, daß der Präsident nun das Ziel der Mörder war. Und daß wir bisher nicht imstande waren, dies zu verhindern, war noch viel, viel schlimmer.

»Ich glaube, ich weiß, warum der Anruf unmöglich war, aber sagen Sie es mir trotzdem«, bat ich Jay Grayer. Ich mußte es von ihm hören.

»Jeder Anruf im Weißen Haus geht über eine private Schaltstelle. Danach wird der Anruf von einer zweiten Vermittlung des Weißen Hauses überprüft, die in Wahrheit zu unserer Geheimdienstabteilung gehört. Jeder Anruf – abgesehen *von diesem.* Dieser Anruf ist vollkommen am Kontrollsystem vorbeigelaufen. Niemand weiß, wie das passieren konnte. Aber es *ist* passiert.«

»Dieser Anruf, der nicht passieren konnte – wurde er aufgezeichnet?« fragte ich.

»Ja, natürlich. Er wird bereits in der FBI-Zentrale und bei der Bell Atlantic draußen in White Oak bearbeitet. Jill hat ein Filtersystem benutzt, um die Stimme zu verändern, aber es gibt Möglichkeiten, die Stimmveränderungen rückgängig zu machen. Das halbe High-Tech-Labor Baby Bells arbeitet schon fieberhaft daran.«

Wieder schüttelte ich den Kopf. Ich konnte das alles nicht glauben. »Was hat Jill gesagt?«

»Zuerst einmal hat sie sich zu erkennen gegeben. Sie sagte: ›*Hallo, hier spricht Jill.*‹ Ich bin sicher, damit hatte sie schneller die Aufmerksamkeit des Präsidenten als seine übliche Tasse voller Neuigkeiten. Dann sagte sie: ›*Mr. Präsident, sind Sie bereit zu sterben?*‹«

59.

Ich mußte das Haus sehen. Ich mußte die Stelle sehen, an der General Cornwall und sein Sohn ermordet worden waren. Ich mußte alles über die Mörder und ihre Vorgehensweise erfahren ... sehen ... spüren.

Mein Wunsch wurde erfüllt. Noch vor neun Uhr an diesem Morgen war ich in McLean. Der Dezembertag war grau und wolkenverhangen. Das Haus der Cornwalls sah surreal, abweisend und kalt aus, als ich näher kam und durch die Vordertür eintrat. Auch drinnen war es kalt. Entweder weigerte sich die Familie Cornwall, zur Kenntnis zu nehmen, daß Winter herrschte, oder sie wollte Geld beim Heizen sparen.

Der Doppelmord war im ersten Stock begangen worden. General Aiden Cornwall und sein neunjähriger Sohn lagen im Flur, immer noch auf dem Rücken.

Es war ein eiskalter, gut geplanter, sehr profihafter Mord. Der Tatort war wie aus dem Lehrbuch, vielleicht sogar wie einer aus meinem Notizbuch. Er ähnelte einem Mord aus einem forensischen Unterrichtswerk – beinahe *zu* sehr.

Überall im Haus waren FBI-Techniker und Gerichtsmediziner zugange. Es waren wohl über zwanzig Personen.

Gleich nach meiner Ankunft begann es heftig zu regnen. Die Autos und Fernsehübertragungswagen, die nach mir eingetroffen waren, hatten die Scheinwerfer eingeschaltet. Es war unheimlich, gespenstisch.

Jeanne Sterling entdeckte mich im oberen Korridor. Zum erstenmal schien die CIA-Generalinspekteurin erschüttert zu sein. Der ständige starke Druck setzte uns allen verdammt zu. *Gewisse Leute waren hinter dem Präsidenten der Vereinigten Staaten her, und sie waren sehr gut.* Außerdem waren sie äußerst brutal.

»Wie reagiert Ihr Bauch auf das alles, Alex?« fragte Jeanne.

»Meine Reaktion wird unsere Arbeit nicht einfacher machen«, antwortete ich. »Als einziges beständiges Muster sehe ich nur, daß Jack und Jill überhaupt kein Muster haben, von den Botschaften einmal abgesehen. Und noch etwas: Wenn ich recht verstehe, war Aiden Cornwall ein Konservativer, kein Liberaler

wie die anderen Opfer. Das ist eine Änderung im Schema, die einen Großteil der Theorien über Jack und Jill zunichte macht.«
Während ich mit Jeanne Sterling sprach, kam mir noch eine Erleuchtung bezüglich der Botschaften, die Jack und Jill hinterlassen hatten. *Diese Zeilen teilten uns vielleicht etwas Wichtiges mit. Die FBI-Sprachanalytiker hatten noch nichts gefunden, aber das war mir egal. Wer immer diese Zeilen schrieb – wahrscheinlich Jill –, wollte uns etwas mitteilen ... Gab es eine erkennbare Ordnung in dem, was sie taten? Der Wunsch zu erschaffen, statt zu vernichten? Die Zeilen* mußten *etwas bedeuten. Ich war mir sicher.*
»Wie sieht's bei Ihnen aus, Jeanne? Irgendwas Neues?«
Jeanne schüttelte den Kopf und biß sich mit den großen Zähnen auf die Unterlippe. »Nichts, absolut nichts.«

60.

Es war ein sehr langer Tag gewesen, und er war weiterhin sehr anstrengend. Um zehn Uhr abends traf ich in den FBI-Büros an der Pennsylvania Avenue ein. Meine Gedanken rasten viel zu schnell, als ich mit dem Aufzug in die elfte Etage fuhr. Die Lichter im Gebäude funkelten wie winzige Lagerfeuer über Washington. Wahrscheinlich hatten Jack und Jill dafür gesorgt, daß heute abend viele Menschen lange aufblieben. Ich war einer davon.
Ich war zu den FBI-Büros gekommen, um mir die Telefonnachricht anzuhören, die Jill am Morgen dem Präsidenten hatte zukommen lassen. Alle wichtigen Beweise hatte man mir zugänglich gemacht. Man hatte mich *hineingelassen.* Man erlaubte mir sogar, im Weißen Haus Wellen zu schlagen. Ich wußte alles über Mehrfachmörder. Die meisten anderen Teammitglieder hatten dieses zweifelhafte Vergnügen nicht gehabt.
Keine Regeln.
Ein Sicherheitsmann führte mich im elften Stock in ein Audio-Elektronik-Büro. Ein NEC-Tonbandgerät wartete auf mich.

Eine Kopie des Bandes mit Jills Stimme war bereits eingelegt. Das Gerät lief. Es lief heiß.

»Es ist eine Kopie, Dr. Cross, aber für Ihre Zwecke dürfte es reichen«, teilte man mir mit. Ein FBI-Techniker mit langem Haar erklärte mir weiter, daß sie sicher seien, die Stimme auf dem Band sei verfälscht oder elektronisch gefiltert worden. Die FBI-Experten glaubten nicht, daß die Anruferin durch die Bandaufnahme identifiziert werden könnte. Wieder hatten Jack und Jill ihre Spur sorgfältig verwischt.

»Ich habe mit einem Kontaktmann im Bell-Labor gesprochen«, sagte ich. »Er hat mir das gleiche gesagt. Außerdem haben es noch etliche Experten bestätigt. Inzwischen glaube ich es.«

Schließlich ließ mich der unkonventionell aussehende FBI-Techniker allein, so daß ich mir in Ruhe das auf Band aufgezeichnete Telefonat anhören konnte. So wollte ich es. Eine Zeitlang saß ich nur da und starrte zum Justizministerium auf der anderen Seite der Pennsylvania Avenue hinüber.

Jill war bei mir.

Sie wollte etwas über sich enthüllen, irgend etwas, das sie uns mitteilen mußte. Ihr tiefes, dunkles Geheimnis.

Das Band war zurückgespult worden und setzte mit ihrer Stimme ein. In dem stillen, einsamen Büro erschreckte mich diese Stimme.

Jills Stimme.

»Guten Morgen, Mr. Präsident. Heute ist der zehnte Dezember. Es ist genau fünf Uhr früh. Bitte, legen Sie nicht auf. Hier ist Jill. Ja, *die* Jill. Ich wollte mit Ihnen selbst sprechen, auf einer sehr persönlichen Ebene. Verstehen wir uns bis jetzt?«

»Es ist längst über die ›persönlich Ebene‹ hinausgegangen«, sagte Präsident Byrnes mit ruhiger Stimme. »Warum ermorden Sie unschuldige Menschen? Warum wollen Sie mich umbringen, Jill?«

»Oh, dafür gibt es einen sehr guten Grund. Es gibt eine vollkommen zufriedenstellende Erklärung für *alle* unsere Aktionen. Vielleicht macht uns diese Machttour Spaß, den sogenannten *mächtigsten Menschen der Welt* Angst einzujagen. Vielleicht macht es uns Spaß, Ihnen eine Botschaft von all den *kleinen Leuten* zu überbringen, denen Sie mit Ihren Befehlen *von ganz oben*, mit Ihren allmächtigen Anordnungen Furcht einjagen. Auf alle Fälle war keiner, der von uns getötet wurde, *unschuldig*, Mr. Präsident. Alle haben den Tod verdient – aus dem einen oder anderen Grund.«

Dann lachte Jill. Ihre elektronisch veränderte Stimme klang beinahe kindlich.

Ich dachte an Aiden Cornwalls kleinen Sohn. Warum verdiente ein neunjähriger Junge den Tod? In diesem Moment haßte ich Jill – wer immer sie war, was immer ihre Motive sein mochten.

Präsident Byrnes blieb hart. Seine Stimme klang weiterhin gemessen und ruhig. »Lassen Sie mich Ihnen eines klarmachen: Sie jagen mir keine Angst ein. Vielleicht sollten *Sie* Angst haben, Jill. Sie *und* Jack. Wir sind Ihnen auf den Fersen. Es gibt keinen Ort auf der Erde, an dem Sie sich verstecken könnten. Es gibt keinen sicheren Ort auf dem gesamten Globus. Jetzt nicht mehr.«

»Das werden wir bestimmt nicht vergessen, Mr. Präsident. Vielen Dank für die Warnung. Sehr sportlich von Ihnen. Und bitte vergessen Sie nicht: Sie sind ein toter Mann, Mr. Präsident. Ihre Ermordung ist bereits so gut wie vollzogen.«

Damit endete das Band. Jills Schlußworte an Präsident Byrnes, so abgebrüht, so dreist.

Jill als morgendlicher DJ. Jill die Dichterin. Wer bist du, Jill?

Ihre Ermordung ist bereits so gut wie vollzogen.

Ich wollte noch einmal mit Präsident Byrnes sprechen. Ich wollte sofort mit ihm sprechen. Ich brauchte ihn in diesem Büro, damit er sich das widerliche Band, die schreckliche Drohung mit mir zusammen anhörte. Vielleicht wußte der Präsident Dinge, die er uns nicht verriet. Irgend jemand *mußte* mehr wissen.

Ich spielte die bedrohliche Bandnachricht noch mehrmals ab. Ich weiß nicht, wie lange ich im FBI-Büro saß und über die verlöschenden Lichter Washingtons starrte. Sie waren irgendwo da draußen. Jack und Jill waren da draußen. Möglicherweise planten sie ein Attentat. Vielleicht auch nicht. Vielleicht ging es gar nicht darum.

Sie sind ein toter Mann, Mr. Präsident.
Ihre Ermordung ist bereits so gut wie vollzogen.
Warum warnten sie uns?
Warum warnten sie uns vor einer Tat, die sie erst noch begehen wollten?

61.

Es war nach halb elf, aber ich hatte noch einen wichtigen Besuch zu machen. Ich rief Jay Grayer an und sagte ihm, ich sei auf dem Weg ins Weiße Haus und wolle noch einmal mit Präsident Byrnes sprechen. Ob er, Jay, mir helfen könne?
»Das kann bis morgen warten, Alex. Es sollte warten.«
»Es sollte nicht warten, Jay. Ich habe mehrere Theorien, die mir Löcher ins Gehirn brennen. Ich brauche einen gedanklichen Anstoß des Präsidenten. Wenn Präsident Byrnes sagt, daß es bis morgen warten kann, dann soll es eben so sein. Aber reden Sie mit Don Hamerman und mit allen, die sonst noch Einfluß haben. Es handelt sich um eine Ermittlung in einem Mordfall. Wir versuchen, Morde zu *verhüten.* Auf alle Fälle fahre ich jetzt rüber.«
Als ich im Weißen Haus eintraf, wartete Don Hamerman bereits auf mich. Ebenso John Fahey, der Chefberater, und James Dowd, der Justizminister und persönliche Freund von Präsident Byrnes. Alle sahen ziemlich verstört und angespannt aus. Offensichtlich war man eine Vorgehensweise wie die meine hier nicht gewöhnt.
»Um was geht es eigentlich, zum Teufel?« fuhr Hamerman mich wütend an. Ich hatte auf eine Gelegenheit gewartet, herauszufinden, wie bissig er werden konnte. Ich hatte schon Schlimmeres erlebt.
»Wenn Sie wollen, warte ich bis morgen. Aber mein Instinkt rät mir, es nicht zu tun«, erklärte ich ihm mit ruhiger, aber fester Stimme.

»Sagen Sie *uns,* was Sie dem Präsidenten mitteilen wollen«, forderte James Dowd mich auf. »Dann werden wir darüber entscheiden.«

»Was ich zu sagen habe, sollte nur der Präsident hören, fürchte ich. Ich muß mit ihm *allein* sprechen, wie bei unserer ersten Begegnung.«

Hamerman explodierte. »Herrgott noch mal, Sie arroganter Scheißkerl! *Wir* haben Sie überhaupt erst reingelassen.«

»Dann wird man Ihnen die Schuld geben, nehme ich an. Ich habe Ihnen gesagt, daß ich wegen der Ermittlungen in einem Mordfall hier bin und daß Sie einige meiner Methoden nicht mögen werden. Genau das habe ich dem Präsidenten auch gesagt.«

Hamerman stürmte los und kehrte schon nach wenigen Minuten zurück. »Er ist bereit, Sie im zweiten Stock zu empfangen. Sie sollten aber nicht mehr als ein paar Minuten seiner Zeit in Anspruch nehmen. Es *wird nicht* länger als ein paar Minuten dauern.«

»Warten wir ab, was der Präsident dazu zu sagen hat.«

62.

Wir trafen uns in einem Solarium, das mit den Wohnräumen im zweiten Stock verbunden war. Es war ein Lieblingsaufenthaltsraum Reagans gewesen. Draußen vor den Fenstern leuchteten hell die Lichter Washingtons. Ich hatte das Gefühl, ein Kapitel aus *Alle Männer des Präsidenten* zu erleben.

»Guten Abend, Alex. Sie wollten mich unbedingt sprechen«, sagte der Präsident. Seine Stimme klang ruhig und fröhlich. Selbstverständlich konnte ich seine wahren Gefühle nicht ergründen. Er trug Sportkleidung, khakifarbene Hose und ein blaues Hemd.

»Ich bitte um Entschuldigung für diese Störung und daß ich soviel Aufregung verursacht habe«, sagte ich.

Der Präsident hob die Hand, um mich von weiteren Entschuldigungen abzuhalten. »Alex, Sie sind hier, weil wir wollten, daß Sie genau das tun, *was* Sie tun. Wir hatten nur nicht erwartet, daß ein Insider soviel Schneid aufbringen würde wie Sie. Also, was beunruhigt Sie? Wie kann ich Ihnen helfen?«
Ich entspannte mich ein wenig. *Wie konnte der Präsident mir helfen?* Das war eine Frage, die wohl die meisten von uns immer hatten hören wollen. »Ich habe den ganzen Tag über den Anruf und die McLean-Morde nachgedacht, Mr. Präsident. Ich glaube nicht, daß uns *viel Zeit bleibt.* Jack und Jill machen es uns überdeutlich. Sie sind ungeduldig, sehr gewalttätig und gehen immer größere Risiken ein. Außerdem haben sie das Bedürfnis, es uns jedesmal kräftig unter die Nase zu reiben.«
»Schmeicheln die beiden damit nur ihrem Ego, Alex?«
»Möglicherweise, aber vielleicht wollen sie *Ihre Macht schwächen.* Mr. Präsident, ich wollte Sie allein sprechen, weil das, was ich zu sagen habe, absolut vertraulich ist. Wie Sie wissen, haben wir alle Mitarbeiter im Weißen Haus überprüft. Der Geheimdienst war sehr kooperativ. Ebenso Don Hamerman.«
Der Präsident lächelte. »Don? Darauf wette ich.«
»Aber ein Wachhund bleibt ein Wachhund. Aufgrund unserer bisherigen Erkenntnisse lassen wir drei derzeitige Mitarbeiter durch den Geheimdienst observieren. Wir wollen sie lieber beobachten, als einen Rausschmiß zu riskieren. Ingesamt werden derzeit sechsundsiebzig Personen in und um Washington überwacht.«
»Der Geheimdienst hat immer schon mögliche Bedrohungen für den Präsidenten observiert«, sagte Thomas Byrnes.
»Jawohl, Sir. Wir treffen nur Sicherheitsvorkehrungen. Ich habe keine besonders großen Hoffnungen, daß einer der drei Mitarbeiter, die wir observieren lassen, etwas mit der Sache zu tun hat. Alle drei sind Männer. Irgendwie hatte ich gehofft, auf eine Jill zu stoßen. Aber das war nicht der Fall.«
Die Miene des Präsidenten verdüsterte sich. »Ich hätte Jill gern getroffen und mich mit ihr unterhalten. Ja, das hätte ich gern getan.«
Ich nickte. Jetzt kam der wirklich schwierige Teil unserer Un-

terhaltung. »Ich muß ein heikles Thema anschneiden, Sir. Wir müssen über einige Menschen in Ihrer Umgebung sprechen. Leute, die Ihnen *sehr nahestehen.*«

Thomas Byrnes rutschte vor auf die Stuhlkante. Ich sah, daß ihm dieses Thema ganz und gar nicht gefiel.

»Mr. Präsident, wir haben Grund zu der Annahme, daß jemand mit Zugang zum Weißen Haus – oder jemand, der hier Macht und Einfluß besitzt – in die Sache verwickelt ist. Jack und Jill jedenfalls gelangen mühelos an die höchsten Stellen. Die Personen in Ihrer unmittelbaren Umgebung müssen überprüft werden – und zwar sehr sorgfältig.«

Plötzlich waren wir beide sehr still. Ich konnte mir Don Hamerman draußen vor der Tür vorstellen, wie er an seiner Seidenkrawatte kaute.

Schließlich brach ich das peinliche Schweigen.

»Ich weiß, daß wir über Dinge sprechen, die Ihnen unangenehm sind«, sagte ich.

Der Präsident seufzte. »Deshalb sind Sie hier. Ja, deshalb sind Sie hier.«

»Danke«, sagte ich. »Sir, Sie haben keinen Grund, mir in dieser Sache nicht zu trauen. Wie Sie selbst gesagt haben, bin ich ein Außenseiter. Ich habe nichts zu gewinnen.«

Thomas Byrnes seufzte zum zweitenmal. Ich spürte, daß ich zu ihm vorgedrungen war – zumindest in diesem Moment. »Ich traue den meisten dieser Leute. Ich würde ihnen mein Leben anvertrauen. Don Hamerman ist einer davon – meine Bulldogge, wie Sie ganz richtig vermuten. *Wem traue ich nicht?* Nun ja, bei Sullivan zum Beispiel fühle ich mich nicht ganz wohl oder bei Thompson vom Stab. Ich bin mir nicht einmal bei Bowen vom FBI sicher. Und an der Wall Street habe ich mir ernstzunehmende Feinde geschaffen. Ihr Einfluß in Washingtons inneren Kreisen ist sehr weitreichend und kaum abzuschätzen. Und wenn ich recht verstanden habe, ist das organisierte Verbrechen über meine Programme auch nicht allzu erfreut. Und diese Leute sind heutzutage weit besser organisiert als je zuvor. Ich fordere ein sehr abgewirtschaftetes, aber sehr altes und mächtiges System heraus – *und das gefällt diesem abgewirtschafte-*

ten System ganz und gar nicht. Die Kennedys haben das auch getan, besonders Robert Kennedy.«

Plötzlich bekam ich nur noch mühsam Luft. »Wer sonst noch, Mr. Präsident? Ich muß alle Ihre Feinde kennen.«

»Helene Glass ... die Senatorin ... ist eine Feindin ... Einige der reaktionären Konservativen im Senat und im Repräsentantenhaus sind Feinde ... Ich glaube ... Vizepräsident Mahoney ist auch ein Feind ... jedenfalls beinahe. Ich habe vor der Wahlversammlung einen Kompromiß gemacht, um Mahoney auf die Liste zu bekommen. Er sollte Florida und andere Teile des Südens auf meine Seite bringen. Er *hat* sie auf meine Seite gebracht. Als Gegenleistung sollte ich bei einigen seiner Gönner eine gewisse Nachsicht zeigen. Das habe ich nicht getan. Ich lege mich mit dem System an – und das darf man nicht, Alex.«

Ich hörte Thomas Byrnes zu, ohne einen Muskel zu bewegen. Dieses Gespräch mit dem Präsidenten wirkte betäubend, beunruhigend. Ich konnte an Thomas Byrnes' Miene erkennen, wieviel Überwindung es ihn kostete, mir diese Dinge anzuvertrauen.

»Wir sollten diese Leute unter Observierung stellen«, sagte ich.

Der Präsident schüttelte den Kopf. »Nein, das kann ich nicht gestatten. Nicht zu diesem Zeitpunkt. Das kann ich nicht, Alex.« Der Präsident erhob sich. »Wie haben Ihren Kindern die Souvenirs gefallen?« fragte er.

Ich schüttelte den Kopf. So würde ich mich nicht abspeisen lassen. »Denken Sie an den Vizepräsidenten und Senatorin Glass. Das ist eine Ermittlung in *Mordfällen.* Bitte, schützen Sie niemanden, der vielleicht darin verwickelt ist. Mr. Präsident, helfen Sie uns bitte ... wer auch immer es sein mag.«

»Guten Abend, Alex«, sagte der Präsident mit kräftiger, klarer Stimme. Seine Augen waren unnachgiebig.

»Guten Abend, Mr. Präsident.«

»Bleiben Sie dran«, sagte er. Dann wandte er sich ab und verließ das Solarium.

Don Hamerman trat ein. »Ich führe Sie hinaus«, sagte er steif. Er war kalt – unfreundlich.

Vielleicht hatte auch ich einen Feind im Weißen Haus.

63.

Niemals, Jose! Das kann nicht sein! Nie und nimmer! Es konnte nicht geschehen. Das wäre so, als würden die *X-Files* und die *Twilight Zone* auf den *Information Superhighway* treffen.

Mit ihren einsdreiundfünfzig und zwei Zentnern war Maryann Maggio ein menschliches Kraftwerk. Sie betrachtete sich als die »Zensorin des Obszönen und Gefährlichen« auf dem interaktiven Netz des Internet-Servers *Wonder,* einer Tochtergesellschaft der IBM. Maryanns Aufgabe bei Wonder bestand darin, Reisende auf dem Daten-Superhighway zu schützen. Und nun entwickelte sich vor ihren Augen ein Notfall. Ein Eindringling war im Netz.

Das durfte nicht geschehen. Sie konnte die Augen nicht von ihrem IBM-Monitor auf dem Schreibtisch nehmen. »Also, wir haben das interaktive Zeitalter, nicht wahr? Nun, Leute, dann bereitet euch darauf vor«, murmelte sie. »Jetzt geschieht ein Zugunglück.«

Maryann Maggio war seit fast sechs Jahren bei der Zensurabteilung von Wonder. Der absolute Renner auf dem Dienstleistungssektor des Unternehmens waren die Kleinanzeigen. Mittels dieser Anzeigen schickten Mitglieder persönliche Botschaften an andere Mitglieder: Infos, Briefe, Tips für die Urlaubsplanung oder für ein neues Restaurant. Solche Dinge.

Für gewöhnlich waren diese Mitteilungen ziemlich harmlos. Fragen und Antworten behandelten alle möglichen Themen, von Wohlfahrtsorganisationen bis hin zum Mordprozeß des Monats.

Aber nie waren es Mitteilungen wie diese, die nun vor Maryanns Augen auf dem Monitor erschienen. Das rief den Zensor in Sachen Kinderschutz in Maryann auf den Plan, den Beschützer kindlicher Hirne. Ihr bärtiger, zweieinhalb Zenter schwerer Mann, Terry der Pirat, nannte sie deshalb die »Große Schwester«.

Seit ungefähr dreiundzwanzig Uhr hatte Maryann Maggio die Mitteilungen eines bestimmten Abonnenten in Washington, D.C., überwacht. Anfangs waren die seltsamen Mitteilungen

hart an der Grenze, an der sie eingreifen mußte. Sollte sie die Nachrichten zurückhalten? Herausnehmen? Aber Wonder mußte mit anderen Servern im Internet konkurrieren, und das war ein verdammt harter Brocken.
Maryann fragte sich, ob der Absender das wußte. Manchmal kannten Verrückte die Regeln. Sie *wollten* bis an die Grenze gehen. Oder sie schienen einfach menschlichen Kontakt zu brauchen – sogar mir ihr, der Zensorin der Gedanken. *Big Sister is watching.*
Bei den ersten Mitteilungen hatte der Unbekannte andere Kunden um deren »aufrichtige« Meinung zu einem umstrittenen Thema gebeten. Ein Mord an einem Kind in Washington wurde beschrieben. Dann wurden die anderen nach ihrer Meinung gefragt, ob die Kindermorde oder die Morde Jack und Jills mehr Aufmerksamkeit seitens der Polizei und der Presse verdienten. Welche Fälle waren wichtiger – moralisch und ethisch?
Maryann Maggio war gezwungen gewesen, zwei der früheren Mitteilungen herauszunehmen. Nicht wegen ihres Inhalts an sich, sondern wegen der vielen üblen Schimpfworte, besonders der mit *f* und *s.*
Aber nachdem sie die Mitteilungen herausgenommen hatte, war es zu einer unglaublichen Gefühlsexplosion bei dem Kunden in Washington gekommen. Erst kam eine lange und üble Beschimpfung der »obszönen und unnötigen Zensurpest bei Wonder«. Die anderen Kunden wurden aufgefordert, zu CompuServe oder anderen konkurrierenden On-line-Diensten zu wechseln. Selbstverständlich hatten auch CompuServe und America Online Zensoren.
Die Mitteilungen flogen jetzt schneller aus Washington heraus als der Shuttle zwischen der Hauptstadt und New York. In einer dieser Mitteilungen wurde Wonder aufgefordert, »den Arsch eures unglaublich unfähigen Zensors zu feuern«. Maryann nahm diesen Wunsch aus dem Netz.
In einer anderen Mitteilung kamen *F*-Worte elfmal in zwei Absätzen vor. Auch dieses Fickogramm wurde von Maryann zensiert.
Dann aber zeigte sich, daß der Absender mehr als eines der

üblichen Großmäuler war. Um ein Uhr siebzehn behauptete der Kunde in Washington, die beiden brutalen Kindermorde begangen zu haben.
Er behauptete, der Mörder zu sein und daß er es beweisen könne – *live bei Wonder.*
Die »Große Schwester« zog diese Mitteilung sofort aus dem Verkehr. Sie rief auch ihre Vorgesetzte in ihr Büro ins Wonder-Center in White Plains, New York. Maryann bebte am ganzen Körper wie Wackelpudding, als ihre Chefin eintraf und schwarzen Kaffee für sie beide mitbrachte. Schwarzer Kaffee? Maryann brauchte etliche von Little Johns Pizzas »mit allem Drum und Dran«, um diese schreckliche Katastrophe durchzustehen.
Plötzlich erschien eine neue Botschaft des Kunden aus Washington auf dem Monitor. Der Typ war offenbar wortgewandt und intelligent, aber unglaublich wütend und wirklich *total verrückt.* Die letzte Mitteilung listete grausige Details über den Mord an einem farbigen Kind auf, »Details, von denen nur die Washingtoner Polizei Kenntnis hat«, wie der Kunde schrieb.
»Mein Gott, Maryann, was für ein widerlicher irrer Spinner«, sagte Maryanns Chefin und blickte ihr über die Schulter. »Sind alle Mitteilungen so?«
»Ja, so ziemlich, Joanie. Er hat seine Sprache ein bißchen gemäßigt, aber die Tendenz zur Gewalt ist geblieben. Verdammt unheimlich. So ist der Typ schon, seit ich ihm die Flügel beschnitten habe.«
Die jüngste Mitteilung aus Washington tauchte vor ihren Augen auf. Es schien *tatsächlich* die Beschreibung eines wirklichen Mordes an einem schwarzen Kind im Garfield Park zu sein. Der Mörder behauptete, er habe einen abgesägten Baseballschläger benutzt, den er mit Isolierband verstärkt habe. Er behauptete, dreiundzwanzigmal auf das Kind eingeschlagen und jeden einzelnen Schlag *gezählt* zu haben.
»Machen wir diesem gräßlichen Scheiß ein Ende. Ziehen Sie ihm den Stecker raus!« entschied die Chefin rasch.
Dann fällte die Chefin eine noch wichtigere Entscheidung. Sie meldete den verdächtigen Kunden der Washingtoner Polizei.

Weder sie noch Maryann Maggio wußten, ob die Kindermorde echt waren, aber es hörte sich sehr danach an.
Um halb zwei Uhr morgens erreichte die Chefin von Wonder einen Detective im Ersten Revier. Sie notierte sich den Dienstgrad des Beamten und auch seinen Namen: Detective John Sampson.

64.

Ich war kurz nach eins ins Bett gekommen. Nana weckte mich um Viertel vor fünf. Ich hörte ihre Pantoffeln über das kahle Parkett im Schlafzimmer schlurfen. Dann flüsterte sie direkt über meinem Ohr. Ich hatte das Gefühl, wieder sechs Jahre alt zu sein.
»Alex? Alex? Bist du wach?«
»Mm, hmmm. Logisch – um diese Uhrzeit.«
»Dein Freund ist unten in der Küche. Er schaufelt Speck und Tomaten aus meiner Pfanne in sich hinein, als würde morgen die Welt untergehen. Er ißt noch schneller, als ich kochen kann.«
Ich unterdrückte ein gequältes Stöhnen. Ich blinzelte zweimal und hatte das Gefühl, meine Augen wären verquollen und würden jedesmal weh tun, wenn ich sie öffnete. Mein Hals kratzte und schmerzte.
»Ist Sampson da?« brachte ich schließlich heraus.
»Ja, und er sagt, daß er vielleicht einen heißen Tip hat, was den Schulmörder angeht. Ist das nicht ein schöner Beginn des neuen Tages?«
Sie zog mich auf. Wie immer. Es war noch nicht mal fünf Uhr morgens, und Nana hatte mir bereits ihre rostige Klinge hineingestoßen.
»Ich bin wach«, flüsterte ich. »Wenn's auch nicht so aussieht. Ich bin wach.«
Keine zwanzig Minuten später hielten Sampson und ich vor

einem Backsteinhaus am Seward Square. Sampson gab zu, daß er mich *brauchte.* Rakeem Powell und ein weißer Detective, der Chester Mullins hieß und einen uralten Hut trug, standen vor ihren Autos und warteten auf uns. Beide wirkten äußerst angespannt und beunruhigt.

Die Straße lag an der etwas »besseren« Seite des Seward Square Parks, weniger als zweieinhalb Kilometer von der Sojourner Truth School entfernt. Wahrscheinlich war es Mullins' Heimrevier.

»Es ist diese Vom-Winde-verweht-Villa im Kolonialstil an der Ecke«, erklärte Rakeem und zeigte auf ein großes Haus, ungefähr einen Wohnblock entfernt. »Mann, ich arbeite zu gern in diesen superteuren Wohngegenden. Könnt ihr auch die Rosen riechen?«

»Das ist ein Fensterreinigungsmittel«, widersprach ich.

»Damit ist meine Karriere beim nationalen Rosenzüchterverband im Arsch«, erklärte Rakeem Powell und lachte. Sein Partner Chester ebenfalls.

»Vielleicht wohnt nicht gerade Familie Saubermann in dem schönen Haus«, warnte Sampson die beiden Detectives. »Tolle Umgebung, friedliche Straße – alles schön und gut. Trotzdem kann da drin ein mordlüsterner geisteskranker Scheißkerl auf uns warten. Kapiert?«

Sampson wandte sich an mich. »Was meinst du, Kleiner? Hast du hier auch die üblichen scheußlichen Gedanken? Spürst du auch wieder das Grauen?«

Alles, was er wußte, hatte Sampson mir während der Fahrt zum Seward Square mitgeteilt. Ein Abonnent des Wonder-Interaktiv-Service, ein Militär, Colonel Frank Moore, hatte über das Netz Mitteilungen über die Kindermorde geschickt. Es hörte sich so an, als wäre unser Irrer am Werk gewesen.

»Mir gefällt gar nicht, was ich bis jetzt von Ihnen gehört habe, Mr. John. Die Morde zeigen, daß der Täter zu Gewaltausbrüchen neigt, aber trotzdem ist er ziemlich vorsichtig. Und jetzt streckt er hilfesuchend die Hand aus? Führt uns buchstäblich zu seiner Haustür? Also, das kapiere ich nicht. Und es gefällt mir auch nicht, ganz und gar nicht. Das ist meine Meinung, Partner.«

»Ich hatte die gleichen Gedanken.« Sampson nickte und blickte weiterhin auf das Haus. »Aber wie auch immer, jetzt sind wir hier und können ja mal rausfinden, weshalb der Colonel uns sehen will.«

»Keine verstümmelten Leichen«, sagte Rakeem Powell und verzog das Gesicht. »Bitte nicht um fünf Uhr an einem Montagmorgen. Und bitte nicht noch mehr ermordete schwarze Kinder in dem großen Schuppen.«

»Alex und ich nehmen die Hintertür«, sagte Sampson zu Rakeem. »Sie und Popeye Doyle decken die Vorderseite. Behaltet die Garage im Auge. Wenn es das Haus des Mörders ist, könnt ihr mit der einen oder anderen Überraschung rechnen. Seid ihr alle hellwach? Kikerikiiii?«

Rakeem und der Weiße mit dem Hut nickten. »Hellwach und voller gespannter Erwartung«, erklärte Rakeem mit geheuchelter Begeisterung.

»Wir geben Ihnen Deckung, Detectives.« Endlich sagte Chester Mullins auch mal etwas.

Sampson nickte bedächtig. »Dann los. Noch haben wir kein Tageslicht. Vielleicht liegt der Bursche noch in seinem Sarg.«

Fünf Uhr zwanzig, und das Adrenalin brodelte in meinen Adern. Ich war schon so vielen menschlichen Ungeheuern begegnet, daß es für den Rest meines Lebens reichte. Ich brauchte auf diesem Gebiet keine weiteren praktischen Erfahrungen.

»Was ist? Soll ich hier deinen Arsch betrachten?« fragte Mount John. Ich ging zu dem großen Haus an der Ecke.

»Endlich hast du kapiert, Kleiner. Ich brauche dich bei dieser Sache. Du hast bei Psychomördern ein Zauberhändchen«, sagte Sampson, ohne zu mir zurückzuschauen.

»Danke«, murmelte ich. In meinem Kopf herrschte lautes Getöse, als hätte ich soeben beim Zahnarzt Lachgas bekommen. *Ich wollte wirklich keinen weiteren Psychopathen mehr treffen. Ich wollte Colonel Frank Moore nicht sehen.*

Wir gingen über den Rasen zu einer langen, breiten Veranda mit einem Gitter, das von Efeu überwuchert war.

Im Innern des Hauses konnte ich einen Mann und eine Frau sehen. Sie standen in der Küche.

»Das müssen Frank und Mrs. Frank sein«, meinte Sampson leise. Der Mann aß etwas. Er beugte sich über eine Arbeitsplatte. Ich sah eine Schachtel mit Erdbeertörtchen, eine Packung fettarme Milch und die *Washington Post* vom heutigen Morgen.
»*Genau* wie Familie Saubermann«, flüsterte ich John zu. »Mir gefällt das alles überhaupt nicht. Der Kerl führt uns schnurstracks zu seiner Haustür.«
»Ein geisteskranker Mörder«, sagte Mount John durch die blendendweißen zusammengebissenen Zähne. »Laß dich nicht täuschen. *Nur* Psychologen fressen diesen Mist.«
»So leicht bin ich nicht zu täuschen«, erwiderte ich.
»Um so besser. Dann laß uns zuschlagen, Kleiner. Es ist Zeit, daß wir wieder mal zu unbesungenen Helden werden.«
Wir duckten uns bis unter die Höhe des Küchenfensters – keine leichte Aufgabe. Von dort aus konnten wir den Mann und die Frau sehen, sie uns aber nicht.
Sampson packte den Türknopf und drehte ihn langsam.

65.

Die Hintertür zum Haus der Moores war nicht verschlossen. Sampson drückte sie auf. Dann stürmten wir beide in die Küche, wo es nach frisch getoasteten Törtchen und Kaffee duftete. Wir waren im Viertel des Capitol Hill von Washington. Entsprechend sahen Haus und Küche aus. Ebenso die Moores. Aber weder Sampson noch ich ließ sich durch das protzige Innere des Hauses und den Anschein der Normalität täuschen. So etwas hatten wir früher schon in den Häusern anderer Psychopathen gesehen.
»Hände über den Kopf! Beide! Langsam die Arme hoch!« brüllte Sampson den Mann und die Frau an, die wir in der Küche überrascht hatten.
Wir zielten mit unseren Glocks auf Colonel Moore. Er sah eigentlich nicht bedrohlich aus: Brille, in mittleren Jahren,

klein, dünn, mit schütterem Haar, Rettungsring um die Taille. Er trug die reguläre Armeeuniform, aber das verbesserte sein Erscheinungsbild auch nicht besonders.
»Wir sind Detectives von der Metro Police«, identifizierte Sampson uns beide. Die Moores blickten uns völlig geschockt an. Ich konnte es ihnen nicht verdenken. Sampson und ich können auch unter falschen Umständen schockierend aussehen – und hier herrschten eindeutig falsche Umstände.
»Hier muß ein ... wirklich schlimmes, wirklich ... verrücktes Mißverständnis vorliegen«, erklärte Colonel Moore schließlich sehr langsam und vorsichtig.
»Ich bin Colonel Frank Moore, und das ist meine Frau Connie Moore. Unsere Adresse hier lautet 418, Seward Square North.« Er sprach jedes Wort langsam und überdeutlich aus. »Bitte, nehmen Sie die Waffen herunter, Officers. Sie sind hier an der falschen Adresse.«
»Wir sind an der richtigen Adresse, Sir«, teilte ich dem Colonel mit. *Und Sie sind der geisteskranke Anrufer, mit dem wir reden wollen. Sie sind entweder ein Irrer oder ein Mörder oder beides.*
»Und wir suchen nach Colonel Frank Moore«, fuhr Sampson fort. Er hatte seine Glock keinen Zentimeter gesenkt, nicht mal einen Millimeter. Ich auch nicht.
Colonel Moore wahrte ziemlich gut die Haltung. Das machte mir Sorgen und ließ meine inneren Alarmglocken laut schrillen.
»Nun, können Sie uns dann bitte sagen, was das Ganze soll? Und schnell, bitte. Weder meine Frau noch ich wurden jemals verhaftet. Ich hatte nicht einmal einen Strafzettel von der Verkehrspolizei«, erklärte der Colonel Sampson und mir, da er nicht sicher war, wer das Sagen hatte.
»Sind Sie Kunde bei Wonder, Colonel?« fragte Sampson. Es klang ein bißchen verrückt, wie alles in letzter Zeit.
Colonel Moore schaute seine Frau an, dann wieder uns. »Wir sind dort Kunden ... das heißt unser Sohn Sumner. In Anbetracht unserer Terminpläne haben meine Frau und ich nicht viel Zeit für Computerspiele. Ich verstehe sowieso nicht viel davon. Will ich auch gar nicht.«

»Wie alt ist Ihr Sohn?« fragte ich Colonel Moore.
»Was soll diese Frage? Sumner ist dreizehn. Er geht in die neunte Klasse der Theodore Roosevelt Academy. Er hat erstklassige Zeugnisse und ist ein großartiger Junge. Um was geht es eigentlich, Officers? Würden Sie uns bitte sagen, weshalb Sie hier sind?«
»Wo ist Sumner jetzt?« fragte Sampson mit leiser und drohender Stimme. *Weil der junge Sumner vielleicht irgendwo in der Nähe im Haus lauschte. Vielleicht hörte der Sojourner-Truth-Schulmörder uns genau in diesem Augenblick zu.*
»Er steht eine halbe oder dreiviertel Stunde später auf als wir. Sein Bus kommt um halb sieben. Bitte! *Worum geht es eigentlich?«*
»Wir müssen mit Ihrem Sohn sprechen, Colonel Moore«, sagte ich. Immer schön mit der Ruhe.
»Da müssen Sie schon ...«, begann Colonel Moore.
»Nein, müssen wir nicht«, unterbrach Sampson ihn. »Wir müssen Ihren Sohn *sofort* sprechen. Wir sind wegen einer Ermittlung in einem Mordfall hier, Colonel. Zwei kleine Kinder wurden bereits ermordet. Ihr Sohn könnte in die Morde verstrickt sein. *Wir müssen Ihren Sohn sprechen.«*
»Ach, du lieber Gott, Frank.« Zum erstenmal meldete sich Mrs. Moore zu Wort. Connie. Ich erinnerte mich an ihren Namen. »Das kann doch nicht wahr sein! Sumner kann nichts verbrochen haben.«
Colonel Moore schien noch verwirrter zu sein als bei unserem gewaltsamen Eindringen. Auf alle Fälle hatten wir seine ungeteilte Aufmerksamkeit. »Ich führe Sie hinauf zu Sumners Zimmer. Könnten Sie wenigstens die Waffen ins Holster stecken?«
»Ich fürchte, das können wir nicht«, erklärte ich ihm.
Sein ängstlicher Gesichtsausdruck grenzte nun an Panik. Mrs. Moore schaute ich gar nicht mehr an.
»Bitte, führen Sie uns jetzt zum Schlafzimmer des Jungen«, sagte Sampson. »Wir müssen leise hinaufgehen. Es ist zu Sumners Schutz. Verstehen Sie, was ich damit sagen will?«
Colonel Moore nickte langsam. Sein Gesicht war jetzt eine traurige, ausdruckslose Maske. »Frank?« flehte Mrs. Moore. Sie war sehr blaß.

Wir drei gingen im Gänsemarsch nach oben. Ich als erster, dann Colonel Moore, gefolgt von Sampson. Ich hatte Frank Moore immer noch nicht als Verdächtigen ausgeschlossen, als potentiellen Irren, als den Mörder.

»In welchem Zimmer ist Ihr Sohn?« fragte Sampson flüsternd. Seine Stimme war kaum zu hören. Der letzte Massaikrieger. Bei einem Kapitalverbrechen, einem Mord, in Washington, D.C.

»Die zweite Tür links. Ich schwöre Ihnen, Sumner hat nichts getan. Er ist dreizehn. Er ist Klassenprimus.«

»Hat seine Tür ein Schloß?« fragte ich.

»Nein ... ich glaube nicht ... vielleicht einen Haken ... eine Kette. Ich bin nicht sicher. Er ist ein guter Junge, Detective.«

Sampson und ich bezogen zu beiden Seiten der geschlossenen Schlafzimmertür Stellung. Schließlich mußten wir damit rechnen, daß ein Irrer drinnen wartete. *Der gute Junge der Moores war vielleicht ein Kindermörder.* Colonel Moore und seine Frau hatten vielleicht keine Ahnung, wer ihr Sohn *wirklich* war.

Dreizehn Jahre alt. Das machte mir allerdings schwer zu schaffen. Konnte ein Dreizehnjähriger die beiden grausamen Kindermorde begangen haben? Immerhin würde es das amateurhafte Vorgehen erklären. Aber die Wut, die gnadenlose Gewalt? Den Haß?

Er ist ein guter Junge, Detective.

An der Tür des Jungen war kein Schloß, kein Haken. *Also los! Nichts wie rein!* Sampson und ich stürmten mit gezückten Waffen ins Schlafzimmer.

Das Zimmer war eine normale Teenagerhöhle, nur mit mehr Computer- und Audio-Ausrüstung als die meisten, die ich bisher gesehen hatte.

Eine graue Kadetten-Ausgehuniform hing an der offenen Schranktür. Jemand hatte sie in Fetzen geschnitten!

Sumner Moore war nicht in seinem Schlafzimmer. Heute morgen schlief er nicht die halbe Stunde länger wie sonst.

Das Zimmer war leer.

Auf dem zerknitterten Laken, wo man sie nicht übersehen konnte, lag eine getippte Nachricht.

Auf dem Zettel stand nur: *Niemand ist weg.*

»Was soll das?« murmelte Colonel Moore, als er die Notiz gelesen hatte. »Was soll das? *Was geht hier vor?* Kann mir das bitte jemand erklären? Was geht hier vor?«

Ich glaubte, die Nachricht des Jungen zu verstehen. Sumner Moore war *Niemand* – als solcher betrachtete er sich. Und jetzt *war Niemand weg.*

Das Kleidungsstück neben dem Zettel war der zweite Teil der Nachricht an denjenigen, der als erster das Zimmer betrat. Der Junge hatte Shanelle Greens Bluse aufs Bett gelegt. Die winzige metallischblaue Bluse war mit Blut getränkt.

Ein dreizehnjähriger Junge war der Truth-Schulmörder. Ein Junge, der von Wut zerfressen wurde. Und er lief irgendwo in Washington frei herum.

Niemand war weg.

66.

Der Sojourner-Truth-Killer schlenderte die M Street entlang und las die *Washington Post* von vorn bis hinten. Er wollte sehen, ob er schon berühmt war. Den ganzen Morgen hatte er gebettelt und ungefähr zehn Dollar eingenommen. *Das Leben war schön.*

Er hatte die Zeitung auseinandergefaltet und achtete nicht darauf, wohin er ging. Deshalb prallte er mit etlichen Arschlöchern zusammen. Die *Post* war voll mit Berichten über dieses verdammte Paar, Jack und Jill, aber es stand nichts über ihn darin. Nicht ein Absatz, kein einziges Wort über das, was er getan hatte. Zeitungen waren wirklich ein verdammt schlechter Scherz. Sie logen, daß sich die Balken bogen, aber jeder sollte glauben, was sie schrieben, nicht wahr?

Plötzlich fühlte er sich so hundeelend, so verwirrt, daß er sich am liebsten auf den Bürgersteig gelegt und losgeheult hätte. Er hätte diese kleinen Kinder nicht umbringen sollen. Wahrscheinlich hätte er es auch nicht getan, wenn er seine Medizin

weiter genommen hätte. Aber das Depakote machte ihn benommen, und er haßte das Zeug, als wäre es Strychnin.
Und jetzt war sein Leben vollkommen ruiniert. Er war weg vom Fenster. Sein ganzen Leben war zu Ende, ehe es richtig angefangen hatte.
Er befand sich in einem schäbigen und üblen Viertel, dachte aber daran, für immer hierzubleiben. *Niemand ist hier. Und niemand kann Niemand aufhalten.*
Er war hergekommen, um die Sojourner Truth School noch einmal zu sehen. Alex Cross' Sohn besuchte diese Schule – und auf Cross hatte er eine Scheißwut. Der Detective hielt nicht viel von ihm, oder? Er war nicht einmal mit Sampson zur Teddy Roosevelt School gekommen. Immer wieder hatte Cross ihn zutiefst beleidigt.
In der Truth School ging es auf die Mittagspause zu. Er beschloß, hinzugehen und sich dicht an den Zaun zu stellen, der den Schulhof umschloß, auf dem man Shanelle Green gefunden hatte. *Wohin er die Leiche geschafft hatte.* Vielleicht war es an der Zeit, das Schicksal auf die Probe zu stellen und zu sehen, ob es einen Gott im Himmel gab. Wie auch immer.
Rock-and-Roll-Musik dröhnte jetzt ohne Unterlaß in seinem Kopf. Nine Inch Nails, Green Day, Oasis. Er hörte »Black Hole Sun« und »Like Suicide« von Soundgarden. Dann »Chump« und »Basket Case« von Green Day's *Dookie.*
Er riß sich zusammen, zog sich aus eigener Kraft zurück in die wirkliche Welt.
Mann, jetzt hatte er doch tatsächlich ein paar Minuten lang durchgedreht. Er hatte total abgehoben. *Wie lange warst du weg vom Fenster?* fragte er sich.
Jetzt wurde es schlimm. Oder wurde es sehr gut? Vielleicht sollte er eine winzige Dosis vom guten alten Depakote nehmen und sehen, ob es ihn irgendwie in die Nähe unseres Sonnensystems zurückbrachte.
Plötzlich sah er die widerliche schwarze Amazone. Sie kam direkt auf ihn zu. Es war bereits zu spät, dem Hurrikan auszuweichen.
Er hatte sie sofort erkannt. Sie war die arrogante, mächtige

Rektorin der Sojourner Truth. Sie hatte ihn deutlich im Visier. Mann, sie sollte ein T-Shirt mit FÜRCHTET EUCH NICHT für solche Spielchen tragen. *Du hast mich aufs Korn genommen, Lady, aber ich werde* dich *aufs Korn nehmen. Und das wird dir nicht gefallen. Darauf kannst du dich verlassen, Schwester.*

Jetzt rief sie zu ihm herüber: »Wo gehst du in die Schule? Warum bist du jetzt nicht dort? Hier darfst du nicht herumstehen.« Sie rief es laut und ging schurstracks auf ihn zu.

GEH ZUM TEUFEL, SCHWARZES MISTSTÜCK. KÜMMERE DICH UM DEINEN EIGENEN DRECK.

DU HAST JA NULL AHNUNG, MIT WEM DU SPRICHST. VERDAMMT NOCH MAL.

DU ... REDEST ... MIT ... MIR!

»Hörst du mich, Kleiner? Oder bist du taub? Hier ist eine drogenfreie Zone, also verzieh dich. *Sofort!* Es ist streng verboten, in der Umgebung der Schule herumzulungern. Das gilt auch für *dich* in deiner Armyjacke. Zieh Leine! Hau ab!«

Sie trat vor ihn. Und sie war groß. Auf alle Fälle viel größer als er. »Verschwinde, sonst bekommst du Ärger. Ich lass' mich von dir nicht veräppeln. Verstanden? Also, schwing die Hufe. Wird's bald?«

Was soll's. Verdammt. Er schlenderte weiter, ohne ihr die Genugtuung zu gönnen, auch nur ein Wort zu antworten. Als er am Ende des nächsten Häuserblocks war, sah er, wie die Schüler auf den Hof mit dem hohen Zaun gelassen wurden, der absolut null Schutz bot. *Mich könnt ihr nicht aussperren,* dachte er.

Er schaute sich suchend auf dem Schulhof nach Cross' kleinem Jungen um. Und fand ihn. Null Problemo. Groß für sein Alter. Sah richtig gut aus. Echt niedlich. Damon hieß er.

Die Rektorin stand noch immer auf dem Schulhof und starrte mit bösen Blicken zu ihm hin. Mrs. Johnson hieß sie.

Na ja, jetzt war sie eine *tote* Mrs. Johnson. Sie war bereits graue Vorgeschichte. Genau wie die alte Sojourner Truth – die *ehemalige* Sklavin, die *ehemalige* Abolitionistin. *Alle sind weg vom Fenster,* dachte der Mörder und schlenderte schließlich weiter. Er hatte Wichtigeres zu tun, als herumzulungern und seine kostbare Zeit zu verschwenden.

Happy, happy. Joy, joy.
»Wenn du das glaubst, mußt du noch verrückter sein als ich«, sagte er vor sich hin. Er meinte niemand Bestimmten. Es waren bloß die generischen Stimmen, die in seinem Kopf ertönten. »Ich bin nicht glücklich. Es gibt keine Freude.«
Als er um die Ecke bog, sah er einen Streifenwagen in Richtung Schule fahren. Jetzt wurde es verdammt Zeit abzuhauen, aber er würde wiederkommen.

67.

Am Nachmittag des nächsten Tages packte ich meine Akten und Notizen über Jack und Jill zusammen und fuhr noch einmal nach Langley, Virginia. Diesmal keine Musik im Auto, nur das stete Surren der Reifen auf der Straße. Jeanne Sterling hatte mich gebeten, sich alles ansehen zu dürfen, was ich bis jetzt zusammengetragen hatte. Sie hatte schon ein halbes dutzendmal angerufen. Diesmal, hatte sie versprochen, würde sie sich revanchieren. *Sie zeigen mir Ihre Sachen, und ich zeige Ihnen meine. Okay?* Warum nicht? Es erschien mir durchaus sinnvoll. Eine CIA-Mitarbeiterin Mitte Zwanzig, die sich mit militärischem Kurzhaarschnitt gefiel, führte mich in ein Konferenzzimmer im sechsten Stock. Der Raum war lichtdurchflutet. Was für ein Gegensatz zu meiner Höhle im Keller des Weißen Hauses! Ich kam mir wie eine Maus vor, die aus dem Loch gelaufen war. Apropos Weißes Haus – bis jetzt hatte ich bezüglich meiner Pläne, mögliche Feinde des Präsidenten in hohen Ämtern zu überprüfen, noch nichts vom Geheimdienst gehört. Diesen Topf mußte ich kräftig umrühren, sobald ich wieder in Washington war.
»Früher konnte man an klaren Tagen das Washington Monument sehen«, sagte Jeanne Sterling, als sie hinter mir ins Zimmer kam. »Jetzt nicht mehr. Die Luftverschmutzung im Fairfax County ist grauenvoll. Wie sieht Ihre bisherige Reaktion auf

die Akten über unsere Killerelite aus? Schock? Erstaunen? Langeweile? Was denken Sie, Alex?«
Allmählich gewöhnte ich mich an Jeannes Art, so schnell wie ein Maschinengewehr zu sprechen. Ich konnte sie mir sehr gut als Juraprofessorin vorstellen. »Meine erste Reaktion betrifft den Zeitaufwand. Wir werden Wochen benötigen, um die *Möglichkeit* zu analysieren, ob einer der ›Geister‹ ein psychopathischer Mörder sein könnte. Oder daß einer Jack sein könnte«, antwortete ich.
»Da stimme ich mit Ihnen überein.« Sie nickte. »Aber lassen Sie uns mal davon ausgehen, daß wir unsere Suche auf etwa vierundzwanzig fröhliche Stunden beschränken müssen. Denn anders wird es wohl nicht gehen. Schweben Ihnen da irgendwelche Hauptverdächtige vor? Sie haben doch etwas, Alex. Was ist es?«
Ich hielt drei Finger in die Höhe. Bis jetzt hatte ich drei Punkte. Jeanne lächelte strahlend. Wir beide lächelten. Man mußte lernen, über den Wahnsinn zu lachen, sonst zieht er einen nach unten, und man kommt nie wieder hoch.
»Okay. In Ordnung. Das höre ich gern. Lassen Sie mich raten«, sagte sie und fuhr sogleich fort: »Jeffrey Daly, Howard Kamens, Kevin Hawkins.«
»Also, das ist interessant«, meinte ich. »Das könnte uns zumindest ein bißchen weiterhelfen. Vielleicht sollten wir lieber mit dem *einen* Namen beginnen, der auf Ihrer und meiner Kurzliste steht. Erzählen Sie mir mehr über Kevin Hawkins.«

68.

Jeanne Sterling investierte etwa zwanzig Minuten, um mich über Kevin Hawkins aufzuklären. »Sie werden froh sein zu hören, daß wir Hawkins bereits observieren lassen«, sagte sie, als wir mit einem schnellen, leisen Aufzug nach unten in die Tiefgarage fuhren, wo unsere Wagen parkten.
»Sehen Sie, Sie brauchen meine Hilfe doch nicht«, sagte ich.

Ich hatte Auftrieb bekommen, selbst durch die Aussicht auf einen *geringen* Erfolg in diesem Fall. Zum erstenmal seit Tagen war ich tatsächlich zuversichtlich.

»Aber nein, Alex, wir brauchen Sie. Wir haben Hawkins noch nicht zu einem Verhör hierhergebracht, weil wir nichts Konkretes gegen ihn vorweisen können. Wir haben nur sehr schlimme Vermutungen. Das dürfen wir nicht vergessen. Und jetzt sind *Sie* ebenfalls ein Verdächtiger.«

»Mehr habe ich derzeit auch nicht«, erklärte ich. »Nur Verdachtsmomente.«

»Manchmal reicht das, wie Sie wissen. Manchmal muß es reichen.«

Wir kamen in die kleine Tiefgarage unter dem CIA-Komplex in Langley. Es standen hauptsächlich Familienkutschen da, Taurus Caravans und ähnliche Wagen, aber auch etliche potente Sportflitzer. Mustangs, Bimmers, Vipers. Die Autos entsprachen weitgehend den Mitarbeitern, die ich oben gesehen hatte.

»Ich schlage vor, wir fahren mit beiden Wagen«, meinte Jeanne. Das klang vernünftig. »Wenn wir fertig sind, fahre ich hierher zurück. Sie können nach Washington weiter. Hawkins wohnt bei seiner Schwester in Silver Spring. Er ist derzeit zu Hause. Auf der Umgehungsstraße ist es höchstens eine halbe Stunde.«

»Wollen Sie ihn jetzt festnehmen?« fragte ich. Ich hielt es für plausibel.

»Ich glaube, das sollten wir, nicht wahr? Nur um ein bißchen zu plaudern, wissen Sie.«

Ich ging zu meinem Porsche, sie zu ihrem Kombi. »Der Mann, den wir jetzt besuchen, ist ein Profikiller«, rief ich ihr durch die Garage zu.

»Soweit ich gehört habe, ist er einer unserer besten«, rief sie zurück. Ihre Stimme hallte von Beton und Stahl wider. »Ist das nicht ein seltsamer Gedanke?«

»Hat er für einen der Jack-und-Jill-Morde ein Alibi?«

»Soviel wir wissen, nicht. Wir müssen ihn noch genauer befragen – detaillierter.«

Wir stiegen in unsere Wagen und ließen die Motoren an. Mir fiel immer mehr auf, daß die CIA-Generalinspekteurin keine

Bürokratin war. Auf alle Fälle hatte sie keine Angst, sich die Hände schmutzig zu machen. Meine auch nicht. Wir würden einen weiteren »Geist« treffen. War er Jack? Konnte es so leicht sein? Es waren schon seltsamere Dinge passiert.

Wir brauchten volle dreißig Minuten bis zum Haus von Hawkins' Schwester in Silver Spring, Maryland. Die Häuser dort waren etwas überteuert, aber die Gegend galt immer noch als Mittelklasse. Nicht meine Mittelklasse, sondern die von anderen.

Jeanne parkte ihren Volvo neben einem schwarzen Lincoln, etwa fünfzig Meter vom Haus der Schwester entfernt. Sie ließ das Fenster an der Beifahrerseite herunter und sprach mit den beiden Agenten im dort geparkten Dienstwagen. Eines ihrer Observierungsteams, vermutete ich. Entweder das, oder Jeanne fragte nach der Adresse des Verstecks unseres Attentäters – ein Gedanke, den ich furchtbar komisch fand. Endlich mal was Lustiges. In letzter Zeit hatte es verdammt wenig zu lachen gegeben.

Plötzlich sah ich einen Mann aus dem Haus der Schwester kommen.

Ich erkannte Kevin Hawkins von den Fotos in den Akten. Es bestand kein Zweifel.

Er warf einen flüchtigen Blick auf die Straße. Er mußte uns sehen. Dann rannte er auch schon los. Er schwang sich auf eine Harley Davidson, die in der Einfahrt parkte.

Ich brüllte »Jeanne« durch mein offenes Fenster und trat gleichzeitig aufs Gaspedal.

Dann begann ich mit der Verfolgung von ... *Jack?*

69.

Kevin Hawkins bog mit dem Motorrad auf den schmalen Rasenstreifen zwischen zwei Villen im Ranchstil ein und raste an etlichen weiteren Häusern vorüber. Bei einem war der Pool für den Winter mit einer hellblauen Plane abgedeckt.

Ich jagte meinen alten Porsche dieselbe Binnenroute entlang, die Hawkins nahm. Zum Glück waren die letzten Tage kalt gewesen, und der Boden war hart gefroren. Ich fragte mich, ob jemand in den Häusern zuschaute, als Auto und Motorrad wie verrückt im Zickzackkurs durch die Vorgärten rasten.
Das Motorrad machte eine scharfe Rechtskurve, bog auf die Erschließungsstraße hinter den letzten Häuserreihen ab. Ich folgte dichtauf. Mein Porsche sprang und hüpfte. Dann schabte er mit dem Unterboden hart gegen den hohen Randstein und knallte so heftig auf das Straßenpflaster, daß ich mit dem Kopf an den Dachhimmel prallte.
Als wir uns der Kreuzung näherten, nahmen auch der Volvo und der Lincoln das Rennen auf. Mehrere Kinder, die in der Gegend trotz des miserablen Wetters Straßen-Football spielten, hielten inne und starrten mit großen Augen auf die Polizeiverfolgungsjagd in der ruhigen Vorstadtstraße.
Ich hatte meine Glock hervorgeholt und das Seitenfenster heruntergekurbelt. Aber ich würde nicht schießen, sofern Kevin Hawkins nicht das Feuer eröffnete. Schließlich wurde er nicht wegen eines Verbrechens gesucht, das man ihm eindeutig nachweisen konnte. Bis jetzt hatten wir nicht mal einen Haftbefehl. Warum flüchtete der Kerl? Offenbar fühlte er sich wegen irgend etwas verdammt schuldig.
In einer Steilkurve legte Hawkins sich mit der Harley auf die Seite und schaltete in den vierten Gang hoch. Ich erinnerte mich an ein anderes Leben und an die Zeiten, die ich auf einem schnellen Motorrad verbracht hatte. Ich erinnerte mich an die ungeheure Wendigkeit dieser Maschinen und an die Wahnsinnsgeschwindigkeit. Und an das Gefühl, wenn die Haut auf dem Schädel sich zusammenzieht. Ich erinnerte mich an Jezzie Flanagan und *ihr* Motorrad.
Hawkins' Maschine dröhnte tief und kehlig, als sie wie eine Rakete den Hügel hinaufschoß.
Ich versuchte mitzuhalten, was mir ziemlich gut gelang. Erstaunlicherweise auch dem Volvo und dem Lincoln. Die ganze Verfolgungsjagd war völliger Irrsinn – plötzlich war in dieser ruhigen Wohngegend das totale Chaos ausgebrochen.

War das Jack da vorn?
War Hawkins Jack?
Ich sah, wie Kevin Hawkins sich über die Lenkstange streckte. Er konnte mit der Harley umgehen. Was konnte dieser Profikiller sonst noch alles?
Er schaltete in den fünften Gang und raste durch die enge Straße, an der immer wieder die Höchstgeschwindigkeit mit fünfzig Kilometern ausgeschildert war. Er hatte locker hundert Sachen drauf.
Dann vor uns – *Verkehr!*
Die Unbillen der zunehmenden Motorisierung waren für mich plötzlich der herrlichste und willkommenste Anblick der Welt.
Ein Stau!
Mehrere Autos und Lieferwagen standen bereits in der Richtung, aus der wir kamen.
Ein leuchtend orangefarbener Mini-Schulbus hielt auf der Gegenfahrbahn. Er ließ Schüler im Gänsemarsch aussteigen – wie wohl jeden Tag um diese Zeit.
Doch Hawkins hatte die Geschwindigkeit des Motorrads kaum verringert. Plötzlich raste er auf der Doppellinie der Fahrbahn dahin. Er hatte *überhaupt* kein Tempo weggenommen.
Jetzt wußte ich, was er vorhatte.
Er wollte an den stehenden Fahrzeugen vorbeirasen.
Laut fluchend trat ich auf die Bremse. Ich wußte, was ich zu tun hatte.
Wieder lenkte ich den Wagen von der Straße und fuhr querfeldein über die Rasenflächen der Gärten. Eine Frau in schwarzer Jacke und Jeans schrie mich von ihrer Veranda aus an und schwenkte wütend eine Schneeschaufel.
Ich fuhr zu der Stelle, wo die Hauptstraße sich zu jener Seitenstraße hinabschwang, in der ich wenige Sekunden zuvor am Stauende gestanden hatte.
Jeanne Sterling folgte mit ihrem Volvo. Ebenso der Lincoln. Wahnsinn und Chaos tobten in Silver Spring.
War das da vorn Jack? Waren wir dabei, den Promimörder einzukassieren?

Ich hatte große Hoffnungen. Wir waren ihm sehr nahe. Keine hundert Meter.
Meine Augen hafteten wie gebannt auf dem dahinrasenden Motorrad. Plötzlich kippte es um.
Die Maschine raste in gefährlicher Schräglage weiter. Orangerote und weiße Funken stoben von der schwarzen Fahrbahn auf. Mehrere Kinder marschierten noch im Gänsemarsch zwischen dem Bus und den stehenden Autos dahin.
Dann riß Hawkins das Motorrad herum.
Die Maschine überschlug sich mehrmals und blieb am Straßenrand liegen.
Hawkins hatte ein Ausweichmanöver versucht, um nicht in die Gruppe der Kinder zu rasen.
Kevin Hawkins lag auf der Straße.
Konnte der Kerl da vorn wirklich *Jack sein?*
Wenn nicht – wer in Gottes Namen war er?
Mit gezückter Glock sprang ich aus dem Wagen und stürmte zum Unfallort. Auf dem matschigen Schnee rutschte ich mehrmals aus, lief aber nicht langsamer.
Jeanne Sterling und ihre beiden Agenten waren ebenfalls ausgestiegen, kamen aber mit dem Schneematsch nicht so gut zurecht. Ich verlor meine Deckung.
Kevin Hawkins richtete sich auf. Er blickte in unsere Richtung, sah uns kommen. Überall Waffen.
Auch er hatte eine Waffe gezogen, schoß aber nicht. Er war nur wenige Schritte von dem Schulbus und den Kindern entfernt.
Aber er ließ die Kinder in Ruhe. Statt dessen rannte er zu einem schwarzen Camaro-Coupé an der Spitze der wartenden Autoschlange.
Was zum Teufel hatte er jetzt vor?
Ich sah, wie Hawkins den Fahrer des Sportwagens durchs offene Fenster anbrüllte. Dann – *peng!* Er feuerte direkt ins Wageninnere.
Mein Gott, er hatte den Fahrer erschossen! Eiskalt!
Ich hatte es gesehen, konnte es aber nicht glauben.
Dann jagte der Auftragskiller mit dem Camaro los. Wegen die-

ses verdammten Wagens hatte er einen Menschen getötet. Aber er hatte auch das eigene Leben riskiert, um eine Gruppe unschuldiger Kinder nicht zu verletzen.
Keine Regeln ... oder eher: Mach deine eigenen!
Hilflos, keuchend blieb ich mitten auf der Straße in Silver Spring stehen. *Waren wir gerade wirklich so nahe daran gewesen, Jack festzunehmen? Wäre beinahe alles vorbei gewesen?*

70.

Nana Mama war noch auf, als ich gegen halb zwölf abends nach Hause kam. *Sampson war bei ihr.*
Adrenalin schoß durch meinen Körper, als ich die beiden auf mich warten sah. Sie sahen noch schlimmer aus, als ich mich nach dem langen harten Tag fühlte.
Irgendwas stimmte nicht. Irgendwas stimmte ganz und gar nicht in unserem Haus. Das merkte ich sofort. Sampson und Nana saßen nicht wegen einer harmlosen Plauderei um diese Zeit noch zusammen.
»Was ist los? Was ist passiert?« fragte ich, als ich durch die Küchentür hereinkam. Mein Magen fiel ins Bodenlose. Nana und Sampson saßen an dem kleinen Eßtisch. Sie unterhielten sich, schmiedeten heimliche Pläne.
»Was ist?« fragte ich noch einmal. »Was ist los, zum Teufel?«
»Jemand hat den ganzen Abend angerufen, Alex. Aber immer wenn ich an den Apparat ging, hat er aufgelegt«, erklärte meine Großmutter, als ich mich neben ihr und Sampson an den Tisch setzte.
»Warum hast du mich nicht sofort angerufen?« fragte ich entschieden, aber freundlich. »Du hast doch die Nummer von meinem Piepser. Dazu ist das Ding nämlich da, Nana.«
»Ich habe John angerufen«, beantwortete Nana die Frage. »Ich wußte, daß du damit beschäftigt warst, den Präsidenten und seine Familie zu beschützen.«

Ich ignorierte ihre schlechte Laune und die boshafte Bemerkung. Jetzt war keine Zeit für Zoff. »Hat der Anrufer etwas gesagt?« fragte ich. »Hast du mit jemand geredet?«
»Nein. Zwischen halb neun und zehn Uhr kamen ungefähr zwölf Anrufe. Danach keiner mehr. Ich habe jemand am anderen Ende der Leitung atmen hören, Alex. Beinahe hätte ich ihm mit meiner Pfeife was ins Ohr geblasen.« Nana hat eine silberne Schiedsrichterpfeife am Telefon liegen – ihre Antwort auf obszöne Anrufe. Diesmal wünschte ich beinahe, sie *hätte* die verdammte Pfeife benutzt.
»Ich gehe jetzt ins Bett«, erklärte Nana und seufzte leise, beinahe unhörbar. In diesem Augenblick sah sie so alt aus, wie sie tatsächlich war. »Jetzt seid ihr zwei ja da.«
Mühsam erhob sie sich von dem knarzenden Küchenstuhl. Zuerst ging sie zu Sampson. Sie beugte sich zu ihm hinunter und küßte ihn auf die Wange.
»Nacht, Nana«, flüsterte er. »Kein Grund zur Sorge. Ist alles halb so wild, auch wenn's im Augenblick schlimm aussieht.«
»John, John«, tadelte sie ihn milde. »Es gibt sehr viele Gründe, sich Sorgen zu machen. Und das wissen wir beide, nicht wahr?« Dann küßte sie mich.
»Gute Nacht, Alex. Ich bin froh, daß du zu Hause bist. Dieser Mörder, der sich in unserer Gegend herumtreibt, macht mir angst. Diesmal ist es wirklich schlimm. Bitte, vertraue meinem Gefühl – dieses eine Mal.«
Für ein paar Sekunden umarmte ich ihren zerbrechlichen Körper. Ich konnte spüren, wie sich Wut in ihr aufstaute. Ich hielt sie fest und dachte, wie schrecklich das alles war, *das ihr angst machte*, dieses fleischgewordene Böse, das mir bis nach Hause folgte. Wer auch nur bei halbwegs klarem Verstand ist, würde der Familie eines Cop nie etwas antun. Aber ich glaubte nicht, daß der Mörder bei klarem Verstand war.
»Gute Nacht, Nana. Danke, daß du für uns da bist«, flüsterte ich an ihrer Wange. Ich roch ihren Fliedertalkumpuder. »Ich verstehe dich. Und ich bin ganz deiner Meinung.«
Nachdem Nana das Zimmer verlassen hatte, schüttelte Sampson den Kopf. Dann lächelte er endlich. »Zäh wie eh und je,

Mann. Sie ist wirklich eine Marke. Aber ich liebe sie. Ich liebe deine Großmutter.«

»Ich liebe sie auch. Meistens jedenfalls.«

Ich blickte zur Deckenlampe hinauf und bemühte mich, mich auf irgend etwas zu konzentrieren, das ich *begreifen konnte*: Elektrizität, Lampen, Licht. Niemand kann einen geisteskranken Mörder wirklich verstehen. Sie sind wie Besucher von anderen Planeten – buchstäblich.

Zum erstenmal im Leben war ich beinahe sprachlos. Ich fühlte mich verletzt, unglaublich wütend und hatte außerdem Angst um meine Familie. Vielleicht bedeuteten diese Anrufe nichts, aber genau wußte ich das eben nicht.

Ich holte zwei Bier aus dem Kühlschrank und öffnete mir und Sampson die Flaschen. Ich mußte ohnehin mit Sampson reden. Den ganzen langen Tag hatte ich keine freie Minute gehabt.

»Nana hat wegen der Kinder Angst. Deshalb stellt sie die Nakkenhaare auf und fährt die Krallen aus«, sagte Sampson und nahm einen tiefen Schluck.

»Scharfe Krallen, Mann.« Trotz der unglaublichen Umstände und meiner Müdigkeit brachte ich beinahe so etwas wie ein Lächeln zustande.

Dann lauschten wir beide für einen Moment der Stille des alten Hauses an der Fünften Straße. Schließlich wurde diese Stille durch das vertraute dumpfe Klopfen in den Heizungsrohren unterbrochen. Wir nahmen beide noch einen kräftigen Schluck Bier. Jetzt kamen keine störenden Anrufe mehr. Vielleicht war Nanas Pfeife doch keine so üble Idee.

»Wie kommst du und dein Allstar-Team bei der Suche nach dem Moore-Jungen voran?« fragte ich Sampson. »Hat sich heute etwas Neues ergeben? Irgendwas Neues vom Rest der Gruppe? Ich weiß, daß unsere Observierung nichts bringt. Nicht genügend Leute.«

Sampson zuckte mit den breiten Schultern und rutschte auf dem Stuhl hin und her. Seine Augen waren hart und dunkel geworden. »Wir haben Spuren von Make-up in seinem Zimmer gefunden. Vielleicht hat er sich geschminkt, um die Rolle des alten Mannes zu spielen. Wir werden ihn finden, Alex. Glaubst du, daß *er* heute abend hier angerufen hat?«

Ich spreizte die Hände. Dann nickte ich. »Das würde Sinn machen. Auf alle Fälle will er besondere Aufmerksamkeit erregen, will wichtig genommen werden, John. Vielleicht hat er das Gefühl, Jack und Jill stehlen ihm die Show. Vielleicht weiß er, daß ich am Jack-und-Jill-Fall arbeite, und ist wütend auf mich.«

»Wir müssen den jungen Kadetten darüber befragen«, sagte Sampson. Er lächelte echt bösartig, so gut – oder so schlimm – wie nie zuvor. »Ich wünschte, ich wäre auch so beliebt wie du, Kleiner. Mich rufen keine Irren spätabends an. Oder schreiben mir schmalzige Briefchen. Nichts dergleichen.«

»Das würden sie nicht wagen«, sagte ich. »Niemand ist *so* verrückt, nicht mal der Truth-Schulmörder.«

Beide lachten wir etwas zu laut. Für gewöhnlich ist Lachen die beste und einzige Schutzmaßnahme in einer wirklich schwierigen Mordermittlung. *Vielleicht hatten Jack und Jill mich zu Hause angerufen. Oder Kevin Hawkins hatte hier angerufen. Vielleicht sogar Gary Soneji, der immer noch irgendwo da draußen herumlief und nur darauf wartete, die alte Rechnung mit mir zu begleichen.*

»Gleich morgen früh kommen Techniker ins Haus und installieren eine Fangschaltung an deinem Telefon. Wir stellen auch einen Detective hier ab. Jedenfalls so lange, bis wir den Jungen haben. Ich habe mit Rakeem Powell gesprochen. Er macht das gern.«

Ich nickte. »Das ist gut. Danke, daß du gekommen und bei Nana geblieben bist.«

Die Dinge hatten sich zum Schlimmeren entwickelt. Jetzt wurde ich in meinem eigenen Haus bedroht. Meine Familie wurde bedroht. Von irgend jemand. Die Irren standen direkt vor meiner Schwelle.

Nachdem Sampson gegangen war, konnte ich nicht schlafen. Ich hatte aber auch keine Lust, Klavier zu spielen. Nein, diese Nacht hatte keine Musik für mich. Ich wagte es auch nicht, Christine Johnson anzurufen. Ich ging nach oben und sah nach den Kindern. Rosie die Katze folgte mir, gähnte und streckte sich. Ich betrachtete die Kinder, ähnlich wie Jannie

mich neulich morgens im Schlaf betrachtet hatte. Ich hatte Angst um sie.
Gegen drei Uhr morgens döste ich schließlich ein. Gott sei Dank kamen keine weiteren Telefonanrufe.
Ich schlief mit der Glock im Schoß auf der Veranda. Trautes Heim, Glück allein.

71.

Am nächsten Morgen hörte ich als erstes die Kinder. Sie lachten laut. Das hob meine Stimmung, deprimierte mich zugleich aber auch.
Sofort erinnerte ich mich an die Situation, in der wir uns befanden: *Die Ungeheuer standen vor unserer Schwelle. Sie wußten, daß wir lebten.* Jetzt gab es keine Regeln mehr. Niemand, nicht einmal meine eigene Familie, war sicher.
Ich dachte kurz an den Moore-Jungen, als ich auf dem alten Sofa auf der Veranda lag. Seltsam, daß nichts in seiner Vergangenheit mit den beiden Morden in Verbindung gebracht werden konnte. Es paßte einfach nicht zusammen. Mir kam die ungeheuerliche Idee, daß ein dreizehnjähriger Junge rein existentielle Morde begehen könnte. Was dieses Thema betraf, hatte ich sehr viel Material im Kopf gespeichert. Vage erinnerte ich mich aus meiner lange zurückliegenden Schulzeit an André Gides *Lafcadio's Adventures.* Die abartigen Hauptfiguren hatten einen Fremden aus dem Zug gestoßen, nur um zu beweisen, daß er lebte.
Ich warf einen Blick auf den Reisewecker neben meinem Bett. Es war schon zehn nach sieben. Ich roch Nanas starken Kaffee unten im Haus. Ich wehrte mich dagegen, mich wegen der mangelnden Fortschritte in den Ermittlungen in eine depressive Stimmung herunterziehen zu lassen. Es gibt ein Sprichwort, das ich für derartige Gelegenheiten parat habe: *Das Hinfallen ist kein Fehler, aber das Liegenbleiben.*

Ich stand auf, ging in mein Zimmer, rasierte mich und zog frische Sachen an. Dann ging ich nach unten. *Ich würde nicht liegenbleiben.*

Meine Lieblingsmarsmännchen wirbelten in der Küche herum und spielten um sieben Uhr morgens Fangen. Ich machte den Mund auf und gab meine Imitation des stummen Schreis von Edvard Munchs Gemälde *Der Schrei* zum besten.

Jannie lachte schallend. Damon ahmte ebenfalls den stummen Schrei nach. Die Kinder waren froh, mich zu sehen. Wir waren immer noch Spitzenkumpels, die besten Freunde.

Jemand hatte gestern abend bei uns zu Hause angerufen.

Sumner Moore?

Kevin Hawkins?

»Morgen, Nana«, sagte ich und goß mir eine dampfende Tasse Kaffee ein. Ich wünsche dir wie jeden Morgen nur das Beste. Ich nippte am Kaffee. Er schmeckte noch besser, als er duftete. Die Frau kann wirklich Kaffee kochen. Sie kann auch reden, denken, besänftigen und schimpfen und mich dem Wahnsinn nahe bringen.

»Morgen, Alex«, sagte sie, als wäre gestern abend nichts geschehen. Hart wie Stahl. Sie wollte die Kinder nicht beunruhigen, sie auf keinen Fall alarmieren. Das wollte ich auch nicht.

»Jemand kommt nachher vorbei und kümmert sich ums Telefon.« Ich erzählte ihr, was Sampson und ich in der Nacht besprochen hatten. »Jemand wird auch die nächsten Tage dasein. Ein Detective. Wahrscheinlich Rakeem Powell. Du kennst doch Rakeem.«

Nana gefielen diese Neuigkeiten überhaupt nicht. »Selbstverständlich kenne ich Rakeem. Um Himmels willen, ich habe ihn in der Schule unterrichtet. Aber Rakeem hat hier nichts zu suchen. Das ist *unser Zuhause,* Alex. Das alles ist so schrecklich. Ich glaube nicht, daß ich es ertragen kann ... daß es *hier* passieren kann.«

»Was ist denn mit unserem Telefon?« wollte Jannie wissen.

»Es funktioniert«, teilte ich meinem kleinen Mädchen mit.

72.

Die beiden Mordfälle quälten mich allmählich wie ein einziger gnadenloser Alptraum. Ich schien kaum noch atmen zu können. Mein Magen war verkrampft und würde während der gesamten Ermittlungen wohl in diesem Zustand verharren. Die Situation war kafkaesk und trieb allmählich die gesamte Polizei Washingtons zur Verzweiflung. Niemand konnte sich an etwas Vergleichbares erinnern.

Ich hatte beschlossen, Damon ein paar Tage bei Nana und Detective Rakeem Powell zu Hause zu lassen. Nur um sicherzugehen. Es bestand die Hoffnung, daß wir den dreizehnjährigen Sumner Moore bald finden würden. Dann war die Hälfte der Horrorgeschichte zu Ende.

Ich vermutete immer noch, daß Sumner Moore erwischt werden *wollte* – oder diesen Wunsch bald haben würde. Jedenfalls ließ die Sorglosigkeit bei beiden Morden darauf schließen. Ich hoffte, dieser kleine Irre würde nicht noch ein Kind umbringen, ehe wir ihn schnappten.

Ich überlegte, ob ich Nana und die Kinder zu einer meiner Tanten schicken sollte, wartete aber noch. Rakeem Powell würde bei ihnen im Haus bleiben. Das schien mir genügend Chaos in ihrem Leben zu sein. Jedenfalls für den Augenblick.

Außerdem war ich so gut wie sicher, daß Nana nicht ohne eine erbitterte Schlacht und schwere Verluste zu einer ihrer Schwestern gefahren wäre. *Die Fünfte Straße war ihr Zuhause.* Sie würde eher kämpfen als die Gegend verlassen. Das hatte sie schon öfter getan.

Ich fuhr sehr früh zum Weißen Haus. Dann saß ich in meinem Kellerbüro mit einem Becher Kaffee und einem mehr als einen halben Meter dicken Stapel vertraulicher Berichte, die ich lesen und auswerten mußte. Es gab buchstäblich Hunderte von CIA-Berichten und internen Memos über Kevin Hawkins und die anderen CIA-»Geister«.

Um kurz nach neun traf ich mich mit Don Hamerman, mit Justizminister James Dowd und Jay Grayer. Wir benutzten den prunkvollen Konferenzraum in der Nähe des Oval Office im Westflügel. Ich erinnerte mich, daß das Weiße Haus ursprünglich erbaut worden war, um Besucher einzuschüchtern, besonders ausländische Würdenträger. Diese Wirkung hatte das Gebäude immer noch, vor allem unter den derzeitigen Umständen. Das »Amerikanische Herrenhaus« war riesig, und jeder Raum war feierlich und eindrucksvoll.

Hamerman war bei der Besprechung erstaunlich zurückhaltend. »Sie haben auf den Präsidenten einen ziemlichen Eindruck gemacht«, sagte er. »Und Sie haben es geschafft, ihm Ihren Standpunkt klarzumachen.«

»Und was geschieht jetzt?« fragte ich. »Welche Maßnahmen ergreifen wir? Ich möchte dabei helfen.«

»Wir haben etliche äußerst delikate Ermittlungen eingeleitet«, antwortete Hamerman. »Das FBI führt sie durch.« Hamerman blickte sich im Raum um. Ich hatte den Eindruck, er wollte seine Macht und seinen Einfluß demonstrieren.

»War es das, was Sie mit sagen wollten?« fragte ich ihn nach mehreren Sekunden des Schweigens.

»Vorerst, ja. Sie haben den Stein ins Rollen gebracht. Das ist doch schon was. Es ist wirklich eine wichtige Sache.«

»Ja, es ist eine wichtige Sache«, wiederholte ich. »Es handelt sich um eine beschissene Ermittlung im Weißen Haus wegen Mordes!« Ich stand auf und ging zurück in mein Büro. Ich hatte Arbeit. Ich mußte mich wieder daran erinnern, daß ich zum »Team« gehörte.

Gegen halb zwölf steckte Hamerman den Kopf durch die Bürotür. Seine Augen waren noch größer und blickten noch intensiver und wacher als sonst. Ich hatte den Eindruck, daß er seine Meinung bezüglich der neuesten Ermittlungen geändert hatte.

Oder daß er den Kopf verloren hatte.

Er war nämlich völlig außer sich.

»Der Präsident möchte Sie sofort sprechen.«

73.

Präsident Byrnes begrüßte jedes Mitglied des Krisenstabes persönlich, als wir das Oval Office betraten – das tatsächlich oval ist. »Danke, daß Sie gekommen sind. Hallo, Jay, Ann, Jeanne, Alex. Ich weiß, wieviel Sie alle zu tun haben und unter welch gewaltigem Druck Sie arbeiten müssen«, sagte er, als wir uns setzten.

Der Krisenstab hatte sich versammelt, doch Präsident Byrnes beherrschte eindeutig die Szenerie und die unplanmäßige Besprechung. Er trug einen eleganten dunkelblauen Anzug. Sein sandfarbenes Haar war frisch geschnitten. Unwillkürlich fragte ich mich, ob es heute morgen geschnitten worden war und woher er dann die Zeit nahm.

Was war passiert? Hatten Jack und Jill wieder Kontakt mit dem Weißen Haus aufgenommen?

Ich blickte zu Jeanne Sterling hinüber. Sie zuckte die Schultern und machte große Augen. Sie wußte auch nicht, um was es ging. Niemand schien zu wissen, was den Präsidenten bewegte, nicht einmal Hamerman.

Nachdem wir Platz genommen hatte, ergriff Präsident Byrnes das Wort. Er stand direkt vor zwei Flaggen, der Army und der Air Force. Er schien seine Gefühle unter Kontrolle zu haben, was bestimmt nicht leicht war.

»Harry Truman pflegte zu sagen«, begann er. »›Wenn du in Washington einen Freund haben willst, mußt du dir einen Hund kaufen.‹ Ich glaube, ich hatte genau das gleiche Gefühl, das Truman zu seiner scherzhaften Bemerkung inspirierte. Ich bin mir fast sicher.«

Der Präsident verstand, seine Zuhörer in Bann zu schlagen. Das wußte ich bereits von seiner Rede auf der Wahlversammlung und von anderen Fernsehansprachen – seinen Versionen von Roosevelts Kaminplaudereien. Er war dazu fähig, mit seinen rhetorischen Fähigkeiten auch ein viel kleineres Publikum in einem viel kleineren Raum mitzureißen, selbst einen so hartgesottenen und zynischen Haufen wie den, den er jetzt vor

sich hatte. »Was für ein elendes Geschwür am Hintern dieser Job doch sein kann. Wer auch immer die Redensart erfunden hat: ›Wenn ich eingezogen werde, werde ich nicht weglaufen, und wenn ich gewählt werde, werde ich nicht dienen‹, hatte die richtige Idee. Das können Sie mir glauben.«
Der Präsident lächelte. Er besaß die Fähigkeit, alles, was er sagte, persönlich klingen zu lassen. Ich fragte mich, ob er das mit Absicht tat. Wieviel von alledem war eine erstklassige schauspielerische Leistung?
Die durchdringend blauen Augen des Präsidenten schweiften durch den Raum und blieben einen Moment lang auf jedem Gesicht haften. Er schien uns zu beurteilen und dabei – was noch wichtiger war – zu jedem einzelnen von uns zu sprechen.
»Ich habe sehr viel über die derzeitige unglückselige Situation nachgedacht. Und Sally und ich haben darüber gesprochen, spätabends und mehrere Abende hintereinander. Tatsache ist, daß ich zuviel über Jack und Jill nachgedacht habe. Während der letzten Tage ist dieser widerliche Drei-Manegen-Zirkus im Brennpunkt der allgemeinen Aufmerksamkeit gestanden und hat erhebliche Störungen bei den Regierungsgeschäften verursacht. Diese unselige Angelegenheit hat Kabinettssitzungen unterbrochen und ungezählte Terminpläne über den Haufen geworfen. So kann es unmöglich weitergehen. Es ist schlecht für unser Land, für unsere Bürger und für die geistige Gesundheit aller – Sallys und meine eingeschlossen. Die derzeitige Situation läßt uns in den Augen der Welt schwach und instabil dastehen, zumindest innenpolitisch. Es kann nicht angehen, daß die Drohung zweier Irrer die Regierungsgeschäfte der Vereinigten Staaten aus dem Ruder laufen läßt. Das dürfen wir nicht zulassen. Als Konsequenz habe ich eine harte Entscheidung gefällt, die letztendlich nur ich treffen konnte. Ich werde sie Ihnen heute morgen mitteilen, da diese Entscheidung nicht nur Sally und mich, sondern Sie alle betrifft.«
Wieder ließ Präsident Byrnes die Blicke rasch durch den Raum schweifen. Ich wußte nicht, wohin das alles führen würde, aber der Vorgang als solcher faszinierte mich. Der Präsident führte uns einen Schritt voran und überprüfte, ob wir

ihm folgten. Er erteilte uns eindeutig einen Befehl, formulierte ihn aber so, als würde er immer noch nach einem gewissen Konsens suchen.

»Wir müssen einfach zum üblichen Tagesablauf im Weißen Haus zurückkehren. Das *müssen* wir. Die Vereinigten Staaten können nicht aufgrund irgendwelcher tatsächlichen oder imaginären Gefahren und Drohungen als Geisel dienen. Das ist meine Entscheidung, und sie wird ab heute abend in Kraft treten. Wir müssen weitermachen und unsere Programme vorantreiben.«

Als der Präsident uns seine Entscheidung mitteilte, entstand eine gewisse Unruhe im Raum. Ann Roper stöhnte laut. Don Hamerman ließ den Kopf tief hängen, fast bis auf die Knie. Meine Blicke blieben auf den Präsidenten gerichtet.

»Ich verstehe durchaus, daß diese Entscheidung Ihre Arbeit schwieriger macht – das ist die Untertreibung des Jahres. Wie zum Teufel können Sie mich schützen, wenn ich nicht kooperiere und Ihren Empfehlungen folge, nicht wahr? Nun, ich kann nicht mehr kooperieren. Nicht, wenn dies bedeutet, der Welt die Botschaft zu vermitteln, daß ein paar Psychopathen unsere Regierung lahmlegen oder gar verändern können. Denn *genau das geschieht jetzt.* Es ist schon geschehen, meine Damen und Herren. Ab morgen gilt für mich wieder der reguläre Terminplan. Ich wünsche keine weitere Debatte über dieses Thema. Tut mir leid, Don.«

Er blickte seinen Stabschef an, dessen Rat er damit offiziell zurückwies.

»Ich habe ferner beschlossen, am Dienstag meine geplante Reise nach New York City zu machen. Tut mir leid, Don und Jay. Ich wünsche uns allen das Beste und hoffe, daß Sie sehr bald Erfolg haben. Bitte, tun Sie Ihre Arbeit, und ich tue meine. Wir werden *rein gar nichts bedauern,* ganz gleich, was von nun an geschieht. Habe ich mich klar genug ausgedrückt?«

»Ja, Sir.« Alle nickten zustimmend. Alle Augen waren auf den Präsidenten gerichtet, meine eingeschlossen. Präsident Byrnes' Rede war leidenschaftlich und beeindruckend zugleich gewesen.

Rein gar nichts bedauern. Stumm wiederholte ich die Worte. Ich war sicher, daß ich sie für den Rest meines Lebens nicht vergessen würde, ganz gleich, was passieren würde, ganz gleich, was Jack und Jill von jetzt an geplant hatten.
Thomas Byrnes hatte soeben sein Leben in die Waagschale geworfen. *Aufs Spiel gesetzt.*
Der Präsident hatte sein Leben in unsere Hände gelegt.
»Übrigens, Don, schicken Sie jemanden los, um mir einen Hund zu besorgen«, sagte Präsident Byrnes zu Hamerman, als die Besprechung endete. »Ich glaube, ich brauche einen Freund.«
Wir alle lachten, auch wenn uns nicht so recht danach zumute war.

74.

In dieser Nacht fielen in Washington knapp drei Zentimeter Schnee. Die Temperatur sank weit unter den Gefrierpunkt. Als der Truth-Schulmörder aufwachte, hatte er Angst. Er fühlte sich sehr allein – und *wie in der Falle.* Eigentlich war er schrecklich traurig.
Keine Spur von happy, happy. Joy, joy.
Er war von kaltem, fettigem Schweiß bedeckt, der ihn völlig umhüllte. Jetzt erinnerte er sich, daß er einmal im Traum Menschen ermordet und die Leichen im Landhaus seiner Großeltern in Leesburg unter einem Kamin aus Natursteinen vergraben hatte. Diesen Traum hatte er schon jahrelang, solange er sich erinnern konnte – *schon immer, seit er ein Kind gewesen war. Aber es war nur ein Traum – oder habe ich tatsächlich diese scheußlichen Morde begangen?* fragte er sich, als er die Augen aufschlug. Für einen Moment wußte er nicht, wo er sich befand. *Wo zum Teufel bin ich?*
Dann fiel ihm wieder ein, wo er war, wohin er gegangen war, um nachts zu schlafen. Da blieb einem doch der Verstand stehen! Was für eine coole Idee von ihm!

Der Song, *sein* Song, dröhnte in seinem Kopf:

Ich bin ein Verlierer, Baby.
Warum tötest du mich nicht?

Dieses Versteck war echt cool. Oder war es zu leichtsinnig, zu sorglos?
Er war in seinem eigenen Haus, im zweiten Stock.
Er klammerte sich an den Gedanken, daß er für den Augenblick in Sicherheit war. Mann, ihm gefiel die Macht dieses Gedankens.
Er hatte die totale Kontrolle. Er *war* die Kontrollstelle der Mission. Er konnte genauso groß und bedeutend wie Jack und Jill sein. Ach was, verdammt, er konnte größer und besser sein als diese elenden Arschlöcher. Er wußte, daß er es konnte. Er konnte Jack und Jill in den Hintern treten.
Er tastete auf dem Boden nach seinem altvertrauten Rucksack. *Wo zum Teufel waren seine Sachen? ... Ah, ja. Da ist er. Alles cool.* Er wühlte im Rucksack. Da war die Taschenlampe. Er knipste sie an.
»Es werde Licht«, flüsterte er. »Aaah.«
Pech, Sportskameraden, er war tatsächlich auf dem Boden seines Hauses. Es war kein Traum. Er *war* doch der Truth-Schulmörder. Er richtete den grellen Lichtstrahl der Lampe auf seine Armbanduhr. Sie war ein Geschenk zu seinem zwölften Geburtstag gewesen. Eine Uhr mit allen Schikanen, wie Piloten sie trugen. Mann! Ein tolles Ding. Vielleicht konnte er doch noch Kampfpilot werden, wenn das alles erst hinter ihm lag. Lernen, eine F-16 zu fliegen.
Auf der Pilotenuhr war es vier Uhr morgens. *Dann muß es vier Uhr sein.*
»Die Stunde des Werwolfs«, flüsterte er leise. Zeit, vom Boden herunterzusteigen. Zeit, der Welt weiterhin seine Markierung aufzudrücken. Jetzt mußte etwas Cooles, etwas *Supergeiles* passieren.
Perfekte Morde.
Mußte, mußte, mußte.

75.

Vorsichtig ließ er die sperrige Klapptreppe langsam in den ersten Stock des Hauses hinunter. Sein Haus. Falls seine Pflegeeltern ausgerechnet jetzt aufstanden, um zu pinkeln – GROSSE PROBLEME FÜR IHN.
ABER FÜR SIE – GROSSE ÜBERRASCHUNG!
EIN SCHEISSORKAN FÜR ALLE BETEILIGTEN.
Er hatte ein bißchen Mühe zu atmen. Was er jetzt tun mußte, war nicht einfach. Er mußte die schwere starre Treppe leise im ersten Stock aufsetzen. Doch ganz zum Schluß ertönte ein leises *Peng*.
»Verflucht, du *Verlierer*«, flüsterte er.
Immer noch fiel ihm das Atmen schwer. Sein Körper war von einer dicken fettigen Schweißschicht bedeckt, wie bei Pferden, die morgens hart trainiert wurden. Er hatte es auf der Farm seiner Großeltern gesehen. Vergiß das nie: *Schweiß, der sich beinahe in Schlagsahne verwandelte, direkt vor seinen Augen.*
»Angsthase«, flüsterte er und machte sich über seine Feigheit lustig. »Scheißfeigling. Arschloch des Monats. Verlierer. Blödmann.«
Krampfhaft wartete er, bis seine Panik allmählich verebbte. Er atmete lang und tief durch, während er oben auf der Klapptreppe wartete. Das alles war so *irre*. Es war das totale Chaos – im wirklichen Leben, in wirklicher Zeit.
Schließlich kletterte er die wacklige Holztreppe hinunter, *mit wackligen Knien*, als *wären seine Beine Stelzen*. Er war so vorsichtig und leise wie möglich.
Unten angekommen, fühlte er sich etwas besser. Terra firma. Fester Boden.
Auf Zehenspitzen schlich er über den Flur zum Elternschlafzimmer. Er machte die Tür auf. Unvermittelt schlug ihm ein eiskalter Luftzug entgegen.
Sein Pflegevater ließ sogar im Dezember das Fenster offen, wenn der Scheißschnee fiel. So war der Alte nun mal. Wahrscheinlich sorgte die arktische Kälte dafür, daß sein silberblon-

des Haar kurz blieb. So sparte er sich das Haareschneiden. Was für ein Superwichser der Typ doch war!

»Fickst du sie auch in der Kälte? Im Dunkeln?« flüsterte er fast unhörbar. Irgendwie klang das zutreffend.

Er trat ganz dicht an das große Bett heran. *Ganz dicht.* Er stand an ihrem Altar der Liebe, ihrem heiligen Thron.

Wie oft hatte er sich einen Moment wie diesen vorgestellt! *Genau diesen Moment.*

Wie viele Kinder hatten sich die gleiche Szene tausendmal vorgestellt? Und dann nichts unternommen. *Verlierer!* Die Welt war voll davon.

Er stand kurz vor einem seiner schlimmsten Wutanfälle, *einem wirklich schlimmen.* Seine Nackenhaare standen aufrecht und salutierten. AAACHT-TUNG! So fühlte es sich jedenfalls an.

Überall im Schlafzimmer sah er *Rot.* Eine Art roter Nebel. Es war beinahe so, als würde er den Raum durch ein Nachtsichtgerät betrachten.

Er ... würde ... gleich ... platzen, ... nicht wahr?

Er fühlte, wie er ... in eine Milliarde Stücke ... explodierte.

Unvermittelt brüllte er los, so laut er konnte. *»Wacht auf und riecht den beschissenen Folger's Kaffee!«*

Jetzt schluchzte er. Aus welchem Grund, war ihm schleierhaft. Er konnte sich nicht erinnern, so geheult zu haben, seit er ein kleines Kind gewesen war, ein *sehr kleines Kind.*

Die Brust tat ihm weh, als hätte man ihm einen harten Fausthieb versetzt. Oder ihn mit einem kurzen Baseballschläger bearbeitet. Plötzlich merkte er, daß er wimmerte. *Winselte.* Mister Weichei kehrte wieder. Immer jeden Scheißschritt dreimal überdenken, bevor man ihn tat – und nachdem man ihn getan hatte.

»PENG!« brüllte er, so laut er konnte.

»PENG!« brüllte er das Wort noch einmal.

»PENG!«

»PENG!«

»PENG!«

»PENG!«

»PENG!«

»PENG!«
»PENG!«
»PENG!«
»PENG!«
»PENG!«
Mit jedem markerschütternden Schrei drückte er auf den Abzug der Smith & Wesson. Noch eine 9-mm-Kugel in die beiden schlafenden Gestalten. *Zwölf Schuß!* Wenn er richtig gezählt hatte, und er zählte alles ganz genau. *Zwölf Schuß!* Genau wie Jose und Kitty Menendez sie in den Balg bekommen hatten.
Letztendlich zahlt sich die militärische Ausbildung in Roosevelt doch aus, dachte er unwillkürlich. Seine Lehrer hatten doch recht gehabt. Colonel Wilson von der Akademie wäre stolz auf seine Schießkünste gewesen – aber weit mehr noch auf die Entschlußkraft, auf diesen sehr einfachen und klaren Plan und den extremen Mut, den er heute nacht gezeigt hatte.
Seine Pflegeeltern waren durch sein Feuer vernichtet, völlig ausgelöscht, beinahe aufgelöst. Er fühlte nichts – höchstens Stolz auf das, was er getan hatte, auf sein Können.
Niemand war hier. Niemand hat das getan, Mann.
Das schrieb er in ihr Blut.
Dann lief er hinaus, um im Schnee zu spielen. Er verteilte Blut auf der Veranda, im Garten, überall. *Das konnte er, weißt du.* Er konnte alles machen, was er wollte. Keiner konnte ihn jetzt aufhalten. Niemand.

76.

Noch ein ermordetes Kind wurde entdeckt.
Ein Junge. Vor weniger als einer Stunde.
John Sampson erhielt die Meldung gegen sieben Uhr abends. Er konnte es nicht glauben. *Er konnte nicht* akzeptieren, *würde* nicht akzeptieren, was man ihm soeben mitgeteilt hatte. Freitag der Dreizehnte. War das Datum absichtlich gewählt?

Im Garfield Park war wieder ein Kind ermordet worden. Zumindest hatte jemand die Leiche dort zurückgelassen. Er wollte Sumner Moore zu fassen kriegen – und zwar jetzt.

Sampson parkte an der Sechsten Straße und ging das kurze Stück bis in den menschenleeren und düsteren Park. *Das wird schlimm*, ging es ihm durch den Kopf, als er in Richtung der rot und gelb blitzenden Lichter der Notarztfahrzeuge schritt.

»Ich bin Detective Sampson. Lassen Sie mich durch«, sagte er, als er sich den Weg in den Kreis uniformierter Polizisten bahnte.

Einer der Beamten hielt einen kläffenden grauweißen Mischlingshund an der Leine. Das war ein gespenstisches Bild an diesem gespenstischen Tatort. »Was ist mit dem Hund?« fragte Sampson den Mann. »Wem gehört er?«

»Der Hund hat die Leiche des Opfers entdeckt. Der Besitzer hatte ihn frei laufen lassen, nachdem er von der Arbeit nach Hause gekommen war. Jemand hat das tote Kind mit Zweigen bedeckt. Aber sehr ... schlampig. Als wollte er, daß man die Leiche findet.«

Ein Polizeifotograf machte Bilder von der Leiche. Die grellen Lichtblitze der Kamera zeichneten sich dramatisch gegen die Schneedecke ab.

Über Mund und Nase des Jungen war silbernes Isolierband geklebt. Sampson holte tief Luft, ehe er sich neben der Gerichtsmedizinerin hinunterbeugte. Er kannte die Frau. Sie hieß Esther Lee.

»Wie lange ist er schon tot? Was meinen Sie?« fragte Sampson die Ärztin.

»Schwer zu sagen. Vielleicht sechsunddreißig Stunden. Das kalte Wetter verlangsamt den Verwesungsprozeß. Der Junge wurde brutal zusammengeschlagen. Bleirohr, Schraubenschlüssel, irgendein schwerer Gegenstand. Er hat sich gegen den Mörder gewehrt, hat gekämpft. Sehen Sie die blauen Flekken auf beiden Händen und Armen? Mein Gott, tut der arme kleine Kerl mir leid.«

»Ich weiß, Esther, mir auch.«

Soweit Sampson sehen konnte, war der Hals des Jungen verfärbt und gräßlich aufgedunsen. Winzige schwarze Käfer krochen den Haaransatz entlang. Maden marschierten in einer dünnen Linie aus dem gespaltenen Schädel über dem rechten Ohr.

Sampson verzog das Gesicht und zwang sich, auf die andere Seite der Leiche des Jungen zu gehen. Niemand, nicht einmal Alex wußte, daß Mount John mit diesem Teil der Arbeit bei der Mordkommission einfach nicht fertig wurde. Tot bei Auffindung. Leichen in Verwesung.

»Das wird Ihnen nicht gefallen«, sagte Esther Lee, ehe Sampson hinschaute. »Ich warne Sie.«

»Weiß schon«, meinte er mürrisch und blies den warmen Atem in die Hände, aber das half auch nicht viel.

Dann konnte er das Gesicht des Jungen sehen. Er konnte es sehen – aber er konnte es nicht fassen. Und es gefiel ihm nicht. Ganz und gar nicht. Da hatte Esther Lee recht gehabt.

»O Gott«, sagte er laut. »Herrgott, laß dieses Grauen endlich aufhören!«

Sampson richtete sich auf, ragte wieder mehr als zwei Meter in die Höhe, war aber trotz seiner Größe nicht groß genug. Er konnte nicht glauben, was er soeben gesehen hatte: *das Gesicht des Jungen.*

Dieser Mord war sogar für ihn zuviel, und er hatte in den letzten Jahren in Washington verdammt scheußliche Dinge gesehen.

Der ermordete Junge war Sumner Moore.

Fünfter Teil

Keine Regeln. Keine Reue.

77.

Nichts beginnt zu dem Zeitpunkt, den wir vermuten. Trotzdem halte ich das für den Anfang.

Jannie und ich saßen in der Küche und redeten auf unsere ganz eigene Art miteinander. Worte spielten keine große Rolle, nur die Gefühle.

»Weißt du, daß heute ein Jubiläum ist«, sagte ich zu ihr. »Ein ganz besonderes Jubiläum.« Ich berührte ihre Wange. Zart wie der Bauch eines Schmetterlings.

»Ach, *wirklich*?« meinte Jannie und schenkte mir ihren skeptischsten Nana-Mama-Blick. »Und was könnte das für ein Jubiläum sein?«

»Okay, ich werde es dir sagen. Heute habe ich dir zufällig zum fünfhundertstenmal den *Stinkenden Käsemann* vorgelesen.«

»Oh, prima«, sagte sie und mußte lächeln. »Dann lies mir die Geschichte noch einmal vor! Es gefällt mir sehr, wie du sie vorliest.« Und ich las ihr die Geschichte wieder vor.

Nachdem wir den *Stinkenden Käsemann* erledigt hatten, verbrachte ich ein wenig Zeit mit Damon und dann mit Nana. Anschließend ging ich nach oben, um zu packen.

Als ich wieder unten war, sprach ich auf der hinteren Veranda mit Rakeen Powell. Er wartete darauf, abgelöst zu werden. Sampson kam für diese Nacht. Wie üblich verspätete Mount John sich mal wieder. Ungewöhnlich war nur, daß wir bis jetzt nichts von ihm gehört hatten. Aber ich war sicher, er würde kommen.

»Alles in Ordnung mit Ihnen?« fragte ich Rakeem.

»Alles bestens, Alex. Sampson wird schon irgendwann eintrudeln. Passen Sie auf sich auf.«

Ich ging zu meinem Wagen, stieg ein und legte ein Band in den Recorder, das mir für diesen Augenblick passend erschien – jedenfalls für meine Stimmung. Es war das Finale von Saint-Saëns Klavierkonzert Nummer zwei. Ich hatte immer davon geträumt, dieses Stück mal auf dem Klavier auf der Veranda spielen zu können. Träum weiter, Junge!

Ich lauschte der mitreißenden Musik, als ich hinaus zum Andrews Airfield fuhr, wo die *Air Force One* startklar gemacht wurde. Präsident Byrnes flog nach New York City, und ich begleitete ihn.
Keine Reue.

78.

Es gab mehrere widersprüchliche Berichte, aber dieser schildert genau, was passiert ist und wie es geschah. Ich weiß es, weil ich dabei war.
Montag abend, neun Tage vor Weihnachten, landeten wir in graublauem Nebel und leichtem Regen auf dem Flughafen La Guardia, Long Island. Der Presse waren keine genauen Informationen über Präsident Byrnes' Reisepläne gegeben worden, nur daß der Präsident, wie geplant, am nächsten Morgen in New York eine Rede halten würde. Thomas Byrnes war dafür bekannt, seine Absprachen und sein Wort zu halten.
Ich hatte beschlossen, mit dem Auto von La Guardia nach Manhattan zu fahren, statt mit dem Hubschrauber zu fliegen. Der Präsident versteckte sich nicht mehr. *Hatten Jack und Jill genau mit diesem Mut – oder der Arroganz – bei ihm gerechnet?* fragte ich mich. Würden Jack und Jill dem Präsidenten nach New York folgen? Ich war mir fast sicher. Es paßte genau zu dem, was wir bis jetzt über sie wußten.
»Fahren Sie doch mit uns, Alex«, sagte Don Hamerman, als wir über das Rollfeld gingen. Der kalte Dezemberregen peitschte unsere Gesichter. Hamerman, Jay Grayer und ich hatten die *Air Force One* gemeinsam verlassen. Wir waren während des Flugs zusammengesessen und hatten Pläne geschmiedet, wie man Präsident Byrnes vor einem möglichen Attentat in New York schützen könnte. Wir hatten uns so eingehend unterhalten, daß ich ganz vergessen hatte, was für eine besondere Ehre dieser Flug für mich war.

»Wir fahren in der Limousine direkt hinter dem Präsidenten. Auf dem Weg nach Manhattan können wir uns weiter unterhalten«, sagte Hamerman zu mir.

Wir bestiegen einen prunkvollen blauen Lincoln Town Car, der gut vierzig Meter vom Jet entfernt parkte. Es war fast zehn Uhr abends, und dieser Teil der Rollbahn war gesperrt worden. Überall wimmelte es von Geheimdienstleuten, FBI-Agenten und New Yorker Polizisten.

Um die fünf Limousinen des Präsidentenkonvois standen mindestens drei Dutzend blau-weiße Dienstwagen der New Yorker Polizei sowie etliche Harley-Motorräder. Die Agenten des Geheimdienstes starrten in den Nebel, als könnten Jack und Jill plötzlich auf dem Rollfeld von La Guardia auftauchen.

Ich hatte erfahren, daß die New Yorker Polizei während des Besuchs des Präsidenten an die fünftausend uniformierte Beamte eingesetzt hatte. Außerdem würden mehr als hundert Beamte in Zivil Dienst tun. Der Geheimdienst hatte versucht, Präsident Byrnes davon zu überzeugen, im Stützpunkt der Küstenwache auf Governors Island oder in Fort Hamilton in Brooklyn zu wohnen. Doch der Präsident hatte darauf bestanden, ein deutliches Zeichen zu setzen, indem er in Manhattan blieb. *Keine Reue.* Seine Worte im Oval Office klangen immer wieder in meinem Kopf.

Ich machte es mir auf den weichen Lederpolstern des Lincoln bequem. Ich spürte die *Macht.* Ein eigenartiges Gefühl, in einem Fahrzeugkonvoi direkt hinter dem Wagen des Präsidenten zu fahren, den der Geheimdienst »Postkutsche« nannte.

Mehrere Streifenwagen fuhren vor dem Rudel. Ihre rotgelben Signallampen auf den Dächern drehten sich wie rasend schnelle Kaleidoskope. Der Konvoi des Präsidenten schlängelte sich vom Flughafengelände des La Guardia.

Don Hamerman ergriff das Wort, sobald wir losfuhren. »In den letzten drei Tagen hat niemand Kevin Hawkins gesehen, nicht wahr? Hawkins scheint wie vom Erdboden verschluckt zu sein«, sagte er. Seine Stimme war voller Ratlosigkeit, Wut und Gereiztheit. Hamerman genoß es, Menschen einzuschüchtern, die unter ihm standen, doch weder Grayer noch ich ließen uns das gefallen.

»Niemand weiß, welche Route wir fahren«, fuhr Hamerman fort. »Die endgültige Strecke steht erst seit wenigen Minuten fest.«

Ich konnte den Mund nicht mehr halten. »Wir kennen die Route. Die New Yorker Polizei kennt sie ebenfalls oder wird sie jeden Augenblick erfahren. Was das Aufdecken von Geheimnissen angeht, ist Kevin Hawkins ein kleines Genie. Der Mann ist ein Könner. Punktum. Er ist *einer unserer Besten.*«

Jay Grayer spähte aus dem von Regenschlieren bedeckten Fenster auf die Fahrbahn des New Yorker Highway, auf dem wir fuhren. Seine Stimme klang von weit her. »Was sagt Ihnen Ihr Instinkt über Hawkins?« fragte er mich.

»Ich bin sicher, daß Hawkins irgendwie an der Sache beteiligt ist. Politisch steht er extrem weit rechts und hat sich mit Gruppierungen eingelassen, die radikal gegen die Politik und die Pläne des Präsidenten sind. Er hat früher schon in Schwierigkeiten gesteckt. Er steht innerhalb der CIA unter Mordverdacht. Es paßt alles zusammen.«

»Aber irgend etwas an Hawkins bereitet Ihnen Kopfzerbrechen, stimmt's?« fragte Grayer. Inzwischen kannte er mich ziemlich gut.

»Nach allem, was ich gelesen habe, hat er nie eng mit jemand zusammengearbeitet. Hawkins war immer ein Einzelgänger – bis jetzt jedenfalls. Er scheint Probleme mit Frauen zu haben, abgesehen von seiner Schwester in Silver Spring. Ich verstehe nur nicht, wie Jill bei ihm ins Bild paßt. Ich kann mir nicht vorstellen, daß Hawkins plötzlich mit einer Frau zusammenarbeitet.«

»Vielleicht hat er schließlich doch eine Seelenpartnerin gefunden. So was gibt's«, sagte Hamerman. Ich bezweifelte, daß Hamerman je eine gefunden hatte.

»Was stößt Ihnen bei Hawkins noch auf?« bohrte Jay Grayer weiter. Er machte beim Zuhören die Augen zu.

»Alle psychologischen Profile und Ausarbeitungen des FBI besagen, daß Hawkins eine potentielle Gefahr darstellt. Ich begreife nicht, wie man es rechtfertigen konnte, ihn so viele Jahre in Asien und Südafrika in seinem Job arbeiten zu lassen. Aber Hawkins ist auch ein Mensch, der sich einer Sache, an die er glaubt, vollkommen hingeben kann. Er glaubt fest an die Bedeutung der Spionage für unsere nationale Verteidigung. Präsident Byrnes ist da anderer Meinung und hat es auch mehrfach in der Öffentlichkeit gesagt. Das könnte das Szenarium von Jack und Jill erklären. *Könnte* es erklären. Hawkins ist erfahren und einfallsreich genug, um ein Attentat erfolgreich durchzuführen. Mit Sicherheit könnte er Jack sein. *Wenn* er es ist, wird es schwierig, ihn aufzuhalten.«

Wir waren kurz vor der Brücke an der Neunundfünfzigsten Straße nach Manhattan. New York. New York. Der Konvoi des Präsidenten war eine seltsame, gespenstische Parade mit heulenden Sirenen und blinkenden Lichtern. Die Insel Manhattan lag direkt vor uns.

New York sah beeindruckend aus, riesig und imposant und fähig, uns mit Haut und Haaren zu verschlingen. *Hier kann alles passieren,* dachte ich und war sicher, daß Don Hamerman und Jay Grayer dasselbe dachten.

Peng!

Peng!

Peng!

Wir drei schnellten im Fond der Limousine nach vorn. Ich hatte meine Waffe in der Hand, bereit für fast alles, bereit für Jack und Jill.

Entsetzt starrten wir auf den Wagen des Präsidenten – auf die »Postkutsche« vor uns. In unserem Fahrzeug herrschte Totenstille. Grauenvolle Stille. Dann brachen wir in Gelächter aus.

Die lauten Knallgeräusche waren keine Schüsse gewesen. Sie hatten sich nur so angehört. Falscher Alarm. Aber trotzdem war es uns eiskalt über den Rücken gelaufen.

Wir waren über lose, verbogene Eisengitter auf der Rampe zur Brücke gefahren. Jeder in unserem Wagen war bei dem unerwarteten Geknalle am Rand eines Herzanfalls gewesen. Zweifellos galt das auch für die Insassen im Wagen des Präsidenten.

»Herrgott noch mal«, stöhnte Hamerman laut. »Genauso würde es sein, wenn ... Allmächtiger!«

»Ich war im Washington Hilton, als Hinckley auf Reagan und Brady geschossen hat«, sagte Jay Grayer mit zittriger Stimme. Ich wußte, daß er in den Sekunden zuvor wieder mit Reagan und Brady dort gewesen war – in einer blitzartigen Erinnerung, die niemand von uns haben möchte.

Ich fragte mich, wieviel Grayer in diese Sache investiert hatte – und wieviel die anderen aus unserem Team.

Ich beobachtete den Wagen des Präsidenten, als dieser hinunter auf die dichtbevölkerten, strahlend hellen Straßen von New York City fuhr. Die amerikanischen Flaggen an den Kotflügeln flatterten wild in dem Wind, der vom Fluß her wehte.

Keine Reue.

79.

Der Fotoreporter war am Montag morgen, dem 16. Dezember, in New York eingetroffen, um seine Arbeit zu erledigen.

Er hatte sich entschlossen, von Washington mit dem Auto herzufahren. Das war viel sicherer. Jetzt ging er die Park Avenue entlang, auf welcher der Konvoi des Präsidenten morgen – in wenigen Stunden – fahren würde. Er entspannte sich vor dem historischen Tag und genoß den Anblick und die Geräusche von New York City zur Weihnachtszeit.

Vor Kevin Hawkins' geistigem Auge tauchten blitzartig Bilder von Denkwürdigkeiten auf, die er über die Morde an JFK, Martin Luther King und Robert Kennedy, sogar über das stümperhafte Attentat auf Ronald Reagan studiert hatte.

Eins stand für ihn fest: Das morgige Attentat würde keine Pleite werden. *Es war so gut wie ausgeführt. Es gab kein Entkommen für Präsident Byrnes. Keine Rettung.*

Hawkins näherte sich dem Waldorf Astoria Hotel, in dem der Präsident mit seiner Frau absteigen würde, wie er wußte. Es war typisch für Byrnes, den Rat seiner Sicherheitsberater in den Wind zu schlagen. Es paßte perfekt in sein Profil.

Hör nicht auf die Experten. Repariere, was nicht kaputt ist. Arroganter Idiot. Überflüssiges Arschloch. Verräter am amerikanischen Volk.

Der Abend war kalt und schön. Der leichte Regen hatte endlich aufgehört. Die Luft fühlte sich angenehm auf seiner Haut an. Er war sicher, daß man ihn nicht als Kevin Hawkins identifizieren konnte. Dafür hatte er gesorgt. Um das Hotel standen mehrere hundert Polizisten in Uniform. Aber das spielte keine Rolle. Niemand würde ihn jetzt erkennen. Nicht einmal seine eigene Mutter oder der Vater.

Um diese abendliche Stunde war auf der malerischen Avenue vor dem Hotel relativ viel los. Es waren viele Gaffer gekommen, weil sie zu sehen hofften, wie der Präsident erschossen würde. Sie hatten keine Ahnung, wann Byrnes eintraf, aber sie kannten die Hotels im Zentrum, die für den hohen Besucher in Frage kamen. Das Waldorf war erste Wahl.

Die örtliche Regenbogenpresse und sogar die *New York Times* hatten riesige Schlagzeilen über Jack und Jill und das Drama gebracht, das sich abspielte. Auf typische Weise hatte die Presse das meiste falsch dargestellt – aber das sollte Kevin Hawkins nur recht sein.

Hawkins hatte sich unter die seltsam aufgeregte, beinahe festlich gestimmte Menge gemischt. Einige Leute waren vom Rockefeller Center herübergekommen, wo sie den Weihnachtsbaum bestaunt hatten. Auch die aufmüpfigen Spürhunde, die Krankenwagen verfolgten, hatten sich vor dem Hotel versammelt und erzählten sich schmierige, ironische Witze. Kevin Hawkins verachtete sie wegen ihres Großstadtzynismus. Er verachtete sie noch mehr als den Präsidenten, der *gar nichts* taugte und für dessen Ermordung er in diese Stadt gekommen war.

Hawkins hielt sich am Rand der Menge, nur für den Fall, daß er schnell verschwinden mußte. Er wollte nicht zu lange hierbleiben, doch der Konvoi des Präsidenten hatte sich verspätet.

Jedenfalls nach dem Terminplan, den man ihm gegeben hatte.

Schließlich sah er, wie sich Köpfe und Hälse in der Menge nach links reckten. Er hörte das Dröhnen der Motoren auf der Park

Avenue. Der Konvoi näherte sich dem Hotel. Es mußte der Konvoi sein.
Ein Dutzend Autos hielten auf der Park Avenue vor dem Baldachin des Hoteleingangs. Dann konnte Kevin Hawkins fast nicht glauben, was er sah.
Der arrogante Scheißkerl marschierte tatsächlich von der Straße ins Hotel, statt die Tiefgarage zu nehmen. Er wollte gesehen werden – fotografiert. Er wollte der ganzen Welt seinen Mut zeigen … zeigen, daß Thomas Byrnes vor Jack und Jill keine Angst hatte.
Der Fotoreporter beobachtete, wie man den überheblichen, ruhmsüchtigen Staatschef aus der Limousine geleitete. Er hätte Thomas Byrnes gleich hier erledigen können! Sobald dieser Gernegroß, der einstige Boß der Automobilindustrie, die Entscheidung gefällt hatte, das Präsidentenamt wieder »wie üblich« zu führen, war der Erfolg des Attentats praktisch garantiert.
Amateure trafen derart amateurhafte Entscheidungen, wie Hawkins wußte. Immer. Das war eine Tatsache, die er bei seiner Arbeit einkalkulierte.
Ich könnte ihn gleich hier erledigen. Ich könnte den Präsidenten gleich hier auf der Park Avenue erledigen.
Welche Gefühle bewirkt das bei mir? Erregung – Aufregung. Keine Reue. Was für ein seltsamer Mann bin ich nur geworden, dachte Kevin Hawkins.
Das war der eigentliche Grund seines Hierseins heute abend: Er wollte seine gefühlsmäßigen Reaktionen testen.
Das hier war seine Generalprobe für die Galavorstellung. Die einzige Probe, die er brauchte – oder bekam.
Die Männer vom Geheimdienst schafften den Präsidenten mühelos und sicher ins Hotel. Ihre Deckung war hervorragend. Drei Ringe um die SP, die Schutzperson.
Alle Sicherheitsvorkehrungen für den Präsidenten waren sehr gut, aber nicht gut genug. Das schaffte niemand. Gegen das, was Kevin Hawkins plante, gab es keinen Schutz.
Ein Kamikazeangriff. Eine Selbstmordmission. Der Präsident konnte *nicht entkommen. Niemand konnte das. Die Tat war so gut wie* vollbracht.
Hawkins beobachtete, wie sich die restlichen glänzenden blau-

en und schwarzen Limousinen leerten. Er erkannte beinahe jedes Gesicht und schoß seine üblichen Gedankenfotos. Dutzende von Schnappschüssen zur Erinnerung – alle in seinem Kopf. *Schließlich sah er Jill.* Sie wirkte ungemein lässig und völlig unbesorgt. In gewisser Weise war sie eine Psychopathin wie aus dem Lehrbuch. Jill stand inmitten des Gedränges. Schließlich verschwand sie mit den anderen im Waldorf.

Der Fotoreporter schlenderte davon, die Park Avenue hinunter zum einstigen Pan-Am-Gebäude, das jetzt der MetLife-Versicherung gehörte. Auf dem Flachdach stand ein Schlitten mit Santa Claus, der von Snoopy gezogen wurde.

Der Präsident sollte heute abend eine Risiko-Lebensversicherung abschließen, dachte Hawkins. *Ganz gleich, was sie kostet. Das Attentat ist praktisch ausgeführt. Das garantiere ich.*

Was Kevin Hawkins jedoch nicht vermutete oder gar bemerkte: *Auch er wurde beobachtet.* Genau in diesem Moment wurde er in New York City scharf observiert.

Jack beschattete Kevin Hawkins, als dieser die Park Avenue hinunterschlenderte.

80.

Jack sei hurtig, Jack sei flink, heißt es in einem alten Kinderreim. Doch jetzt hieß es:

Jack sei der *hurtigste.*

Jack sei der *flinkste.*

Nachdem Sam Harrison gesehen hatte, wie Kevin Hawkins auf der Park Avenue verschwand, verließ er die Menge beim Waldorf. Inzwischen herrschte in New York wegen Jack und Jill die gleiche Aufregung wie in Washington, D.C. Das war gut. Es machte alles leichter.

Doch jetzt hatte er etwas zu erledigen. Er mußte es tun – ganz gleich, wie groß das Risiko war. Für Jack war es das Wichtigste im Leben.

Er blieb an der Ecke Lexington Avenue und Siebenundvierzigste Straße an einer Telefonzelle stehen. Zu seiner Verblüffung funktionierte der Scheißapparat tatsächlich. Vielleicht der einzige im Zentrum.
Beim Wählen beobachtete er ein Mädchen vom Straßenstrich, das gegenüber der Lexington Avenue seinem Gewerbe nachging. In der Nähe baggerte ein Schwuler in mittlerem Alter einen blonden Teenager an. Stadtcowboys und Mädels schoben sich in eine New Yorker Bar, die Ride'm High hieß. Er trauerte dem alten New York und dem Amerika nach, wie es einst gewesen war, als es noch echte Cowboys und echte Männer gegeben hatte.
Er hatte in New York wichtige Arbeit zu erledigen. Eine Arbeit, die getan werden *mußte.* Das Spiel mit Namen Jack und Jill bewegte sich auf seinen Höhepunkt zu. Sam Harrison war sicher, daß die Wahrheit mit ihm ins Grab verschwinden würde. Es mußte so sein.
Es war für die Öffentlichkeit immer schon zu gefährlich gewesen, die Wahrheit zu wissen. Die Wahrheit brachte den Menschen für gewöhnlich nicht die Freiheit, sie machte sie nur verrückter. Die meisten Menschen konnten mit der Wahrheit nicht umgehen.
Endlich erreichte er die Nummer in Maryland. Zwar ging er mit diesem Anruf ein gewisses Risiko ein, aber das war nicht zu vermeiden. Er mußte es tun, um seinen gesunden Menschenverstand zu behalten.
Die Stimme eines kleinen Mädchens meldete sich. Sofort spürte er eine ungeheure Erleichterung und eine Freude wie seit Tagen nicht mehr. Die Stimme der Kleinen hörte sich an, als wäre sie hier in New York.
»Hier ist Karon. Wie kann ich Ihnen helfen?« fragte sie. Er hatte ihr beigebracht, sich so am Telefon zu melden.
Sam Harrison schloß fest die Augen. Die gesamte deprimierende Glitzerwelt New Yorks und alles, was er tun würde, waren völlig ausgeschaltet. Verschwunden. Selbst Jack und Jill waren für Sekundenbruchteile aus seinen Gedanken verdrängt. Er befand sich auf sicherem Boden. Er war zu Hause.
Nur seine kleine Tochter zählte jetzt für ihn. Nur sie war wirk-

lich wichtig. Sie hatte für seinen späten Anruf aufbleiben dürfen.

Als er den Telefonhörer gegen das Kinn preßte, *war er nicht Jack.*

Er war nicht Sam Harrison.

»Hier ist Daddy«, sagte er zu seinem jüngsten Kind. »Hallo, Häschen. Du fehlst mir schrecklich. Wie geht's dir? Wo ist Mom?« fragte er. »Paßt ihr auch alle gut auf euch auf? Ich komme ganz bald nach Hause. Vermißt du mich? Ich vermisse dich ganz doll.«

Du mußt ungeschoren aus der Sache rauskommen, sagte er sich, als er mit seiner Tochter und dann mit seiner Frau sprach. Jack und Jill mußten siegen. Er mußte den Lauf der Geschichte verändern. Er konnte nicht, durfte nicht im Leichensack nach Hause zurückkehren. In Schande. Wie der schlimmste amerikanische Hochverräter seit Benedict Arnold.

Nein, der Leichensack war für Präsident Thomas Byrnes. Der Mann hatte den Tod verdient. Wie alle die anderen auch. Alle waren auf ihre Art Verräter.

Jack und Jill kamen zum Capitol Hill,
um zu töten, zu töten, zu töten.

Und bald – sehr bald – würde alles erledigt sein.

81.

Etwas stimmte nicht im Hotel. Wir waren erst ein paar Minuten im Waldorf, als mir klar wurde, daß es bei den Sicherheitsmaßnahmen eine Riesenpleite gegeben hatte. Ich erkannte es daran, wie die Sicherheitsleute sich um Präsident Byrnes und seine Frau drängten, als sie die glitzernde Hotelhalle betraten. Thomas und Sally Byrnes wurden hastig zu ihrer Suite im zwanzigsten Stock gebracht. Ich kannte die Verfahrensweise wie im Schlaf. Die New Yorker Detectives hatten engstens mit dem Geheimdienst zusammengearbeitet. Sie hatten jede denkbare und undenkbare Methode der Infiltration des Waldorf überprüft, eingeschlossen die U-Bahnen, die Kanalisation und sämtliche unterirdischen Gänge. Bombenspürhunde waren unmittelbar vor unserem Eintreffen durch das Hotel im Stadtzentrum geführt worden. Man hatte die Hunde nachmittags auch zum Plaza und zum Pierre gebracht, da diese Hotels ebenfalls für den Besuch des Präsidenten in Betracht kamen.

»Alex«, hörte ich von hinten. »Alex, hier drin.« Jay Grayer winkte mir. »Wir haben jetzt schon ein kleines Problem. Ich weiß nicht, wie die zwei es geschafft haben, aber sie sind tatsächlich hier in New York. Jack und Jill sind hier.«

»Was zum Teufel spielt sich hier ab, Jay?« fragte ich den Agenten, als wir an den Vitrinen mit Literflaschen teuren Parfüms und mit teuren Accessoires vorübergingen.

Jay Grayer führte mich zu den Direktionsbüros, die sich unmittelbar hinter der Rezeption in der Halle befanden. Der Raum war bereits voller Geheimdienstler, FBI-Agenten und New Yorker Polizeihäuptlinge. Alle schienen in Kopfhörer oder Funkgeräte zu lauschen. Alle wirkten sehr gestreßt, auch das Hotelmanagement mit dem hauseigenen Sicherheitschef, das sich etwas darauf einbildete, daß seit Hoover jeder Präsident im Waldorf abgestiegen war.

Schließlich wandte Grayer sich an mich. »Vor ungefähr zehn Minuten wurden Blumen geliefert. Von unseren Freunden Jack und Jill. Bei den Blumen war auch noch eine blumige Botschaft.«

»Dann lassen Sie uns mal einen Blick darauf werfen. Zeigen Sie mir bitte die Nachricht.«

Neben einem Strauß blutroter Rosen lag das Blatt mit der Botschaft. Grayer schaute mir über die Schulter, als ich las.

Jack und Jill kamen zum Capitol Hill
und überraschten den Chef mit Blumen.
Wir sind hier in der Stadt

Und zählen jetzt rückwärts
Die Stunden, die Ihnen noch bleiben.

»Sie wollen uns *glauben* machen, daß sie verrückt sind«, sagte ich zu Grayer.
»Und? Glauben Sie es?«
»Verdammt noch mal, nein! Aber sie halten eisern daran fest. Das gehört zu ihrem Plan. Die beiden wissen *zweifellos*, was sie tun – und wir *zweifellos* nicht.«
Und Jack und Jill waren zweifellos in New York City.

82.

Die schwere Holztür zu Präsident Thomas Byrnes' großem Schlafzimmer öffnete sich wenige Minuten nach Mitternacht. Die Präsidentensuite im Turm des Waldorf Hotels bestand aus vier Schlafzimmern und zwei Wohnzimmern. Keine anderen Hotelgäste wohnten auf dieser Etage, auch nicht in den Etagen unmittelbar darüber und darunter.
»Wer ist da?« fragte der Präsident und schaute von dem Buch auf, das er zu lesen versuchte, um seine Nerven zu beruhigen. Es war der umfangreiche Schmöker *Truman* von David McCullough. Beinahe ließ der Präsident den Schinken fallen, als die Tür sich unvermittelt öffnete.
Doch Thomas Byrnes lächelte, als er sah, wer zwischen der Schwelle und einem großen antiken Schrank stand.
»Ach, du bist's. Ich dachte schon, es wäre Jill. Ich glaube, insgeheim hat sie eine Schwäche für mich. Aber das ist nur so ein Gefühl«, sagte er und lachte.
Sally Byrnes rang sich ein Lächeln ab. »Ich wollte dir gute Nacht sagen und sehen, ob alles in Ordnung ist, Tom.«
Der Präsident schaute seine Frau liebevoll an. Seit den letzten Jahren schliefen sie in getrennten Schlafzimmern. Sie hatten eheliche Probleme gehabt. Aber sie waren immer noch enge

Freunde. Byrnes war sicher, daß sie sich noch liebten und immer lieben würden.
»Du bist nicht gekommen, um mich ins Bett zu bringen?« fragte er. »Wirklich schade.«
»Natürlich bin ich auch deshalb hier. Heute abend verdienst du es, daß man dich liebevoll zudeckt.«
Ihr Mann lächelte auf eine Art und Weise, die beide an bessere Zeiten erinnerte, an *viel* bessere Zeiten. Wenn Thomas Byrnes wollte, konnte er hinreißend charmant sein. Das wußte Sally Byrnes nur allzu gut. Tom konnte ein regelrechter Herzensbrecher sein. Auch das wußte Sally. So war es während der meisten gemeinsamen Jahre gewesen. *Die Agonie und die Ekstase*, nannte Sally ihre Beziehung. Doch um bei der Wahrheit zu bleiben: es hatte mehr Ekstase als Agonie gegeben. Beide wußten, daß eine Beziehung wie die ihre selten war.
Thomas Byrnes klopfte leicht auf die Kante des riesigen Bettes, das teilweise von einem Baldachin überdacht war. Sally setzte sich neben ihn. Er griff nach ihrer Hand, die sie ihm gern überließ. Sie liebte es, mit ihrem Tom Händchen zu halten. Schon immer. Sie war sich bewußt, daß sie ihn trotz der Kämpfe und Wunden in der Vergangenheit und aller anderen Probleme immer noch liebte. Sally konnte ihm seine Affären verzeihen. Sie wußte, daß sie ihm nichts bedeuteten. Sie ruhte sicher in sich selbst. Sally Byrnes verstand ihren Mann besser als sonstjemand. Sie wußte, wie verstört er jetzt war, wie verängstigt, wie verletzlich.
Und sie liebte ihn in seiner ganzen Kompliziertheit: die Arroganz, die Treulosigkeit, die Unsicherheiten, das manchmal übergroße Ego. Sie wußte, daß auch Tom sie liebte und daß sie immer die besten Freunde sein würden. Die besten Seelenpartner.
»Soll ich dir mal etwas wirklich Seltsames erzählen?« fragte er und zog die Frau, mit der er seit sechsundzwanzig Jahren verheiratet war, zärtlich an sich heran.
»Erzähl's mir. Ich erwarte allerdings nichts weniger als eine vollständige Enthüllung, *Mr. King*.« Über diesen Satz hatten sie in London bei dem Theaterstück *Der Wahnsinn Georgs des Drit-*

ten herzlich gelacht. Die Königin hatte Georg III. im Bett »Mr. King« genannt.

»Ich glaube, es ist jemand, den wir kennen. Ich habe mit dem Detective von der Mordkommission darüber gesprochen. Er ist der einzige, der den Mut hat, mir schlechte Nachrichten zu bringen. Ich glaube, es könnte jemand aus unserer näheren Umgebung sein, Sally. Das macht alles noch viel schrecklicher.«

Sally Byrnes bemühte sich, ihre Angst nicht zu zeigen. Ihre Augen schweiften durchs Schlafzimmer zur hohen Decke. Die Wände waren zur Hälfte getäfelt. Darüber begann die hellblau-cremefarbene Tapete. O Gott, wie liebend gern wäre sie jetzt in ihr Zuhause nach Michigan gefahren. Das wollte sie mehr als alles andere: mit Tom nach Hause fahren.

»Hast du das Don Hamerman gesagt?«

»Ich erzähle es *dir*«, flüsterte er. »Dir kann ich trauen. Dir *traue* ich, Sally.«

Sally küßte ihn zärtlich auf die Stirn, dann auf die Wange und schließlich auf den Mund. »Bist du ganz sicher?«

»Hundert Prozent«, flüsterte er. »Allerdings hättest du triftige Gründe, mich umzubringen. Mehr Gründe als die meisten Menschen. Ich wette, mehr als Jack und Jill.«

»Halt mich ganz fest«, sagte sie. »Laß mich nie wieder los.«

»Halt *du* mich lieber fest«, flüsterte der Präsident seiner Frau zu. Thomas Byrnes konnte den beunruhigenden Gedanken nicht vertreiben, während er seine Frau umarmte: *Jemand war ganz nahe.*

»Was wünschst du dir zu Weihnachten, Tom? Du weißt doch, die Presse ... das wollen sie immer wissen.«

Präsident Byrnes dachte einen Moment nach.

»Frieden. Und daß diese Sache bald vorbei ist.«

83.

Es war an der Zeit zu beweisen, daß er besser war als Jack und Jill. Im Herzen wußte er, daß er besser war. Keine Konkurrenz. Jack und Jill waren bloß ein Haufen Scheiße.

Das Haus der Cross stand an der Fünften Straße in Washingtons Southeast in dunklen, dräuenden Schatten. Es sah aus, als würden endlich alle in diesem Haus schlafen. *Wir werden es bald sehen. Ja, wir werden es bald feststellen,* dachte der Mörder.

Er hieß Danny Boudreaux, falls Sie tatsächlich die Wahrheit wissen wollen. Er beobachtete die von den Straßenlampen erleuchtete Szene unter den Tupelobäumen, die auf einem ansonsten leeren Grundstück standen.

Er dachte daran, wie sehr er Cross und seine Familie haßte. Alex Cross erinnerte ihn an seinen richtigen Vater, der ebenfalls Cop gewesen war und dermaßen in seinem dämlichen Job aufging, daß er deshalb ihn und seine Mutter verlassen hatte. Ja, er hatte sie verlassen, als wären sie bloß Spucke auf dem Bürgersteig. Dann hatte seine Mutter sich umgebracht, und er war zu Pflegeeltern gekommen.

Familien bereiteten ihm Übelkeit, aber der allmächtige Cross gab sich größte Mühe, ein perfekter Daddy zu sein. Dabei war er ein Angeber, ein richtiger Scharlatan. Und noch schlimmer war, daß Cross ihn *sehr* unterschätzte und etliche Male verarscht hatte.

Danny Boudreaux war ein Klassenkamerad Sumner Moores auf der Theodore Roosevelt Academy gewesen. Sumner war stets der perfekte schneidige Kadett gewesen, der Musterschüler, das Superarschloch im Sport. Seit dem letzten Sommer war Moore sein verdammter *Tutor* gewesen. Danny Boudreaux hatte zweimal in der Woche zu Moore nach Hause gehen müssen. Er haßte Sumner Moore von der ersten Sekunde an, weil der Kerl so ein herablassender, arroganter kleiner Wichser war. Er haßte die ganze überhebliche Moore-Sippschaft. Na, denen hatte er eine Lektion erteilt. Er hatte sich als *ihr* Tutor erwiesen.

Seine erste total ausgeflippte Idee war gewesen, alles so aussehen zu lassen, als wäre Sumner Moore, *der perfekte Kadett,* der Kindermörder. Er hatte Moores Anschluß beim Internet-Server Wonder benutzt und die Cops direkt ins Haus der Moores geführt. Was für ein irrer Spaß war das gewesen – der beste von allen. Dann hatte er beschlossen, Sumner zu beseitigen. Das war die zweite Superidee gewesen. Es hatte ihm noch viel mehr Spaß gemacht, Sumner umzubringen, als die kleinen Kinder zu töten.

Und jetzt wollte er Cross die eine oder andere Lektion erteilen. Offensichtlich glaubte Cross, der sogenannte Sojourner-Truth-Killer sei nicht viel von seiner kostbaren Zeit wert. Danny Boudreaux war in Alex Cross' Augen kein Gary Soneji. Er war kein Jack und Jill. *Er war ein Niemand, richtig?*

Na, das wollen wir doch mal sehen, Dr. Cross. Wir werden ja sehen, wie ich im Vergleich zu Jack und Jill und den anderen abschneide. Schauen Sie sich das alles ganz genau an, Doktor Scheißkerl. Vielleicht können Sie ja noch was lernen.

In der nächsten Stunde würden viele Leute lernen, daß man Danny Boudreaux nie mehr unterschätzen und nie wieder verarschen sollte.

Danny Boudreaux überquerte die Fünfte Straße, wobei er sich vorsichtig in den Schatten der Bäume hielt. Dann ging er geradewegs in den gepflegten Garten, der ans Cross-Haus grenzte.

Er war dreizehn, aber klein für sein Alter. Er war einsachtundfünfzig und wog nur fünfzig Kilo. Er war ziemlich unscheinbar. Die anderen Kadetten nannten ihn Mr. Weichei, weil er in Tränen ausbrach, wenn sie ihn veräppelten, was praktisch ständig der Fall war. *Für Danny Boudreaux hatte die »Höllenwoche« zu Beginn der Ausbildung, wenn die Schüler den militärischen Drill kennenlernten, das ganze Schuljahr gedauert. Nein, bis jetzt hatte die Höllenwoche sein ganzes Leben lang gedauert. Mein Gott, hatte er es genossen, Sumner Moore zu töten! Es war, als würde er die ganze verdammte Schule töten!*

Er schmierte sich grauen Lidschatten über Gesicht, Hals und Hände, während er gegenüber vom Haus der Cross wartete. Er

trug dunkle Jeans, ein schwarzes Hemd und eine Gesichtsmaske Marke Treebark. Schließlich mußte er sich dieser afroamerikanischen Gegend anpassen, nicht wahr? Auf der Sechsten Straße hatte niemand ihn groß beachtet, nicht einmal, als er auf der E Street zur Fünften geschlendert war.
Danny Boudreaux berührte den Kolben der halbautomatischen Smith & Wesson in der tiefen Tasche seines Ponchos. Zwölf Patronen steckten in der Waffe. Sie war entsichert und schußbereit. Wieder fing er an zu weinen. Heiße Tränen strömten ihm übers Gesicht. Er wischte sie mit dem Ärmel fort.
Nein, er war nicht mehr Mr. Weichei.
Er beging perfekte Morde.

84.

Nichts auf Erden oder im Himmel konnte Alex Cross' nette Familie jetzt noch retten. Jetzt waren *sie* an der Reihe zu sterben. Diesen Schritt mußte er tun. Der richtige Schritt zur rechten Zeit. *Huhu,* was sagt man dazu?
Danny Boudreaux schlich langsam die Stufen zur hinteren Veranda hinauf. Er verursachte keinen Laut.
Falls nötig, konnte er ein verdammt guter Kadett sein. Ein großartiger junger Soldat. Und heute abend zog er ins Manöver. Er war auf einer nächtlichen Mission.
Suchen und vernichten.
Aus dem Haus hörte er keinerlei Geräusche. Kein Nachtprogramm im Fernseher. Kein Letterman, Leno, Beavis und Butthead oder Werbung für Nordic Track. Auch kein Klaviergeklimper. Das hieß wohl, daß auch der gute Dr. Cross jetzt schlief. Gut so! *Der Schlaf der Toten, nicht wahr?*
Er berührte den Türknopf. Am liebsten hätte er sofort die Finger zurückgezogen. Das Metall fühlte sich wie Trockeneis auf der Haut an. Trotzdem drehte er den Knopf langsam, ganz langsam. Dann zog er.

Die verfluchte Tür war abgeschlossen! Aus irgendeinem verrückten Grund hatte er geglaubt, sie wäre offen. Natürlich konnte er trotzdem durch diese Tür ins Haus eindringen, aber er würde Lärm machen.
Nein, das ging nicht.
Das war *nicht perfekt.*
Er ging zur Vorderseite des Hauses, um dort die Lage zu peilen. Dort gab es einen Wintergarten mit einem Klavier. Cross spielte dort gern Blues – aber jetzt würde der gute Doktor mal die richtigen Flötentöne kennenlernen. Wenn heute nacht vorüber war, würde für den Rest seines Lebens Stille herrschen.
Immer noch kam kein Geräusch aus dem Haus. Er wußte, daß Cross seine Familie nicht fortgeschickt, in Sicherheit gebracht hatte. Wieder ein Zeichen der Geringschätzung. Cross hatte keine Angst vor ihm. Aber er *sollte* Angst haben. Verdammt, Cross sollte sich aus Angst vor ihm in die Hose scheißen!
Danny Boudreaux versuchte es an der Tür zum Wintergarten. Dem jungen Killer brach der Schweiß aus. Boudreaux konnte kaum noch atmen. Er sah seine schlimmsten Alpträume – und die waren wirklich grauenvoll.
Detective Sampson blickte ihm direkt in die Augen! Der schwarze Riese war im Wintergarten. Er hatte auf ihn gewartet. Mit Gott und der Welt zufrieden saß er da.
Jetzt hatte man ihn erwischt! O Gott! Sie hatten ihm eine Falle gestellt. *Wie ein Schwachkopf war er hineingetappt.*
Moment mal! Verflixt! Moment mal!
Etwas stimmte nicht bei diesem Bild ... oder, besser gesagt, etwas stimmte sogar sehr gut *bei diesem Bild.*
Danny Boudreaux blinzelte kurz und blickte scharf nach vorn. Er konzentrierte sich mit aller Kraft. Sampson *schlief* in dem großen weichen Armsessel neben dem Klavier.
Seine Füße steckten in Socken und lagen auf dem Hocker davor. Seine Dienstwaffe lag im Holster auf einem kleinen Tisch, ungefähr dreißig Zentimeter neben seiner rechten Hand. *Im Holster!*
Dreißig Zentimeter. Hmm. Nur lumpige dreißig Zentimeter, dachte der Mörder.

Danny Boudreaux hielt den Türknopf fest, als hinge sein Leben davon ab. Er rührte sich nicht. Die Brust tat ihm so weh, als hätte er sich einen wuchtigen Schlag eingefangen.

Was tun? Was tun? Was tun, verdammt noch mal? ... DREISSIG ... LUMPIGE ... ZENTIMETER ...

Seine Gedanken rasten mit ungefähr einer Million Kilometer pro Sekunde. Es schossen so viele Gedanken durch sein Hirn, daß es beinahe den Geist aufgab.

Er wollte Sampson angreifen. Sich auf ihn stürzen und den Riesen außer Gefecht setzen. Dann nach oben stürmen und die Familie kaltmachen. Er wollte es so sehr, daß es schmerzte, daß der Gedanke wie Feuer im Innern seines Kopfes brannte, das Hirn versengte und seine Gedanken brodeln ließ.

Er bemühte sich, militärisch zu denken. Soldatisch. *Wichtiger als Mut war ... und der ganze Scheiß. Logik besiegt alles.* Er wußte, was er zu tun hatte.

Noch langsamer, als er gekommen war, schlich er wieder von der Wintergartentür des Cross-Hauses fort. Er konnte es nicht fassen, daß er um ein Haar dem hünenhaften schwarzen Detective in die Arme gelaufen wäre.

Vielleicht hätte er sich an den Gorilla heranschleichen und ihm das Gehirn rauspusten können. Vielleicht aber auch nicht. Der Gorilla war ein wirklich sehr großer Gorilla.

Nein, der Truth-Killer würde ein solches Risiko nicht eingehen. Vor ihm lagen zuviel Spaß, zu viele Spiele. Das alles konnte er nicht mit einem Schlag wegwerfen.

Jetzt hatte er zuviel Erfahrung. Er wurde immer besser und besser.

Er verschwand in der Nacht. Er hatte andere Möglichkeiten, andere Dinge zu erledigen. Danny Boudreaux lief frei in Washington herum und genoß es. Jetzt hatte er Geschmack an der Freiheit gefunden. Für Cross und seine dämliche Familie würde die Zeit schon noch kommen.

Er hatte bereits vergessen, daß er sich noch vor wenigen Minuten die Augen aus dem Kopf geheult hatte. Seit sieben Tagen hatte er seine Medizin nicht mehr genommen. Das verhaßte, widerliche Depakote, das seine Stimmungen regulierte.

Er trug wieder sein Lieblings-Sweatshirt. *Happy, happy. Joy, joy.*

85.

Ich schreckte hoch und zitterte. Mein Haut kribbelte, mein Herz raste wie verrückt.
Ein Alptraum? Etwas Schreckliches? Wirklich oder eingebildet? Das Zimmer war pechschwarz. Alle Lichter aus. Ich brauchte eine Sekunde, um mich zu erinnern, wo in Gottes Namen ich mich befand.
Dann fiel es mir wieder ein. Alles fiel mir wieder ein. Ich gehörte zu dem Team, das den Präsidenten schützen sollte – aber der Präsident hatte unsere Aufgabe noch schwieriger gemacht, als sie ohnehin war. Der Präsident hatte beschlossen, nach Washington zu fliegen und dort Farbe zu bekennen, zu demonstrieren, daß er vor Terroristen und Verrückten aller Art keine Angst hatte.
Ich war in New York City – im Waldorf Astoria Hotel an der Park Avenue. Auch Jack und Jill waren in New York. Sie waren sich ihrer Sache so sicher, daß sie uns ihre Visitenkarte geschickt hatten.
Ich tastete nach der Nachttischlampe, dann nach dem Schalter. Schließlich machte ich Licht und schaute auf die Uhr auf dem Nachttisch. Fünf vor drei in der Frühe.
»Na, großartig«, flüsterte ich. »Einfach super.«
Ich überlegte, ob ich die Kinder in Washington oder Nana anrufen sollte. Die Idee war nicht ganz ernst gemeint, aber sie schoß mir durch den Kopf. Ich dachte an Christine Johnson. Sollte ich sie zu Hause anrufen? *Nein!* Aber als der Gedanke mir erst gekommen war, gefiel mir die Vorstellung, am Telefon mit ihr zu reden.
Schließlich zog ich mir eine Khakihose und ein altes Sweatshirt an und schlüpfte in die ausgelatschten Turnschuhe. So schlenderte ich aus dem Hotel. Ich mußte aus dem Hotelzimmer raus. Eigentlich hätte ich aus meiner *Haut* herausschlüpfen müssen.
Im Waldorf Astoria schlief alles tief und fest. Wie es sein sollte. Abgesehen von den äußerst angespannten Geheimdienstagen-

ten, die überall postiert waren, auf jedem Korridor, über den ich schlenderte. Sie hatten die Posten für die Nachtwache beim Präsidenten bezogen. Hauptsächlich waren es athletisch gebaute Männer, die mich an sportlich gestählte Buchhalter erinnerten. Nur wenige Frauen waren in New York für diesen Dienst eingeteilt.

»Wollen Sie so früh schon joggen, Detective Cross?« fragte mich eine Geheimdienstagentin, als ich an ihr vorüberging. Sie hieß Camille Robinson und nahm ihren Job sehr ernst. Sie schien völlig darin aufzugehen – wie die meisten Leute beim Geheimdienst. Offenbar mochten sie alle Präsident Thomas Byrnes so sehr, daß sie das Risiko eingingen, sich für ihn eine Kugel einzufangen.

»Mein Gehirn joggt ständig auf und ab«, sagte ich und zwang mich zu lächeln. »Wahrscheinlich laufe ich vor dem Frühstück ein paar Marathons. Brauchen Sie irgendwas? Kaffee?«

Camille schüttelte den Kopf und behielt die ernste Miene bei. Auch Wachhunde können weiblich sein. Ich habe genügend davon kennengelernt. Ich salutierte vor der pflichteifrigen Agentin und ging weiter.

Mich quälten verschiedene Gedanken, während ich in dem gespenstisch stillen Hotel umherwanderte. Mein Gehirn lief heiß.

Der Mord an der Studentin Charlotte Kinsey war ein störendes Teil des Puzzles. Jemand anders als Jack und Jill konnte diesen Mord begangen haben. Konnte es einen dritten Mörder geben? Warum ein dritter Mörder? Wie paßte er ins Bild?

Ich ging einen langen Korridor hinunter und folgte einer anderen Gedankenspur.

Wie sah es mit größeren, komplizierteren Verschwörungen aus? Dallas und JFK? Los Angeles und Robert Kennedy? Memphis und Dr. King? Wohin führte mich diese wahnwitzige und deprimierende Gedankenspur? Die Liste der potentiellen Verschwörer war hoffnungslos lang, und ich verfügte nicht über die Möglichkeiten, an die meisten Verdächtigen heranzukommen. Der Krisenstab redete viel über Verschwörungen. Das FBI war von Verschwörungen besessen. Ebenso die CIA … aber es blieb eine unumstößliche Tatsache: Dreißig Jahre nach den At-

tentaten auf die Kennedys war niemand wirklich davon überzeugt, daß diese Morde aufgeklärt waren.

Je länger ich mich in die Verschwörungstheorien vertiefte, um so deutlicher wurde mir, daß es beinahe unmöglich war, zum Kern vorzudringen. Das war bisher noch niemandem gelungen. Ich hatte mit mehreren Leuten von der Forschungsstelle für Attentate in Washington geredet, hatte mich im dortigen Archiv umgesehen. Alle waren zur selben Schlußfolgerung gelangt. Eine Sackgasse.

Ich schlenderte zum Korridor im zwanzigsten Stock, wo der Präsident schlief. Mir lief es eiskalt über den Rücken, als mich plötzlich die Vorstellung überkam, er würde tot in seinem Zimmer liegen und daß Jack und Jill bereits zugeschlagen und uns eine Botschaft hinterlassen hätten, die wir morgen früh finden sollten.

»Alles in Ordnung?« fragte ich die Agenten, die vor der Tür der Präsidentensuite postiert waren.

Sie musterten mich mißtrauisch, als würden sie sich fragen: *Was hat dieser Kerl hier zu suchen?* »Bis jetzt keine Probleme«, antwortete der eine steif.

Schließlich ging ich in einem vollen Kreis zurück zu meinem Zimmer. Es war beinahe vier Uhr morgens.

Ich ging in mein Zimmer und legte mich aufs Bett. Dann dachte ich über mein Gespräch mit Sampson am frühen Abend nach, in dem er mir von dem Mord an Sumner Moore berichtet hatte. Offenbar war der junge Moore nicht der Truth-Schulmörder. Ich bemühte mich, über keine der beiden Mordserien mehr nachzudenken.

Schließlich döste ich bis sechs Uhr ein. Dann ging der Wecker neben meinem Kopf wie eine Feuersirene los.

Rock-and-Roll-Musik plärrte. »K-Rock« in New York. Howard Stern redete mit mir. Er hatte vor einigen Jahren in Washington gearbeitet. Howard sagte: »Die Presse ist in der Stadt. Dann können Jack und Jill nicht mehr weit sein, stimmt's?«

Alle wußten Bescheid. Der Fahrzeugkonvoi des Präsidenten durch Manhattan setzte sich um elf Uhr in Bewegung. Die Postkutsche war bereit, wieder loszurollen.

86.

In New York City wurde jetzt Geschichte gemacht. Zumindest war es an der Zeit, für einen Riesenschrecken zu sorgen. Das mit Sicherheit. Das Spiel war jetzt kein Spiel mehr.

Jack joggte mit kräftigen, gleichmäßigen Schritten durch den Central Park. Es war kurz vor sechs Uhr morgens. Er lief seit fünf Uhr. Viele Gedanken gingen ihm durch den Kopf. Endlich war der D-Day angebrochen. New York City war Kriegsschauplatz. Jack konnte sich keinen besseren vorstellen.

Da er die Fifth Avenue entlang nach Süden lief, sah er die beeindruckende Silhouette Manhattans. Über den hohen, unregelmäßigen Gebäuden besaß der Himmel die Farbe von Holzkohle, die man durch hauchdünnes Seidengewebe betrachtete. Riesige Wolkenberge stiegen von den Gebäuden aus der Jahrhundertwende auf.

Eigentlich war es verteufelt schön. Beinahe wundervoll. Nicht so, wie er sich üblicherweise New York vorstellte. *Aber es ist bloß eine Fassade. Wie Jack und Jill,* dachte er.

Als er neben einem blauen Stadtbus rannte, fragte er sich, ob er in den nächsten Stunden wohl sterben würde. Er mußte darauf gefaßt, auf alles vorbereitet sein.

Kamikaze, dachte er. *Der Plan für das Ende war tödlich, so todsicher, wie diese Dinge nur sein konnten.* Er glaubte nicht, daß die Zielperson diesen Angriff überleben konnte. Niemand konnte das. Es würde auch noch andere Tote geben. Schließlich war es ein Krieg, und im Krieg starben nun mal Menschen.

Jack verließ den Park an der Kreuzung Fifth Avenue und Neunundfünfzigste Straße. Jetzt machte er Tempo und lief weiter nach Süden.

Kurze Zeit später betrat er die elegante, schöne Eingangshalle des Peninsula Hotels in den West Fifties. Es war zehn nach sechs morgens. Das Peninsula war gut zwanzig Querstraßen vom Madison Square Garden entfernt, an dem Präsident Byrnes fünfundzwanzig Minuten nach elf erscheinen sollte. Gerade wurde die *New York Times* in der Hotelhalle angeliefert.

Jack las die Schlagzeile: NEW YORK IN ANGST VOR KILLERN JACK UND JILL BEI PRÄSIDENTENBESUCH. Jack war beeindruckt. Selbst die *Times* war voll auf dem laufenden.
Dann sah er Jill. Pünktlich wie immer hatte sie das Hotel betreten. *Immer pünktlich.* Genau nach Plan war sie im Peninsula. *Immer genau nach Plan.*
Sie trug einen silberblauen Jogginganzug, sah aber nicht so aus, als wäre sie auf dem Weg vom Waldorf hierher ins Schwitzen gekommen. Er fragte sich, ob sie gejoggt oder gegangen war. Oder vielleicht sogar ein Taxi genommen hatte.
Er nahm in keiner Weise Kenntnis von ihr, sondern ging zum Aufzug und fuhr in seine Etage hinauf. Jill würde den nächsten Aufzug nehmen.
Er schloß seine Zimmertür auf und ging hinein, um auf Jill zu warten. Ein einmaliges Klopfen an der Tür. Sie kam genau nach Plan. Weniger als sechzig Sekunden nach ihm.
»Ich sehe schrecklich aus«, sagte sie. Saras erste Worte. Es war so typisch für ihre selbstkritische Haltung, ihre Bild von sich selbst, ihre Verletzbarkeit. *Sara, die arme lahme Ente.*
»Nein, überhaupt nicht«, versicherte er ihr. »Du siehst wunderschön aus, weil du wunderschön *bist.*« Aber das stimmte nicht. Sie sah nicht besonders gut aus. Die schreckliche Anspannung der letzten Stunden hatte ihre Spuren hinterlassen. Ihr Gesicht war eine Maske der Sorge und des Zweifels, und sie trug zuviel Make-up und Wimperntusche und grellroten Lippenstift. *D-Day.* Sie hatte ihr blondes Haar besprüht. Es sah spröde aus.
»Im Waldorf geht es schon rund«, meldete sie ihm. »Sie rechnen damit, daß heute ein Attentatsversuch stattfinden wird. Sie sind darauf vorbereitet – zumindest glauben sie es. Fünftausend reguläre New Yorker Polizisten plus Geheimdienst und FBI. Sie haben eine ganze Armee aufgeboten.«
»Laß sie ruhig in dem Glauben, daß sie bereit sind«, sagte Jack. »Wir werden's ja bald sehen, nicht wahr? Jetzt komm mal her.« Er lächelte. »Du siehst überhaupt nicht schrecklich aus. Niemals. Du siehst hinreißend aus, Sara. Darf ich dich vergewaltigen?«

»Jetzt?« protestierte Sara lahm. Sie hatte nur geflüstert. So klein, so verletzlich und unsicher sah sie aus. Sie konnte seiner starken und tröstenden Umarmung nicht widerstehen. Das hatte sie nie gekonnt – und das gehörte ebenfalls zum Plan. Alles war ausgearbeitet, deshalb *konnten* sie nicht scheitern.

Jack streifte sein Sweatshirt ab und zeigte seine glänzende nasse Brust. In den Haaren glitzerten Schweißtropfen. Er preßte sich gegen Sara. Sie drückte ihren Körper fest gegen seinen. Ihre Pulse rasten. *Jack und Jill. In New York. So kurz vor dem Ziel.* Er hörte, wie ihr Herzschlag schneller wurde, wie der eines kleinen gejagten Tieres. Sie konnte nicht anders. Sie hatte jetzt furchtbare Angst – berechtigterweise.

»Bitte, sag mir, daß wir uns wiedersehen, selbst wenn es nicht so ist. Sag mir, daß es mit dem heutigen Tag nicht vorbei ist, Sam.«

»Es wird nicht vorbei sein, Affengesichtchen. Im Augenblick habe ich ebenso große Angst wie du. Das ist ganz normal. Es zeigt, daß du bei klarem Verstand bist. Wir beide sind es.«

»In ein paar Stunden verlassen wir New York. Dann liegt Jack-und-Jill hinter uns«, flüsterte sie. »Oh, ich liebe dich so, Sam. Ich liebe dich so sehr, daß es mir angst macht.«

Es *war* beängstigend. Mehr, als Sara wissen konnte. Mehr, als irgend jemand wissen konnte – oder jemals wissen würde. Geschichte war nicht für die allgemeine Öffentlichkeit bestimmt. Sie war es nie gewesen.

Langsam und vorsichtig zog Sam eine Ruger hinten aus dem Hosenbund hervor. Seine Hände waren schweißnaß. Jetzt hielt er den Atem an. Er setzte Sara die Waffe an den Kopf und schoß ihr von oben in die Schläfe. Nur ein Schuß.

Eine professionelle Exekution.

Ohne Leidenschaft.

Beinahe ohne Leidenschaft.

Die Ruger hatte einen Schalldämpfer. Der Schuß im Hotelzimmer war nicht lauter als der gedämpfte Knall eines Sektkorkens. Die Einschlagswucht der 9-mm-Patrone riß Sara aus seinen Armen. Unwillkürlich zitterte er, als er auf den leblosen Körper blickte, der auf dem Zimmerteppich lag.

»Jetzt ist es vorbei«, sagte er. »Der Schmerz deines Lebens ist vorbei, die ganze Bitterkeit und alle Qualen. Tut mir leid, Affengesichtchen.«

Er legte die Abschiedsbotschaft in Jills rechte Hand. Dann drückte er ihre Faust so kräftig zusammen, daß der Zettel zerknittert wurde. Zum letztenmal hielt er Saras Hand.

»Und Jill taumelte ihm hinterdrein und fiel.« Er dachte an die Worte des Kinderreims.

Aber Jack würde nicht fallen. Der Tag des ultimativen Wahnsinns hatte begonnen.

Jack und Jill hatte endlich begonnen.

Sechster Teil

Niemand ist mehr sicher – niemand

87.

Das Dokument in meinen Händen trug den Titel: *Besuch des Präsidenten der Vereinigten Staaten. New York City, 16. und 17. Dezember.* Es war neunundachtzig Seiten stark und enthielt buchstäblich jeden Augenblick, nachdem der Präsident die *Air Force One* in La Guardia verlassen hatte, bis er gegen zwei Uhr nachmittag wieder in die Maschine stieg und zurück nach Washington flog.

Die Seiten enthielten auch Kartenskizzen von jedem Ort, an dem der Präsident sich aufhalten würde: Flughafen La Guardia, das Waldorf, das Felt Forum im Madison Square Garden, die Routen des Autokonvois und alternative Strecken.

Im Geheimdienstdokument stand:

10:55 Der Präsident und Mrs. Byrnes steigen in Limousine.
Anmerkung: Der Präsident und Mrs. Byrnes schreiten durch einen Kordon der New Yorker Polizeibeamten beim Waldorf Astoria Hotel.
11:00 Konvoi verläßt Waldorf via Route (Code C) zum Madison Square Garden, Felt Forum.

Geschlossene Ankunft.
Keine Presse zugelassen.

Ich beschäftigte mich mit dem Puzzle Jack und Jills bis zu dem Zeitpunkt, an dem der Präsident das Waldorf verlassen und mit dem Konvoi aus Limousinen, Polizeifahrzeugen und Motorrädern ins Stadtzentrum fahren sollte. Während der letzten drei Tage hatten FBI, Geheimdienst und die New Yorker Polizei an einem genauen Plan zusammengearbeitet, um Jack und Jill festzunehmen, falls diese tatsächlich in den Madison Square Garden kommen sollten. An die tausend Beamte in Zivil würden bei der Rede des Präsidenten im Publikum sein. Wir alle hegten berechtigte Zweifel, ob dieser Schutz ausreichte.

Den ganzen Morgen ging mir ein quälender Gedanke durch

den Kopf: *Niemand kann die Kugel eines Attentäters aufhalten. Niemand fängt die Kugel ab. Sie trifft nur das Opfer.*
Was würden Jack und Jill unternehmen? Wie würde alles ablaufen? Ich vermutete, daß sie im Madison Square Garden sein würden – und daß sie ganz aus der Nähe zuschlagen wollten. Und daß sie fest damit rechneten zu entkommen.
Der Präsident und Mrs. Byrnes wurden genau um fünf Minuten vor elf zu ihrer Limousine geleitet. Eine Phalanx aus einem Dutzend Sicherheitsleuten schirmte sie auf dem Weg von der Turmsuite zur gepanzerten Limousine ab, die in der Tiefgarage des Hotels wartete.
Ich ging dicht hinter der Hauptbegleitgruppe. Hier hatte ich nicht die Aufgabe, den Präsidenten mit Leib und Leben zu schützen. Ich hatte Jay Grayer bereits meine Vermutung mitgeteilt, daß das Attentat tatsächlich stattfinden würde. *Ich würde nahe dran sein. Ich würde mich deutlich zeigen. Aber Jack und Jill hatten mit Sicherheit einen Fluchtplan.*
Heute morgen hatte es bereits eine Änderung der Pläne gegeben. *Kein Kordon hochrangiger Polizisten am Hintereingang des Hotels. Keine Gelegenheit, Fotos zu schießen.* Man hatte den Präsidenten überzeugen können, nicht ein zweites Mal ungeschützt und offen durch die Eingangshalle des Waldorf zu marschieren.
Ich beobachtete Mrs. Byrnes und den Präsidenten, wie sie für die Fahrt von drei Kilometern in die Limousine stiegen. Die beiden hielten Händchen. Ein rührender Moment für mich als Augenzeuge. Es paßte zu allem, was ich über Thomas und Sally Byrnes wußte.
Keine Reue.
Der Konvoi setzte sich pünktlich in Bewegung. Es war das »formale Paket eines motorisierten Konvois«, wie der Geheimdienst es nannte. Das »Paket« umfaßte achtundzwanzig Fahrzeuge. In sechs Wagen saßen Anti-Attentat-Teams. Im »Nachrichten«-Wagen befanden sich Computer, um mit den Observierungsposten Kontakt zu halten, die mögliche Gefahrenquellen für den Präsidenten beschatteten. Ich hätte gern gewußt, ob Jack und Jill den Terminplan und die Anzahl der Autos kannten.

Der Konvoi rollte die sehr steile Ausfahrt der Tiefgarage hinauf. Unter unseren Reifen klapperten die Notlukendeckel. Die Route zum Auditorium begann auf der Park Avenue und führte dann nach Westen. Bis zur Fünften Straße blieb der Konvoi auf der Siebenundvierzigsten.

Ich fuhr mit Don Hamerman, zwei Limousinen hinter dem Präsidenten. Selbst Hamerman war an diesem Morgen bedrückt und übernervös zugleich. Bis jetzt war nichts passiert. Hatten Jack und Jill möglicherweise ihren Plan geändert? Gehörte das zu ihrem Spurenverwischen? Würden sie erst wiederauftauchen, wenn wir Zweifel bekamen, daß sie tatsächlich ein Attentat unternehmen würden? Wenn unsere Wachsamkeit nachließ? Würden sie meine Theorie über den Haufen werfen und nicht im Madison Square Garden zuschlagen, sondern den Konvoi angreifen?

Ich beobachtete alles genau durchs Fenster. Dieser Vormittag war eine gespenstische Erfahrung, so als befände ich mich gar nicht in meinem Körper. Die Menschen am Straßenrand waren begeistert. Sie jubelten und applaudierten, als die Autos vorüberfuhren – einer der Gründe, daß Präsident Byrnes beschlossen hatte, sich nicht länger im Weißen Haus zu verkriechen. Die Menschen, sogar die New Yorker, wollten ihn sehen, ihm zujubeln. Bis jetzt war er ein tüchtiger Präsident. Populär und mutig.

Wer wollte Thomas Byrnes töten? Und warum? Es gab eine Unzahl potentieller Feinde, aber ich kehrte immer wieder zu der persönlichen Liste des Präsidenten zurück. Senator Glass, Vizepräsident Mahoney, mehrere Reaktionäre im Kongreß, mächtige Männer mit Verbindungen zur Wall Street. Byrnes hatte erklärt, er wolle das System verändern – und daß das System jede Veränderung mit erbitterter Entschlossenheit ablehne.

Das System lehnte Veränderungen mit erbitterter Entschlossenheit ab!

Polizeisirenen heulten. Sie schienen allgegenwärtig zu sein. Diese heulende Wand aus Geräuschen, die Menschenmenge wären genau richtig für Jack und Jill. Meine Augen schweiften von der Menge, die dem Präsidenten zujubelte, zu den schnell fahrenden Autos und wieder zurück zu Präsident Byrnes.

Ich war ein Teil von alledem, fühlte mich aber trotzdem abgeschnitten. Ich mußte unwillkürlich an Dallas denken, an John F. Kennedy, an Robert Kennedy und Dr. King. Die geschichtlichen Tragödien unseres Landes. Unsere traurige Geschichte. Ich konnte die Augen nicht von der »Postkutsche« nehmen. Für mich war es schlicht unfaßbar, ja undenkbar, daß zwei der drei größten Attentate nach Meinung der meisten Menschen mysteriös und ungelöst geblieben waren. Zwei der größten Mordfälle unseres Landes wurden nie zufriedenstellend aufgeklärt.

Die VIP-Garage unter dem Madison Square Garden war ein Betonbunker, strahlend weiß gestrichen. Mindestens hundert Geheimdienstleute und New Yorker Polizisten warteten dort auf uns. Alle Geheimdienstler trugen Kopfhörer. Sie waren mit dem riesigen geheimdienstlichen Netz verbunden.

Ich sah Thomas und Sally Byrnes langsam aus der gepanzerten Limousine steigen. Ich beobachtete die Augen des Präsidenten. Er schien ruhig, zuversichtlich und konzentriert zu sein. Vielleicht wußte er genau, was er tat. Vielleicht war sein Weg der einzige, diese Sache durchzuziehen.

Ich war nur gut drei Meter vom Präsidenten und seiner Frau entfernt. Jede Sekunde, in der die beiden nahezu ungeschützt waren, kam mir wie eine Ewigkeit vor. Es waren viel zu viele Menschen in dieser Tiefgarage. *Jeder konnte ein Killer sein.*

Der Präsident und seine Frau lächelten, plauderten locker mit einflußreichen New Yorker Bürgern, die hinter Byrnes' Politik standen. Der Präsident und seine Frau hatten Übung darin. Sie wußten, wie ungemein wichtig diese zeremonielle Rolle für das Amt war. Die Symbolik und die absolute Macht. Deshalb waren die beiden hier. Mit gefiel ihr Sinn für Pflicht und Verantwortung sehr. Nanas Meinung über Byrnes und seine Frau war falsch. Ich war überzeugt, daß sie anständige Menschen waren, die sich bemühten, ihr Bestes zu geben. Mir war jetzt klar, wie schwierig ihre Aufgaben waren. Das hatte ich nicht gewußt, bis ich ins Weiße Haus gekommen war.

Präsident Byrnes und Sally Byrnes darf nichts zustoßen, dachte ich – als würde ein Willensakt die Patrone eines Meuchelmörders aufhalten können. Oder verhindern können, daß hier in der

Garage oder oben im voll besetzten Felt Forum schreckliche Dinge geschahen.

Jeder dieser Menschen kann Jack oder Jill sein, dachte ich immer wieder, während ich die Menge beobachtete.

Holt den Präsidenten und seine Frau hier raus! Jetzt! Los, schnell!

Das Kennedy Center in Washington, D.C.! Die Jurastudentin Charlotte Kinsey wurde ebenfalls an einem öffentlichen Ort erschossen – einem Ort wie dem hier! Dieser Mord ging mir nicht aus dem Kopf.

Dort war etwas geschehen, das *irgend etwas* über Jack und Jill enthüllte. Sie waren von ihrem Schema abgewichen. Wie sah das *wahre* Schema aus?

Wir gingen nach oben ins Auditorium, das bis auf den letzten Platz gefüllt war.

Wenn Jack und Jill den Tod wollen, können sie ihn hier bekommen. Mit Leichtigkeit!

Trotzdem hatte ich das Gefühl, daß sie kein Selbstmordunternehmen planten, sondern versuchen würden, ungeschoren davonzukommen. *Das* war ein Muster bei ihnen, das konstant blieb. Ich konnte mir allerdings nicht vorstellen, wie sie hier im Madison Square Garden einen Mord begehen und dann flüchten konnten.

Falls der Anschlag *hier* verübt werden sollte.

Die echten Jack und Jill – der Präsident und die First Lady der Vereinigten Staaten – waren eingetroffen. Pünktlich.

88.

Ein Schweißtropfen rollte langsam über meine Nase.

Ein Schwertransporter stand auf meiner Brust.

Der donnernde Lärm aus dem Innern dieses Auditoriums aus Beton und Stahl steigerte die ohnehin wachsende Verwirrung und das Chaos. Drinnen war es ohrenbetäubend. Nahezu zehntausend Menschen befanden sich im Auditorium, als wir hereinkamen.

Ich schob mich mit den anderen Sicherheitsleuten zum Hauptpodium. Geheimdienstagenten, FBI, U.S. Marshals und New Yorker Polizisten waren überall um den Präsidenten postiert. Ich suchte alles nach Kevin Hawkins ab und hoffte, Jill wäre an seiner Seite.

Präsident Byrnes behielt sein Lächeln bei, als er das Auditorium betrat. Ich erinnerte mich an seine Worte: *»Es kann nicht angehen, daß die Drohung zweier Irrer die Regierungsgeschäfte der Vereinigten Staaten aus dem Ruder laufen läßt. Das dürfen wir nicht zulassen.«*

Im Gebäude war es warm, aber mir brach der kalte Schweiß aus – so kalt wie der Wind vom Hudson River. Wir waren knapp dreißig Meter von der Bühne entfernt, auf der Prominente und bekannte Politiker standen, darunter auch der Gouverneur und der populäre Bürgermeister der Stadt.

Das Blitzlichtgewitter der Kameras blendete uns aus jeder erdenklichen Richtung. Ein Mikrofon auf der Bühne pfiff wegen einer Rückkoppelung. Ich rückte den fünfzackigen Stern am linken Revers meines Jacketts zurecht. Der Stern trug für heute einen Farbcode, der mich als Mitglied des Sicherheitsteams auswies. Die Farbe des Tages war Grün. Für Hoffnung?

Bis jetzt hatten Jack und Jill jedes ihrer Versprechen gehalten. Sie konnten eine Möglichkeit gefunden haben, Waffen in diesen Saal zu schaffen. In dem riesigen Amphitheater befanden sich mindestens tausend Handfeuerwaffen, aber auch Gewehre und Schrotflinten: die Polizei und andere Sicherheitskräfte waren damit ausgerüstet.

Jeder konnte Jack und Jill sein.

Auf alle Fälle konnte jeder Kevin Hawkins sein.

Don Hamerman war an meiner Seite, aber es war zu laut, um sich auch nur in annähernd normalem Tonfall zu unterhalten. Gelegentlich beugten wir uns vor und brüllten dem anderen etwas ins Ohr.

Selbst dann war es schwierig, mehr als ein einzelnes Wort oder einen Satzfetzen zu verstehen.

»Der Präsident nimmt sich zuviel Zeit für den Gang zur Bühne!« sagte Hamerman. Jedenfalls *glaube* ich, daß er das sagte.

»Ich weiß. Ganz Ihrer Meinung!« brüllte ich zurück.
»Passen Sie auf die Bewegungen in der Menge auf!« rief er. »Wenn die Leute eine gezückte Waffe sehen, bricht sofort eine Panik aus. Verdammt, der Präsident hält sich zu lange in der Menge auf! Will er die Killer verarschen? Was glaubt er denn beweisen zu müssen?«
Selbstverständlich hatte der Stabschef recht. Der Präsident schien Jack und Jill herauszufordern. Trotzdem könnten wir mit der Falle im dichtgedrängten Auditorium Glück haben.
Plötzlich setzte die Masse sich in Bewegung. Sie teilte sich.
»Bringt den Scheißkerl um! Bringt ihn um!« Ich hörte die Rufe ungefähr zwei Reihen vor mir. Schnell bahnte ich mir einen Weg nach vorn.
»Paß doch auf, du dämlicher Hammel!« brüllte mir eine Frau ins Gesicht.
»Bringt ihn um! *Bringt ihn um!*« hörte ich weiter vorn.
»Lassen Sie mich durch!« schrie ich, so laut ich konnte.
Der Mann, der den Aufruhr verursacht hatte, trug schulterlanges blondes Haar, einen ausgebeulten schwarzen Parka und einen Rucksack.
Ich packte ihn gleichzeitig mit einem Mann auf der anderen Seite des Gangs. Wir drückten den Blonden kräftig und blitzschnell zu Boden. Sein Schädel knallte gegen den Beton.
»New York Police!« brüllte der andere Mann mir zu, der den Blonden festhielt.
»D.C. Police, Sicherheitsdienst Weißes Haus«, rief ich zurück.
Der Cop aus New York hielt dem Verdächtigen bereits die Pistole ins Gesicht.
Ich erkannte in dem Blonden nicht Kevin Hawkins, aber ich konnte keineswegs sicher sein. Und wir durften auf keinen Fall auch nur das geringste Risiko eingehen. *Wir mußten ihn zu Boden werfen. Wir hatten keine andere Wahl.*
»Bringt den Scheißkerl um! Bringt den Präsidenten um!« brüllte der Blonde weiterhin.
Er war total verrückt. Alles war verrückt, nicht nur dieses Arschloch auf dem Boden.

»Ihr tut mir weh!« schrie er mich und den New Yorker Polizisten an. »Ihr tut mir weh!«
Ein Verrückter? fragte ich mich.
Trittbrettfahrer?
Ablenkung?

89.

Kamikazeangriff! Er mußte jede Sekunde erfolgen. Ein Killer – bereit, Selbstmord zu begehen. Deshalb konnte man diese Sache nicht verhindern. Deshalb wandelte Präsident Byrnes bereits als lebender Toter umher.
Kevin Hawkins hatte keine Probleme gehabt, in dem lärmenden, vollgepackten Auditorium einen Spitzenplatz zu bekommen. Er hatte seine Phantasie und seine visuellen Fähigkeiten benutzt, eine ungewöhnliche Identität für sich zu kreieren. Hawkins war jetzt eine große Frau mit brünettem Haar in einem schwarzen Hosenanzug. Er mußte zugeben, daß er keine besonders gutaussehende Frau war, aber gerade deshalb zog er wohl noch weniger Aufmerksamkeit auf sich als sonst.
Außerdem hatte Hawkins einen FBI-Ausweis – einen echten mitsamt Stempel und allem Drum und Dran. Laut Ausweis war er Lynda Cole, Spezialagentin aus New York. Der Fotoreporter stand auf Lynda Coles Platz in der sechsten Reihe und beobachtete gelassen die Menge.
Schnappschuß.
Schnappschuß.
Er machte etliche Gedankenfotos, eins nach dem anderen, hauptsächlich von seiner Konkurrenz, dem FBI, dem Geheimdienst und der New Yorker Polizei. Doch im Grunde war er überzeugt, keine ernstzunehmende Konkurrenz zu haben.
Kamikaze. Wer konnte das verhindern? Niemand. Vielleicht Gott. Und vielleicht nicht einmal Gott.

Aber die Zahl der Gegner beeindruckte ihn schon. Heute vormittag machten sie Ernst. Jack und Jill sollten scheitern. Und wer weiß? sagte sich Hawkins. Vielleicht würden die Cops und FBI-Leute aufgrund ihrer zahlenmäßigen Übermacht und ihrer Feuerkraft Erfolg haben. Es waren schon seltsamere Dinge geschehen.
Trotzdem glaubte Hawkins nicht, daß es den Sicherheitskräften gelingen würde, den Angriff zu verhindern. Deren letzte echte Chance war gewesen, ehe *der Präsident* ins Gebäude gekommen war – nicht jetzt. Der Fotoreporter gegen das FBI, den Geheimdienst, die U.S. Marshals und die New Yorker Polizei. Ihm schien das durchaus vernünftig zu sein. Für ihn war es ein ziemlich faires Spiel.
Er empfand die komplizierten, umfassenden Vorbereitungen seiner Gegner als Ironie. Während er darauf wartete, daß seine Zielperson erschien, war der Spielplan der Sicherheitskräfte ein unabdingbarer Teil seines eigenen Plans. Alles, was sie jetzt taten, jeder Schritt war vorausgesehen und notwendig, damit die Kamikazemission klappte.
»She's a Grand Old Flag« ertönte es aus den Lautsprechern. Hawkins klatschte mit den anderen im Saal. Schließlich war er Patriot. Nach heute würde das vielleicht keiner mehr glauben, aber er wußte, daß es so war.
Kevin Hawkins war einer der letzten wahren Patrioten.

90.

Niemand hält die Kugel eines Attentäters auf.
In meiner Brust brannte Feuer. Ich wühlte mich rücksichtslos durch die Menge – und suchte überall nach Kevin Hawkins.
Jeder Nerv meines Körpers war zum Zerreißen gespannt und schmerzte. Meine rechte Hand ruhte auf dem Kolben der Glock. Ständig mußte ich daran denken, daß jeder hier im Auditorium Jack oder Jill sein konnte. In der lärmenden riesi-

gen Menschenmenge schien die kleine Waffe unwichtig, lächerlich zu sein.
Ich hatte mich zur zweiten Reihe vorgekämpft, direkt rechts von der drei Meter hohen Bühne. Jetzt wurde das Licht im Saal schwächer, aber vielleicht war es das Licht in meinem Kopf. Oder das Licht in meiner Seele?
Jetzt betrat der Präsident die grauen Metallstufen. Er schüttelte jemandem die Hand. Dann legte er mehreren anderen Leuten die Hand auf die Schulter. Er schien jeden Gedanken an eine Gefahr aus seinem Bewußtsein verbannt zu haben.
Sally Byrnes stieg vor ihrem Mann die Treppe hinauf. Ich konnte ihr Gesicht deutlich sehen. Mich quälte der Gedanke, daß Jack und Jill es vielleicht ebenfalls sehen konnten. Geheimdienstagenten sicherten den gesamten Raum um die Bühne.
Ich war da, als es schließlich geschah. *So nahe war ich Präsident Byrnes.*
Jack und Jill schlugen mit schrecklicher Gewalt zu.
Eine Bombe explodierte. Der lauteste Donnerschlag, den man sich vorstellen kann, ertönte neben der Bühne – oder vielleicht sogar auf der Bühne. Die Leibwächter um den Präsidenten hatten die Explosion nicht erwartet. Die Bombe detonierte *innerhalb* des Schutzbereichs.
Chaos! Kein Schuß – eine Bombe! Obwohl das Auditorium heute morgen sorgfältig auf Sprengkörper abgesucht worden war! schoß es mir durch den Kopf, als ich nach vorn stürmte. Ich bemerkte, daß meine Hand blutete – wahrscheinlich von dem Gerangel mit dem Irren vorhin, vielleicht aber auch von der Bombe.
Jetzt kam es zur schlimmstmöglichen Abfolge von Aktionen – und alles ging blitzschnell. Überall in der Menge tauchten Pistolen und Spezialgewehre zur Bekämpfung von Aufruhr auf. Niemand schien bis jetzt zu wissen, wo die Bombe eingeschlagen hatte oder wie. Niemand konnte den bisherigen Schaden einschätzen. *Oder sollte die Explosion genau diesem Ziel dienen?*
Auf der Bühne und in den ersten zwanzig Reihen warfen sich alle zu Boden.

Dicke schwarze Rauchschwaden stiegen zur Decke empor, zu dem Glasdach und den Stahlträgern.
Überall roch es so, als würde Menschenhaar brennen. Überall schrien Menschen. Ich konnte nicht sagen, wie viele verletzt waren. Ich konnte den Präsidenten nicht mehr sehen.
Die Bombe war in der Nähe der Bühne explodiert. Ganz nahe der Stelle, wo Präsident Byrnes noch vor wenigen Sekunden gestanden war und Hände geschüttelt und fröhlich geplaudert hatte. Der Knall hallte noch immer in meinen Ohren wider.
Von Panik erfüllt, bahnte ich mir den Weg zur Bühne. Es war völlig unmöglich festzustellen, wie viele Menschen durch die Explosion verletzt oder getötet worden waren. Wegen des Rauchs und der in Panik geratenen Menschenmenge konnte ich weder den Präsidenten noch Mrs. Byrnes irgendwo entdekken. Fernsehkameraleute wateten durch den Schauplatz der Katastrophe näher ans Podium heran.
Endlich sah ich eine Gruppe von Geheimdienstleuten, die sich eng um den Präsidenten scharten. Er stand auf den Beinen. Thomas Byrnes lebte. Er war in Sicherheit. Jetzt machten die Sicherheitsleute sich eilig daran, Byrnes aus dem Weg zu schaffen. Die Leibwächter bildeten einen lebenden Schutzschild um den Präsidenten, der unverletzt zu sein schien.
Ich zielte mit meiner Glock aus Sicherheitsgründen zur Decke. Dann rief ich: »Polizei!«
Mehrere andere Geheimdienstleute und Polizisten taten es mir gleich. Wir gaben uns zu erkennen, um nicht in dem schrecklichem Tohuwabohu erschossen zu werden oder einen Kollegen zu erschießen. Etliche Menschen in der panischen Menge kreischten hysterisch.
Ich drängte und schob mich zum südwestlichen Ausgang, durch den der Geheimdienst den Präsidenten hereingeführt hatte. Dieser Fluchtweg war zuvor festgelegt worden.
Jenseits des roten Leuchtschildes EXIT führte ein langer Betontunnel zu einem Sonderparkplatz für Besucher auf der Uferseite des Gebäudes. Dort warteten gepanzerte, schußsichere Limousinen. *Was wartete wohl sonst noch dort?* fragte ich mich. In meinem Kopf schrillten Alarmglocken, als ich weiter-

lief, so schnell ich konnte. *Jack und Jill waren uns immer einen Schritt voraus. Sie haben ihn verfehlt! Warum haben sie ihn verfehlt? Sie machen keine Fehler!*

Ich war keine zehn Meter vom Präsidenten und seinen Leibwächtern entfernt, als mich die Erkenntnis wie ein Schlag traf. Jetzt endlich begriff ich – aber ich war offenbar der einzige.

»Ändert sofort die Route!« brüllte ich, so laut ich konnte. *»Nehmt einen anderen Fluchtweg!«*

91.

Niemand hörte mich. Ich selbst hörte ja in dem Lärm und dem Tohuwabohu im Madison Square Garden kaum meine eigene Stimme.

Verzweifelt bahnte ich mir einen Weg nach vorn, um der Phalanx zu folgen. Von meinem Standort sah es wie eine Schlägerei bei einem Boxkampf aus. Der Rauch der Bombe wirkte wie eine Art Stroboskop für die Beleuchtung.

»Nehmt einen anderen Fluchtweg! Nehmt einen anderen Fluchtweg!« brüllte ich immer wieder.

Endlich waren wir im weiß getünchten Betontunnel. Jeder Laut hallte bizarr von den Wänden wider. Jetzt war ich direkt hinter den letzten Sicherheitsleuten.

»Nicht diesen Weg! Haltet den Präsidenten auf!«

Viele Ehrengäste, die zu spät gekommen waren, drängten in den Tunnel hinein, dazu weitere Sicherheitskräfte. Wir kämpften wie gegen eine starke Flutwelle, die uns entgegenschlug.

Jetzt war es ohnehin zu spät, die Route zu ändern. Langsam arbeitete ich mich näher an den Präsidenten und Mrs. Byrnes heran. Verzweifelt hielt ich in der Menge nach Kevin Hawkins Ausschau. Es bestand immer noch eine Chance, ihn aufzuhalten.

Jedes Gesicht, in das ich blickte, war vom Schock gezeichnet. Die Augen aller waren vor Angst geweitet und blickten forschend in mein Gesicht.

Plötzlich ertönten mehrere laute *Schüsse* im Tunnel.
Fünf Schüsse schienen innerhalb der Phalanx um den Präsidenten zu explodieren. Irgend jemandem war es gelungen, in die Sicherheitszone vorzudringen. Ich fuhr zusammen, als hätte mich eine Kugel getroffen.
Fünf Schüsse.
Drei in schneller Folge – und dann noch zwei.
Ich konnte nicht sehen, was weiter vorn geschehen war. Dann aber hörte ich erschütternde Laute. Ein schrilles Wehklagen, eine Totenklage.
Fünf Schüsse.
Drei in schneller Folge – und dann noch zwei.
Die Totenklage kam von der Stelle, an der ich den Präsidenten zuletzt gesehen hatte ... an der vor wenigen Sekunden die Schüsse eingeschlagen hatten.
Unter Einsatz meines gesamten Körpergewichts wühlte ich mich durch die Menge auf das Epizentrum des Wahnsinns zu. Ich hatte das Gefühl, in Treibsand zu schwimmen. Ich kämpfte mich zum rettenden Ufer vor. Es war praktisch unmöglich, zu gehen oder zu schieben.
Fünf Schüsse. Was war da vorn geschehen?
Dann sah ich es. Ich sah alles auf einen Blick.
Mein Mund war ausgetrocknet. Meine Augen wäßrig. In dem bunkerähnlichen Tunnel war es beklemmend still geworden. Präsident Thomas Byrnes lag auf dem grauen Betonboden. Blut floß in kleinen Bächen über sein weißes Hemd.
Hellrotes Blut quoll aus seiner rechten Gesichtshälfte – oder aus einer Wunde oben am Hals. Ich war noch zu weit weg, konnte es nicht deutlich erkennen.
Gewehrschüsse. Wie bei einer Exekution.
Ein professioneller Schlag.
Jack und Jill, diese elenden Schweine!
Es war ihr Muster – oder zumindest sehr ähnlich.
Rücksichtslos bahnte ich mir einen Weg nach vorn, schob und stieß die Menschen zur Seite. Ich sah Don Hamerman, Jay Grayer und dann Sally Byrnes. Alles schien in Zeitlupe abzulaufen.

Sally Byrnes versuchte, zu ihrem Mann zu gelangen. Die First Lady schien nicht verletzt zu sein. Trotzdem fragte ich mich, ob auch sie eine Zielperson sei. Vielleicht Jills Ziel? Geheimdienstleute hielten Mrs. Byrnes zurück, wollten sie schützen und von dem Blutbad, von ihrem Mann und etwaiger Gefahr fernhalten.
Dann sah ich noch einen Körper auf dem Boden. Der Schock traf mich wie ein langsamer brutaler Schlag in den Magen. Diese grauenvolle Szene hatte niemand vorausahnen können. Eine Frau lag neben dem Präsidenten. Man hatte ihr direkt ins Auge geschossen. Ein zweiter Schuß hatte sie in die Kehle getroffen. Sie schien tot zu sein. Neben dem ausgestreckten Leichnam lag eine halbautomatische Waffe.
Die Attentäterin?
Jill?
Wer sonst könnte es sein?
Meine Augen wurden wieder von dem reglosen Thomas Byrnes angezogen. Ich befürchtete, daß er bereits tot war. Ich war mir nicht sicher, vermutete aber, daß ihn drei Kugeln getroffen hatten. Dann war Sally Byrnes endlich bei ihrem Mann. Sie weinte hemmungslos, und sie war nicht die einzige.

92.

Jack saß still und ruhig da und musterte die Lawine der Autos und Laster, die Stoßstange an Stoßstange auf der West Street nahe dem Eingang zu New Yorks Holland Tunnel standen.
Er hörte zu beiden Seiten seines schwarzen Jeeps die Radios dröhnen. Er musterte die verstörten und besorgten Gesichter in den Fahrzeugen. In einem waldgrünen Lexus saß eine Frau und weinte. Tausend Sirenen heulten wie schottische Todesfeen mitten in der Stadt.
Jack und Jill waren zum Capitol Hill gekommen. Jetzt wußten alle, weshalb – oder glaubten es zumindest zu wissen.

Schaltet die Nachrichtensendungen aus, wollte er all diesen wohlmeinenden Menschen zurufen, die sich dem Tunnel näherten, der aus New York hinausführte. *Was geschehen ist, hat nichts mit euch zu tun. Wirklich nicht. Ihr werdet die Wahrheit nie erfahren. Niemand wird sie je erfahren. Außerdem könnt ihr sowieso nicht mit der Wahrheit umgehen. Ihr würdet es nicht verstehen, wenn ich es euch jetzt und hier erklären würde.*

Er bemühte sich, nicht an Sara Rosen zu denken, als er endlich in den langen Tunnel einfuhr, der bei vielen Menschen Platzangst verursachte und sich unter dem Hudson hindurchschlängelte. Hinter dem Tunnel fuhr er auf der New Jersey Turnpike weiter, dann auf der I-95 nach Delaware und weiter nach Süden.

Sara gehörte der Vergangenheit an, und die Vergangenheit spielte keine Rolle. Die Vergangenheit existierte nicht, höchstens als Lektion für die Zukunft. Sara war nicht mehr. Er dachte an die arme Sara, als er im Country Cupboard nahe der Ausfahrt Talleyville einen Happen aß. Es war wichtig zu trauern. Um Jill, nicht um Präsident Byrnes. Sie war ein Dutzend Thomas Byrnes wert. Sie hatte gute Arbeit geleistet, beinahe perfekte Arbeit, obwohl sie von Anfang an benutzt worden war. Ja, Sara Rosen war benutzt worden. Sie war seine Augen und Ohren im Weißen Haus gewesen. Sie war seine Geliebte gewesen. Armes Affengesichtchen.

Gegen sieben Uhr abends näherte er sich Washington und schwor sich: Nie wieder wirst du dir sentimentale Gefühle wegen Sara leisten. Er konnte seine Gedanken kontrollieren. Er war besser als Kevin Hawkins. Und der war in der Tat ein sehr guter Soldat gewesen.

Er war Jack gewesen.

Aber er war nicht mehr Jack.

Jack existierte nicht mehr.

Er war auch nicht mehr Sam Harrison. Sam Harrison war eine Fassade gewesen, eine notwendige Schutzbarriere, ein Teil des komplizierten Plans. *Auch Sam Harrison existierte nicht mehr.*

Jetzt konnte sein Leben wieder einfach und schön sein. Er war fast zu Hause. Er hatte seine Mission ausgeführt, diese unmög-

liche Mission, und sie war ein Erfolg gewesen. Alles war nahezu perfekt gelaufen.
Dann *war* er zu Hause. Er bog in die vertraute Auffahrt ein, mit den vielen bunten Muscheln und Kieseln und einigen Spielsachen der Kinder.
Er sah sein kleines Mädchen. Sie lief ihm aus dem Haus entgegen. Ihr blondes Haar wehte im Wind. Seine Frau folgte der Kleinen. Auch sie lief. Tränen strömten über ihre Wangen – und über die seinen. Er schämte sich nicht seiner Tränen. Er hatte vor nichts mehr Angst.
Gott sei Dank! Der Krieg war endlich zu Ende. Der Feind, der Böse, war tot. Die Guten hatten gesiegt, und die kostbarste Lebensweise auf Erden war wieder eine Zeitlang gesichert – zumindest für seine Kinder.
Niemand würde je wissen, wie und warum es geschehen war – oder wer dafür verantwortlich war.
Genauso wie damals bei JFK in Dallas.
Und bei Robert Kennedy in Los Angeles.
Und bei Watergate und Whitewater und den meisten wichtigen Ereignissen unserer jüngsten Geschichte. In Wahrheit beruhte unsere Geschichte auf *Nichtwissen.* Die Wahrheit wurde sorgfältig vor der Geschichte verborgen. So war die amerikanische Art.
»Ich liebe dich so sehr«, flüsterte seine Frau atemlos an seinem Gesicht. »Du bist mein Held. Du hast eine so gute, tapfere Tat vollbracht.«
Das fand er auch. Er wußte es tief im Innern seines Herzens.
Er war nicht mehr Jack. Jack existierte nicht mehr.

93.

Es war nicht vorüber!
Kurz nach zwölf Uhr mittags wurde dem Geheimdienst von der New Yorker Polizei ein weiterer Mord gemeldet. Es gab gute

Gründe zu der Vermutung, daß er mit den Schüssen auf Präsident Byrnes in Verbindung stand.
Jay Grayer und ich fuhren in Höllentempo zum Peninsula Hotel, gleich an der Fifth Avenue im Zentrum. Wir waren von dem Schrecken des Vormittags noch wie betäubt, konnten es immer noch nicht fassen, daß der Präsident erschossen worden war. Dennoch hatten wir uns alle Einzelheiten über den jüngsten Mord mitteilen lassen. Ein Zimmermädchen hatte die Leiche in einer Suite im elften Stock entdeckt. Im Zimmer war auch eine Botschaft von Jack und Jill. *Ein letzter Gruß?*
»Was meint die New Yorker Polizei?« fragte ich Jay auf der Fahrt.
»Dem ersten Bericht nach könnte die Tote Jill sein. Vielleicht wurde sie ermordet – oder sie hat Selbstmord begangen. Die Kollegen sind ziemlich sicher, daß die Botschaft authentisch ist.«
Wieder mysteriöse Fakten in grauenvoll mysteriösen Morden. Gehörte dieser Tod auch zu Jack und Jills teuflischem Plan? Ich hielt es durchaus für möglich. Vielleich gab es noch mehr Schichten zu entdecken – Schicht auf Schicht –, bis man zum Kern des Schreckens gelangte.
Grayer und ich verließen den vergoldeten Aufzug in der Etage, in der das Verbrechen verübt worden war. Es wimmelte von New Yorker Polizei. Notarztteams, Antiterrortruppen mit Helmen und Plexiglasmasken, Polizisten in Uniform und Detectives der Mordkommission. Ein grauenvolles Durcheinander. Ich machte mir Sorgen, daß Beweise verfälscht würden und etwas an die Presse durchsickern könnte.
»Was ist mit dem Präsidenten?« fragte uns ein Detective, kaum daß wir angekommen waren. »Irgendwas Neues? Besteht Hoffnung?«
»Noch lebt er. Sicher, es gibt Hoffnung«, antwortete Jay Grayer. Dann gingen wir weiter, fort von dem Rudel der Detectives.
In der Hotelsuite drängten sich ungefähr ein Dutzend Polizisten und FBI-Agenten. Von der Straße klangen die unheilverkündenden Polizeisirenen herauf. Kirchenglocken läuteten. Wahrscheinlich die der St. Patrick's Cathedral, ein Stück südlich der Fifth Avenue.

Auf dem dicken grauen Teppich lag eine blonde Frau direkt neben dem ungemachten Doppelbett. Gesicht, Hals und Brust waren mit Blut bedeckt. Sie trug einen silberblauen Jogginganzug.

Bei den Nike-Schuhen lag eine Brille mit schmaler Metallfassung.

Ihre Erschießung war wie eine Hinrichtung gewesen – *wie die früheren Opfer Jack und Jills.*

Ein Schuß in den Kopf, aus nächster Nähe.

Sehr professionell. Sehr kaltblütig.

Keine Leidenschaft.

»Stand sie je auf unserer Liste der Verdächtigen?« fragte ich Grayer. Wir wußten, daß die Tote Sara Rosen hieß. Bei der Sicherheitsüberprüfung der Mitarbeiter des Weißen Hauses war sie sauber gewesen. Sie war trotz *zweier* »gründlichster« Überprüfungen sämtlicher Mitarbeiter unentdeckt geblieben. Das war bis jetzt die erschreckendste Erkenntnis.

»Soweit wir wissen, stand sie nicht auf der Liste. Sie gehörte sozusagen zur Einrichtung im Kommunikationsbüro des Weißen Hauses. Alle mochten sie ... ihre Tüchtigkeit, ihre professionelle Arbeit. Man *traute* ihr. Herrgott, was für eine Sauerei. Eine Katastrophe. Man hat ihr vertraut, Alex.«

Die linke Gesichtshälfte der Frau war teilweise weggerissen, als wäre ein Tier über sie hergefallen. Auf dem verstümmelten Gesicht lag ein Ausdruck des Erstaunens. Ihre Brauen waren hochgezogen, und in den Augen lag keine Angst.

Jill hatte ihrem Mörder vertraut. Hatte Jack den Abzug betätigt? Mir fiel der graue Ring um die Wunde auf. Pulverschmauch. Ein Schuß aus nächster Nähe. Es mußte Jack gewesen sein. *Professionell. Keine Leidenschaft. Wieder eine Exekution.*

Aber ist sie wirklich Jill? Diese Frage quälte mich, als ich mich über die Leiche beugte. Der Kontraktkiller Kevin Hawkins war im St. Vincent's Hospital in der Innenstadt gestorben. Wir wußten, daß Hawkins sich als FBI-Agentin verkleidet hatte, um in den Madison Square Garden zu gelangen. Er hatte eine Aufschlagsbombe benutzt; auf diese Weise konnte er seine Zielperson erwischen, wann und wo er wollte. Als Frau verkleidet hatte er im Tunnel gewartet. Und es hatte geklappt. In welcher Beziehung stand Kevin Hawkins zu dieser Frau? Was zum Teufel lief hier ab?

»Er – oder irgend jemand – hat eine Art Gedicht hinterlassen. Sieht wie die anderen aus«, sagte Jay Grayer. Die Botschaft steckte in einer Klarsichthülle, in der Beweisstücke aufbewahrt wurden. Er reichte sie mir. »Jack und Jills letzter Wille und Testament«, sagte er.

»Das perfekte Attentat«, murmelte ich mehr zu mir selbst als an Grayer gewandt. »Jack und Jill, beide tot in New York. Fall abgeschlossen, stimmt's?«

Der FBI-Mann blickte mich an; dann schüttelte er langsam den Kopf. »Dieser Fall wird niemals abgeschlossen sein. Jedenfalls nicht zu unseren Lebzeiten.«

»Ich hatte das auch ironisch gemeint«, sagte ich.

Dann las ich die Abschiedsbotschaft.

Jack und Jill kamen zum Capitol Hill,
Jill tat, was sie tun mußte.
Aus sehr wichtigen Gründen.
Das Spiel ist nun aus,
Jill lebt nicht mehr
Doch ihre Sache war gerecht
Ihre Mission war hehr.

»Leck mich, Jill«, flüsterte ich der Leiche zu. »Ich hoffe, du schmorst in der Hölle für das, was du heute getan hast. Ich hoffe, daß es eine Hölle gibt, eigens für dich und Jack.«

94.

Nirgends nahm man die Meldung über das Attentat schwerer auf als in Washington. Thomas Byrnes wurde geliebt und gehaßt, aber er war ein fester Bestandteil der Stadt – *besonders jetzt.*

Christine Johnson stand unter Schock, wie auch ihre engsten Freunde und fast alle Bekannten. Die Lehrer und Schüler der Sojourner Truth waren wegen des Attentats auf den Präsidenten am Boden zerstört. Es war so entsetzlich und unfaßbar, was in New York geschehen war, aber auch so unerträglich traurig und real.

Wegen des Attentats hatten alle Schulen in Washington an diesem Nachmittag unterrichtsfrei. Christine Johnson hatte die alptraumhafte Fernsehübertragung des Anschlags von dem Augenblick an verfolgt, als sie von der Schule nach Hause gekommen war. Sie konnte immer noch nicht fassen, was geschehen war. Niemand konnte es fassen. Aber der Präsident lebte noch. Es wurden keine anderslautenden Bulletins ausgegeben. Christine Johnson wußte nicht, ob Alex Cross im Madison Square Garden gewesen war, aber sie rechnete damit. Auch wegen Alex machte sie sich Sorgen. Sie mochte die Aufrichtigkeit und die innere Stärke des Detective, besonders aber sein Mitgefühl und seine Verletzbarkeit. Sie mochte, wie er aussah, wie er redete und handelte. Es gefiel ihr, wie Alex seinen Sohn Damon erzog. Bei diesem Gedanken wurde ihr Wunsch nach eigenen Kindern stärker. Sie mußte unbedingt mit George über dieses Thema sprechen. Ja, sie mußte mit George reden.

George Johnson kam abends kurz vor sieben nach Hause, ein, zwei Stunden früher als üblich. Er arbeitete als Firmenanwalt, ein sehr harter Job. George war siebenunddreißig und hatte ein glattes, attraktives Babyface. Er war ein netter Kerl, wenn auch ein wenig zu egozentrisch und, offen gesagt, manchmal ein bißchen verzogen wie ein Milchbubi.

Christine liebte ihn trotzdem, da gab es für sie keinerlei Zweifel. Sie nahm das Gute und das Schlechte. Daran dachte sie, als sie ihn an der Eingangstür stürmisch umarmte. Sie hatte George auf der Harvard University kennengelernt, und seitdem waren sie zusammengeblieben. So sollte es sein – und so würde es auch bleiben, soweit es Christine betraf.

»Auf den Straßen weinen die Menschen immer noch«, sagte George. Nach der Umarmung streifte er sein Brooks-Brothers-Jackett aus reiner Wolle ab und lockerte die Krawatte, ging aber nicht nach oben, um sich umzuziehen. Heute abend brach er mit all seinen gewohnten Verhaltensmustern. Gut für George.

»Ich habe Präsident Byrnes nicht gewählt, aber die Sache hat mich trotzdem ganz schön mitgenommen, Chris. Was für eine verdammte Schande.« In seinen Augen standen Tränen. Sofort mußte auch Christine wieder weinen.

Üblicherweise behielt George seine Gefühle für sich. Er fraß alles in sich hinein. Christine bewegte die Gefühlsregung ihres Mannes. Sehr sogar.

»Ich habe ein paarmal geweint«, vertraute sie George an. »Du kennst mich. Ich habe den Präsidenten gewählt, aber darum geht es gar nicht. Es geht darum, daß es den Anschein hat, als würden wir den Respekt vor jeder Institution, vor allem *Beständigen* verlieren. Die Achtung vor dem menschlichen Leben. Das sehe ich sogar in den Augen sechsjähriger Schulkinder. Ich sehe es jeden Tag in der Truth.«

Wieder nahm George Johnson seine Frau in die Arme und zog sie fest an sich. Mit einsachtzig war er genauso groß wie sie. Christine schmiegte ihren Kopf an seine Wange. Sie roch leicht nach Zitronenparfüm. Sie hatte es zur Schule getragen. George Johnson liebte Christine. Sie war nicht wie andere Frauen. Sie war mit keinem Menschen zu vergleichen, den er kennengelernt hatte. Er fühlte sich unsagbar glücklich, sie zu haben, von ihr geliebt zu werden, sie in den Armen zu halten so wie jetzt.

»Verstehst du, was ich sage?« fragte sie. Sie wollte, *mußte* heute abend mit George reden. Sie wollte ihn nicht entwischen lassen, wie er es oft tat.

»Ja, sicher«, erwiderte er. »Alle fühlen es, Chrissie. Aber niemand weiß, wo man anfangen soll, um diesem Wahnsinn Einhalt zu gebieten.«

»Ich mache uns was zu essen. Dann können wir uns die neuesten Nachrichten bei CNN anschauen«, sagte sie schließlich. »Irgendwie möchte ich die Nachrichten gar nicht sehen, andererseits ... irgendwas zwingt mich dazu.«

»Ich helfe dir beim Kochen«, erbot sich George, was selten

vorkam. Christine wünschte sich, er wäre öfter so wie heute – und daß es keiner nationalen Tragödie bedurfte, daß George sich seiner Gefühle bewußt wurde. Na ja, viele Männer waren so, wie sie wußte. Es gab schlimmere Probleme in einer Ehe.
Gemeinsam bereiteten sie ein vegetarisches Gumbo und öffneten eine Flasche Chardonnay. Sie hatten gerade das Abendessen vor dem Fernseher beendet, als es an der Tür klingelte. Es war kurz vor neun, und sie erwarteten niemand. Aber manchmal schauten Nachbarn herein.
CNN brachte soeben eine paar Aufnahmen aus dem New York University Hospital, wohin man den Präsidenten nach dem Attentat gebracht hatte. Auf dem Bildschirm erschien Alex Cross mit mehreren anderen Beamten, die bei der Schießerei am Tatort gewesen waren. Aber er sagte den Reportern nicht viel. Alex sah verstört und erschöpft aus, aber auch – nun ja, *vornehm.* Christine erwähnte George gegenüber nicht, daß sie Alex Cross kannte. Warum sie es nicht tat, wußte sie selbst nicht. Sie hatte George nicht von Alex' spätem Besuch im Haus erzählt. George hatte ihn verschlafen, aber das war typisch für ihn.
Ehe George von der Couch aufstehen konnte, klingelte es zum zweitenmal. Dann ein drittes Mal. Wer immer da draußen war, er würde so schnell nicht aufhören.
»Ich gehe schon, Chrissie«, sagte George. »Keine Ahnung, wer es um diese Zeit sein könnte. Du etwa?«
»Nein, ich weiß es auch nicht.«
»Schon gut, ich komme!« rief George unwirsch. Christine mußte unwillkürlich lächeln. George der Ungeduldige war wieder da.
»Ich komme, verdammt noch mal. Kleinen Moment!« sagte er und humpelte auf Socken zur Tür.
Er blickte durch den Spion; dann drehte er sich zu Christine um. Seine Miene verdüsterte sich.
»Irgendein weißer Junge«, sagte er und blickte sie fragend an.

95.

Danny Boudreaux stand auf der glänzenden, weiß lackierten Veranda vor dem Haus der Lehrerin. Er trug einen viel zu großen olivfarbenen Armeeponcho, in dem er größer wirkte, als er tatsächlich war. Und irgendwie beeindruckender. Der Sojourner-Truth-Killer in Fleisch und Blut! Jetzt war er auf der Höhe seines Ruhmes. Doch seine Stimmung war gedrückt. Irgend etwas stimmte nicht mit ihm.

Er fühlte sich nicht gut. Er wurde traurig – sogar richtiggehend deprimiert. Der Motor begann zu stottern. Die Ärzte konnten nicht herausfinden, ob er bipolar oder verhaltensgestört war. Was zum Teufel sollte er machen, wenn nicht einmal diese Halbgötter in Weiß das wußten. Zugegeben, er war ein bißchen impulsiv, litt unter enormen Stimmungsschwankungen und war gesellschaftlich ein Außenseiter. Die Lunte brannte. Er stand kurz davor, in die Luft zu gehen. Na und? Wen kümmerte das schon?

Die vorgeschriebene Dosis Depakote hatte er schon längere Zeit nicht mehr genommen. Einfach nein sagen, stimmt's? Er summte ständig »Mmm mm mmm« vor sich hin, den Song der Crash Test Dummies. Traurige, zornige Musik, die im Innern seines Kopfes erklang und einfach nicht verstummen wollte. Sein »Wahnsinnsknopf« schien zu klemmen – *permanent.*

Er hatte eine Stinkwut auf Jack und Jill. Und auf Alex Cross. Und auf die Rektorin der Truth School. Eigentlich hatte er eine *Sauwut* auf praktisch jeden auf diesem Planeten. Jetzt war er sogar wütend auf sich selbst. Er war so ein gottverdammter Versager. Das war er immer gewesen und würde es immer bleiben.

Ich bin ein Looser, Baby.

Warum tötest du mich nicht?

Abrupt wurde er in eine Halbwirklichkeit versetzt, als ein schwarzer Typ in blauem Nadelstreifenhemd, Anzughose und hellgelben Hosenträgern die Tür öffnete. He, willkommen in Cyberstadt!

Anfangs kapierte Danny Boudreaux nicht, wer zum Teufel der rundgesichtige schwarze Trottel war. Er hatte die arrogante Rektorin an der Tür erwartet, Mrs. Johnson, oder vielleicht sogar Alex Cross. Falls Cross nicht nach New York gefahren war. Er hatte Cross und die Rektorin bei drei verschiedenen Gelegenheiten zusammen gesehen. Er vermutete, daß zwischen den beiden etwas lief.

Er hatte keine Ahnung, warum ihn der Gedanke so wütend machte, aber es war so. Cross war genau wie sein verdammter Alter. Auch so ein Scheißcop, der ihn verlassen hatte, ihn für dreckiger und minderwertiger als Hundescheiße hielt. Und jetzt vögelte Cross heimlich diese Lehrerin.

Warte mal ... Moment! Plötzlich durchfuhr Danny Boudreaux eine Erkenntnis. *Ein Geistesblitz. Dieser selbstgerechte Nigger mußte der Mann von der Lehrerin sein, richtig? Na klar, der Typ war ihr Alter.*

»Ja? Kann ich dir irgendwie helfen?« fragte George Johnson den seltsam verstört aussehenden Jungen auf der Veranda. Er kannte den Zeitungsboten in der Gegend nicht; vielleicht war es dieser Junge. Aus irgendeinem seltsamen Grund erinnerte der Junge ihn an den aufrüttelnden Film *Kids*, den er sich mit Christine angeschaut hatte. Der Junge sah aus, als würde er in großen Schwierigkeiten stecken.

Nach Danny Boudreaux' unmaßgeblicher Meinung war dieser schwarze Typ sehr unfreundlich und verflucht überheblich. Besonders, da er ein Niemand-Ehemann einer Niemand-Lehrerin war. Das stank ihm noch mehr. Jetzt sah er zwölf unterschiedliche Schattierungen von Rot.

Dann explodierte die Bombe in seinem Kopf.

Er spürte, wie einer der schlimmsten Wutanfälle seines Lebens begann. *Hurrikan Daniel machte sich bereit, Mitchellville zu verwüsten.*

»Neiiiiin!« brüllte er den Mann an. »Du kannst dir ja nicht mal selbst helfen, verdammt. Und mir schon gar nicht!«

Unvermittelt riß Danny Boudreaux die Halbautomatik heraus. Fassungslos starrte George Johnson auf die Pistole. Er trat schnell von der Tür zurück und warf beide Arme hoch.

Ohne zu zögern, feuerte Boudreaux zwei Schüsse ab. »Wie schmeckt dir das, du blödes schwarzes Karnickel!« brüllte er. Jetzt ließ er den Stimmen in seinem Kopf freien Lauf. Laß sie doch kommen! Die beiden Kugeln trafen George Johnson in die Brust.

Er wurde durch die offene Tür nach hinten geschleudert, als hätte ein Vorschlaghammer ihn getroffen, und prallte hart auf den cremefarbenen Marmorboden.

Der Typ war mit Sicherheit »bei Ankunft tot«. Aus den beiden Löchern in der Brust sprudelte Blut.

Der Sojourner-Truth-Killer marschierte schnurstracks ins Haus der Rektorin. Er stieg über die Leiche auf dem Boden, als wäre sie ein Fußabtreter. Er fühlte *nichts.*

»Ich geh' gleich durch, ja? Danke«, sagte er zu dem Toten. »Sie haben mir sehr geholfen.«

Christine Johnson war von der Couch im Wohnzimmer aufgesprungen, als sie die Schüsse gehört hatte. Danny Boudreaux hatte vergessen, wie verdammt groß die Frau war. Jetzt sah er sie vom Korridor aus. Sie sah ihn und gleichzeitig ihren toten Mann.

Plötzlich sah sie nicht mehr wie die allmächtige Schulleiterin aus. Danny hatte ihr sehr schnell einen gehörigen Dämpfer verpaßt. Aber das hatte sie verdient. Schon bei ihrer ersten Begegnung hatte die Tussi seine Gefühle tief verletzt. Wahrscheinlich erinnerte sie sich nicht einmal daran.

»Erinnern Sie sich an mich?« rief er ihr zu. »Erinnerst du dich, wie du mich beleidigt hast, du Miststück? An der Truth School? Du erinnerst dich doch, oder?«

»O mein Gott! O George. O Gott, George«, stieß Christine mühsam hervor. Ein trockenes Schluchzen schüttelte ihren Körper. Sie sah aus, als würde sie jeden Moment zusammenbrechen.

Danny sah, daß diese beiden Scheißer, Jack und Jill, in der Glotze waren. Gottverdammt! Immer versuchten die beiden, ihm einen Schritt voraus zu sein. Sogar hier, sogar jetzt!

Danny Boudreaux spürte, daß die Rektorin am liebsten davongerannt wäre. Aber sie konnte nirgendwohin. Es sei denn, sie lief direkt durch die Panoramascheibe auf den Rasen hinaus. Sie preßte die Hand vor den Mund. Es sah aus, als wäre ihre Hand mit Zweikomponentenkleber festgeklebt. Wahrscheinlich der Schock.

Wer ist in diesen Tagen nicht geschockt, Lady?

»Hören Sie auf zu schreien«, warnte er sie, wobei er beinahe selbst schrie. »Wenn Sie schreien, knall' ich Sie auch ab. Das kann ich leicht und locker – und ich tu's. Ich schieße Sie so tot wie Ihren Portier.«

Er ging auf sie zu. Die Smith & Wesson hielt er ausgestreckt in der Hand. Er wollte, daß sie sah, wie wohl er sich mit der Waffe fühlte und daß er ein Waffenexperte war – was er dank der Teddy Roosevelt Academy tatsächlich war.

Seine Hand zitterte leicht. Na und? Auf diese Entfernung konnte er die Alte nicht verfehlen.

»Hallo, Mrs. Johnson«, sagte er und schenkte ihr sein bestes irres Grinsen. »Ich bin der Bursche, der Shanelle Green und Vernon Wheatley abgemurkst hat. Alle suchen nach mir. Und *Sie* haben mich gefunden«, sagte er. »Gratuliere, Süße. Gute Arbeit.«

Jetzt weinte Danny Boudreaux. Er konnte sich nicht erinnern, jemals so traurig gewesen zu sein. Doch er wußte zugleich, daß er vor *Wut kochte.* Er war wütend auf alles und jeden. Diesmal hatten sie ihn wirklich übel gelinkt. *Alle.* Das war wohl das Schlimmste bis jetzt.

Nichts mit happy, happy. Nichts mit joy, joy.

»Ich bin der Truth-Killer«, wiederholte er. »Glauben Sie mir das? Haben Sie kapiert? Es ist wahr. Eine wahre Geschichte voller Herz und Schmerz. Erinnern Sie sich überhaupt an mich? Bin ich so leicht zu vergessen? Auf jeden Fall erinnere ich mich an *Sie.*«

96.

Gegen elf Uhr abends eilte ich zurück nach Washington, D.C. Der Sojourner-Truth-Killer lief frei herum. Ich hatte vorhergesagt, daß er durchdrehen würde, aber ich empfand keine Genugtuung, recht gehabt zu haben. Vielleicht gab es eine Chance, die Explosion zu verhindern.

Möglicherweise war es kein Zufall, daß er am selben Tag durchdrehte wie Jack und Jill. Er wollte doch besser sein als sie, nicht wahr? Er wollte wichtig sein, berühmt, im hellsten Rampenlicht stehen. *Er konnte es nicht ertragen, ein Niemand zu sein.*

Ich bemühte mich, während des kurzen Fluges im Militärjet an etwas anderes zu denken. Ich fühlte mich hundeelend. Ich überflog die neuesten Zeitungen. Von den Titelseiten schrien mir die Berichte über Präsident Byrnes und die Schüsse in New York entgegen. Der Präsident befand sich in sehr kritischem Zustand im New York University Hospital an der Dreiunddreißigsten Straße Ost in Manhattan. Den Meldungen zufolge waren Jack und Jill tot. Die Ärzte des University Hospital wußten nicht, ob der Präsident die Nacht überleben würde.

Ich war wie betäubt, desorientiert, überlastet und an der rutschigen Schwelle zu einem Schocktrauma. Jetzt wurde es noch schlimmer. Ich war keineswegs sicher, daß ich damit fertig würde, aber mir blieb keine Wahl.

Der Mörder hatte verlangt, mich zu sehen. Er behauptete, daß ich *sein* Detective sei und daß er während der letzten Tage mehrmals bei mir zu Hause angerufen habe.

Ein Polizeidienstwagen sollte mich auf der Andrews Air Force Base abholen und nach Mitchellville bringen, wo Danny Boudreaux Christine Johnson als Geisel genommen hatte. Bis jetzt hatte Boudreaux zwei kleine Kinder, seinen Klassenkameraden Sumner Moore und seine Pflegeeltern ermordet. Es war eine außerordentlich blutige Verbrechensserie. Der Fall verdiente mehr Männer und Mittel, als er von der Washingtoner Polizei erhalten hatte.

Wie versprochen wartete der Wagen am Flugplatz. Jemand hatte Material über Daniel Boudreaux für mich zusammengestellt. Der Junge befand sich in psychiatrischer Behandlung, seit er sieben war. Er litt unter schweren Depressionen. Offenbar hatte er bereits mit sieben Jahren gräßliche Folterungen an Tieren vorgenommen. Daniel Boudreaux' leibliche Mutter war gestorben, als er noch ein Säugling war. Der Vater war Staatspolizist in Virginia gewesen. *Auch ein Cop*, überlegte ich. Wahrscheinlich fand im Kopf des Jungen eine Art Übertragung statt.

Sobald wir vom John Hanson Highway abbogen, erkannte ich die Summer Street wieder. Ein Detective aus dem Prince Georges County saß mit mir im Fond. Er hieß Henry Fornier und versuchte, mich auf den letzten Stand der Dinge zu bringen, was die Geiselnahme betraf, soweit das unter diesen chaotischen Umständen möglich war.

»Soweit wir wissen, Dr. Cross, wurde auf George Johnson geschossen. Wahrscheinlich liegt er tot im Haus. Der Junge hat weder ärztliche Versorgung zugelassen noch erlaubt, daß wir die Leiche herausschaffen«, berichtete mir Officer Fornier. »Der Junge ist ein ganz schlimmer Finger. Das können Sie mir glauben. Ein wahrer Sonnenschein.«

»Boudreaux wurde wegen seiner Wutanfälle, die mit Depressionen wechselten, mit Depakote behandelt. Ich wette, er nimmt das Mittel jetzt nicht mehr«, sagte ich. Ich dachte laut nach und bereitete mich auf alles vor, was mich in Kürze an dieser so friedlich aussehenden Straße erwartete.

Es spielte keine Rolle, daß Boudreaux ein Junge von dreizehn Jahren war. Er hatte bereits fünfmal gemordet. Nur das zählte: *Er hatte getötet.* Wieder so ein Scheusal. Ein sehr junges, furchteinflößendes Scheusal.

Ich sah Sampson. Er war einen halben Kopf größer als die Polizisten, die vor dem Haus der Johnsons postiert waren. Ich bemühte mich, mir alles genau einzuprägen. Es war jede Menge Polizei da, aber auch Soldaten in Tarnzeug und Antiterrorausrüstung. Überall auf der Straße parkten Autos und Bereitschaftswagen mit Regierungsnummernschildern.

Ich ging sofort zu Sampson. Er wußte, was ich hören mußte,

und er wußte, wie er mit mir reden konnte. »Hallo, Kleiner«, begrüßte er mich mit einem Anflug seines gewohnten ironischen Lächelns. »Ich freue mich, daß du's noch zur Party geschafft hast.«

»Ja, ich freue mich auch, dich zu sehen«, sagte ich.

»Ein Freund von dir will dich spechen. Er will nur mit Dr. Cross reden. Du hast verdammt merkwürdige Freunde, das muß ich schon sagen.«

»Ja, stimmt«, erwiderte ich. Sampson war einer dieser Freunde. »Halten die Kollegen das Feuer zurück, weil er ein Kind ist?«

Sampson nickte. Ich hatte recht. »Alex, er ist nur ein weiterer eiskalter Killer«, sagte er. »Vergiß das nicht. Er ist ein gemeiner Mörder.«

97.

Ein dreizehnjähriger Mörder.

Ich schaute mir die Umgebung des Johnson-Hauses genauer an. Sämtliche Polizeikräfte gingen in Stellung. Selbst relativ kleine örtliche Polizeieinheiten waren für derartige Einsätze inzwischen sehr gut ausgebildet. Der Terror war in Kleinstädte wie Ruby Ridge, Waco und jetzt Mitchellville eingedrungen.

Bei einem dunkelblauen Lieferwagen, einem neueren Modell, stand die Hecktür offen. Ich sah Fernsehmonitore in dem Fahrzeug, modernste Audiogeräte, Telefone und eine mobile Misch-und-Schneide-Anlage. Unweit einer windschiefen Weide hockte ein Techniker und hörte das Geschehen im Innern des Hauses mit einem Richtmikrofon ab, das Stimmen auf hundert Meter Entfernung einfangen konnte.

An einem Einsatzwagen lehnte ein weißes Brett, auf dem Fotos von Observierungen und mehrere Bilder des Jungen steckten. Ein Hubschrauber richtete grelle Lichtstrahlen auf die Dächer und Bäume. Das Geiseldrama entwickelte sich so, wie wir es kennen und lieben.

Diesmal in der Vorstadt.
Ein dreizehnjähriger Junge namens Daniel Boudreaux. Nur ein weiterer eiskalter Killer.

»Wer redet mit ihm?« fragte ich Sampson, als wir näher an das Haus herangingen. Ich sah einen schwarzen Lexus in der Einfahrt parken. George Johnsons Wagen? »Wer ist hier der Mittelsmann?«

»Die Jungs haben sofort Paul Losi geholt, als sich die Geiselnahme abzeichnete und daß es verdammt schlimme Kiste wird.«

Ich nickte. Die Wahl des Mittelsmanns erleichterte mich ein bißchen. »Sehr gut. Losi ist ein harter Bursche, der auch unter Druck gut arbeitet. Wie hält der Junge vom Haus aus Verbindung?«

»Anfangs übers Telefon. Dann hat er ein Megaphon verlangt. Hat dabei einen regelrechten Wutanfall erlitten. Er hat gedroht, die Lehrerin sofort zu erschießen – und dann sich selbst. Also hat der böse Junge seine Tröte bekommen. Die benutzt er jetzt. Zwischen ihm und Paul Losi gab es nicht gerade ›Liebe auf den ersten Blick‹.«

»Was ist mit Christine Johnson? Ist alles in Ordnung mit ihr? Weiß man schon was?«

»Mit ihr scheint soweit alles in Ordnung zu sein. Sie ist angesichts der kritischen Situation unglaublich gefaßt. Wir vermuten, daß sie den Jungen irgendwie unter Kontrolle hält, aber es steht auf der Kippe. Sie ist zäh.«

Das wußte ich bereits. *Sie ist noch zäher als du, Daddy.* Ich hoffte, Damon hätte hundert Prozent recht. Ich hoffte, Christine wäre zäher als wir alle.

George Pittman trat zu uns, während ich mich mit Sampson unterhielt. Der Chief of Detectives war der letzte, den ich jetzt sehen wollte, absolut der letzte. Wahrscheinlich hatte Pittman mich als »Freiwilligen« ins Weiße Haus befördert. Ich schluckte meinen Ärger hinunter – und auch meinen Stolz.

»Das FBI hat Scharfschützen postiert«, teilte Pittman uns mit. »Das Problem ist nur, daß die hohen Tiere uns den Einsatz nicht gestatten. Der kleine Drecksack hat ein paarmal ein prima Ziel abgegeben.«

Ich blieb gelassen und ruhig. Pittman hielt mir immer noch eine Waffe an die Schläfe. Das wußte er so gut wie ich. »Ein weiteres Problem – der Mörder ist erst dreizehn. Wahrscheinlich will er Selbstmord begehen«, sagte ich. Es war eine rein theoretische Vermutung, aber ich war sicher, daß sie zutraf. Boudreaux hatte sich im Haus der Johnsons in eine Ecke manövriert, aus der er nicht mehr herauskam. Und jetzt schrie er: *Kommt und holt mich!*

Pittmans Miene verfinsterte sich. Sein Gesicht war bis zum Stiernacken rot angelaufen. »Er hält die fünf Morde, die er begangen hat, für *komisch.* Das hat der kleine Lumpsack dem Mittelsmann wörtlich gesagt. Er lacht über die Morde. Übrigens hat er ganz besonders nach Ihnen gefragt, Cross. Wie denken Sie *nun* über die Scharfschützen?« spie Pittman mir ins Gesicht, ehe er davonstapfte.

Sampson schüttelte den Kopf. »Denk bloß nicht daran, reinzugehen und mit dem bösen Buben zu spielen«, sagte er.

»Ich muß ihn besser verstehen. Um das zu können, *muß* ich mit ihm reden«, erklärte ich und blickte zum Haus der Johnsons. Im Erdgeschoß war alles hell erleuchtet, im ersten Stock brannte kein Licht.

»Du verstehst ihn jetzt schon zu gottverdammt gut, auch wenn du es abstreitest. Du weißt so viel über die Irren, daß du selbst bald einer wirst. Hörst du? Hast du das verstanden?«

Ich verstand. Ich hatte eine ziemlich gute Vorstellung, was meine Stärken und Schwächen anbelangte. Jedenfalls meistens. Aber vielleicht nicht an einem Abend wie dem heutigen.

Die Stimme aus dem Megaphon unterbrach uns. Der Sojourner-Truth-Killer hatte beschlossen, sich zu Wort zu melden.

»He! He, ihr da draußen! Ihr blöden Schweine! Habt ihr nicht was vergessen? Erinnert ihr euch an mich?«

Jetzt hörte ich Danny Boudreaux zum erstenmal. Er klang wie ein Junge. Näselnd, schrill und vollkommen durchschnittlich. Dreizehn Jahre alt.

»Ihr Wichser wollt mich verarschen, stimmt's?« kreischte er. »Halt! Ich werde meine Frage selbst beantworten. Ja, das habt ihr vor! Ihr wollt aber den Falschen verarschen.«

Paul Losi blies einmal in sein Kuhhorn. »Moment, Danny, so ist das wirklich nicht. Bis jetzt hast *du* immer noch die Kontrolle. Das weißt du doch selbst, Danny. Laß uns fair sein.«

»Schwachsinn!« brüllte Danny Boudreaux wütend zurück. »Das ist so viel Kacke, Mann, daß mir schon beim Hören kotzübel wird. *Du* machst mich krank, Losi. Und außerdem machst du mich super-stinksauer, weißt du das, Losi?«

»Sag mir, wo das Problem ist.« Der Vermittler behielt trotz der heiklen Situation einen kühlen Kopf. »Rede mit mir, Danny. Ich möchte mit dir sprechen. Ich weiß, du glaubst mir vielleicht nicht, aber ich möchte es wirklich.«

»Ich weiß, daß du mit mir quasseln willst, du Arschloch. Ist ja dein Job, mich in Schach zu halten. Aber das Problem ist, daß du mich beschissen und angelogen hast. Du hast gesagt, du hättest mich gern. Du hast *gelogen!* Deshalb bist du ab sofort *nicht mehr bei meinem Team!* Kein Wort mehr von dir, sonst mach' ich Mrs. Johnson kalt. Und *du* bist dran schuld. »Ich bring' sie um. Das schwöre ich bei Gott. Obwohl sie so nett war und mir vorhin ein Sandwich mit Spiegeleiern gemacht hat. PENG! ... PENG! ... SIE IST TOT!«

Die Polizei war jetzt rings um das Haus der Johnsons. Jetzt ließen die Männer die Gesichtsmasken aus dunklem Plexiglas herunter. Langsam hoben sie die Straßenkampfschilde. Sie bereiteten sich darauf vor, das Haus zu stürmen – was höchstwahrscheinlich Christine Johnsons Tod bedeutete.

»Wo liegt denn das Problem, Danny?« fragte der Mittelsmann den Jungen vorsichtig. »Rede mit mir. Wir finden schon eine Lösung, Danny, die auch dir gefallen wird. Was hast du für ein Problem?«

Nach Losis Worten war es auf dem Rasen vor dem Haus und auf der Straße gespenstisch still. Ich hörte den Wind durch die Weide und die immergrünen Sträucher rascheln.

Dann schrie Danny Boudreaux wieder los.

»Mein Problem? Was mein Problem ist? Daß du so ein *scheinheiliges Arschloch* bist, ist ein Teil meines Problems ... der andere Teil ist, daß *der Mann* hier ist. Alex Cross ist hier – und du hast mir nichts davon gesagt. Ich hab's erst in den Nachrichten erfahren.

»Detective Cross, Sie haben genau dreißig Sekunden. Ab jetzt *neunundzwanzig, achtundzwanzig* ... Ich kann's gar nicht erwarten, Sie zu treffen, Sie Wichser. Ich kann nicht länger warten. *Siebenundzwanzig. Sechsundzwanzig. Fünfundzwanzig* ...«

Der Sojourner-Truth-Killer hatte die Trümpfe in der Hand. Ein dreizehnjähriger Junge. Eine echte Galavorstellung.

98.

»Hier Alex Cross«, rief ich zu dem halbwüchsigen Mörder hinüber. Ich stand am äußeren Rand des vom Frost geschädigten Rasens der Johnsons. Ich brauchte kein Megaphon, damit Danny Boudreaux mich hörte. *Dein Detective ist hier. Alles läuft genauso, wie du es willst.*

»Hier ist Detective Cross«, rief ich noch einmal. »Du hast recht, ich bin hier. Aber ich bin gerade erst gekommen. Ich bin hergekommen, weil du es verlangt hast. Wir nehmen das ernst. Niemand will dich reinlegen. Das würde keiner tun.«

Jedenfalls jetzt noch nicht. Aber gib mir auch nur eine winzige Chance, und ich werde mit dir abrechnen. Ich mußte an die arme kleine Shanelle Green denken. Ich erinnerte mich an den siebenjährigen Vernon Wheatley. Ich dachte daran, daß Christine Johnson mit dem jungen Killer, der vor ihren Augen ihren Mann erschossen hatte, im Haus gefangen war. Ich wollte die Chance, mit Daniel Boudreaux abzurechnen.

Unvermittelt lachte Boudreaux ins Megaphon – ein schrilles, kicherndes Lachen, wie ein Mädchen. Unheimlich. Gespenstisch. Ein paar der vielen Gaffer und Sensationslüsternen lachten mit dem Jungen. Schön zu wissen, daß man hier Freunde hatte.

»Na, wird ja auch Zeit, *Detective* Alex Cross. Wie schön, daß Sie mich in Ihren prallen Terminplan einschieben können. Mrs. Johnson ist ganz meiner Meinung. Wir warten hier – warten, warten auf Sie ... kommen Sie ins Haus. Lassen Sie uns eine Party feiern.«

Der Junge forderte ganz offen mich und meine Autorität heraus. Er brauchte es, das Kommando zu führen. Ich prägte mir alles ganz genau ein, seine Stimme, jede seiner Bewegungen und auch die Abfolge. Paranaide Schizophrenie lautete meine mögliche Diagnose. Bipolare Verhaltensstörungen war eine bessere Vermutung. Ich mußte mit ihm reden, *um den Rest herauszufinden.*

Trotzdem schien Danny Boudreaux zusammenhängend zu reagieren. Er schien ein normales Zeitempfinden zu besitzen. Ich fragte mich, ob er wieder sein Depakote nahm.

»Alex, komm her, verdammt. Ich möchte mit dir reden«, ertönte eine Stimme hinter mir. »Alex, komm her!«

Ich drehte mich um, wo die Musik spielte. Sampson machte eine stinksaure Miene. »Wir brauchen nicht noch eine Geisel da drin«, erklärte er entschieden. Er war jetzt schon wütend auf mich. Seine Augen waren schwarze Perlen, seine Brauen zusammengezogen. »Du hast nicht gehört, *wie schlimm* der kleine Scheißer vorhin getobt hat – fast den ganzen Abend lang. Der Bursche ist wirklich irre. Er ist total verrückt, Alex. Er will nur eins: noch jemanden töten.«

»Ich glaube, ich werde mit ihm fertig«, sagte ich. »Er ist der Typ, mit dem ich schon zu tun hatte. Gary Soneji, Casanova, Danny Boudreaux. Außerdem habe ich keine Wahl.«

»Du hast keine Wahl, Kleiner? Du hast bloß keinen gesunden Menschenverstand.«

Ich schaute zum Haus. Christine Johnson war mit dem Killer da drinnen. Wenn ich nicht hineinging, würde er sie umbringen. Das hatte er gesagt, und ich glaubte ihm. Was für eine Wahl blieb mir? Außerdem bleibt keine gute Tat ungestraft, stimmt's? Häuptling Pittman gab mir ein Zeichen, daß er mit allem einverstanden war. Jetzt lag die Entscheidung allein bei mir. Bei *Doctor-Detective Cross.*

Ich holte tief Luft und marschierte über den nassen, elastischen Rasen zum Haus. Die Nachrichtenreporter schossen in den wenigen Sekunden, die ich bis zur Eingangstür brauchte,

eine Unmenge Fotos. Plötzlich waren sämtliche Fernsehkameras auf mich gerichtet.
Ich machte mir tatsächlich große Sorgen wegen Danny Boudreaux. Er war jetzt unglaublich gefährlich. Er war auf einer Killertour. Fünf wahllose Morde in den letzten Wochen. Jetzt saß er in der Falle. Und was noch schlimmer war: Er hatte sich selbst in diese Falle hineinmanövriert.
Ich griff nach den Türknopf. Ich fühlte mich benommen, nicht ganz auf der Höhe. Ich hatte nur einen Tunnelblick. Ich richtete die Augen starr auf die weiß lackierte Tür.
»Es ist offen«, ertönte eine Stimme hinter der Tür.
Eine Jungenstimme. Ein wenig heiser. Leise und mickrig ohne die verstärkende Kraft des Megaphons.
Ich stieß die Tür auf. Endlich sah ich den Truth-Killer in seinem gesamten irren Glanz und seiner Gloria.
Danny Boudreaux war nicht größer als einssiebenundfünfzig oder -achtundfünfzig. Er hatte schmale, listig-verschlagene Augen wie ein Nager, große Ohren und einen gräßlichen Kurzhaarschnitt. Der Junge sah merkwürdig aus. Auf alle Fälle war er ein Ausgestoßener, eine Art Mißgeburt. Ich spürte, daß die anderen Kinder ihn nie gemocht hatten, daß er ein Einzelgänger war – und das schon sein Leben lang.
Er zielte mit der Smith & Wesson direkt auf meine Brust.
»Militärakademie«, erinnerte er mich. »Ich bin ein hervorragender Schütze, Detective Cross. Ich habe mit menschlichen Zielscheiben null Probleme.«

99.

Mein Herz hämmerte in dem engen Knochenkäfig meiner Brust. In meinem Kopf surrte es immer noch laut wie eine atmosphärische Störung im Radio. Ich fühlte mich nicht als Polizeiheld. Ich hatte Angst. Mehr Angst als sonst. Vielleicht, weil der Mörder dreizehn Jahre alt war.

Danny Boudreaux wußte, wie er mit der halbautomatischen Waffe, die er in der Hand hielt, umzugehen hatte. Früher oder später würde er sie benutzen. In diesem Augenblick gab es nur eine einzige Sache im gesamten Universum, die wichtig für mich war: ihm die Smith & Wesson wegzunehmen.
Das Bild, das sich mir bot, erforderte meine ganze Aufmerksamkeit: ein dünner Dreizehnjähriger mit Pickeln und einer tödlichen Pistole, mit der er auf mein Herz zielte. Obwohl Boudreaux' Hand ruhig war, schien er mir mental und körperlich doch weit mehr durchgeknallt zu sein, als ich erwartet hatte. Wahrscheinlich war er gespalten. Sein Verhalten würde immer unberechenbarer, verrückter werden. Die Labilität des Jungen war nicht zu übersehen. Deshalb hatte ich Angst vor ihm. Es lag etwas in seinen Augen. Sie schossen umher wie Vögel, die in einer Glaskugel gefangen waren.
Er schwankte leicht, als er im Eingangsflur im Haus der Johnsons stand. Die Pistolenmündung beschrieb kleine Kreise. Er trug ein eigenartiges Sweatshirt mit dem Aufdruck HAPPY, HAPPY. JOY, JOY.
Seine kurzen Haare waren schweißnaß, die Brille an den Rändern beschlagen. Hinter der Brille waren seine Augen wie glasiert. Sie schimmerten feucht. Er sah genauso aus, wie man sich den Truth-Killer vorstellen würde. Ich bezweifelte, daß jemand Danny Boudreaux sehr gemocht hatte. Ich jedenfalls mochte ihn nicht.
Plötzlich nahm der dünne Junge militärische Haltung an. »Willkommen an Bord, Detective Cross, *Sir!*«
»Hallo, Danny.« Ich sprach so ruhig mit ihm, so selbstverständlich, wie ich konnte. »Du hast gerufen – und hier bin ich.« *Und ich bin derjenige, der deinen Arsch hinter Gitter bringt.*
Er blieb auf Distanz. Er war ein Bündel zerfetzter Nerven und unglaublicher aufgestauter Wut. Er war eine Marionette, bei der niemand an den Schnüren zog. Es war völlig unmöglich vorauszusagen, wie es von nun an weitergehen würde.
Danny Boudreaux litt eindeutig unter Entzugserscheinungen, seine vom Arzt verschriebenen Medikamente fehlten ihm. Er trug das vollständige Paket psychischer Macken mit sich her-

um: Aggression, Depression, Psychose, Hyperaktivität und Verhaltensverfall.

Ein dreizehnjähriger eiskalter Killer. Wie nehme ich ihm bloß die Waffe weg?

Christine Johnson stand in dem dunklen Wohnzimmer hinter ihm. Sie rührte sich nicht. Im Hintergrund sah sie sehr distanziert und klein aus, trotz ihrer Größe. Außerdem war sie verängstigt, erschüttert und erschöpft.

Rechts von ihr war ein wunderschöner gemeißelter Kamin, der aussah, als würde er aus einem großen Backsteinprachtbau stammen. Ich hatte bis jetzt nicht viel vom Wohnzimmer gesehen. Ich musterte den Raum genau und suchte nach einer Waffe, nach irgend etwas, das uns helfen konnte.

George Johnson lag auf dem cremefarbenen Marmorboden im Eingangsflur. Christine oder der Junge hatte eine rot karierte Decke über den Leichnam gelegt. Es sah aus, als hätte der ermordete Anwalt sich hingelegt, um ein Nickerchen zu machen.

»Christine, alles in Ordnung?« rief ich. Sie wollte antworten, ließ es aber.

»Es geht ihr gut, Mann! Absolut bestens!« fuhr Boudreaux mich an. Er verschliff die Worte. »Ja, alles okay. Ich bin hier der Verlierer. Es geht um mich.«

»Ich kann verstehen, wie müde du bist, Danny.« Ich nahm an, daß er unter Schwindel, Mundtrockenheit und verminderter Konzentration litt.

»Ja, da haben Sie recht. Was haben Sie sonst noch zu sagen? Noch irgendwelche Goldkörner der Weisheit über mein desillusionierendes Benehmen?«

Peng! Unvermittelt trat er die Vordertür zu. Typisch impulsives Verhalten. Ich gehörte jetzt eindeutig zur Party. Immer noch war der Junge sehr vorsichtig und blieb auf Distanz – und hielt die Waffe auf mich gerichtet.

»Ich kann *sehr gut* mit diesem gottverdammten Ding schießen«, erklärte er für den Fall, daß ich es bis jetzt noch nicht kapiert hatte. Das bestätigte meine Auffassung über seine ausgeprägte Paranoia, seine Unruhe und Nervosität.

Er machte sich schreckliche Sorgen darüber, wie ich ihn einschätzte und für wie fähig ich ihn hielt. In seiner Verwirrung verwechselte er mich mit seinem leiblichen Vater. Der Vater, der Polizist, der ihn und seine Mutter verlassen hatte. Ich hatte auf der Herfahrt von dieser Geschichte erfahren. Es ergab keinen Sinn und paßte doch perfekt.
Ich erinnerte mich, daß dieser nervöse, dünne, mitleiderregende Junge ein Mörder war. Es fiel mir nicht schwer, so ein Scheusal zu hassen. Trotzdem hatte der Junge etwas Tragisches und Trauriges an sich. Irgendwie war Danny Boudreaux schrecklich einsam – und abartig.
»Ich glaube dir, daß du ein hervorragender Schütze bist«, versicherte ich ihm mit ruhiger Stimme. Ich wußte, daß er das hören wollte.
Ich glaube dir.
Ich glaube, daß du ein eiskalter Killer bist. Ich glaube, daß du ein junges Scheusal und wahrscheinlich nicht zu retten bist.
Wie kriege ich deine Pistole?
Ich glaube, ich muß dich töten, ehe du mich oder Christine Johnson umbringst.

100.

Ich betrachtete die Worte HAPPY, HAPPY. JOY, JOY. Ich wußte, woher der Slogan auf seinem Sweatshirt stammte.
Nickelodeon. Kinderprogramm. Damon und Jannie schauten es sich leidenschaftlich gern an. Ich auch in gewisser Weise. Bei Nickelodeon ging es um Familien – und das genau machte Danny Boudreaux wahrscheinlich so wütend.
Er grinste mich an. Er hatte einen satanischen, völlig irren Blick.
Dann redete er – ganz ruhig wie ich zuvor. Er imitierte meine Besorgnis um ihn perfekt. Seine Instinkte waren scharf und grausam. Noch ein Grund mehr, Angst zu haben. Am liebsten

aber hätte ich mich auf in gestürzt und ihm das Licht ausgepustet.
»Sie brauchen nicht zu flüstern. Hier schläft keiner. Na ja, keiner außer dem Portier George.«
Er lachte und bewies damit sein irres, widerlich schleimiges Fehlverhalten. Ja, er benahm sich tatsächlich wie ein Psychopath. *Danny mordete aus körperlicher Angstlust, obwohl er erst dreizehn war.*
»Ist wirklich alles in Ordnung mit Ihnen?« rief ich Christine zu.
»Nein, eigentlich nicht«, flüsterte sie.
»Verdammt, haltet die Schnauzen!« brüllte Boudreaux uns unvermittelt an. Er zielte mit der Waffe erst auf Christine, dann auf mich. »Wenn ich was sage, meine ich's ernst!«
Mir wurde klar, daß ich dem Jungen die Pistole nicht so einfach wegnehmen konnte. Ich mußte etwas anderes versuchen. Er sah aus, als stünde er kurz vor dem Zusammenbruch. *Gefährlich* kurz davor.
Ich mußte sofort etwas unternehmen.
Ich konzentrierte mich auf den Jungen, um seine Schwachstellen zu finden. Ich beobachtete ihn genau, doch ohne daß es ihm auffiel.
Langsam trat ich mit mehreren entschlossenen Schritten zum Fenster des Wohnzimmers. Dort stand ein antiker afrikanischer Melkschemel. Ein flüchtiger Blick nach draußen zeigte mir, daß die Polizisten auf dem Rasen in versetzten Linien, aber auf Distanz postiert waren. Ich sah die Gesichtsmasken und die Schutzschilde aus Plexiglas, Kampfanzüge, schußsichere Westen und überall Waffen. Mein Gott, was für eine Szene. Und dieser wahnsinnige Junge hatte all das bewirkt.
»Kommen Sie bloß nicht auf dumme Ideen«, sagte er von der gegenüberliegenden Seite des Zimmers aus.
Ich hatte bereits eine dumme Idee, Dannyboy. Ich habe sie schon in die Tat umgesetzt. Ich habe sie durchgezogen! Weißt du, was es ist? Bist du wirklich so schlau, wie du meinst, du ausgekochtes Aas?
»Warum nicht?« fragte ich ihn. Er antwortete nicht. Er würde uns töten. Was konnte er sonst tun?
Ich hatte guten Grund, dicht am Fenster zu stehen. Ich wollte,

daß Christine Johnson und ich uns im Zimmer gegenüberstanden.
Ich hatte es geschafft. Ich hatte meinen Spielzug ausgeführt. Boudreaux schien es nicht zu merken.
»Was denken Sie jetzt über mich?« fragte er höhnisch. »Wie stehe ich da, verglichen mit diesen Arschlöchern Jack und Jill? Und verglichen mit dem großen Gary Soneji? Sie können mir ruhig die Wahrheit sagen. Meine Gefühle verletzen Sie bestimmt nicht. Ich habe nämlich keine.«
»Ich werde dir die Wahrheit sagen«, erklärte ich. »Wenn du sie unbedingt hören willst. Mich hat noch kein Mörder beeindruckt – und du auch nicht. Jedenfalls nicht so.«
Er verzog den Mund. »Ach ja? Also, mich beeindrucken Sie auch nicht, Dr. Scheißhaus Cross. Aber wer hat die Waffe?«
Danny Boudreaux starrte mich durchdringend an. Hinter den Brillengläsern schienen seine Augen zu schielen. Die Pupillen waren so klein wie Stecknadelköpfe. Er sah aus, als würde er mich im nächsten Moment über den Haufen schießen. Mein Herz raste. Ich blickte zu Christine Johnson hinüber.
»Ich muß Sie töten. Das wissen Sie«, sagte er, als wäre das das Normalste von der Welt. Plötzlich sprach er mit gelangweilter Stimme. Das war äußerst beunruhigend. »Sie und Christine müssen weg.«
Er schaute zu Christine. Seine Augen waren dunkle Löcher.
»*Schwarzes Dreckstück!* Widerliches, verlogenes Miststück! Du hast mich in deiner beschissenen Schule beleidigt, du Stück Dreck. Ich verlange Respekt!« fuhr er sie wütend an.
»Was du sagst, stimmt nicht«, erwiderte Christine Johnson. »Ich habe versucht, die Kinder auf dem Schulhof zu beschützen. Das hatte nichts mit dir zu tun. Ich hatte keine Ahnung, wer du warst. Wie denn auch?«
Er stampfte mit dem schweren schwarzen Stiefel auf. Er war gereizt bis aufs Blut, ungeduldig und unversöhnlich. Er war in jeder Hinsicht ein bösartiger kleiner Wichser.
»Sag mir nicht, was ich weiß! Du hast ja keine Ahnung, was ich denke! Du kannst nicht in meinen Kopf reinsehen. Das kann niemand.«

»Warum glaubst du, daß du noch jemanden töten mußt?« fragte ich Danny Boudreaux.
Wütend funkelte er mich an und richtete die Pistole auf mich.
»Versuchen Sie ja nicht Ihre Scheißpsychotricks mit mir! Wagen Sie das ja nicht!«
»Das würde ich niemals wagen.« Ich schüttelte den Kopf. »Keiner mag Lügen oder Menschen, die andere mit billigen Tricks reinlegen. Ich auch nicht.«
Unvermittelt richtete er die Smith & Wesson auf Christine.
»Ich muß Menschen töten, weil ... ich es nun mal tue.« Wieder lachte er schrill und heiser wie ein Satan.
Christine Johnson spürte, was nun kam. Sie wußte, daß *etwas* passieren mußte, ehe Danny Boudreaux explodierte.
Jetzt wandte der Junge sich wieder mir zu. Er schwenkte die Hüften, als stünde er auf einer Bühne. *Er gefällt sich in dieser Rolle,* schoß es mir durch den Kopf. *Er liebt diese Szene.*
»Sie haben versucht, mich reinzulegen«, sagte er. »Deshalb reden Sie so ruhig mit mir wie Mr. Roger. Deshalb sind Sie zum Fenster gegangen, damit Sie nicht so allmächtig groß und bedrohlich aussehen. Ich blick' voll durch, Nann.«
»Du hast recht, aber nicht ganz«, erwiderte ich. »Ich habe mit dir so geredet ... so ruhig ... um dich davon abzulenken, was ich wirklich getan habe. Du hast dein eigenes Spiel vergeigt. Du hast es soeben verloren! *Du kleiner armseliger Wichser, du verlogenes Dreckstück!*«

101.

»Du kannst uns nicht beide erschießen«, erklärte ich Danny Boudreaux.
Ich sprach mit klarer, fester Stimme. Gleichzeitig stellte ich mich etwas seitlich, um ihm weniger Zielfläche zu bieten.
Ich machte noch einen Schritt und vergrößerte damit die Entfernung zwischen Christine Johnson und mir.

»Was zum Teufel meinen Sie? Was reden Sie da, Cross? REDE MIT MIR, CROSS! ICH VERLANGE ES!«
Ich antwortete ihm nicht. Sollte er selbst drauf kommen. Ich wußte, daß er dahinterkam. Er war ein kluger kleiner Scheißer.
Daniel Boudreaux starrte mich an, dann Christine. Er *hatte* kapiert. Endlich sah er die Falle, die so fein gesponnen war. Seine Augen bohrten sich tief in meinen Schädel. Er hatte begriffen, was ich getan hatte. Einer von uns würde ihn überwältigen, wenn er auf den anderen schoß. Er würde seinen glorreichen Sieg zum Abschied *nicht* bekommen.
»Du dämlicher Schleimscheißer.« Seine Stimme war leise und drohend. »Dann bist du der erste, den es erwischt!«
Er hob die Smith & Wesson. Ich blickte ihn über die Mündung an. »REDE MIT MIR, DU MISTKERL!«
»Das reicht!« schrie Christine von der anderen Seite des Zimmers. Angesichte dieses Drucks, dieser Umstände hatte sie sich unglaublich gut in der Gewalt. »Du hast genug Menschen umgebracht«, sagte sie zu Boudreaux.
Jetzt geriet Danny Boudreaux in Panik. Wilde Augen starrten mir aus einem Kopf entgegen, der auf einem Drehgelenk zu sitzen schien. »Nein, ich habe noch nicht genug *beschissene überflüssige Roboter* getötet. Ich fange gerade erst damit an!« Die Haut spannte sich straff über den Gesichtsknochen.
Er schwang die Smith & Wesson zu Christine herum. Seine Arme waren kerzengerade ausgestreckt. Sein Körper zitterte, beugte sich nach links.
»Danny!« rief ich und bewegte mich gleichzeitig auf ihn zu.
Einen Sekundenbruchteil zögerte er, dann riß er die Waffe hoch und feuerte. In dem geschlossenen Zimmer war der Knall ohrenbetäubend.
Er hatte auf Christine geschossen!
Sie drehte sich beiseite, um auszuweichen. Ich konnte nicht feststellen, ob es ihr gelungen war.
Ich sprang durch die Luft.
Danny Boudreaux richtete die Pistole wieder auf mich. In seinen Augen funkelten blanker Haß und Entsetzen. Sein Körper

zitterte vor Wut, Angst, Verzweiflung. Vielleicht konnte er *doch* uns beide erwischen.
Ich war schneller, als ich es je für möglich gehalten hätte. Schon war ich innerhalb des Radius seines ausgestreckten Armes mit der Waffe.
Ich landete auf Danny Boudreaux, als wäre er ein ausgewachsener Mann, der bewaffnet und gefährlich war. Ich schmetterte ihn mit vollem Körpereinsatz zu Boden – mit zwei Zentnern *Power.* Der Körperkontakt war ein ausgesprochener Genuß für mich.
Danny Boudreaux und ich wälzten uns auf dem Boden. Ein Knäuel aus wild zuckenden und strampelnden Armen und Beinen. Wieder donnerte die Waffe. Ich spürte keine Schmerzen, hatte aber den Geschmack von Blut im Mund.
Der Junge schrie schrill auf. Es war ein regelrechter Klageschrei. Ich entriß ihm die Waffe. Er versuchte mich zu beißen, die Zähne in meinen Körper zu graben. Dann knurrte er.
Er schien einen epileptischen Anfall zu bekommen. Wahrscheinlich aufgrund des Medikamentenentzugs. Eine Woge plötzlicher Hirnaktivität jagte in seinen Körper, seine Gliedmaßen. Er schlug wild mit Armen und Beinen um sich. Sein Becken zuckte so rhythmisch, als würde er sich an meinem Bein befriedigen.
Dann rollten seine Augen nach hinten, und der Körper wurde unvermittelt schlaff. Schaum quoll aus dem Mund. Arme und Beine zuckten weiterhin. Vielleicht hatte er für ein oder zwei Sekunden das Bewußtsein verloren. Gleich darauf gab er gurgelnde Laute von sich, als würde er ersticken.
Ich drehte ihn auf die Seite. Seine Lippen waren bläulich, die Augen wieder nach vorn gerollt. Er blinzelte heftig. Der Anfall war so schnell vorüber, wie er gekommen war. Jetzt lag der kleine Mistkerl wie ein Häufchen Elend schlaff auf dem Boden.
Die Polizei hatte die Schüsse gehört. Sofort waren die Männer ins Wohnzimmer gestürmt. Überall Gewehre und gezückte Pistolen. Viel Geschrei und das Quäken der Funkgeräte. Christine Johnson ging zu ihrem Mann. Zwei Notärzte ebenfalls.

Als ich das nächstemal aufschaute, kniete Christine neben mir. Offenbar war sie unverletzt. »Alles in Ordnung, Alex?« fragte sie mit heiserem Flüstern.
Ich hielt immer noch Danny Boudreaux nieder. Er schien seine Umgebung nicht wahrzunehmen. Kalter öliger Schweiß bedeckte seinen Körper. Jetzt sah der Sojourner-Truth-Killer jämmerlich, verloren und unerträglich verwirrt aus. Dreizehn Jahre alt. Fünf Morde. Vielleicht auch mehr.
»Entzugserscheinungen?« fragte Christine.
Ich nickte. »Ich glaube, ja. Verbunden mit zuviel Aufregung.«
Danny Boudreaux versuchte etwas zu sagen, aber ich konnte ihn nicht verstehen. Er spuckte immer noch weißen Schaum.
»Was hast du gesagt? Was ist?« fragte ich. Meine Stimme war heiser, und der Hals tat mir weh. Auch ich zitterte und war schweißüberstömt.
Der Junge flüsterte leise, als wäre niemand mehr in ihm. »Ich habe Angst«, vertraute er mir an. »Ich weiß nicht, wo ich bin. Ich habe immer so schreckliche Angst.«
Ich nickte dem kleinen verängstigten Gesicht zu, das zu mir aufblickte. »Ich weiß«, sagte ich zu dem jungen Mörder. »Ich weiß, was du fühlst.«
Das war das Beängstigendste von allem.

102.

Der Drachentöter lebt, aber wie viele Leben sind mir noch vergönnt? Warum riskierte ich immer wieder meinen Hintern? Arzt, heile dich selbst.
Ich blieb über eine Stunde im Haus der Johnsons, bis die Leichen des Jungen und George Johnsons weggebracht wurden. Ich mußte Christine für meinen Bericht einige Fragen stellen. Dann rief ich zu Hause an und sprach mit Nana. Ich bat sie, ins Bett zu gehen. Mir gehe es gut – im großen und ganzen. Jedenfalls für heute abend.

»Ich liebe dich, Alex«, flüsterte sie mir durchs Telefon zu. Nana hörte sich beinahe so müde und erschlagen an, wie ich es war.
»Ich liebe dich auch, alte Lady«, sagte ich.
Und Wunder über Wunder – an diesem Abend überließ sie mir das letzte Wort.
Endlich zerstreute sich die Menge der Gaffer. Selbst die hartnäckigsten Reporter und Fotografen verschwanden. Eine von Christine Johnsons Schwestern war gekommen, um in dieser schrecklichen Zeit bei ihr zu sein. Ich schloß Christine fest in die Arme.
Sie zitterte immer noch. Sie hatte einen entsetzlichen Verlust erlitten. Wir hatten beide einen Abend in der Hölle durchlebt.
»Ich kann überhaupt nichts fühlen«, gestand sie mir. »Alles ist so irreal. Ich weiß, daß es kein Alptraum ist, aber ich denke dauernd, es muß einer sein.«
Um ein Uhr früh fuhr Sampson mich nach Hasue. Ich hatte das Gefühl, keine Lider mehr zu haben. Mein Verstand raste immer noch mit einer Million Kilometern pro Stunde. Immer noch das laute Summen, immer noch völlig überhitzt.
Wohin bewegte sich diese Welt? In Richtung Gary Soneji? Bundy? Hillside-Würger? Koresh? McVeigh? Und so weiter und so fort. Man hatte Gandhi einmal gefragt, was er von der westlichen Zivilisation halte. »Ich glaube, sie könnte eine gute Idee sein«, hatte er geantwortet.
Ich weine nicht viel. Ich kann es nicht. Das gilt für viele Polizisten, die ich kenne. Ich wünschte, ich könnte manchmal weinen, alles herauslassen, die ganze Angst und das Gift. Aber so leicht ist das nicht. Etwas hat sich im Innern festgesetzt wie ein Block.
Ich saß auf der Treppe in unserem Haus. Ich war auf dem Weg ins Schlafzimmer gewesen, hatte es jedoch nicht bis nach oben geschafft. Ich wollte weinen, konnte aber nicht.
Ich dachte an meine Frau Maria, die vor wenigen Jahren in einer Einfahrt erschossen worden war. Maria und ich hatten wunderbar zueinander gepaßt. Das war keine Schönfärberei vergangener Zeiten. Ich wußte, wie schön Liebe sein konnte – ich wußte, daß es das Beste gewesen war, was ich je im Leben

hatte –, und trotzdem saß ich jetzt allein hier. Ich riskierte mein Leben. Ich erzählte allen, daß es mir gutgehe, aber das stimmte nicht.

Ich habe keine Ahnung, wie lange ich allein in der Dunkelheit mit meinen Gedanken saß. Vielleicht zehn Minuten, vielleicht länger. Das Haus war vertraut, beinahe tröstlich still. Trotzdem fand ich in dieser Nacht keine Ruhe.

Ich lauschte den Geräuschen, die ich seit Jahren kannte. Ich erinnerte mich daran, als ich hier noch ein kleiner Junge gewesen war; dann an die Zeit, in der ich mit Nana aufgewachsen war und mich gefragt hatte, was ich wohl einmal werden würde. Jetzt kannte ich die Antwort auf diese Frage. Ich war Experte für Mehrfachmorde, der an den größten und scheußlichsten Fällen arbeitete. Ich war der Drachentöter.

Schließlich stieg ich die letzten Stufen hinauf und blieb bei Damon und Jannies Zimmer stehen. Die beiden schliefen fest in dem gemeinsamen Zimmer in unserem kleinen Haus.

Ich liebe es, wie Damon und Jannie schlafen, diese vertrauensvolle, unschuldige Art meines kleinen Sohnes und meiner Tochter. Ich kann sie lange stumm betrachten, sogar in einer so grauenvollen Nacht wie dieser. Ich weiß nicht, wie oft ich auf der Schwelle stehengeblieben bin und in ihr Zimmer geschaut habe. Die zwei halten mich auf Trab und in manchen Nächten auch davon ab zu zerbrechen.

Beim Schlafen setzen sie verrückte herzförmige Sonnenbrillen auf, wie die jungen Sänger der Gruppe Innocence sie tragen. Es sah verdammt niedlich aus. Ich setzte mich auf Jannies Bettkante, zog rasch meine Stiefel aus und legte sie vorsichtig und lautlos auf den Boden.

Dann streckte ich mich am Fußende der Betten aus. Ich hörte, wie meine Knochen knirschten. Ich wollte in der Nähe meiner Kinder sein, mit ihnen zusammensein, damit wir alle sicher waren. Das schien nicht zuviel verlangt vom Leben oder eine zu große Belohnung für den Tag, den ich gerade durchgestanden hatte.

Behutsam küßte ich die Gummisohle des Füßlings von Jannies Schlafanzug.

Ich legte meine Hand zart gegen Damons kaltes nacktes Bein. Schließlich schloß ich die Augen und bemühte mich, die auf mich einstürzenden Szenen von Mord und Chaos in meinem Kopf zurückzudrängen. Ich schaffte es nicht. In dieser Nacht waren die Ungeheuer überall. Sie waren rings um mich.

Es waren so verflucht viele. Welle nach Welle kamen sie heran, wie es mir schien. Junge und alte und alles mögliche dazwischen. Woher kommen diese Ungeheuer in Amerika? Was hat sie geschaffen?

Irgendwie schlief ich dann doch vor den Betten meiner Kinder ein. Zumindest für ein paar Stunden gelang es mir, das Allerschlimmste zu vergessen, den Grund meiner Trauer und meiner Unruhe.

Ich hatte die Nachrichten gehört, ehe ich das Haus der Johnsons verlassen hatte. Präsident Byrnes war in den frühen Morgenstunden gestorben.

103.

Ich hielt die Katze Rosie auf dem Schoß und streichelte sie. Die Küchentür stand offen. Draußen sah ich Sampson.

Er stand im kalten Eisregen und sah aus wie ein riesiger schwarzer Findling im Wintersturm. Vielleicht war es auch Hagel, dem er trotzte.

»Der Alptraum geht weiter«, verkündete er. Ein schlichter und einfacher Satz. Vernichtend.

»Ach ja, wirklich? Aber vielleicht ist es mir scheißegal.«

»Hm. Und vielleicht gewinnen dieses Jahr die Bullets die NBA-Meisterschaft und die Orioles die World Series, und die abgewirtschafteten Redskins laufen bei der Super Bowl ein. *Man weiß ja nie.*«

Seit dem langen Abend im Haus der Johnsons und dem noch längeren Morgen und Vormittag in New York City war ein Tag vergangen. Nicht annähernd genug Zeit für eine Heilung oder Trauer. Präsident Mahoney hatte gestern den Amtseid abgelegt, wie das Gesetz es vorschrieb. Aber mir kam es beinahe unanständig vor.

Ich trug eine alte Arbeitshose und ein weißes T-Shirt und lief barfuß auf dem kalten Linoleum herum. In der Hand einen Becher mit heißem Kaffee. Ich erholte mich einigermaßen. Ich hatte mir nicht die »Stoppeln abgewaschen«, wie Jannie das Rasieren nannte. Ich fühlte mich beinahe wieder als Mensch.

Ich hatte Sampson nocht nicht hereingebeten.

»Guten Morgen, Kleiner.« Sampson gab nicht auf. Dann stülpte er die Oberlippe zurück, daß man seine weißen Zähne sehen konnte. Sein Lächeln war von brutaler Fröhlichkeit. Schließlich konnte ich nicht anders – ich mußte meinen Freund und Rachegott ebenfalls anlächeln.

Es war kurz nach neun, und ich war gerade erst aufgestanden. Das war spät für mich. Nach Nanas Maßstäben war es schändlich. Ich litt immer noch unter Schlafmangel und Traumaschock. Es bestand die Gefahr, daß ich den Rest meines Verstandes verlor, daß ich kotzte oder irgend etwas Beschissenes und Unerwartetes anstellte. Aber ich fühlte mich trotzdem viel besser. Ich *sah gut aus*, großartig.

»Willst du nicht mal guten Morgen sagen?« fragte Sampson und tat beleidigt.

»Morgen, John. Ich will es gar nicht wissen«, sagte ich. »Was auch immer dich an diesem kalten und düsteren Morgen hergeführt hat.«

»Das ist die erste intelligente Bemerkung, die ich seit Jahren aus deinem Mund gehört habe«, meinte Sampson. »Aber ich fürchte, ich glaube dir nicht. Du willst alles wissen. Du mußt immer alles wissen, Alex. Deshalb liest du ja auch jeden Morgen vier Zeitungen.«

»Ich will's auch nicht wissen«, krähte Nana hinter mir aus der Küche. Sie war selbstverständlich schon seit Stunden auf. »Ich *brauche* nichts zu wissen. Also, schwirr ab. Brat dir ein Eis. Oder mach einen langen Spaziergang auf einem kurzen Dock, Jonnyboy.«

»Haben wir Zeit fürs Frühstück?« fragte ich ihn.

»Eigentlich nicht«, antwortete er und bemühte sich, weiterhin

zu lächeln. »Aber laß uns trotzdem was essen. Wer kann da schon widerstehen?«
»*Er* hat dich eingeladen, *nicht ich*«, warnte Nana vom Herd her. Sie neckte Sampson. Sie liebt ihn, als wäre er ihr Sohn, als wäre er mein körperlich größerer Bruder. Sie machte für uns beide Rühreier, Würstchen, Bratkartoffeln und Toast. Sie kann hervorragend kochen und könnte leicht und locker die gesamte Mannschaft der Washington Redskins im Trainingslager durchfüttern. Für Nana wäre das kein Problem.
Sampson wartete, bis wir aufgegessen hatten, ehe er zur Sprache brachte, was passiert war. Sein dunkles kleines Geheimnis. Es scheint seltsam – aber wenn das Leben voll von Morden und anderen Tragödien ist, muß man lernen, sich Zeit für sich selbst zu nehmen. Die Morde sind auch später noch da. Die Morde sind immer da.
»Dein Mister Grayer hat mich vorhin angerufen«, sagte Sampson, als er sich die dritte Tasse Kaffee einschenkte. »Er fragte, ob du dir ein paar Tage freinehmen kannst, damit sie das erledigen könnten. *Sie*, wie in den alten Horrorfilmen, die mächtigen Unsichtbaren, vor denen wir uns früher so gefürchtet haben.«
Ich stopfte das letzte Stück Zimttoast aus selbstgebackenem Brot in mich hinein. Ehrlich, das war ein himmlischer Genuß. Nana behauptet, sie hätte »da oben« ein paar Rezepte gestohlen. Ich bin geneigt, ihr zu glauben. Schließlich habe ich die Beweise gesehen und sogar gegessen.
Sampson warf einen Blick auf die Armbanduhr, eine alte Bulova, die sein Vater ihm geschenkt hatte, als er vierzehn war.
»Sie durchsuchen jetzt wohl Jills Büro in Washington. Dann nehmen sie sich ihre Wohnung an der Vierundzwanzigsten Straße vor. Willst du mitkommen? Als mein Gast? Ich hab' dir einen Gästeausweis besorgt – nur für alle Fälle.«
Selbstverständlich wollte ich dorthin. Ich mußte hin. Ich mußte alles über Jill wissen, genau wie Sampson behauptet hatte.
»Du bist der Teufel«, zischte Nana Sampson an.
»Danke, Nana.« Er schenkte ihr ein strahlendes Lächeln mit tausendundeinem Zahn. »Ein großes Lob. Wirklich.«

104.

Wir fuhren in Sampsons schnittigem schwarzem Nissan zu Sara Rosens Wohnung. Nanas warmes Frühstück hatte mich zumindest in die wirkliche Welt zurückgebracht. Ich fühlte mich zum Teil wiederbelebt. Körperlich bestimmt, gefühlsmäßig nur vielleicht.

Ich war sehr gespannt auf Jills Zuhause. Ich wollte auch ihr Büro im Weißen Haus sehen, aber das konnte ein oder zwei Tage warten, fand ich. *Aber ihr Zuhause. Es war für den Detective und den Psychologen gleichermaßen unwiderstehlich.*

Sara Rosen wohnte in einem zehnstöckigen Hochhaus an der Vierundzwanzigsten und K Street. Im Gebäude war eine Art Rezeption mit einem »Captain«, der unsere Polizeiausweise genau studierte und uns dann zögernd Eintritt gewährte. Ansonsten war die Eingangshalle sehr ansprechend. Teppichboden, viele Pflanzen in Töpfen. Nicht der Typ von Gebäude, in dem man Meuchelmörder zu finden erwartete.

Aber Jill hatte hier gewohnt, richtig?

Eigentlich paßte die Wohnung in das psychologische Profil, das wir von Sara Rosen entworfen hatten. Sie war das einzige Kind eines Army-Colonels und einer Englischlehrerin an der High School. Aufgewachsen war sie in Aberdeen, Maryland. Dann hatte sie das Hollins College in Virginia besucht. Hauptfächer Geschichte und Englisch, die sie mit Auszeichnung abgeschlossen hatte. Vor sechzehn Jahren – mit einundzwanzig – war sie nach Washington gekommen. Sie hatte nie geheiratet, aber im Lauf der Jahre mehrere feste Freunde gehabt. Einige Mitarbeiter im Weißen Haus und in der Kommunikationsabteilung nannten sie die »sexy alte Jungfer«.

Ihre Wohnung lag in der vierten Etage des zehnstöckigen Gebäudes. Sie war hell und bot den Blick auf einen Innenhof. Das FBI war schon bei der Arbeit. Chopin ertönte leise aus der Stereoanlage. Es war eine entspannte Atmosphäre, beinahe angenehm und sorglos. Schließlich war der Fall *abgeschlossen.*

Sampson und ich verbrachten die nächsten Stunden mit den

Spurensicherungsleuten vom FBI, die nach irgendwelchen Hinweisen suchten, die mehr über Sara Rosen verrieten, als wir bisher wußten.

Hier hatte Jill gelebt.

Wer zum Teufel warst du, Jill? Wie ist das mit dir geschehen? Was ist passiert, Jill? Sprich zu uns! Ich weiß, du willst reden, du einsames Mädchen.

Ihre Wohnung besaß ein Schlafzimmer und ein kleines Arbeitszimmer. Wir würden jeden Quadratzentimeter unter die Lupe nehmen. Die einstige Bewohnerin dieser Zimmer hatte geholfen, Präsident Byrnes zu ermorden. Im Arbeitszimmer hatten sie den Videofilm bearbeitet. Jetzt war die Wohnung von historischer Bedeutung. Denn solange das Gebäude stand, würden die Menschen darauf zeigen und sagen: *»Da hat Jill gewohnt.«*

Sara Rosen hatte nichtssagend aussehende Möbel im Stil eines Country Club gekauft. Alles typisch Mittelklasse. Ein Sofa und ein Armsessel mit Baumwollbezügen. Schilder örtlicher Geschäfte: Mastercraft Interiors, Colony House in Arlington. Kühle, kalte Farben in jedem Zimmer. Viele elfenbeinfarbene Gegenstände in Jills Wohnung. Ein eisblauer gemusterter Teppich. Ein heller gemaserter Schrank aus Fichtenholz.

An den Wänden hingen gerahmte Weihnachtskarten und Briefe hochstehender Persönlichkeiten aus dem Weißen Haus: vom jetzigen Pressechef, dem Stabschef, sogar ein paar Zeilen von Nancy Reagan. Es gab keine Fotos der »Feinde«, die Präsident Byrnes mir gegenüber erwähnt hatte. *Sara Rosen war insgeheim eine Promifickerin gewesen, nicht war? War Jack für sie ein Promi gewesen, ein Star? War Jack wirklich Kevin Hawkins?*

Sprich zu uns, Jill! Ich weiß, du willst reden. Erzähl uns, war wirklich geschehen ist! Gib uns einen Hinweis!

Auf dem kleinen Rollschreibtisch lag Post von der Heritage Foundation und dem Cato Institute, beides konservative Organisationen. Ferner gab es mehrere Ausgaben von *U.S. News & World Report, Southern Living* und *Gourmet.*

Dann noch Reklamezettel über Dichterlesungen im Chapters an der K Street und von Politics and Prose, Buchläden in und um Washington. *Hatte Jill die Gedichte an den Mordschauplätzen verfaßt?*

Aus einem Buch war ein Gedicht ausgeschnitten und an die Wand über dem Schreibtisch geklebt.

Wie trostlos – nur ein Jemand zu sein!
Wie allsichtbar man doch ist –
gleich einem Stern

Sagt man den Namen – die langlebige June –
einem bewundernden Herrn.
Emily Dickinson

Offensichtlich teile Emily Dickinson Saras Meinung über Berühmtheiten wie Jack und Jill.
Die Wände des Arbeitszimmers und des Schlafzimmers waren mit Büchern bedeckt, waren regelrechte Bücherwände. Romane, Sachbücher, Gedichtbände. Kitsch und Literatur. Jill, die Leseratte. Jill, die Einzelgängerin. Jill, die sexy alte Jungfer.
Wer bist du, Jill? Wer bist du, Sara Rosen?
Wer bist du, Sara-Jill?
Hat sich bis jetzt überhaupt jemand um dich gekümmert? Warum hast du geholfen, dieses entsetzliche Verbrechen zu verüben? War es das wert? So zu sterben wie du, als einsame alte Jungfer? Wer hat dich umgebracht, Jill? War es Jack?
Wenn ich nur ein eindeutiges Stück der Wahrheit fände – nur ein einziges – , würde sich der Rest ergeben, und wir würden endlich verstehen. Ich wollte glauben, daß es so sein könnte.
Ich durchsuchte Jills Kleiderschrank. Ich entdeckte Kostüme konservativen Zuschnitts, hauptsächlich in dunklen Farben, mit Schildern von Brooks Brothers und Ann Taylor. Niedrige Pumps, Turnschuhe, bequeme Slipper. Außerdem waren da etliche Jogginganzüge und Gymnastiksachen.
Nicht viele Abendkleider für Partys, fürs Vergnügen.
Wer warst du, Sara?
Ich suchte nach falschen Wänden, doppelten Böden, wo sie vielleicht private Aufzeichnungen aufbewahrte, irgend etwas, das uns helfen würde, diesen Fall für immer abzuschließen – oder weit zu öffnen.

Los, Sara, laß uns hinein in dein geheimes Leben. Sag uns, wer du wirklich warst.
Was hat dich auf Trab gehalten, Jill? Wer warst du, Sara? Gib uns noch eine Botschaft – nur noch eine.
Sampson trat hinter mich, als ich am Schlafzimmerfenster stand und auf den Innenhof hinunterschaute. Ich dachte über alle Möglichkeiten dieses Falles nach.
»Hast du den Fall gelöst? Alles rausgekriegt, Kleiner?«
»Noch nicht. Aber da ist noch etwas. Laß mich hier noch ein paar Tage länger suchen.«
Sampson stöhnte bei diesem Gedanken. Ich ebenfalls. Aber ich wußte, ich würde hierher zurückkommen. Sara Rosen hatte uns ein Souvenir hinterlassen, irgend etwas, um uns an sie zu erinnern. Ich war fast sicher.
Jill, die Dichterin.

105.

Vielleicht war ich ein Vielfraß in bezug auf Verbrechen und Strafe, aber schon früh am nächsten Tag ging ich wieder in Saras Wohnung. Ich war gegen acht Uhr dort, vor allen anderen. Ich schlenderte in der kleinen Wohnung umher und knabberte Nutri-Grain aus einer offenen Packung.
Irgend etwas quälte mich bei dem Gedanken an die sexy alte Jungfer und ihr Versteck im Nebel. Instinkt eines Detectives. Intuition eines Psychologen.
Fast eine Stunde lang hockte ich auf der Bank vor dem Fenster zur K Street. Mein Blick war auf einen Poster für Calvin Kleins Parfüm *Escape* am Wartehäuschen der Busstation gerichtet. Das Model schaute unsäglich traurig und verloren drein. *Wie Jill?* Jemand hatte eine Sprechblase über den Kopf des Models gezeichnet. Darin stand: *»Bitte, gebt mir was zu essen!«*
Wer nährte Sara Rosen? fragte ich mich, als ich in die Luft Washingtons blickte. Was war ihr Geheimnis? Was hatte sie zu

dieser wahnwitzigen Promijagd getrieben – oder was hatte sie getan, ehe sie im Peninsula Hotel erschossen wurde? Sie war in New York ermordet worden. Welche Verbindung bestand zwischen ihr und Jack?

Wie sah die vollständige Geschichte aus? Die wahre Geschichte? Welches Geheimnis war noch nicht enthüllt?

Ich starrte auf die vielen Bücher, die jedes Zimmer der Wohnung beherrschten, sogar die Küche. Sara schien Bücher verschlungen zu haben. Hauptsächlich Romane und Sachbücher über Geschichte, fast alle von amerikanischen Autoren. Sara, die Intellektuelle. Sara, die Siebengescheite.

Diplomacy von Henry Kissinger. *Special Trust* von Robert McFarland. *Caveat* von Alexander Haig. *Kissinger* von Walter Isaacson. Und so weiter. Romane von Anne Tyler, Robertson Davies, Annie Proulx, aber auch von Robert Ludlum und John Grisham. Lyrik von Emily Dickinson, Sylvia Plath und Anne Sexton. Und ein Band mit dem Titel *Einsame Frau.*

Ich klappte jedes Buch auf und schüttelte es sorgsam aus. In der Wohnung waren mehr als tausend Bände. Vielleicht mehrere tausend. Eine Unmenge von Büchern, die durchsucht werden mußten.

In mehreren Bänden steckten handgeschriebene Notizzettel. Aufzeichnungen Saras. Ich las jeden einzelnen Zettel. Die Stunden vergingen. Ich ließ Mahlzeiten aus, doch das war mir egal. In einer Biographie über Napoleon und Josephine hatte Sara Rosen notiert: »N. hielt Intelligenz bei Frauen für eine geistige Verwirrung. Hat in der Öffentlichkeit Js. Brüste betatscht. Schwein. Aber J. bekam ihren wohlverdienten Lohn. Fotze.«

Jill, die Dichterin. Jill, die Büchernärrin. Die mysteriöse Phantasiefrau, das Rätsel. *Die Mörderin.*

Im Arbeitszimmer gab es mehrere Videofilme. Ich öffnete jede Schachtel. Sara Rosens Filmsammlung enthielt Liebesfilme, bekannte Schnulzen, Krimis und romantische Thriller. *Der Herr der Gezeiten. No Way Out. Disclosure.* Drei Teile von *Der Pate. Vom Winde verweht* und *Ein Offizier und Gentleman.*

Offenbar mochte sie auch ältere Filme, besonders die »Schwarzen« von Raymond Chandler, James Cain und Hitchcock.

Ich öffnete jede Kassettenhülle, Reihe für Reihe. Ich hielt es für wichtig, vor allem bei einem Menschen, der so ordentlich war wie Sara. Wäre Sampson in der Nähe gewesen, hätte er sich verdammt lustig über mich gemacht. Er hätte mich für verrückter erklärt als Jack und Jill.

Ich machte die Hülle von Hitchcocks *Berüchtigt* auf. Ich konnte mich nicht erinnern, den Film gesehen zu haben, aber Cary Grant, einer von Hitchcocks Lieblingsstars, war auf der Hülle abgebildet.

Im Innern befand sich eine unbeschriftete Kassette. Neugierig schob ich sie ins Videogerät. Es war die vierte oder fünfte unbeschriftete Kassette, die ich mir bis jetzt angeschaut hatte.

Der Film war nicht Hitchcocks *Berüchtigt*.

Vor meinen Augen lief der Film über den Mord an Senator Daniel Fitzpatrick.

Offenbar war es die ungeschnittene Version. Sie war beträchtlich länger als der Film, den man CNN geschickt hatte.

Die zusätzlichen Filmmeter waren noch schrecklicher und drastischer als das, was ich im Fernsehstudio gesehen hatte. Es war grauenvoll, die Angst in Senator Fitzpatricks Stimme zu hören. Er flehte seine Mörder an, ihn leben zu lassen. Dann weinte er und schluchzte laut. Dieser Teil war beim CNN-Film sorgfältig herausgeschnitten. Es war zu brutal. Unglaublich brutal. Es warf das allerschlimmste Licht auf Jack und Jill.

Sie waren gnadenlose Killer. Kein Mitleid, keine Leidenschaft, keine Menschlichkeit.

Ich drückte auf die Pausetaste. Glückstreffer! Die nächste Einstellung begann mit einer Nahaufnahme des Senators und schwenkte dann zur Weitwinkelperspektive, vielleicht weiter als beabsichtigt. Der Mörder war nicht Kevin Hawkins!

Plötzlich fragte ich mich, ob Jill die Kassette hiergelassen hatte, damit sie jemand fände. Hatte sie den Verdacht gehabt, womöglich betrogen zu werden? War das Jills Rache? Ich hielt es durchaus für möglich: *Jill hatte Jack ans Messer geliefert – noch aus der Hölle.*

Ich blickte wie gebannt auf das Standbild, das den echten Jack zeigte. Er hatte kurzes sandblondes Haar. Er war ein gutausse-

hender Mann Ende Dreißig. In seinem Gesicht war keinerlei Gefühlsregung, als er auf den Abzug drückte.
»Jack«, flüsterte ich. »Endlich haben wir dich gefunden, Jack.«

106.

Das FBI, der Geheimdienst und die Washingtoner Polizei arbeiteten bei der Großfahndung eng zusammen. Alle wollten ein Stück abhaben. Es war der Mordfall mit höchster Priorität: Ein Präsident war getötet worden. Und der wahre Täter lief noch frei herum. Jack lebte noch. Hoffte ich jedenfalls.
Er lebte tatsächlich noch!
Am frühen Morgen des 20. Dezember beobachtete ich Jack durch mein Fernglas. Ich konnte die Augen nicht von dem Killer und Meisterhirn wenden.
Ich wollte ihn persönlich festnehmen. Ich wollte ihn selbst in die Finger bekommen. Aber wir mußten warten. Es war Jay Grayers Plan. Es war sein Tag, seine Show, seine Operation.
Jack verließ soeben ein zweistöckiges Haus im Kolonialstil. Er ging zu dem leuchtendroten Ford Bronco in der kreisförmigen Einfahrt. Inzwischen wußten wir, wer er war und wo er wohnte. Wir wußten fast alles über ihn. Jetzt verstanden wir sehr viel mehr über Jack und Jill. Unsere Augen waren weit, sehr weit geöffnet worden.
»Da ist Jack. Da ist unser Junge«, sagte Jay Grayer.
»Sieht nicht wie ein Killer aus, stimmt's?« meinte ich. »Aber er hat seinen Job erledigt. Und zwar gründlich. Er ist der Henker all dieser Menschen, Jill eingeschlossen.«
Jack scheuchte einen kleinen Jungen und ein kleines Mädchen vor sich her. Ausgesprochen niedliche Kinder. Ich wußte, daß sie Alix und Artie hießen. Außerdem kamen bei dem Familienausflug die beiden Hunde mit: Hirte und Weiser, ein zehnjähriger schwarzer Retriever und ein junger Collie.
Jacks Kinder.

Jacks Hunde.
Jacks schönes Haus am Stadtrand.
Jack und Jill kamen zum Capitol Hill ... um den Präsidenten zu töten.
Und dann ermordete Jack seine Partnerin und Geliebte Jill. Er richtete Sara Rosen kaltblütig hin. Jack glaubte, mit den Morden völlig ungeschoren davongekommen zu sein. Jack hatte einen großartigen, beinahe perfekten Plan gehabt. Aber jetzt hatten wir Jack im Visier. *Ich beobachtete Jack.* Wir alle beobachteten ihn.
Er sah in jeder Hinsicht wie der typische nette Nachbar und gute Vater aus einem Vorort Washingtons aus. Er trug einen marineblauen Parka mit Kapuze. Der Reißverschluß war trotz des kalten Wetters nicht geschlossen. Die offene Jacke zeigte ein blau kariertes Flanellhemd und verwaschene Arbeitshosen. Dazu trug er weite hellbraune Stiefel und graue Wollsocken.
Sein Haar war militärisch kurz geschnitten. Jetzt war es dunkelbraun. Er war ein gutaussehender Mann mit leicht rauhbeinigem Charme. Neununddreißig Jahre alt. Der Mörder des Präsidenten. Der eiskalte Killer mehrerer politischer Feinde.
Ein Verschwörer.
Ein Weltklasseverräter.
Und ein absolut herzloses Arschloch.
Eigentlich ist er der perfekte amerikanische Killer, dachte ich, als ich ihn beobachtete, wie er seine gehorsamen Kinderchen und Hunde dirigierte. Er war der beinahe perfekte Attentäter. Er war ein so vorbildlicher Vater und Ehemann, wie man ihn sich nur erträumen konnte. Er wirkte völlig unverdächtig. Er hatte sogar Alibis, aber keines würde standhalten, weil wir den Film besaßen, der die Ermordung Senator Fitzpatricks zeigte. Und Jack. Ein Schakal unseres Zeitalters, für unser Land, für unsere naive und sehr gefährliche Lebensart.
Ich hätte gern gewußt, ob er sich im Fernsehen die Beerdigungsfeierlichkeiten für den Präsidenten angeschaut hatte. Vielleicht war er sogar selbst dort gewesen – wie ich.
»Er ist ein widerlich arroganter Wichser, nicht wahr?« sagte Jay Grayer. Er saß neben mir auf dem Beifahrersitz des Zivilfahrzeugs. Es war selten vorgekommen, daß ich Jay Grayer

Schimpfworte benutzen hörte. Es zeigte mir, wie scharf er darauf war, Jack festzunehmen – der Wunsch war übermächtig. Und wir *würden* ihn festnehmen. Heute würde ein denkwürdiger Morgen für uns alle sein.
Alles war bereit.
»Macht euch fertig, Jack zu folgen«, sagte Grayer in das Mikro in unserem Wagen. »Sollte jemand ihn verlieren, kann er sofort weiterfahren, am besten nach Südamerika, wo ich ihn nicht erwischen kann.«
»Wir werden ihn nicht verlieren. Ich glaube nicht, daß er fliehen wird«, meinte ich. »Unser Jack ist ein häuslicher Typ. Er ist ein Daddy und hat seine Wurzeln in der Gemeinde.«
In was für einem seltsamen Land lebten wir! So viele Mörder. So viele Ungeheuer. Und so viele anständige Menschen werden ihre Opfer.
»Wahrscheinlich haben Sie recht, Alex. Scheinwerfer drauf! Irgendwie verstehe ich ihn nicht ganz, aber ich glaube, Sie haben recht. Wir haben ihn festgenagelt. Aber was haben wir tatsächlich hier? Was hält Jack auf Trab? Warum hat er das getan?«
»Geld.« Ich erklärte ihm eine meiner Theorien über Jack. »Suchen Sie nach Geld als Motiv. Es hat alles andere beiseite gefegt. Ein bißchen Politik war zwar auch dabei, ein bißchen die ›Sache‹, vor allem aber viel, viel Geld. Ideologie und finanzieller Gewinn. In diesem korrupten Zeitalter kaum zu schlagen.«
»Glauben Sie wirklich?«
»Ja. Ja, ich würde jede Summe darauf wetten. Er hat ein paar sehr festgefügte Ansichten. Eine davon ist, daß er und seine Familie es verdient haben, gut zu leben. Ja, deshalb glaube ich, daß Geld eine Rolle spielt. Ich glaube, er kennt ein paar Leute mit viel Geld und Macht – aber nicht *soviel* Macht, wie diese Leute gern hätten.«
Der Bronco fuhr los, und wir folgten ihm in ausreichendem Abstand. Jack fuhr mit seiner wertvollen Fracht sehr vorsichtig. Für seine Kinder mußte er ziemlich beeindruckend sein, vielleicht auch für die Hunde und zweifellos für seine Nachbarn. *Jack der Schakal.* Ich fragte mich, ob das eines von Sara Rosens Wortspielen war.
Gern hätte ich gewußt, was Jills letzter Gedanke gewesen war,

als ihr Geliebter sie in New York verriet. Hatte sie es erwartet? Hatte sie gewußt, daß er sie hintergehen würde? Hatte sie deshalb die Kassette in ihrer Wohnung zurückgelassen?
Jay wollte reden, irgend etwas sagen. Vielleicht mußte er seinen Verstand jetzt beschäftigen. »Er bringt sie zur Tagesschule. Sein Leben verläuft jetzt wieder normal. Es hat sich nichts geändert. Er hat ja nur den Mord geplant und geholfen, einen Präsidenten zu töten. Das ist alles. Keine große Sache. Das Leben geht weiter.«
»Soweit ich seinen Militärakten entnommen habe, war er ein erstklassiger Soldat. Hat die Armee im Rang eines Colonel verlassen. In allen Ehren. Teilnehmer beim Desert Storm«, sagte ich zu Jay.
»Jack war ein Held. Ich bin zutiefst beeindruckt. Ich bin von diesem Kerl so beeindruckt, daß ich es Ihnen gar nicht sagen kann. Vielleicht werde ich es *ihm* sagen.«

107.

Niemand hatte bis jetzt Planung und Ziel des Attentats richtig durchschaut. Keiner von uns war diesen Erkenntnissen auch nur nahe gekommen. Niemand hatte das Geheimnis von Jack und Jill entschlüsseln können, bis es zu spät war. Vielleicht konnten wir jetzt endlich die ganze Sauerei aufdecken. *Eine Retrospektive über Jack und Jill.*
Weniger als neunzig Meter trennten uns von Jacks Festnahme. Er fuhr einen steilen Hügel hinab zu einer Ampel.
Es war eine sehr pittoreske Szene. Zoom, wie in sehr teuren Filmen. Die Ampel schaltete auf Rot. Jack hielt – ein gesetzestreuer Bürger. Ohne sich um irgend etwas Sorgen zu machen. Ein freier Mann.
Jay Grayer und ich fuhren nahe an sein schickes Geländefahrzeug heran. Ich konnte den Aufkleber auf der hinteren Stoßstange des Bronco lesen: *Schützt Kinder vor Drogen.*

Bärenfalle lautete das Codewort für unsere Operation. Wir hatten vier Fahrzeuge im Direkteinsatz und ein weiteres halbes Dutzend sowie zwei Hubschrauber in der Hinterhand. Ich sah keine Chance, daß Jack entkommen könnte. Ich dachte bereits voraus an die massiven Verzweigungen der Festnahme des Attentäters und die noch schockierendere Überraschung, die auf uns wartete.

Das alles würde noch schlimmer werden, viel schlimmer.

»Bei drei schlagen wir zu«, befahl Jay Grayer durchs Mikro. Er war jetzt extrem beherrscht, durch und durch der Profi, der er von Anfang an gewesen war. Ich arbeitete sehr gern mit ihm zusammen. Er war kein Egomane; er war einfach nur gut in seinem Job.

»Wir schlagen *ganz behutsam* zu«, sagte ich.

Die *Bärenfalle* war zugeschnappt.

Ich war einer der sechs Männer, die bei der harmlos aussehenden Ampel auf dem Land aus den Autos sprangen. Es war eine Ehre.

Zwei weitere, unbeteiligte Fahrzeuge standen vor der Ampel. Ein grauer Honda und ein Saab.

Für die Fahrer dieser Wagen muß alles wie der absolute Wahnsinn ausgesehen haben. Es war auch Wahnsinn, aber noch viel schlimmer, als es aussah. Der Mann im Bronco hatte den Präsidenten getötet. Es war wie bei der Festnahme von Lee Harvey Oswald, Sirhan Sirhan und John Wilkes Booth. An einer ganz normalen Ampel im nördlichen Maryland.

Und ich war dabei! Ich war froh hierzusein. Ich hätte einen riesigen Eintrittspreis dafür bezahlt, jetzt hierzusein.

Ich erreichte die Beifahrerseite seines Geländewagens, als ein Geheimdienstagent die Fahrertür aufriß. Wir beide waren zufällig die schnellsten Läufer. Oder vielleicht waren wir beide diejenigen, die Jack am dringendsten haben wollten.

Jack schaute zu mir – und blickte direkt in die Mündung meiner Glock.

Binnen eines Sekundenbruchteils hatte er einen ausgezeichneten Blick auf den Tod.

Wie bei einer Exekution!

Sehr professionell!
»Keine Bewegung! Nicht mal heftig atmen! Bewegen Sie sich keinen Millimeter!« befahl ich ihm. »Ich möchte keinen Vorwand, sie zu erschießen. Also geben Sie mir keinen!«
Er hatte nicht mir uns gerechnet. Ich erkannte es, weil sich Erschrecken auf seinem Gesicht ausbreitete. Er hatte geglaubt, mit den Morden ungeschoren davonzukommen. Er hatte sich völlig in Sicherheit gewiegt.
Na, diesmal hatte er sich gründlich geirrt.
Endlich hatte Jack seinen ersten Fehler gemacht.
»Geheimdienst. Sie sind festgenommen. Sie haben das Recht zu schweigen – und das ist eine hervorragende Idee!« brüllte einer der Beamten Jack an. Das Gesicht des Agenten war vor Wut rot angelaufen. Er war außer sich, weil dieser Mann Präsident Thomas Byrnes ermordet hatte.
Jack schaute den Agenten an, dann wieder mich. Er erkannte mich. Er wußte, wer ich war. Was wußte er sonst noch?
Anfangs war er verblüfft gewesen, jetzt wurde er ruhig. Es war erstaunlich zu beobachten, wie Ruhe und Gelassenheit sich in seinem Innern ausbreiteten. *Er ist so ruhig wie der Tod,* dachte ich. Eigentlich hätte ich nicht überrascht sein dürfen. *Der hier war der echte Jack. Er war der Mörder des Präsidenten.*
»Sehr gut«, sagte er schließlich und lobte uns für unsere gute, sehr professionelle Arbeit. Dieser elende Scheißkerl lobte uns! »Ich bin stolz auf Sie. Sie haben Ihre Arbeit ganz hervorragend gemacht.« Mein Blut kochte, aber ich erinnerte mich an den Tagesbefehl: Behutsam zuschlagen! Die sanfte Bärenfalle!
Langsam stieg er aus dem auf Hochglanz polierten Fahrzeug. Er hielt beide Hände hoch und leistete keinerlei Widerstand. Er wollte nicht erschossen werden.
Unvermittelt schlug der Agent des Geheimdienstes zu. Er holte aus und landete einen rechten Haken am Kinn des Mörders. Ich konnte nicht fassen, was der Mann getan hatte, aber ich freute mich darüber.
Jacks Kopf flog nach hinten. Wie ein Stein ging er zu Boden. Jack war clever. Er blieb liegen. Keine Provokation hatte den Schlag des Agenten herausgefordert. Es gab keine Entschuldi-

gung für sein Tun – sah man davon ab, daß dieser Dreckskerl auf dem Boden eiskalt den Präsidenten ermordet hatte.
Jack schüttelte den Kopf und bewegte den Unterkiefer, während er zu uns aufblickte. »Wieviel wissen Sie?« fragte er schließlich.
Wir würdigten ihn keiner Antwort. Keiner von uns sagte auch nur eine Silbe. Jetzt waren *wir* dran, Spielchen zu spielen. Jetzt hatten *wir* ein paar Überraschungen für Jack parat.

108.

Jack war nur der Anfang. Uns war klar, daß er nur ein Stück des Puzzles war, das wir zusammenzusetzen versuchten. Wir hatten beschlossen, ihn als erstes festzunehmen. Aber jetzt kam der nächste, der kritische und alles entscheidende Schritt.
Auf der Fahrt zurück zu seinem Haus an der Oxford Street fühlte ich mich vom Geschehen irgendwie entrückt, als würde ich mich selbst in einem Traum beobachten. Ich erinnerte mich an die wenigen Begegnungen mit Thomas Byrnes. Er hatte uns allen gesagt, *keine Reue* zu empfinden. Aber dieser Rat half in der wirklichen Welt nicht weiter. Der Präsident war tot, und ich würde mich immer mitverantwortlich für seine Ermordung fühlen, auch wenn es überhaupt nicht der Fall war.
Ich dachte nicht nur an den Mord am Präsidenten. Da war noch der dreizehnjährige Danny Boudreaux. Ich spürte eine quälende Verbindung zwischen beiden Fällen. Ich hatte sie von Anfang an gespürt. Derartige Morde und die unerhörte Grausamkeit gab es überall. Es war, als würde sich eine seltsame verkrüppelnde Krankheit fast über die ganze Welt ausbreiten, aber besonders hier in Amerika. Ich hatte schon zuviel davon gesehen. Ich hatte keine Ahnung, wie ich den Alptraum enden lassen könnte. Niemand wußte das.
Es war nicht vorbei. Endlich standen wir am Anfang der Enthüllung eines grauenvollen Geheimnisses.

Hier hatte alles angefangen.
In diesem Haus, das jetzt vor uns erschien.
Jay Grayer sprach ins Handmikro. »Dr. Cross und ich nehmen die Vordertür. Alle geben uns volle Deckung. Keine Schießerei. Nicht einmal zurückschießen, wenn es nicht *unbedingt* sein muß. Alles klar?« sagte er.
Sämtliche Agenten kannten den Plan bis ins Detail und wußten genau, worum es ging. Noch war Bärenfalle nicht vorbei.
Grayer parkte die schwarze Limousine neben dem Fußweg zum Haus. »Bereit für einen weiteren Scheißsturm?« fragte er mich. »Einverstanden, wie alles ablaufen soll, Alex?«
»Voll und ganz. Danke, daß ich dabeisein kann. Ich mußte einfach hiersein«, antwortete ich.
»Ohne Sie wären wir überhaupt nicht hier. Los, packen wir's an.«
Wir stiegen aus dem unauffälligen Wagen und schritten rasch auf dem mit roten Ziegeln gepflasterten Weg zum Haus. Wir paßten hervorragend zusammen, Schritt für Schritt.
Hier hatte alles angefangen.
Das große Haus, die gesamte Straße, alles wirkte so harmlos und einladend. Vor uns stand ein wunderschönes weißes Haus im Kolonialstil mit breiter alter Veranda auf Säulenfundamenten. Kinderfahrräder standen auf der Veranda. Alles hier war so sauber und ordentlich. War das Tarnung? Selbstverständlich.
Jay Grayer drückte auf die Klingel. In meinen Ohren hörte es sich wie das Klingeln der Kosmetikberaterin an: »Avon ist da.«
Jack und Jill waren zum Capitol Hill gekommen, aber angefangen hatten Jack und Jill genau hier. In diesem Haus!
Die Frau, die öffnete, trug ein rot kariertes Hauskleid, das aussah, als käme es direkt aus dem J.-Crew-Katalog.
Für die Weihnachtsfeiertage hing an der Haustür ein außergewöhnlich dekoratives Gebinde aus Ranken, das der Dornenkrone Jesu ähnelte. Eine große rote Schleife war darangebunden.
Hier steht Jill, dachte ich.
Endlich die *echte* Jill.

109.

»Alex, Jay. Mein Gott, was ist los? Was ist passiert? Sagen Sie jetzt bloß nicht, daß Sie einen Höflichkeitsbesuch machen.«
Jeanne Sterling stand in ihrem Haus. Ich sah eine lackierte Eichentreppe hinter ihr schimmern. Durch die offene Tür aus ebenfalls schimmernder Eiche sah ich das Speisezimmer. Ein hoher Stapel Weihnachtsgeschenke in Schmuckpapier türmte sich neben einem Schreibtisch und einem einsachtzig hohen Spiegel im Eingangsbereich.
Jills Haus. Die Generalinspekteurin der CIA. Die »saubere Jeanne«.
»Was ist passiert? Ich habe gerade Kaffee gekocht. Bitte, treten Sie doch ein.« Sie klang, als wären Jay Grayer und ich Nachbarn aus derselben Straße. Ein Höflichkeitsbesuch, nicht wahr? Sie lächelte. Wegen ihrer hervorstehenden Zähne sah es wie eine Grimasse aus.
Was ist passiert? Ist jemand aus der Nachbarschaft an einem Blechschaden mit verbeultem Kotflügel beteiligt? Ich habe gerade frischen Kaffee gekocht. Köstlich wie bei Starbucks. Lassen Sie uns gemütlich plaudern.
»Kaffee wäre nicht übel«, meinte Jay und bewies, daß er auch mit den Besten und Gerissensten plaudern konnte.
Wir gingen in das Haus, das sie mit ihren Kindern teilte – und mit ihrem Mann. Mit *Jack.*
Mir fielen bestimmte Einzelheiten auf. Alles schien mir extrem wichtig und aussagekräftig zu sein – Beweise. Die hellen Farben drinnen und der überladene Stil – »amerikanisch«. Dazu vermittelten diverse Akzente den Hauch der großen weiten Welt. Französische Stiche. Flämische Gobelins. Chinesisches Porzellan.
Jill, die Reisende. Jill, die Meisterspionin.
In klassischen Kriminalfällen gibt es eine alte Redensart, die für mich nie einen Sinn ergeben hatte: *Cherchez la femme. Sucht nach der Frau.* Ich hatte mein eigenes Motto, um viele rätselhafte Fälle in der heutigen Zeit zu lösen: *Cherchez l'argent. Sucht nach dem Geld.*

Ich glaubte nicht, daß Jeanne Sterling und ihr Mann aus eigenem Antrieb gehandelt hatten. Ich glaubte es ebensowenig, wie ich je davon überzeugt gewesen war, daß es sich bei Jack und Jill um Promijäger handeln würde. Aldrich Ames hatte angeblich zweieinhalb Millionen Dollar bekommen, weil er ein Dutzend amerikanische Agenten enttarnt hatte. Wieviel hatten die Sterlings kassiert, um einen unbequemen Präsidenten der Vereinigten Staaten zu beseitigen? Für eine entsicherte Kanone, die sich gegen das System gewendet hatte.
Und *wer* hatte ihnen das Geld gegeben? *Cherchez l'argent.* Vielleicht würde Jeanne es uns verraten, wenn wir sie ein bißchen unter Druck setzten – was ich hundertprozentig tun wollte.
Wer profitierte am meisten von dem Mord an Präsident Thomas Byrnes? Der Vizepräsident, jetzt Präsident? Die Wall Street? Das organisierte Verbrechen? Die CIA? Darüber mußte ich Jeanne befragen. Vielleicht bei Zinnbechern voll dampfendem Kaffee. Vielleicht konnten wir gemütlich darüber plaudern.
Jeanne drehte sich um und führte uns in die Küche. Sie war sehr ruhig und gefaßt. Ich schenkte der Einrichtung weiterhin große Aufmerksamkeit. Echte Dekorstücke, alles aufgeräumt, trotz der drei Kinder im Haus. Ich glaubte zu wissen, wie Jeanne und ihr Mann sich ein so phantastisches Haus hier draußen in Chevy Chase leisten konnten. *Cherchez l'argent.*
»Es hat einen Durchbruch gegeben, stimmt's?« sagte sie und drehte sich zu uns um. »Sie sehen mich völlig ahnungslos. Ich habe keinen Schimmer, was es sein könnte. Was ist passiert? Nun erzählen Sie schon.« Sie rieb sich freudig die Hände. Was für ein Schmierentheater. Was für eine Schauspielerin.
»Es hat einen Durchbruch gegeben«, sagte ich schließlich. »Wir haben einige höchst interessante Dinge über Jack erfahren.« Wir haben uns entschieden, ihn als ersten zu verhaften. Jetzt bist du dran, dachte ich.
»Das sind ja großartige Neuigkeiten«, sagte Jeanne Sterling. »Bitte, erzählen Sie mir alles ganz genau. Schließlich war Kevin Hawkins einer von uns.«
Wir betraten die große Küche, an die ich mich von meinem ersten Besuch erinnerte. Die Wände waren mit Kacheln aus

Terrakotta gefliest, die Einrichtung war teuer, aus Holz. Durch ein halbes Dutzend Fenster sah man in den Garten mit Pavillon und Tennisplatz.

»Wir haben Ihren Mann Brett festgenommen, Mrs. Sterling. Wegen Mordes am Präsidenten«, erklärte Jay Grayer mit kalter, ausdrucksloser Stimme. »Er befindet sich bereits in Gewahrsam. Und jetzt sind wir hier, um Sie zu verhaften.«

»Es ist so verflixt schwierig, jedes Detail zu beachten, nicht wahr? Ein winziger Schnitzer – mehr war nicht nötig«, sagte ich zu Jeanne. »Sara hat den Fehler begangen. Ich glaube, sie hat sich in Ihren Mann verliebt. Wußten Sie das? Sie müssen doch über die Affäre zwischen Sara und Brett Bescheid gewußt haben.«

»Was reden Sie denn da, Alex? Was soll der Unsinn, Jay? Haben Sie beide den Verstand verloren?«

»Beinahe, Jeanne, beinahe. Sara Rosen hat in ihrer Wohnung eine Kopie des ungekürzten Films über den Mord an Senator Fitzpatrick aufbewahrt. Ihr Mann ist auf dem Film. Das arme späte Mädchen hat ihn geliebt. Vielleicht hatten Sie das eingeplant. Zumindest müssen Sie es vermutet haben. Wir haben sogar ein Teil seines Fingerabdrucks in Saras Wohnung gefunden. Wahrscheinlich finden wir noch mehr. Jetzt wissen wir ja endlich, wonach wir suchen.«

Jeannes Miene verfinsterte sich. Ihre Augen wurden zu Schlitzen. Ich spürte, daß sie nicht alles über die »Beziehung« ihres Mannes zu Sara Rosen gewußt hatte.

Selbstverständlich wußte sie, daß es Sara gab. In den letzten Tagen hatten wir ermittelt, daß Sara Rosen eine CIA-Spionin im Weißen Haus gewesen war. Seit acht Jahren hatte sie als Maulwurf gearbeitet. So war Jack auf sie aufmerksam geworden. Er hatte gewußt, daß sie loyal sein würde. Sara Rosen war die perfekte Jill. Sara hatte an »die Sache« geglaubt, zumindest soweit, wie man sie davon in Kenntnis gesetzt hatte. Thomas Byrnes wollte massive Veränderungen im Pentagon und bei der CIA. Eine sehr mächtige Gruppe war der Meinung, diese Veränderungen könnten das Land zerstören, *würden* das Land zerstören. Also beschlossen sie, statt dessen Präsident Byrnes zu zerstören. So wurden Jack und Jill geboren.

»Das wird noch schlimmer als Aldrich Ames, das ist Ihnen doch klar«, sagte Jay Grayer. »Viel, viel schlimmer.«
Jeanne Sterling nickte langsam. »Ja, da haben Sie vermutlich recht.« Ihre Augen wanderten zwischen Grayer und mir hin und her. »Ich nehme an, Sie sind stolz darauf, ein Teil der Zerstörung eines der wenigen – der *sehr* wenigen – Vorzüge zu sein, die die Vereinigten Staaten gegenüber dem Rest der Welt genießen. Unser Spionagenetz war das allerbeste. Ich glaube, das ist es noch immer. Der Präsident war ein dummer Amateur, der das Spionagesystem und das Militär demontieren wollte. Im Namen von was? Populistische Veränderung? Was für ein Hohn! Was für ein trauriger, gefährlicher Scherz! Thomas Byrnes war ein Autoverkäufer aus Detroit. Es stand ihm nicht zu, die Entscheidungen zu fällen, die man ihm anvertraut hatte. Die meisten Präsidenten vor ihm wußten das. Mir ist es völlig egal, was Sie über uns denken. Mein Mann und ich sind Patrioten. Sind wir uns in diesem Punkt einig? *Ist das klar, Gentlemen?*«
Jay Grayer ließ sie aussprechen, ehe er etwas sagte. »Sie und Ihr Mann sind widerliche Verräter. Sie sind Mörder. *Ist das klar?* Aber in einem Punkt haben Sie recht. Ich bin stolz darauf, Sie zu Fall gebracht zu haben. Ich fühle mich einfach großartig. Ja, wirklich, Jeanne.«
Plötzlich flammte grelles weißes Licht in der Küche auf. Der Blitz aus einem Schalldämpfer.
Ein ohrenbetäubender Schuß an einem Ort, wo man ihn am allerwenigsten erwartet hätte. Jay Grayers Körper bäumte sich auf, fiel rücklings gegen die Frühstückstheke und riß mehrere Holzstühle um.
Jeanne Sterling hatte Jay Grayer eiskalt erschossen. Sie hatte im Hauskleid eine Waffe versteckt und durch die Tasche geschossen. Vielleicht hatte sie uns gesehen, als wir zum Haus gekommen waren. Oder vielleicht trug sie immer eine Waffe bei sich. Schließlich war sie Jill.
Jeanne wechselte den Stand, richtete die Waffe auf mich. Ich hatte mich bereits hinter einen niedrigen Küchenschrank geworfen.
Sie schoß trotzdem mit der Halbautomatik.

Wieder ein ohrenbetäubender Knall in der Küche. Ein Lichtblitz. Dann *noch ein* Schuß.
Rückwärts ging sie aus der Küche, schoß aber weiter auf mich. Dann rannte sie fort. Ihr Hauskleid blähte sich hinter ihr wie ein Cape.
Schnell ging ich zu Jay Grayer. Die Kugel hatte ihn oben in die Brust getroffen, in der Nähe des Schlüsselbeins. Aus seinem Gesicht war jegliche Farbe gewichen. Aber er war bei Bewußtsein. »Sie müssen das Miststück erwischen, Alex. Aber lebendig«, stieß er hervor. »Erwisch sie. Die beiden *wissen* alles.«
Vorsichtig, aber schnell bewegte ich mich im Haus der Sterlings. *Töte sie nicht! Sie kennt die Wahrheit. Wir müssen sie von ihr hören – wenigstens ein einziges Mal. Sie weiß, warum der Präsident ermordet wurde und auf wessen Befehl. Sie weiß es!*
Plötzlich stürzte ein Agent des Geheimdienstes durch die Vordertür. Ein zweiter folgte ihm auf den Fersen.
Aus Richtung der Küche erschienen zwei weitere Beamte. Alle mit gezückten Waffen. Schock und Besorgnis lagen auf ihren Gesichtern.
»Was zum Teufel ist hier passiert?« rief ein Agent.
»Jeanne Sterling hat eine Waffe. Trotzdem müssen wir sie lebend erwischen.«
Ich hörte ein Geräusch vom Eingangsbereich. Eigentlich waren es zwei Geräusche. Mir wurde klar, was passierte, und das Herz rutschte mir in die Hose.
Ein Motor wurde angelassen.
Eine Garagentür hob sich.
Jill entkam.

110.

Meine Brust hämmerte. Ich hatte das Gefühl, daß sie jeden Moment explodieren konnte, aber mein Herz war eiskalt geworden.

Nehmt sie lebend gefangen, egal, wie! Sie ist noch wichtiger als Jack.
Die Tür zur Garage befand sich am Ende eines schmalen Korridors, vorbei an einem großen Wintergarten, der von dem blendenden Morgenlicht erfüllt war. Ich hielt den Atem an. Dann machte ich so vorsichtig die Tür auf, als könnte sie explodieren. Ich wußte, daß diese Möglichkeit durchaus bestand. Jetzt konnte *alles* passieren. Hier war das Haus der schmutzigen Tricks.
Zwischen Haus und Garage war ein dunkler, enger Durchgang, ungefähr einen Meter zwanzig lang. Ich robbte voran.
Schnapp sie dir lebendig. Das ist das einzig Wichtige.
Ich riß die zweite Tür auf und sprang hindurch – in die Garage, wie ich vermutete. Es war die Garage.
Sofort hörte ich drei dröhnende Detonationen. Blitzschnell warf ich mich auf den Betonboden.
Schüsse!
Donner, furchteinflößender Krach auf engem Raum. Aber kein *Peng* gegen meine Brust oder meinen Kopf. Gott sei Dank.
Ich sah Jeanne Sterling. Sie beugte sich aus dem Fenster ihres Caravan. In der Hand hielt sie eine Halbautomatik. Ich sprang auf.
Schnapp sie dir lebendig! brüllte es in meinem Innern, als ich meine Stellung änderte.
Ich hatte noch etwas im Auto gesehen. Sie hatte ihre jüngste Tochter bei sich. Die dreijährige Karon. Sie benutzte Karon als Schild. Sie wußte, wir würden nicht schießen, solange das Kind im Weg war. Das kleine Mädchen schrie lauthals. Es war in Panik. Wie konnte Jeanne Sterling einem Kind so etwas antun?
Ich preßte mich in dem dunklen, engen Raum hinter den Öltank, versuchte, klar zu denken.
Einen Herzschlag lang schloß ich die Augen. Höchstens eine halbe Sekunde.
Ich nahm einen tiefen Zug der kalten Luft und der Benzindämpfe und bemühte mich, nüchtern zu denken. Ich traf eine Entscheidung und hoffte, daß es die richtige war.
Als ich hinter dem Tank hervorsprang, feuerte ich. Ich zielte sorgfältig neben das Kind. Aber ich feuerte.

Sofort warf ich mich wieder hinter den dunklen Tank. Ich wußte, daß ich niemanden getroffen hatte.
Mein Schuß war nur eine Warnung gewesen – die letzte. Andrew Klauk hatte recht gehabt, als wir uns im Garten der Sterlings unterhalten hatten. Der CIA-»Geist« hatte mir alles gesagt, was ich jetzt wissen mußte: *Das Spiel wird ohne Regeln gespielt.*
»Jeanne, werfen Sie die verdammte Pistole weg!« rief ich. »Ihre kleine Tochter ist in Gefahr.«
Keine Antwort, nur schreckliche Stille.
Jeanne Sterling würde alles tun, um zu entkommen. Sie hatte den Präsidenten ermordet, hatte diesen Mord befohlen und geholfen, jeden Schritt zu planen. Aber würde Jeanne Sterling auch ihr eigenes Kind opfern? Wofür? Für Geld? Für die *Sache*, an die sie und ihr Mann glaubten? Welche Sache war das Leben eines Präsidenten wert? Oder das Lebens des eigenen Kindes?
Schnapp sie dir lebend! Selbst wenn sie es verdient, hier in dieser Garage zu sterben. Wie eine Exekution.
Wieder sprang ich vor, gab noch einen Schuß ab. Diesmal durch die Windschutzscheibe – ganz rechts, auf der Fahrerseite. Glassplitter sirrten durch die Garage, spritzten an die Decke und rieselten wieder herunter.
Der Lärm in diesem engen Raum war ohrenbetäubend. Karon schluchzte und kreischte.
Ich konnte Jeanne Sterling durch das Mosaik der geborstenen Scheibe sehen. Eine Hälfte ihres Gesichts war blutüberströmt. Sie blickte verblüfft und geschockt drein. Es ist eine Sache, einen Mord zu planen, aber eine andere, wenn man selbst beschossen wird. Verwundet wird. Einen Treffer abbekommt. Dieses tödliche *Peng* im eigenen Körper zu spüren.
Mit drei schnellen Sätzen war ich beim Volvo.
Ich riß die Tür auf. Dabei hielt ich den Kopf gesenkt, auf die Brust gepreßt. Ich hatte die Zähne so fest zusammengebissen, daß es weh tat.
Ich packte ein Büschel von Jeanne Sterlings blondem Haar. Dann schlug ich zu. Ich landete einen Volltreffer. So einen, wie

ihr Mann ihn abbekommen hatte. Die rechte Gesichtshälfte der Frau knackte, als meine Faust sie traf.
Jeanne Sterling sackte über dem Lenkrad zusammen. Sie mußte ein Glaskinn haben, wie die Boxer es nennen. Jeanne war ein Killer, aber kein Preisboxer. Schon nach dem ersten kräftigen Bums war sie bewußtlos. Jetzt hatten wir sie. Ich hatte sie festgenommen – lebend.
Endlich hatten wir Jack und Jill.
Ihre kleine Tochter weinte, aber sie war unverletzt. Ich hatte meine Sache gut gemacht. Jack hatten wir bereits, und jetzt hatten wir auch Jill. *Vielleicht würden wir jetzt die Wahrheit erfahren.* Nein – wir würden die Wahrheit hören!
Ich hob die Kleine aus dem Wagen und drückte sie an mich. Ich wollte all den Schrecken in ihr auslöschen. Ich wollte nicht, daß Karon sich daran erinnerte, was geschehen war. »Ist ja gut. Alles ist gut.«
Aber nichts war gut. Gar nichts. Ich bezweifelte, daß es je gut sein würde. Nicht für die Sterling-Kinder, nicht für meine eigenen Kinder. Für keinen von uns.
Es gibt keine Regeln mehr.

111.

Am Abend der Gefangennahme von Jeanne und Brett Sterling überschlugen sich die Fernsehsender mit dieser packenden, äußerst beunruhigenden Nachricht. Ich gab CNN ein kurzes Interview, lehnte ansonsten aber jede Stellungnahme ab. Ich wollte meine Ruhe. Ich fuhr nach Hause und blieb dort.
Um einundzwanzig Uhr gab Präsident Edward Mahoney eine Erklärung ab. *Jack und Jill hatten gewollt, daß Edward Mahoney Präsident wird,* ging es mir durch den Kopf, als ich zuschaute, wie er zu Hunderten Millionen Menschen auf der Welt sprach. Vielleicht war er in das Attentat verstrickt, vielleicht auch nicht. Aber jemand hatte gewollt, daß er anstelle von Thomas

Byrnes Präsident wurde – und Byrnes hatte Mahoney mißtraut.
Ich wußte über Mahoney nur, daß er mit zwei kubanischen Partnern im Kabelfernsehgeschäft ein Vermögen verdient hatte. Anschließend war Mahoney der sehr populäre Gouverneur Floridas geworden. Ich erinnerte mich, daß sein Wahlkampf sündhaft teuer gewesen war; es hatte sehr viel Geld dahintergesteckt. *Such nach dem Geld!*
Ich schaute mir den dramatischen Affenzirkus zusammen mit Nana und den Kindern an. Damon und Jannie wußten zuviel, um sie jetzt von der Show auszuschließen. Aus ihrer Sicht war ihr Daddy ein Held. Ich war ein Mann, auf den man stolz sein konnte und dem man vielleicht zuhören und ab und zu gehorchen sollte. Nein, so weit ging die Bewunderung wahrscheinlich nicht.
Jannie und Rosie die Katze kuschelten mit mir auf der Couch. Gemeinsam sahen wir die endlose Parade der Berichte über das Attentat und die anschließende Verhaftung des echten Jack und der echten Jill. Jedesmal, wenn ich auf dem Bildschirm zu sehen war, gab Jannie mir einen Kuß auf die Wange.
»Bist du mit deinem Pa zufrieden?« fragte ich sie nach einem besonders lauten Schmatz.
»Ja, sehr sogar«, erklärte Jannie. »Ich *liebe* es, dich im Fernsehen zu sehen. Rosie auch. Du siehst so gut aus, und du redest sehr nett. Du bist mein *Heeeld.*«
»Und was sagst du dazu, Damon?« Ich wollte gern die Reaktion Seiner Königlichen Hoheit auf diese seltsamen Ereignisse hören.
Damon grinste von einem Ohr zum anderen. Er konnte es sich nicht verkneifen. »Prima«, antwortete er. »Ich fühl' mich richtig prima.«
»Na, toll«, sagte ich zu meinem Sprößling. »Willst du mir nicht um den Hals fallen?«
Er fiel mir tatsächlich um den Hals. Ich wußte, daß er in diesem Moment glücklich mit mir war. Das war mir sehr wichtig.
»Mater familias?« Als letzte holte ich Nanas Meinung ein. Sie saß in ihrem Lieblingssessel und hatte die Arme um sich ge-

schlungen, als sie die traumatische Berichterstattung gebannt und mit spöttischen Bemerkungen verfolgte.

»In letzter Zeit nicht *familias* genug«, beschwerte sich Nana. »Na ja, im großen und ganzen bin ich Damons und Jannies Meinung. Ich verstehe aber nicht, warum der weiße Bursche vom Geheimdienst als der große Held hingestellt wird. Der Präsident wurde doch während seiner Wache erschossen, oder?«

»Vielleicht hatten wir alle Wache, als er erschossen wurde«, meinte ich.

Nana zuckte ihre trügerisch schmal aussehenden Schultern. »Auf alle Fälle bin ich stolz auf dich, Alex – wie immer. Das hat aber nichts mit Heldentum zu tun. Ich bin stolz auf dich, weil du so bist, wie du bist.«

»Danke, Nana. Niemand kann etwas Netteres über einen anderen sagen.«

»Das weiß ich.« Nana mußte das letzte Wort haben. Dann endlich lächelte sie. »Warum, glaubst du, habe ich das gesagt?«

Während der letzten vier Wochen war ich nicht viel zu Hause gewesen, und wir alle hungerten nach der Gesellschaft des anderen. Ich konnte nirgends im Haus hingehen, ohne daß einer meiner Sprößlinge sich fest an einen Arm oder ein Bein klammerte.

Sogar Rosie machte mit. Sie gehörte jetzt eindeutig zur Familie, und wir waren alle froh, daß sie irgendwie den Weg zu unserem Haus gefunden hatte.

Mich störte der häusliche Wirbel um meine Person nicht. Keine Minute der Anhänglichkeit. Ich war selbst ausgehungert nach menschlicher Nähe. Ganz kurz bedauerte ich, daß meine Frau Maria nicht bei uns war, um diesen besonderen Augenblick mit uns zu teilen.

Aber ansonsten war alles in Ordnung. Eigentlich sogar bestens. Jetzt würde unser Leben wieder normal verlaufen. Ich schwor, daß es diesmal so sein würde.

Am nächsten Morgen stand ich früh auf, um Damon zur Sojourner Truth School zu bringen. Auch dort war fast alles wieder im Lot. Unschuld hat ein kurzes Gedächtnis. Ich schaute

in Christine Johnsons Büro, aber sie war noch nicht wieder zum Dienst erschienen.
Niemand wußte, wann sie in die Schule zurückkommen würde, aber alle vermißten sie wie ein Heilmittel gegen die Grippe. Ich auch, ich auch. Sie hatte etwas Besonderes an sich. Ich hoffte, sie würde sich wieder fangen.
Um Viertel vor neun war ich wieder zu Hause. Das Haus an der Fünften Straße war unglaublich still und friedlich. Richtig angenehm. Ich legte Billie Holiday auf: *The Legacy 1933–1958.* Eines meiner absoluten Lieblingsstücke.
Gegen neun Uhr klingelte das Telefon. Dieser verfluchte, teuflische Apparat.
Es war Jay Grayer. Ich konnte mir nicht vorstellen, weshalb er mich zu Hause anrief. Beinahe wollte ich den Grund seines Anrufs gar nicht hören.
»Alex, Sie müssen zum Lorton Jail kommen.« Seine Stimme klang drängend. »Bitte, kommen Sie gleich jetzt.«

112.

Ich überschritt jede Geschwindigkeitsbeschränkung auf dem Weg zum Bundesgefängnis in Virginia. In meinem Kopf drehte sich alles. Ich befürchtete, daß er abheben und durch die Windschutzscheibe sausen würde. Als Detective bei der Mordkommission muß man sich für psychisch stark halten und der Überzeugung sein, daß man fast alles einstecken kann, was aufgetischt wird; aber früher oder später stellt man fest, daß man es nicht kann. Niemand kann das.
Ich war schon mehrmals im Lorton Jail gewesen. Der Kidnapper und Serienmörder Gary Soneji war dort mal im Hochsicherheitstrakt gesessen.
Gegen zehn Uhr traf ich ein. Es war ein kühler Morgen mit blauem Himmel. Auf dem Parkplatz und dem Rasen daneben warteten etliche Reporter, als ich vorfuhr.

»Was können Sie uns sagen, Dr. Cross?« fragte mich einer.
»Ein wunderschöner Morgen«, antwortete ich. »Sie können mich gern wörtlich zitieren.«
In diesem Gefängnis saßen die Sterlings ein. Die Regierung hatte bschlossen, sie hier in Untersuchungshaft zu lassen, bis das Gerichtsverfahren wegen des Mordes an Thomas Byrnes eröffnet würde.
Alex, Sie müssen ins Lorton Jail kommen. Bitte, kommen Sie gleich jetzt.
Ich traf Jay Grayer im dritten Stock des Gefängnisses. Auch Gefängnisdirektor Marion Campbell war da. Die beiden waren so blaß wie der Rauhputz an den Wänden des Knastgebäudes.
»Ach, Alex, *verflucht*«, stöhnte Dr. Campbell, als er mich kommen sah. Wir gingen ein Stück weiter. Ich drückte ihm kräftig die Hand. »Gehen wir nach oben«, sagte er.
Vor einem Untersuchungsraum im vierten Stock standen Polizisten und Gefängnispersonal. Hinter dem Direktor und seinen engsten Mitarbeitern betraten Grayer und ich das Zimmer. Mir war das Herz fast im Hals steckengeblieben.
Wir mußten uns blauen Mundschutz umbinden und durchsichtige Plastikhandschuhe überstreifen. Uns fiel das Atmen schwer, auch ohne Masken.
»*Verdammt!*« stieß ich hervor, als wir den Raum betraten.
Jeanne und Brett Sterling waren tot. Splitternackt lagen sie auf stählernen Tischen. Das Licht der Lampen darüber war grell und hart und blendete furchtbar.
Die ganze Szene überstieg mein Vorstellungsvermögen – und das eines jeden anderen.
Jack und Jill waren tot.
Jack und Jill waren in einem Bundesgefängnis ermordet worden.
»Verdammt! Zur Hölle mit den beiden!« stieß ich hinter meinem Mundschutz hervor.
Brett Sterling war gut gebaut und wirkte selbst im Tod noch kräftig. Ich konnte mir ihn gut als Sara Rosens Liebhaber vorstellen. Mit fiel auf, daß seine Fußsohlen schmutzig waren. Wahrscheinlich war er die ganze Nacht barfuß in der Zelle auf und ab gelaufen. Hatte er auf jemanden gewartet?

Wer war ins Lorton eingedrungen und hatte das getan? Waren die Sterlings ermordet worden? Was, um Himmels willen, war passiert? Wie konnte so etwas im Hochsicherheitstrakt geschehen?
Jeanne Sterlings Haut war teigig weiß. Sie war in keiner guten körperlichen Verfassung. In ihren maßgeschneiderten grauen und blauen Kostümen hatte sie besser ausgesehen als jetzt. Tot und nackt.
Über dem schwarzen Schamhaar war eine weiche Speckrolle. Ein Netz aus Krampfadern überzog ihre Beine. Sie hatte aus der Nase geblutet, entweder vor oder beim Sterben.
Keiner der Sterlings schien sehr gelitten zu haben. War das ein brauchbarer Hinweis für uns? Bei der Kontrolle hatte man die beiden um fünf Uhr früh tot in ihren Zellen aufgefunden.
Sie waren kurz zuvor gestorben. Nach Plan? Selbstverständlich nach Plan. Aber wessen Plan?
Jack und Jill kamen ins Lorton Jail ... und was geschah dort mit ihnen? Was zum Teufel war hier in der vergangenen Nacht passiert? Wer hatte Jack und Jill letztendlich getötet?
»Bei beiden wurde nach der Einlieferung eine peinlich genaue Körperkontrolle vorgenommen«, erklärte Direktor Campbell Jay und mir. »Es *könnte* gemeinschaftlicher Selbstmord gewesen sein, aber selbst dazu hätten sie Hilfe gebraucht. Jemand muß ihnen das Gift zwischen sechs Uhr gestern abend und heute in aller Frühe gegeben haben. Jemand ist in ihre Zellen eingedrungen.«
Dr. Marion Campbell blickte mich direkt an. Seine Augen waren trüb und hatten tiefrote Ränder. »Unter Jeanne Sterlings rechtem Zeigefinger war ein bißchen Blut. *Sie hat mit jemandem gekämpft.* Sie hat sich gewehrt. Sie wurde ermordet. Ich jedenfalls bin dieser Meinung. Sie wollte nicht sterben, Alex.«
Ich schloß ein oder zwei Sekunden die Augen. Es half nichts. Alles war wie zuvor, als ich die Augen wieder aufschlug. Jeanne und Brett Sterling lagen immer noch nackt und tot auf den beiden Stahltischen.
Sie waren hingerichtet worden. Profimäßig. Ohne Leiden-

schaft. Daß es beinahe so war, als wären sie von Jack und Jill besucht und ermordet worden, war am unheimlichsten.
Hatte ein »Geist« Jeanne und Brett Sterling ermordet? Ich befürchtete, wir würden es nie erfahren. Wir *durften* es nie erfahren. Wir waren nicht wichtig genug, um die Wahrheit zu erfahren.
Abgesehen vielleicht von dem Grundsatz, dem Prinzip: *Es gibt keine Regeln.*
Jedenfalls nicht für einige Menschen.

113.

Ich habe immer alles gern hübsch verschnürt, mit einer bunten Schleife um das Paket. Bei jedem Fall möchte ich das »Meisterhirn Drachentöter« sein. Aber so läuft es nicht – wahrscheinlich würde es auch keinen Spaß machen, wenn es so wäre.
Die nächsten zweieinhalb Tage verbrachte ich im Haus der Sterlings und arbeitete Seite an Seite mit dem Geheimdienst und dem FBI. Jay Grayer und Kyle Craig kamen ebenfalls nach Chevy Chase hinaus.
Im Hinterkopf hatte ich die fixe Idee, Jeanne Sterling habe uns womöglich einen Hinweis zurückgelassen – etwas, was zu ihren Mördern führte. Nur für den Fall. Meiner Meinung nach war sie durchaus fähig zu etwas so Gemeinem und Rachsüchtigem – *ihr letzter schmutziger Trick!*
Nach zweieinhalb Tagen hatten wir immer noch nichts im Haus gefunden. Falls es einen Hinweis gegeben hatte, *mußte jemand vor uns ins Haus eingedrungen sein.* Ich fegte diese Möglichkeit nicht vom Tisch.
Am frühen Abend des dritten Tages unterhielt ich mich mit Kyle Craig in der Küche. Wir waren beide hundemüde. Wir machten uns zwei von Brett Sterlings Mikrobrauerei-Bieren auf und redeten über Leben, Tod und Unendlichkeit.

»Haben Sie je von dem klugen Satz gehört: *Zu viele logische Verdächtige?*« fragte ich Kyle, als wir in der stillen Küche der Sterlings unser Bier tranken.

»Nicht mit diesen Worten, aber ich verstehe, wieso es auf diesen Fall zutrifft. Wir haben Szenarien, bei denen die CIA einbezogen ist und das Militär, vielleicht die Finanzwelt, vielleicht sogar Präsident Mahoney. Geschichte bewegt sich selten geradlinig.«

Ich nickte zu Kyles Antwort. Wie üblich kapierte er schnell. »*Fünfunddreißig* Jahre nach der Ermordung Kennedys steht nur *ein einziger* Punkt fest: daß es eine Art Verschwörung gegeben hat«, sagte ich.

»Ja, der Kennedy-Mord. Es ist unmöglich, die ballistischen und medizinischen Beweise mit einem einzigen Schützen in Dallas in Einklang zu bringen«, sagte Kyle.

»Das gleiche verdammte Problem: *Zu viele logische Verdächtige.* Bis heute kann niemand die Möglichkeit ausschließen, daß Lyndon Johnson, die Army, eine ›schwarze Operation‹ der CIA, die Mafia oder der alte Chef Ihres Vereins darin verwikkelt waren. Kyle, es gibt sehr viele offensichtliche Parallelen zu dem, was hier abläuft. Ein möglicher Staatsstreich, um einen Amtsinhaber zu beseitigen, der Ärger macht, und ihn durch einen viel … umgänglicheren Mann zu ersetzen – *Lyndon B. Johnson statt JFK und jetzt Mahoney statt Byrnes.* Ein Mann, der schon hinter den Kulissen wartet. Die CIA und das Militär waren sehr, sehr böse auf JFK *und* Thomas Byrnes. Das System wehrt sich wild entschlossen gegen Veränderung.«

»Vergessen Sie das ja nicht, Alex«, sagte Kyle. »Das System wehrt sich *wild entschlossen* gegen Veränderung und Störenfriede.«

Ich runzelte die Stirn, nickte jedoch. »Ich werde es nicht vergessen. Danke für Ihre Hilfe.«

Kyle streckte mir seine Rechte entgegen. Wir schüttelten uns kräftig die Hände.

»Zu viele logische Verdächtige«, sagte ich. »Gehört das auch zu dieser widerlichen, beschissenen Intrige? Ist es ihre Idee, alles im hellen Tageslicht zu vertuschen?

Es würde mich nicht überraschen. Mich überrascht gar nichts mehr. Und jetzt fahre ich nach Hause zu meinen Kindern«, erklärte ich.
»Was Besseres kann ich mir nicht vorstellen«, sagte Kyle lächelnd und bedeutete mir mit einer Handbewegung, endlich zu gehen.

114.

Ich fuhr nach Hause und spielte mit den Kindern. Ich versuchte, für sie dazusein. Aber immer wieder tauchte vor mir das Gesicht Thomas Byrnes' auf. Gelegentlich sah ich auch die niedliche kleine Shanelle Green oder Vernon Wheatley, ja sogar den armen George Johnson, Christines Ehemann. Ich sah Jeanne und Brett Sterling als Leichen auf den glänzenden Stahltischen im Lorton Jail liegen.
In den folgenden Tagen arbeitete ich ein paar Stunden in der Suppenküche von St. Anthony. Dort bin ich »Mr. Erdnußbutter«, weil ich die Butter und gelegentlich den einen oder anderen Rat an diejenigen verteile, die weniger glücklich dran sind als ich. Diese Arbeit macht mir wirklich Freude. Ich bekomme mehr zurück, als ich gebe.
Aber ich konnte mich nicht richtig konzentrieren. Ich war anwesend, und doch war ich im Geist woanders. Die Vorstellung, daß es *keine Regeln* gab, steckte mir wie eine Gräte im Hals. Ich drohte daran zu ersticken. Es gab tatsächlich zu viele Verdächtige, um alle zu verfolgen und letztendlich den Mord an Thomas Byrnes zu klären. Es gab Grenzen: Ein Cop in Washington hatte zwar umfassende, aber keine allumfassenden Möglichkeiten, in einem solchen Fall zu ermitteln. *Es ist jetzt vorbei,* sagte ich mir immer wieder – abgesehen von dem, was ich stets in mir tragen werde.
Vorige Woche saß ich abends noch spät im Wintergarten und kratzte Rosie den Rücken. Die Katze schnurrte leise. Ich über-

legte, ob dich Klavier spielen sollte, ließ es aber bleiben. Kein Billie Smith, kein Gershwin, kein Oscar Peterson. Die Ungeheuer, die Furien, die Dämonen trieben in meinem Kopf ihr Unwesen. Sie kamen in allen denkbaren Gestalten und Größen, in allen Geschlechtern, aber es waren menschliche Ungeheuer. Es war Dantes *Göttliche Komödie*, sämtliche neun Kreise, und wir alle lebten hier zusammen.

Schließlich begann ich doch Klavier zu spielen. Ich spielte »Star Dust« und anschließend »Body and Soul«. Rasch war ich in den herrlichen Klängen versunken. Ich dachte nicht mehr an den Anruf, den ich im Lauf der Woche erhalten hatte. Man hatte mich vom Polizeidienst suspendiert. Es war eine Disziplinarmaßnahme. Ich hatte meinen Vorgesetzten geschlagen, Chief George Pittman.

Ja, das hatte ich. Schuldig im Sinn der Anklage. Na und? Und was jetzt?

Ich hörte ein Klopfen an der Tür zum Wintergarten. Dann noch einmal.

Ich erwartete keinen Besuch und wollte auch niemanden sehen. Ich hoffte, es wäre nicht Sampson. Für Besucher war es wirklich zu spät.

Ich griff nach meiner Waffe. Reflexhandlung. Macht der Gewohnheit. Eine grauenvolle Gewohnheit, wenn man es recht bedachte.

Ich erhob mich von der Klavierbank und ging zur Tür, um zu sehen, wer da Einlaß begehrte. Nach all den schlimmen Dingen, die sich ereignet hatten, rechnete ich beinahe damit, den Mörder Gary Soneji zu sehen, der gekommen war, um endlich mit mir abzurechnen – oder zumindest sein Glück zu versuchen.

Ich öffnete die Tür – und lächelte sofort. Nein, ich strahlte. In meinem Kopf flammte ein Licht auf – *wieder* auf. Was für eine nette Überraschung! Sofort fühlte ich mich viel, viel besser.

Es geschah einfach. Mein Kummer und Leid waren wie weggeblasen.

»Ich konnte nicht schlafen«, sagte Christine Johnson. Ich erinnerte mich, daß ich diese Worte einmal bei ihr benutzt hatte.

Dann fiel mir Damons Spruch ein: *Sie ist sogar noch zäher als du, Daddy.*

»Hallo, Christine, wie geht es Ihnen? Herrgott, bin ich froh, daß Sie es sind«, flüsterte ich.

»Und nicht wer sonst?« fragte sie.

»Jeder andere«, antwortete ich.

Ich nahm Christines Hand. Wir gingen hinein in das Haus an der Fünften Straße.

Mein Heim.

Wo es immer noch Regeln gibt und wo alle sicher sind. Auch der Drachentöter lebt und fühlt sich wohl.

115.

Er endete nicht wirklich – dieser grausame, gnadenlose Alptraum, die Fahrt auf der Achterbahn aus der Hölle.

Es war Heiliger Abend, und die Strümpfe waren sorgfältig am Kamin aufgehängt. Damon, Jannie und ich waren beinahe mit dem Schmücken des Baums fertig. Die Krönung des Ganzen waren die langen Ketten aus Popcorn und glänzenden roten Preiselbeeren.

Da klingelte das verdammte Telefon. Ich nahm ab. Im Hintergund sang Nat King Cole Weihnachtslieder. Auf dem winzigen Fleck Rasen draußen vor dem Fenster glitzerte frischer Schnee.

»Hallo«, sagte ich.

»Ja, Hallihallo. Doktor/Detective Cross höchstpersönlich. Was für eine nette Überraschung.«

Ich brauchte nicht zu fragen, wer der Anrufer sei. Ich erkannte die Stimme. Ihr Klang war seit einiger Zeit – seit Jahren – in meinen Alpträumen.

»Lange nicht mit Ihnen geredet«, sagte Gary Soneji. »Sie haben mir gefehlt, Doktor Cross. Haben Sie mich auch vermißt?«

Gary Soneji hatte vor einigen Jahren in Washington zwei kleine Kinder entführt. Die anschließende Fahndung war unglaublich aufwendig und mühsam gewesen und hatte Monate gedauert. Von allen Mördern, die ich kannte, war Soneji der intelligenteste. Er hatte einige von uns zu der Überzeugung verleitet, er hätte eine gespaltene Persönlichkeit. Zweimal war er aus dem Gefängnis ausgebrochen.

»Ich habe an Sie gedacht«, sagte ich schließlich. »Oft.«

»Nun ja, ich rufe nur an, um Ihnen und Ihren Lieben frohe und schöne Festtage zu wünschen. Wie Sie sehen, bin ich wiedergeboren.«

Ich sagte nichts zu Soneji. Ich wartete. Die Kinder hatten gemerkt, daß bei dem Anruf etwas nicht stimmte. Sie beobachteten mich. Doch ich bedeutete ihnen, weiter den Baum zu schmücken.

»Ach, da ist noch etwas, Doktor Cross«, flüsterte Gary Soneji nach längerer Pause.

Ich hatte damit gerechnet. »Was denn, Gary? Was gibt es denn noch?«

»*Macht die Frau Ihnen Spaß?* Ich muß es einfach fragen. Ich muß es wissen. *Mögen Sie die Frau?*«

Ich hielt den Atem an. Er wußte über Christine Bescheid. Verdammt! Zur Hölle mit ihm!

»Wissen Sie, ich habe die kleine Katze zu Ihrer Familie gebracht. Die kleine Rosie. Nett von mir, finden Sie nicht auch? Also, immer wenn Sie das niedliche kleine Ding sehen, dann denken Sie einfach: *Gary ist im Haus! Gary ist ganz nahe!* Bin ich nämlich wirklich, wissen Sie. Ich wünsche Ihnen ein fröhliches und gesundes neues Jahr. Wir werden uns bald wiedersehen.«

Mit leisem *Klick* legte Gary Soneji auf.

Ich ebenfalls. Dann widmete ich mich wieder dem schönen Baum und Jannie und Damon und Nat King Cole.

Bis zum nächsten Mal.